AF130879

HARTMUT HÖHNE

Mord im Gängeviertel

HARTMUT HÖHNE

Mord im Gängeviertel

KRIMINALROMAN

GMEINER

Immer informiert

Spannung pur – mit unserem Newsletter informieren wir Sie
regelmäßig über Wissenswertes aus unserer Bücherwelt.

Gefällt mir!

Facebook: @Gmeiner.Verlag
Instagram: @gmeinerverlag
Twitter: @GmeinerVerlag

MIX
Papier aus verantwor-
tungsvollen Quellen
FSC® C083411

Besuchen Sie uns im Internet:
www.gmeiner-verlag.de

© 2022 – Gmeiner-Verlag GmbH
Im Ehnried 5, 88605 Meßkirch
Telefon 075 75 / 20 95 - 0
info@gmeiner-verlag.de
Alle Rechte vorbehalten
1. Auflage 2022

Lektorat: Sven Lang
Herstellung: Mirjam Hecht
Umschlaggestaltung: U.O.R.G. Lutz Eberle, Stuttgart
unter Verwendung eines Fotos von: © Thomas Lefeldt
Druck: CPI books GmbH, Leck
Printed in Germany
ISBN 978-3-8392-0175-6

Personen und Handlung sind frei erfunden.
Ähnlichkeiten mit lebenden oder toten Personen
sind rein zufällig und nicht beabsichtigt.

1

Reeperbahn, Ecke Davidstraße.

Menschen stürmen die Davidwache, dringen in die Amtsstuben ein, lautstarkes Geschrei erfüllt die Diensträume. Beamte werden entwaffnet, aus umgestürzten Regalen knallen haufenweise Aktenordner auf die Dielen, Blätter liegen zerfetzt am Boden, Mobiliar geht zu Bruch, Stuhlbeine verwandeln sich in Knüppel. Schlösser klicken auf, Gefangene stürzen mit grimmigen Mienen aus ihren Zellen. Verängstigt drängen sich Polizisten hinter dem Tresen zu einer Gruppe zusammen, machen beschwichtigende Gesten, vermeiden hastige Bewegungen.

Unter ihnen befindet sich ein Mann im mittleren Alter, ohne Uniform, sieht aus wie ein Arbeiter, einfache Kleidung, graubraune Jacke, mehrfach ausgebessert, verbeulte Hose, Schirmmütze. Sein Blick ist unruhig. Er spürt es selbst. Er steht auf der falschen Seite der Tresenschranke. Bei den Polizisten. Der Tresen wirkt wie eine Barrikade. Auf seinem Hals bilden sich rote Flecken. Die Eindringlinge nehmen ihn ins Visier. Da, halb von anderen Köpfen verdeckt, macht er ein bekanntes Gesicht aus. Oder täuscht er sich? Sicher ist er sich nicht, da ist zu viel Bewegung im Raum. Er tritt einen Schritt zur Seite, nähert sich der Schranke, schlüpft darunter hindurch, erstaunlich flink für einen Mann seiner Statur. Korpulent ist er, etwas Feistes hat er an sich. Der Eingangsbereich ist voller Menschen, immer weitere Aufständische, vor allem Jugendliche, drängen in die Wache. Sie wollen sich nichts entgehen lassen, wollen dabei sein, wenn irgendwo etwas losgeht. Geschickt windet er sich gegen den Menschenstrom, indem er sich mitten in ihn hineinbegibt, ab und an stehen bleibt, Leiber an sich vorbeiziehen lässt, sich mit seiner Körpermasse rückwärts Richtung Ausgang schiebt, sich schließlich, außerhalb der Wache, dicht an der Hauswand entlangdrückt, bis er alleine steht. Er atmet tief durch, dreht sich um, sein Blick hält sich an einem Punkt fest, aber nicht lange.

Die Reeperbahn ist voller Menschen. Kneipen und Vergnügungsstätten locken Publikum an, heute jedoch, an diesem Ostermontag im Jahre 1919, ist allerlei politisches Volk unterwegs. Aus der Ferne erblickt er vor der Wache am Spielbudenplatz einen weiteren Menschenauflauf. Auch hier wird gestürmt. Er wechselt die Straßenseite, ein Auto hupt seinetwegen, er zeigt dem Fahrer die Faust. Umständlich zerrt er die Taschenuhr aus der Weste. Es ist achtzehn Uhr fünfundvierzig.

Ein weiteres Mal dreht er den Kopf, beschleunigt danach seine Schritte. Er kommt zügig voran, auch wenn er das linke Bein nachzieht. Beim Auftreten dreht sich der Fuß nach außen. Winzige Schweißperlen bilden einen Film auf der Stirn. Am Millerntor, am Rand der Neustadt, wacht das vierunddreißig Meter hohe Bismarck-Denkmal im Elbpark; der alte Reichskanzler, auf sein mächtiges, brusthohes Schwert gestützt, blickt nach Westen, elbabwärts. Nach Bismarck steht Werner Grunwaldt heute allerdings nicht der Sinn. Den Holstenwall und die Straße Hütten lässt er links liegen, eilt weiter geradeaus, den Neuen Steinweg entlang. Er huscht in einen offenen Hauseingang, wartet ab, lugt mit Vorsicht in die Richtung, aus der er gekommen ist. Nur einige Kinder sind zu sehen, mitten auf der Fahrbahn rangeln sie lautstark um einen Filzball. Es sind kaum Autos unterwegs. Auf dem Fußweg schemenhaft die Silhouette eines Mannes, der in einen Hof verschwindet. Das Fenster über dem gegenüberliegenden Hauseingang öffnet sich, eine Mutter ruft mit rauer Stimme ihren Jungen zum Abendbrot. Irgendwo fällt etwas Hartes auf das Pflaster. Der Mann verlässt seinen Posten, hält sich dicht bei den Häuserfassaden. Die Turmuhr des Michels zeigt neunzehn Uhr an. Der vertraute Klang der Glocken tut ihm gut. Kurz darauf erreicht er den Großneumarkt. Hier ist immer Betrieb. Er erkennt Amandus Heitmann vor seiner gut besuchten Gastwirtschaft. Mit Klubraum und Kegelbahn und mit tadellos gekleideten Kellnern.

Alter Steinweg, ein paar Schritte weiter. Nummer einundfünfzig/dreiundfünfzig, das Vorderhaus zur Straße hin, die sanft geschwungenen barocken Schmuckgiebel. Grunwaldt stolpert durch die unebene Tordurchfahrt. Hier, im Paradieshof, endet die noble Baukunst. Paradiesisch ist hier nichts. Er liegt in einem der engen Gängeviertel in der Neustadt, alles ein bisschen schmuddelig. Es riecht nach Holzfeuerung, Kohlsuppe und Ausdünstungen jeglicher Art. Wer hier lebt, ist blasser als die Menschen in den reichen Vierteln, selbst die Sonne scheint diesen Ort zu meiden. Windschiefe Fachwerkhäuser hocken sich dicht an dicht gegenüber, und nach oben hin wird's stetig enger, wegen der hervorragenden Obergeschosse. Immer drei Türen nebeneinander, die mittlere führt über baufällige schmale

Treppen in die höheren Stockwerke, die beiden äußeren in die Erdgeschosswohnungen, die sie Buden nennen. An eine dieser Budentüren klopft Grunwaldt. Die Mitteltür ist geschlossen. Aus einem der oberen Fenster ergießt sich unweit von ihm ein Schwall Abwaschwasser auf den Kopfstein. Jemand pfeift nach seinem Spitz, einer übt auf der Mundharmonika einen Schlager, und ständig rauscht ein Hintergrundgemurmel, das von überall gleichzeitig herzukommen scheint. Erneut klopft er an die grob gezimmerte Holztür, dringlicher jetzt, entschlossener, ungeduldiger. Dann lässt er seine Hand sinken, spürt einen Schmerz im Rücken. Einen Schlag? Einen Stich? Was ist das? Er knickt ein, die Stirn, sie schlägt gegen die Tür, die Brust in Flammen, ein brennender Schmerz. Der Kopf knallt seitlich aufs Pflaster, doch das spürt er nicht mehr.

Drüben wurde wieder gebraut. Ein sanfter Wind strich vom Hafen über den Geesthang, trug den Malzgeruch der gegenüberliegenden Actien-Brauerei in die Quartiere von St. Pauli.

Jakob war mit diesem Geruch aufgewachsen, hier, in der Hopfenstraße, mit den Eltern und den beiden Schwestern zusammen. Ab und zu musste man die Fenster schließen, so kräftig roch es nach der würzigen Biergärung. Ellen, seine um zwei Jahre ältere Schwester, hatte sich früher gern darüber amüsiert. Bei der Gelegenheit konnte sie wieder eine Kostprobe ihres schauspielerischen Talents zum Besten geben, indem sie den Torkelgang eines Betrunkenen nachahmte. Betrunkene gab es auf St. Pauli genug. Hätte man Jakob nach seiner Vorstellung von Heimat befragt, wäre ihm zuerst dieses süßlich-abgestandene Malzaroma in den Sinn gekommen. Der Geruch der Kindheit und der Jugend, den vergisst man nicht. Früher hatte er ihn nicht mehr täglich wahrgenommen, doch seit er vor sieben Jahren, da war er vierundzwanzig gewesen, seine jetzige Wohnung angemietet hatte, war er hier vielleicht ein- bis zweimal im Monat auf Elternbesuch. So wie heute. Er hatte einen freien Tag, was nicht viel bedeutete, wenn man im Polizeidienst war. Er musste jederzeit damit rechnen, dass etwas Unvorhergesehenes dazwischenkam, erst recht bei der Kriminalpolizei. Gerade in dieser Zeit voller Unruhen. Was nützten da die vielen Überstunden? Für alle Fälle hatte er dem Kollegen Ove Harms erzählt, dass er seine Eltern besuchen wollte. Natürlich hoffte er, dass er den freien Tag dort ungestört verbringen konnte.

Auch Ellen war gekommen. Sie hatten es beide nicht weit. Gläubig war keiner von ihnen, und ein Tag wie Ostermontag bedeutete im religiösen Sinne nicht viel für sie. Es war höchstens eine vergnügliche Sentimentalität, die Sache mit dem Osterhasen, dem Verstecken von bunten Eiern und den Süßigkeiten aus ihrer Kindheit. Dem konnten sich auch die Eltern nicht entziehen.

Seine jüngere Schwester Clara wohnte noch hier, bei Vater und Mutter. Trotz ihrer fünfundzwanzig Jahre war sie noch nicht verheiratet. Sie war in mancherlei Hinsicht der Nachzügler unter den Geschwistern, immer gewesen, behaupteten ihre Eltern, was aber nicht nur auf den Altersunterschied zwischen den Geschwistern zurückzuführen war. Bei ihr dauerte eben alles ein wenig länger. Vermehrt stellten sie sich in Claras Gegenwart die Frage, was sie verkehrt gemacht hatten, dass die Deern noch immer nicht unter der Haube war. Jakob wusste, dass sie mit ihrer Einschätzung völlig falsch lagen, und er wusste auch, dass Clara unter der elterlichen Ungeduld nicht sonderlich litt. Sie wusste um die elterliche Fürsorge und fühlte sich von ihnen geliebt. Und trotz aller Widerstände hatte sie nie aufgehört, von einer Karriere als Malerin zu träumen. Eine Zukunft als Ehefrau lag somit in weiter Ferne, denn welcher Mann würde sich schon auf ein Malweib einlassen wollen? Ja, Clara hatte ein fest umrissenes Zukunftsbild vor Augen, das sie bisher vor den Eltern geheim hielt. Nur die Geschwister wussten Bescheid. In Berlin war soeben die Damenakademie an der Hochschule für die Bildenden Künste eingerichtet worden. Im Kaiserreich war es Frauen nicht erlaubt gewesen, eine akademische Ausbildung an einer Kunsthochschule zu besuchen. Auch jetzt gab es vonseiten der Direktion und des Lehrpersonals Vorbehalte gegen die weibliche Konkurrenz, wenngleich sich mit dem Ende der alten Ordnung einiges geändert hatte. Würde man sie dort aufnehmen – und es sah ganz danach aus –, wäre das für die Familie ein erheblicher Einschnitt. Clara in Berlin! Sie hätte kein eigenes Einkommen und kam aus einem Arbeiterhaushalt. Erst kürzlich hatten die Geschwister sich in einem Café zusammengesetzt und die anstehenden Kosten geschätzt. Günstig wohnen konnte sie sicher fürs Erste bei Verwandten aus Mutters Familie. Alles andere, Verpflegung, eine Grundausstattung an Material, Gebühren und was da so zusammenkam, musste irgendwie aufgebracht werden. Am besten verdiente Jakob, der Kriminalkommissar war, demnach würde er den höchsten Anteil der Kosten tragen. Auch er war nicht verheiratet, als Mann hatte er damit freilich weniger Probleme. Finanziell wäre das irgendwie zu stemmen. Sie war ja bescheidene Lebensverhältnisse gewohnt. Die Eltern müssten natürlich ebenfalls zu Claras Unterhalt beitragen, und auch Ellen hatte sich bereit erklärt, einen geringen Teil ihres Lohns für ihre Schwester abzuzwacken. Man wollte sich auf jeden Fall um ein Stipendium kümmern, das würde die Familie spürbar entlasten. Clara war zuversichtlich, ab und zu eines ihrer Bilder verkaufen zu können, um auf diese Weise selbst zu ihrem Unterhalt beizutragen. So schlimm konnte es nicht werden, waren sich die Geschwister sicher.

Clara musste einfach malen, das fühlte sich für sie wie eine Berufung an, und ihre Bleistift- und Kohlezeichnungen wurden von allen gelobt. Und an einer Hochschule könnte sie ihr Talent vervollkommnen.

Ihr Vater musste sich wohl oder übel damit abfinden, dass ein weiteres seiner Kinder aus der Reihe tanzte. Jakob konnte sich die Reaktion des alten Herrn lebhaft vorstellen. Man hatte den Gören eine vernünftige Schulausbildung ermöglicht, sich dafür ganz schön krummmachen müssen, und dann wird der Sohn Kommissar und die Jüngste will Kunst studieren. Kunst! Studieren! Ein Polizist und eine Malerin! Die Kollegen hatten ihn bereits »Rembrandt« genannt, so als wäre er selbst der Maler und nicht seine Deern. Bei manchen seiner Genossen galt Carl als bürgerlich, gelegentlich begegnete man ihm sogar mit Misstrauen. Wenn einer einen Kommissar zum Sohn hatte, konnte man ja nie wissen, was er weitererzählte, auf wessen Seite Carl stand, wenn es darauf ankäme. Würde er seine Mitstreiter aus Loyalität zum Junior an die Staatsmacht verraten? Darüber hatte er sich oft genug geärgert. Andererseits hatte er den einen oder anderen Kollegen, der die Bildungsbeflissenheit der Mortensens als vorbildlich empfand. Wie sagte Wilhelm Liebknecht? »Wissen ist Macht –

Macht ist Wissen.« Arbeiterbildung war ein gewichtiges Thema, vielleicht sogar ein entscheidendes in der Zukunft. Immer mehr Volkshochschulen wurden gegründet. Es gab eine Menge privat organisierter Zirkel, in denen man nach einem anstrengenden Arbeitstag zusammenkam, um sich über ein Bild zu unterhalten oder um gemeinsam ein Buch zu lesen und es zu besprechen. Oft stellte man fest, dass es durchaus viel mit den Teilnehmern selbst zu tun hatte. Man musste sich erst daran gewöhnen. Zum Glück änderten sich die Zeiten gerade zum Besseren. Auch die Älteste war aus väterlicher Sicht ein wenig spleenig. Wenigstens hatte Ellen einen erfreulich normalen Beruf erlernt, sie war Schneiderin. Zum Glück was Handfestes, hatte der Vater sich seinerzeit gefreut, das konnte man immer gebrauchen. Zwar hatte sie gegenwärtig keine feste Anstellung, allerdings war sie darüber nicht besonders traurig. Sie konnte ja von zu Hause aus arbeiten, und das war sogar recht einträglich. In der Nachbarschaft und darüber hinaus hatte sich herumgesprochen, dass Ellen etwas von ihrem Handwerk verstand und keine unangemessenen Preise verlangte. Die Finanzbehörde musste ja nicht unbedingt erfahren, wie viel sie tatsächlich einnahm. Auch Jakob erzählte sie nicht alles darüber, nicht weil sie ihm nicht traute, sie wollte ihn einfach nicht übermäßig in Verlegenheit bringen. Gut fühlte er sich jedenfalls nicht dabei, das merkte sie. An sich sollte er als Staatsbediensteter loyal zu seinem Arbeitgeber stehen und eine Meldung machen. Das kam für ihn natürlich nicht infrage, er hoffte nur, dass kein Außenstehender sie denunzierte.

Eines Tages unterbrach sie sich mit einem Mal bei einer Näharbeit und verkündete mit entschlossener Stimme, sie wolle sich verstärkt an einem eigenen Reformkleid versuchen, sie habe bereits einige Skizzen angefertigt. Seit gut zwanzig Jahren galten die bequemeren Frauenkleider nicht mehr als Tabu, das Korsett hatte ausgedient. Raus aus der Enge, Luft, Bewegungsfreiheit, ein natürliches Körpergefühl, das war mittlerweile in den Köpfen der meisten Frauen angekommen. Die Ärzte unterstützten sie dabei, denn eingeschnürte Körper waren aus medizinischer Sicht nicht akzeptabel. Im Krieg übten viele Frauen Männerarbeiten aus, da war das Korsett hinderlich. Trotz der neuen Freiheit war das Reformkleid – vor allem unter den Frauen selbst – unbeliebt. »Reformsack« wurde es genannt. Da müsste man mal was dran ändern, dachte sich Ellen und fing an, sich näher mit dem Thema zu beschäftigen. Ihre Mutter unterstützte sie darin, sie kannte die Hartnäckigkeit ihrer Ältesten und auch ihre Kunstfertigkeit. Ellens Mann, Edgar, hatte lediglich mit den Schultern gezuckt und sie machen lassen. Seltsamerweise war ihr die moralische Unterstützung von »Vaddern« maßgeblicher gewesen als die ihres Ehemannes. Der war ja immer ein bisschen bräsig.

Der Vater konnte ja eigentlich nur zustimmen, bei seiner politischen Einstellung. Wie sie ihn kannte, war er insgeheim stolz auf sie und auf die Geschwister, wenn er es auch nicht so direkt sagen würde. Eher fragte er sich vernehmlich, von wem die Geschwister das bloß hatten?! Oder er guckte, wie eben, in die Runde, mit wohlwollendem, wenn auch leicht kritischem Ausdruck, die hellblauen Augen ein wenig zusammengekniffen, den Kopf verhalten seitlich geneigt, die rechte Hand grüblerisch am Kinn. Astrid, seit vierunddreißig Jahren mit ihm verheiratet, wusste jeden seiner Blicke zu deuten, ihr konnte er niemals etwas vormachen. Ein Lächeln huschte ihr übers Gesicht, mit zwei Fingern schob sie ihre neue Eisenbrille ein Stückchen den Nasenrücken hinunter.

»Ach Carl, guckst du wieder so. Nun setz dich mal zu uns an den Tisch und schleiche nicht wie ein Tiger durchs Zimmer.«

»Hmm«, brummte er und tat ihr den Gefallen.

Alle Blicke waren auf ihn gerichtet. Er wirkte seltsam abwesend, fast so, als gehöre er nicht dazu. Jakob fragte sich, was gerade in seinem Kopf vor sich gehen mochte. Seit einem Vierteljahr war das nun so. Längst hatte er sich vorgenommen, in Ruhe mit ihm zu reden, ein Gespräch zwischen Sohn und Vater zu führen. Er machte sich einfach Sorgen, wenn selbst die Mutter nicht mehr so richtig an ihn herankam.

Es hatte im Januar begonnen mit der Ermordung von Karl Liebknecht und Rosa Luxemburg durch Freikorps, die von SPD-Reichswehrminister Noske installiert und gefördert wurden. Es hieß, man wolle hart gegen streikende Arbeiter vorgehen. Vor allem Rosas Schicksal hatte den Vater schwer getroffen, allein wegen der unwürdigen Umstände. Gefoltert, erschossen, in den Berliner Landwehrkanal geschmissen. Bisher war ihr Leichnam nicht gefunden worden. Am fünfundzwanzigsten Januar war auf dem Zentralfriedhof in Berlin-Friedrichsfelde ein leerer Sarg neben Karl Liebknecht beerdigt worden. Symbolisch. Den Tätern würde sicher nichts passieren, davon war Vater überzeugt. Sie wurden von oben gedeckt, von Noske persönlich. Stimmte das, wäre es ein ungeheurer Skandal, dachte Jakob. Ausschließen konnte man es hingegen nicht. Wenn ein neuer Staat von Beginn an mit so einem Justizmakel anfinge, dann gute Nacht. Daran mochte er einfach nicht glauben. Für Vater war es beinahe so, als wäre mit dem Tod von Rosa ein Familienmitglied aus ihrer Mitte gerissen worden. Er nahm persönlichen Anteil an dem Werdegang der Genossen, für Jakobs Geschmack ein wenig zu viel. Am ersten Januar war die KPD gegründet worden und Vaddern war natürlich gleich mit dabei gewesen. Für ihn war das nur konsequent, denn er hatte bereits als USPD-Mitglied ganz weit links gestanden, da war es zur KPD nur ein kurzer Schritt. Auf Jakobs Dienststelle hatte es sich rasch herumgesprochen, und manch ein Kollege sah ihn seither schief von der Seite an. Darauf konnte sein alter Herr keine Rücksicht nehmen, er hätte es auch nicht gewollt. Als Sohn hatte er seine Entschlossenheit und seine Art, politische Fragen konsequent zu Ende zu denken, oft bewundert. Manchmal ging ihm seine Sturheit auch reichlich auf die Nerven. Sich parteipolitisch zu organisieren, zog Jakob jedenfalls nicht in Betracht. Nicht, weil er unpolitisch war, er verfolgte die aktuellen Ereignisse durchaus mit lebhaftem Interesse, nur hatte er keine Lust, sich irgendwelchen Parteidogmen unterzuordnen. Außerdem hätte er es in seiner Position für unpassend gehalten, sich in einer linken Partei zu engagieren. Er würde sich damit dem ständigen Misstrauen der Kollegen aussetzen. Und alles andere als eine sozialistische Partei käme für ihn nicht infrage, dafür war er zu sehr Vaters Sohn. Über solche unausgesprochenen Zwänge machte sich ein Carl Mortensen keine Gedanken. Für ihn galt: Man musste wissen, für was man stand und für was man einstand. Als Ewerführer im Hafen hatte er 1896 als einer der Wortführer den großen Hafenarbeiterstreik mitorganisiert, das hatte ihn geprägt. Er war mit seinen Kollegen gegen eine Wand gerannt, der Streik hatte in einem Desaster geendet, doch einen Mangel an Glaubwürdigkeit hatte ihm zumindest keiner vorwerfen können.

Er spürte, dass man von ihm ein paar Worte erwartete, ein Zeichen, dass er bereit war, am Familienleben teilzunehmen. Er wandte sich mit einer unverfänglichen Frage an den Sohn.

»Bist du heute Morgen einige Bahnen geschwommen?«

»Ja, Vaddern, ganz früh. Weißt ja, das mach ich gern. Da ist nicht viel los in der Schwimmhalle. War gut, wie immer.«

»Du mit deiner Schwimmerei«, neckte Ellen ihn, »du hast bestimmt Schwimmhäute zwischen den Zehen wie eine Ente.«

»Klar habe ich. Willst du sie sehen?«

»Nee, bloß nicht. Hör mir auf«, wehrte sie das Angebot lachend ab. »Normal ist das nicht, das musst du zugeben, oder?«

»Schwimmen würde dir auch guttun, Schwesterherz, das ist gesund und vorteilhaft für die Figur.«

Tatsächlich hatte ihm die häufige Schwimmerei zu einem ausgesprochen athletischen Körper verholfen, um den Freunde ihn beneideten. Sein eigentlich dunkelbraunes Haar war im Laufe der Zeit immer heller geworden, was er auf das Chlorwasser zurückführte.

»Vor-teil-haft für die Figur«, äffte Ellen ihn nach, »na vielen Dank auch. Weil ich ja sooo fett bin.«

»Ihr beiden immer«, amüsierte sich Mutter, »wie Hund und Katz. Ich frage mich, wann ihr mal erwachsen werdet.«

»Du könntest ja neue Badehosen und Badeanzüge entwerfen, das hätte Zukunft. Geschwommen wird immer, und du würdest dafür reichlich Abnehmer finden«, setzte er nach.

Ellen überlegte einige Sekunden. »Das ist gar nicht so verkehrt, was du da sagst. Gar nicht so verkehrt, wirklich.« Clara stellte ein Körbchen mit ein paar Scheiben Brot auf den Tisch. Bei dem übersichtlichen Angebot lohnte es sich nicht, ihn zu decken. Ein Rest von Ellens Apfelsirup war auch da und Trockenobst. Dazu gab es Pfefferminztee, den hatte Jakob beigesteuert. Eine ganze Wochenration für die Eltern und Clara. Auch für ihn war es nicht einfach, bezahlbare Lebensmittel zu ergattern. Für die Lebensmittelkarten bekam man nicht viel.

Es dunkelte bereits, ein ereignisloser Tag ging bald zu Ende. Jakob fragte sich, wann seine Mutter wieder ihre unvermeidliche »Und wie steht's mit der Liebe«-Frage stellen würde, eigentlich war sie längst überfällig. Alles war hier vorhersehbar, auf die immer gleichen Fragen folgten die gleichen Antworten. Dialoge, Redewendungen, Gesichtsausdrücke, Bewertungen, alles wiederholte sich. Anscheinend brauchte seine Familie das, vielleicht war er der Einzige, den das langweilte. Vermutlich war es sogar bedeutsam für sie, eine Art Selbstvergewisserung, eine Art Ritual. Solange man sich immerzu das Gleiche erzählte, war alles in Ordnung. Heute würde Mutters Frage entfallen, denn die Türklingel schrillte, was nicht ins gewohnte Bild passte. Wer wollte denn um diese Uhrzeit etwas von ihnen? Clara, die sich der Wohnungstür am nächsten befand, öffnete. Jakob ahnte sofort, dass es mit ihm zu tun haben musste, da hörte er Oves vertraute Stimme. Mit Kollege Harms verbrachte er den größten Teil seines Arbeitstages. Er hatte hoffentlich gute Gründe, ihn hier zu stören.

Die beiden verstanden sich richtig gut, sie konnten auch vertraulich miteinander reden. Doch sein bisschen Freizeit gestaltete Jakob gern selbst, auch an Tagen wie heute, wo es nicht viel zu gestalten gab, deshalb hatten sie privat noch nichts zusammen unternommen. Ein Schmunzeln konnte er sich allerdings nicht verkneifen, als er Oves Gestotter hörte, das ihn immer überfiel, wenn er sich in Claras Nähe befand. Da konnte es passieren, dass er errötete wie ein Schulbub. Auch die Schwester benahm sich merkwürdig kokett in seiner Anwesenheit. Irgendetwas sollte bald unternommen werden, um die beiden ein wenig zu ermuntern. Er könnte damit leben, wenn sie ein Paar würden. Jakob sah auf der Straße den Einsatzwagen stehen. Es musste dringend sein, sonst hätte Ove für den kurzen Weg eines der Dienstfahrräder genommen.

»Ove, was ist los?«

»Tut mir leid, dass ich störe, es ist eilig. Ein Toter, wahrscheinlich erstochen. Kommst du? Wir haben erst mal alles so gelassen, damit du dir selbst ein Bild machen kannst. Im Dunkeln wird sowieso alles länger dauern.«

»Was ist mit Kollege Klages? Der hat heute Dienst, oder?«

»Hätte er eigentlich, aber die Fauljacke hat sich kurzfristig freigenommen. Was Wichtiges, sagte er und verschwand. Ich bin als seine Vertretung eingeteilt und wollte bei einer Mordsache nicht ohne dich ermitteln«, erwiderte Ove, hielt sich dabei kurz die Hand vor den Mund.

Wurde er etwa verlegen, weil er Fauljacke gesagt hatte, überlegte Jakob. Er bemerkte Claras Lächeln, sie schien die direkte Art des Kollegen zu mögen, einschließlich seiner Verlegenheit.

Jakob verabschiedete sich von seinen Eltern und den Schwestern und wünschte weiterhin einen behaglichen Abend. Kurze Zeit später schnurrte der Polizeiwagen die Reeperbahn hinunter, den Michel zumeist in Sichtweite.

»Wo geht's hin?«, erkundigte sich Jakob.

»Halt dich fest. Zum Paradieshof.«

»Du brauchst mich nicht zuerst nach Hause zu fahren, es geht gleich direkt zum Tatort.«

»Ja, so ist es gedacht.«

Jakob machte große Augen.

»Im Paradieshof! Nicht dein Ernst, oder? Wie finde ich denn das! Kaum bin ich mal nicht da, lässt sich einer in meiner Nachbarschaft abstechen?«, grollte er kopfschüttelnd.

Es schien, als würde Ove Harms nicht auf Anhieb verstehen, wie sein Vorgesetzter dies gemeint hatte. Der hörte sich wirklich empört an. Wie konnte jemand auch nur auf die Idee kommen, beim Chef um die Ecke Opfer einer Straftat zu werden! Aber wer suchte sich das schon selbst aus?

»Und guck auf die Straße. Bitte!«, ermahnte ihn Jakob wie so oft, wenn er mit ihm fuhr. Er vermutete einen Komplex bei Ove, wegen seiner langen Nase und dem Höcker darauf. Auch beim Autofahren hielt er den Kopf nicht geradeaus, sondern seitlich gedreht, mehr dem Beifahrer zugewandt als der Fahrbahn. Es kam selten vor, dass der Kollege sein Gesicht im Profil zeigte, die Nase schien ihm peinlich zu sein. Wahrscheinlich wollte er niemanden mit ihr belästigen. Er mochte sie nicht. Dabei kam er bei den Frauen durchaus gut an, wie Jakob des Öfteren bemerkte. Ove hatte etwas Französisches an sich.

Handelte es sich um ein Verbrechen, das im Zusammenhang mit den aktuellen Unruhen stand? Beim Blick aus dem Wagenfenster würde es ihn nicht wundern. Auf den Straßen waren die Folgen der gewalttätigen Proteste nicht zu übersehen: ein Meer aus Scherben rund um den Großneumarkt, vor allem zu Bruch gegangene Ladenfenster, geplünderte Auslagen, Steine, Knüppel, vereinzelt dunkelrote Flecken auf dem Pflaster. In den letzten Tagen hatten heftige Schießereien zwischen Aufständischen, Polizisten und Soldaten stattgefunden. In der Bundesstraße wurde ein Sturm auf die Kasernen angesetzt, in der Markusstraße sollte ein Proviantlager gestürmt werden. Zur Abwehr wurden Handgranaten eingesetzt. Insgesamt waren in den letzten Tagen neun Tote zu beklagen gewesen, hieß es, inzwischen womöglich mehr. Alles änderte sich laufend, und über die heutigen Ereignisse hatte Jakob keine Informationen, was er jedoch in den vergangenen Tagen erlebt hatte, gab ihm zu denken. Scherben zu Ostern – es hatte sich angedeutet.

Bereits die Protestbekundungen von Erwerbslosen in der letzten Woche ließen Ernsteres erahnen. Die Reichsregierung unter Ebert hatte die ohnehin mageren Unterstützungsleistungen gekürzt. Wovon leben? Es mangelte an allem, an Nahrung, an Heizmaterial, an Kleidung und Schuhen. Auf dem Schwarzmarkt bekam man das meiste. Nur, was hätten die armen Schlucker tauschen sollen? Gemeinsam mit dem Arbeiterrat zogen sie vor das Rathaus. Nachdem sich zweihundert Halbstarke vom Protestzug abgesondert hatten, kam es beim Alsterpavillon auf dem Jungfernstieg zu Tumulten. Türen und Scheiben gingen zu Bruch, ebenso Mobiliar. Die wohlhabenden Gäste, die es sich gut gehen ließen, wurden bepöbelt und beraubt. Die Jugendlichen bedienten sich an Kuchen, Torten und allerhand Essbarem und stopften sich damit die knurrenden Mägen. Angestellten nahmen sie Lebensmittelkarten ab.

An diesem sechzehnten April plünderten aufgebrachte Menschengruppen zudem weitere Restaurants und Warenlager. Auch vor noblen Alstervillen machte die zornige Menge nicht halt. Es kam zu Übergriffen und Diebstählen. Selbst in bürgerlichen Kreisen war man wegen der gewaltsamen Ausbrüche nicht überrascht. An ein Fazit aus dem sozialdemokratischen Hamburger Echo erinnerte er sich:

>*Die ganze Welt ist eben unzufrieden, und namentlich sind es die Arbeiter und sonstigen Personen, die sich mit niedrigem Einkommen durch die Hungerzeit durchschlagen müssen. Auf der einen Seite durchaus unzureichende Löhne, auf der andern eine schamlose Bewucherung. Es ist gerade, als sei alles zur Aufreizung eingerichtet. Die Schaufenster voll von Lebensmitteln, aber zu welchen Preisen! Wohl kann man Mehl, Butter, Wurst, Speck und sonstige schöne Dinge kaufen; bezahlen können sie aber nur die Leute mit hohem Verdienst. Und das sind nur wenige.*<*

Ja, so war es. Menschen, die sich bisher nichts hatten zuschulden kommen lassen, begehrten auf, sie waren mit ihrer Geduld am Ende. Erst der verdammte Krieg, gegenwärtig die Republik, indessen gab es die Kriegsküchen nach wie vor. Die Armenbevölkerung wuchs, die Lebensmittel verknappten sich weiter, während sich Spekulanten am Schleichhandel die Taschen füllten. An der Börse spekulierten sie mit Lebensmitteln, und das Volk hungerte.

Die Handelskammer ließ es geschehen. Jakob hätte dem längst ein Ende bereitet, wenn es nach ihm gegangen wäre. Der Großteil der Hamburger war vom freien Markt ausgeschlossen. Die Versorgung der Bevölkerung lief über Lebensmittelkarten, die vom Kriegsversorgungsamt am Großen Burstah ausgegeben wurden. Die pro Tag zugestandene Kalorienmenge war davon abhängig, wie gut oder schlecht die städtischen Warenlager gefüllt waren. In den Kriegsküchen wurden viele tausend Menschen mit einfachsten, immerhin warmen Mahlzeiten bedacht.

Bereits zum letzten Jahreswechsel hatte der eine oder andere Alsterschwan sein Leben eingebüßt und war im Backofen gelandet. Das hatte für Empörung gesorgt. Nun also entlud sich der Volkszorn in bewaffneten Kämpfen mit der Staatsmacht. Die Polizei wurde natürlich weiterhin mit dem Kaiserreich in Verbindung gebracht. An Gewehren und Pistolen herrschte in der Stadt kein Mangel, die Novemberrevolution lag ja erst wenige Monate zurück. In den Wirren dieser Tage waren Waffen massenhaft verschwunden, in private Hände gelangt oder von politisch interessierter Seite in geheimen Depots aufbewahrt. Vermutlich stammte ein Teil der Schusswaffen aus Beständen der Volkswehr. Auch zur Verteidigung der Bremer Räterepublik, zu der es nicht gekommen war, waren Gewehre an Arbeiter verteilt worden. Darüber hinaus kam es immer wieder zu Übergriffen auf Polizeiwachen und auf private Waffenläden.

In Hamburg waren also Feuergefechte an der Tagesordnung. Schöner Mist, dachte Jakob. Auf St. Pauli, in Hammerbrook und an verschiedenen Standorten in der Innenstadt wurden Wachen gestürmt und verwüstet, Gefangene befreit. Ein spontaner Ausbruch von Gewalt schaffte sich Luft, nichts war geplant, keine Partei, keine Organisation steckte offenbar dahinter. Auch die KPD zeigte sich überrascht, sie geriet zuerst in Verdacht, die Fäden gezogen zu haben. Vaddern hätte wahrscheinlich nicht mal etwas dagegen gehabt. Nahm da eine zweite Revolution ihren Anfang? Die Führung war gegen Revolten, die nicht von ihr vorbereitet und ausgerufen wurden, sie wiegelte ab, warnte: »Genossen, lauft denen nicht ins offene Messer!«

Die wütende Menge wähnte die Ordnungshüter auf der falschen Seite. Die hüteten nicht ihre Ordnung. Warum unternahmen sie nichts gegen jene, die sich auf Kosten der einfachen Leute bereicherten? Gegen jene, die horrende Preise für minderwertige Lebensmittel verlangten, diejenigen, die Nahrungsmittel panschten, verwässerten, streckten und mit verdorbenen Zutaten vermehrten?

Natürlich befanden sich unter den Aufständischen ebenso Kriminelle, Schwarzmarkthändler etwa, die ihre Kreise durch die Polizei gestört sahen. Die hatten mit dem politischen Anliegen der Protestler nichts zu tun, sie versteckten sich nur in deren Reihen. Sie kochten ihr eigenes Süppchen. Hier prallten gegenwärtig viele unterschiedliche Interessen aufeinander.

»Wir sind da«, sagte Ove, »jedenfalls hast du es nachher nicht weit nach Hause.«

Vom Vorderhaus am Alten Steinweg ging es durch die Tordurchfahrt in den Paradieshof. Die Bezeichnung »Hof« war missverständlich, denn es handelte sich eher um eine beengte Gasse, um einen handtuchschmalen, dicht bebauten Gang, der nichts von einem Hof hatte. Und »Paradieshof« ließ sich entweder auf eine feine ironische Wahrnehmung seiner Bewohner zurückführen oder – auch eine Möglichkeit – auf eine Malerei in einem benachbarten Hof. Dort hatte es an einer Holzwand eine Paradiesdarstellung gegeben, sicher um den Armen Trost zu spenden und ihnen die Aussicht eines künftigen Lebens in einer anderen Welt schmackhaft zu machen.

Jakob und Ove näherten sich einer Menschentraube, die sich auf der linken Seite vor einem Haus drängte. Zwischen den vielen Beinen entdeckte er einen reglosen Körper. Warum konnte hier jeder nach Belieben herumstehen? Warum hatte man die Schaulustigen nicht abgewiesen? Alle standen dicht gedrängt beieinander. Die Beleuchtung war angeschaltet und strahlte alles hell aus. Kollegen hatten Petroleum-Starklichtlampen aufgestellt, damit sie in der zunehmenden Dunkelheit besser arbeiten konnten. In einem solchen Licht hatte Jakob den Paradieshof nie zuvor gesehen. Im Schein der Lampen erkannte er jede Mücke einzeln, und er bemerkte, wie Spinnen am Fachwerk entlanghuschten. Es wirkte surreal auf ihn.

Jakob fühlte sich unbehaglich in seiner Haut. Die meisten Gesichter um ihn herum waren ihm vertraut, sie stammten aus der direkten Nachbarschaft. Einige der Nachbarn kannte er persönlich. Gelegentlich unterhielt er sich mit ihnen, wenn er sie auf dem Großneumarkt traf. Nichts Weltbewegendes, mehr das Übliche: Wetter oder Kinder, oft auch über die beständig steigenden Lebensmittelpreise auf dem Markt. Aber nicht jeder unterhielt sich gern mit ihm, schließlich war er Beamter. Einige wussten, wer sein Vater war, waren Genossen von ihm, und andere arbeiteten mit ihm im Hafen. Über fünfzig Familien lebten hier im Paradieshof, und die meisten von ihnen hatten etwas mit dem Hafen zu tun. Viele Unständige wohnten im Hof, Tagelöhner und Gelegenheitsarbeiter ohne feste Anstellung. Sie versuchten jeden Tag ihr Glück unten bei den Schiffen. In der Regel reichte das bisschen Lohn vorne und hinten nicht, und so manches blieb auch in den Hafenkneipen hängen, wo sie die Arbeitsvermittler schmieren mussten. Man konnte ihnen ihre Armut ansehen, vor allem am lückenhaften Gebiss. Zähne fehlten oder verfaulten, braune Stümpfe verbreiteten einen schlechten Geruch in ihrer Nähe.

Und dann gab es diese zwielichtigen Gestalten, die sich verdrückten, wenn sie eine Polizeiuniform sahen. Sie lebten hier oft vorübergehend bei Familienmitgliedern oder Bekannten, irgendwann verschwanden sie so rasch, wie sie gekommen waren. Häufig handelte es sich um Kleinkriminelle, die kurzzeitig Schutz vor der Staatsmacht suchten, die etwas zu verbergen hatten, wusste Jakob.

Mit einigen von ihnen hatte er bereits beruflich zu tun gehabt. Er konnte deutlich spüren, dass er gerade von vielen Augen beobachtet wurde. Wahrscheinlich würde er nicht viel herausfinden, denn es wurde hier nicht gern gesehen, wenn sich jemand mit einem Beamten unterhielt. Er konnte jetzt schon schwören, dass keiner von ihnen etwas gehört oder gesehen hatte.

Ein Uniformierter ruderte mit den Armen, er hatte offenkundig mit der Sicherung des Fundortes zu tun. Die Umstehenden reagierten kaum auf seine Anweisungen.

»Moin, Tiedemann«, grüßte Ove ihn, und auch Jakob nickte ihm zu.

»So, meine Herrschaften, genug geguckt, nun machen Sie mal 'n büschen Platz hier, wenn ich bitten darf«, unterstützte Ove ihn, »jaja, Sie auch und zwar gleich.«

Die Leute reagierten mit nicht zu übersehbarem Widerwillen, traten zwei Schritte zurück, nahmen jedoch sogleich wieder ihre vorherige Position ein. Erst nachdem sie unsanft zurückgestoßen wurden, gaben sie nach.

»Sagen Sie bloß, Sie sind hier allein, Tiedemann«, fragte Jakob, »wo sind denn die anderen?«

»Überall und nirgends«, brachte der Angesprochene hervor, »einer holt gerade eine Lampe aus dem Wagen, ein anderer ist einem Taschendieb hinterhergelaufen.«

»Was?«, fragte Jakob ungläubig. »Einem Taschendieb? Und Sie sichern hier als Einziger? Ich kann das nicht glauben.«

Der bedauernswerte Tiedemann zuckte die Achseln und hielt es für besser zu schweigen. Er war ein verlässlicher Kollege, hatte Erfahrung. Wie alt mochte er sein? Schwer zu schätzen, etwa Anfang bis Mitte vierzig?

Die beiden Ermittler beugten sich zu dem Toten hinunter. Die Leiche lag auf der linken Seite. Lichtes Haar, Oberlippenbart, der aussah wie angeklebt, als löste er sich gleich ab.

»Haben Sie den Toten bewegt, Tiedemann?«

»Ja, nur ein klein wenig. Er lag auf der Seite, als wir ankamen, so wie jetzt. Ich wollte sein Gesicht genauer sehen. Und auf dem Rücken hat er die Wunde. Eine Stichwunde, viel Blut darum herum, aber man kann eine Stichwunde gut erkennen. Der Amtsarzt ist ja leider noch nicht da, kommt bestimmt gleich«, gab der Wachtmeister sichtlich aufgeregt wieder. Mit dem Ärmel der Uniformjacke wischte er den Schweiß von der Stirn.

»Und wo ist die Stichwaffe?«

Tiedemann runzelte die Stirn, der Frage war er in der hektischen Situation bislang nicht nachgegangen. »Stimmt.

Also, wir haben sie nicht gesehen«, murmelte er und sah sich nach allen Seiten um.

Jakob wusste, dass er nicht zehn Aufgaben gleichzeitig erledigen konnte, und wer konnte schon sagen, ob das Messer überhaupt zu finden war, wenn es nicht noch in dem Toten steckte.

»Wissen wir etwas über ihn? Ausweis, Papiere, Dokumente? Wie heißt er, wo kommt er her?«, wollte Jakob wissen.

»Weiß nicht«, antwortete Ove, »scheint ein Arbeiter gewesen zu sein, den Sachen nach zu urteilen. Alles einfach und fadenscheinig, armer Hund wahrscheinlich. Er trägt einen Ehering, sehe ich gerade.«

»Das ist Grunwaldt, Werner Grunwaldt, ein Kollege«, warf Tiedemann ein, räusperte sich kurz, »also, ehemaliger Kollege vielmehr.«

Jakob und Ove sahen sich verdutzt an, danach guckten sie den Wachtmeister an.

»Ja, ich kenne ihn von früher, er hat mal für die Politische Polizei gearbeitet, bis zum Kriegsbeginn. Er hat sich in Arbeiterkneipen … hm, wie soll ich sagen … na ja … umgehört, wenn Sie wissen, was ich meine. Hat darüber Berichte geschrieben. Bis zum Kriegsausbruch sogar.«

»Spitzelberichte«, stellte Jakob fest, »reden wir Klartext. Vigilanzberichte nannten sie die. Beamte kleideten sich unauffällig, setzten sich in die Eckkneipen im Hafen oder in den Stadtteilen und belauschten die Gespräche der Anwesenden. Alles, was kritisch geäußert wurde, tauchte in den Berichten auf. Man versprach sich davon ein Stimmungsbild des Arbeitermilieus, um rechtzeitig handeln zu können, wenn sie aufsässig wurden.«

»Ist ja widerlich«, bemerkte Ove, »da habe ich nicht mehr viel von mitgekriegt. Zum Glück.«

»Ich auch nicht«, bestätigte sein Kollege.

»Ich schon«, bekannte Tiedemann, »ich bin sogar mal gefragt worden, ob ich da mitmachen will. Aber das war nichts für mich. Nee!« Er schüttelte heftig den Kopf.

»Warum trägt er Räuberzivil?«, wollte Ove wissen. »Hat er den Dienst quittiert?«

»Na ja, das war praktisch die neue Dienstkleidung für seine Spitzeltätigkeit. Er ist bei einem Einsatz am Bein verletzt worden, seitdem hinkte er. Ist, glaube ich, nie richtig verheilt, er fiel öfter aus, obwohl er nach der Sache im Innendienst war. Es ging dann nicht mehr. Tja, kann uns alle treffen.« Tiedemann zuckte die Achseln, wirkte ein wenig ratlos.

»Hm«, knurrte Jakob, der mit solch allgemeinen Lebensweisheiten nichts anfangen konnte.

Grunwaldts verzerrter Gesichtsausdruck ließ darauf schließen, dass der Tod ihn im Schmerz abgeholt haben musste.

Der Arzt kam.

»Ging nicht früher«, entschuldigte er sich. »Was meinen Sie, was zurzeit bei mir los ist. Mord und Totschlag, na, ich kann Ihnen sagen. Alle Hände voll zu tun.«

Dr. Knoop machte sich an die Arbeit. Er gehörte zum kriminalpolizeilichen Inventar. Für Jakob war der Gerichtsmediziner ein Phänomen. Im fortgeschrittenen Alter, er dürfte allemal Ende fünfzig sein, schien er immer agiler zu werden. Sein silbergraues Haar und das faltenreiche Gesicht waren altersgemäß, die Bewegungsabläufe dagegen passten nicht zu seiner Erscheinung. Er verfügte über einen jugendlichen Gang und eine ebensolche Statur. Wie er sich gerade in der Hocke über die massige Gestalt des Toten beugte, zunächst, ohne ihn zu berühren und ohne sich mit den Händen abzustützen, wirkte ungewöhnlich. Wie viele Leichname er in seinem Berufsleben gesehen und begutachtet hatte, wusste er wahrscheinlich selbst nicht mehr genau. Heute kam eine neue Leichenschau hinzu. Vorsichtig befreite er den Toten von der Jacke, den Hosenträgern, seinem Hemd. Dann zückte er ein Vergrößerungsglas aus der abgewetzten, speckigen Arzttasche. Er nahm sich Zeit, um sich die Einstichstelle zu betrachten. Zu einigen Aussagen ließ er sich bereits hinreißen, da schien er ganz auf seine Routine zu vertrauen.

»Er hat eine verhältnismäßig hohe Körpertemperatur, ist noch nicht lange tot, gute Stunde vielleicht oder anderthalb. Wahrscheinlich ist er hier erstochen worden. Sehen Sie die Blutmenge hier auf dem Pflaster? Das würde passen.«

»Also Fundort gleich Tatort«, bemerkte Ove.

»Ja, davon kann man ausgehen, denke ich. Es ist nur ein einziger Stich, schauen Sie mal, von hinten direkt ins Herz. Glatte Schnittränder. Der Mörder hat das Messer praktisch so rausgezogen, wie er es reingesteckt hat. Saubere Arbeit, wirklich saubere Arbeit«, begeisterte Knoop sich, »der Mann muss Erfahrung im Umgang mit Messern haben.«

»War es denn ein Mann?«, wollte Jakob wissen.

»Ja, der Kerl muss eine hochgewachsene Statur haben, denn der Stich erfolgte gerade von hinten, also nicht von oben oder unten. Wenn man davon ausgeht, dass er das Messer etwa in Brusthöhe gehalten hat, ist es unwahrscheinlich, dass es eine Frau war. Einen hohen Kraftaufwand musste er nicht betreiben, bei seiner hervorragenden Technik.«

»Na, Sie sind ja schwer begeistert, Doktor.«

»Jaja, ich schätze die Präzision. Na gut, in dem Fall sollte ich das besser nicht zu laut sagen.«

Die beiden Ermittler und Tiedemann nickten. Knoop lächelte.

»War es denn ein Messer oder eine andere Stichwaffe? Haben Sie eine Idee?«, fragte Jakob.

»Ja, ein Messer dürfte wahrscheinlich sein, ich vermute einen langen Einstich, das kann ich jetzt nicht abschließend sagen. Ein gut geschärftes Messer auf jeden Fall, vielleicht ein Küchenmesser, wie man es in Gastwirtschaften verwendet, von Köchen zum Beispiel oder Metzgern, sehr spitz und rasiermesserscharf. Zum Schneiden und Filetieren von Fleisch. Na ja, passt ja auch irgendwie, nicht wahr? Jaja, ich weiß, meine Herren, das ist Ihnen zu makaber. Ihr jungen Leute seid ja so zimperlich.«

Inzwischen war es bereits so dunkel, dass die Lichtquellen bizarre Schatten an die Hauswände warfen. Dazu kam das ständige Murmeln der Umstehenden, das aus dem Dunkeln hinter den Lampen direkt unheimlich wirkte. Jakob blickte in die Runde. Da, in der zweiten Reihe guckte ihm einer geradewegs ins Gesicht, er kaute auf etwas herum, die Wäscherin hielt sich eine Hand vor den Mund, einer ließ eine Bügelflasche Bier aufploppen. Der Spitz des Messerschleifers hob sein Bein, ein Tritt verfehlte ihn knapp. Und dann stieg ihm der unvermeidliche Kohlgeruch in die Nase. Die ganze Stadt roch nach Kohlsuppe. Erst wenn es nicht mehr nach Kohl roch, war der Krieg vorbei, kam es Jakob in den Sinn. Dann kam die Eier-mit-Speck-Zeit. Der Unbekannte da hinten schob sich seine Schiebermütze tief ins Gesicht, wollte nicht erkannt werden. Ein nagelkauender Junge starrte wie gebannt auf den Toten, wahrscheinlich würde sich diese Szene hier für lange Zeit in seinem Kopf erhalten. Allerdings: Man war hier hart im Nehmen. Dennoch reagierte man angesichts des abscheulichen Verbrechens nicht mit der derben Gefühlsrohheit, wie man sie häufig bei Menschen antraf, die sich vom Leben vernachlässigt sahen. Es waren wenigstens keine respektlosen Sprüche zu hören und kaum ein Lachen.

Endlich rückten ein paar uniformierte Kollegen an. Sie drängten die Bewohner ab, redeten pausenlos auf sie ein, teils auch in einer rüden Tonart. Mit wohlgesetzten Worten kam man hier nicht weiter.

»Wo ist das verdammte Messer?«, fragte sich Jakob in gedrosselter Lautstärke. »Hat er es mitgenommen, weggeworfen, versteckt, hier oder in einiger Entfernung? Wir müssen alles absuchen, ohne Verzögerung, sofort. Tiedemann, holen Sie so viele wie möglich von unsern Leuten her, die sollen hier und in der Umgebung jeden Stein umdrehen. Wir suchen nach einem langen Messer. Und dann, Wachtmeister …«

»Ja?«

»Einer aus der Abteilung soll rausfinden, wo Grunwaldt gewohnt hat. Er scheint ja verheiratet gewesen zu sein. Falls Frau Mertens noch da ist, soll sie zur Witwe fahren und es ihr sagen, ich will nicht, dass sie es von jemand anderem erfährt. Ich weiß, wie spät es ist, leider muss es sein. Und Elke Mertens kann so was gut. Sonst soll es eben ein anderer machen, nur bitte mit Pietät.«

»Mit … was?«

»Mit Pie…, mit Feingefühl, nicht so grob, verstehen Sie?«

33

»Klar, Feingefühl. Kenn ich«, entgegnete Tiedemann mit einer leichten Empörung in der Stimme.

»Und weiter …« Vernahm Jakob da einen leisen Seufzer?

»Ja?«

»Man soll uns für morgen früh ankündigen, so gegen neun.«

»Gegen neun, ist gut. War's das?«

»Das war's.«

»Nehmen Sie den Wagen, er steht hier gleich rechts um die Ecke, Alter Steinweg«, riet Ove, »das geht schneller.« Der Wachtmeister tippte mit dem Finger an seine Mütze und machte sich auf den Weg.

»Wenn es wirklich ein gutes Messer ist, kann es auch gestohlen worden sein«, fiel Ove ein. »Wir wissen nicht, wie viele Personen vor uns am Tatort waren und was die so angestellt haben.«

Sein Kollege nickte. Er wusste es selbst. Hier lebten eine Menge Menschen auf engstem Raum, da müsste einer ganz schön abgebrüht sein, hier einen Mord zu begehen. Oder war sich da einer so sicher, nicht erkannt und verraten zu werden?

»Vielleicht haben wir Glück. Wir befragen erst mal die Anwohner. Tu mir einen Gefallen, Ove, und nimm's nicht persönlich, wenn man dich dumm anschnackt. Die meinen den Polizisten, nicht dich als Person.«

»Weiß ich ja«, grinste der, »bin ja nicht zum ersten Mal bei einer Ermittlung dabei, wie du weißt.«

Er wusste Jakobs fürsorgliche Art wirklich zu schätzen, nur mitunter übertrieb er es ein wenig. Ab und zu benahm er sich wie ein großer Bruder, dabei war er nur ein halbes Jahr älter. Also gut, im Vergleich zu anderen Kollegen hatte er mit Jakob das große Los gezogen. Er hatte Vertrauen zu ihm, das war klar zu erkennen. Jakob Mortensen ließ ihn machen, hörte auf seinen Rat, kontrollierte seine Arbeit nicht, selbst die Protokolle blieben unkommentiert, wenn auch das Verfassen jener, vorsichtig ausgedrückt, nicht zu seinen Stärken gehörte. Entweder sie waren zu lang oder zu kurz, und manchmal setzte er Informationen voraus, die ein Leser des Berichts nicht haben konnte. Das musste er ändern. Und auch die Rechtschreibung war verbesserungswürdig, wusste Ove.

Er gewahrte ein Sirren an seinem rechten Ohr. Ein Stock. Das war knapp. Das Ding flog geräuschvoll gegen die Hauswand. Das konnte ja heiter werden. »Nein, ich nehme das nicht persönlich«, murmelte er, »gar nicht persönlich, die meinen nicht mich als Person.«

Nach einem Mord galt es, ohne Umstände zu reagieren. Je mehr Zeit verstrich, umso mehr Zeit hatte der Täter, Zeit, um sich zu sortieren, Spuren zu verwischen, zu entkommen.

Jakob hatte im Moment ein ungutes, unbestimmtes, Gefühl. In diesem Milieu zu ermitteln stieß an natürliche Grenzen, das war ihm bewusst. Zu den Gewissheiten seines Vaters gehörte die Erkenntnis: »In der Armut sind alle Menschen gleich, und auch die Häuser, die sie bewohnen, sind alle gleich.« Unterschiede musste man sich leisten können. Es gab nicht so viel, was arme Teufel zu verlieren hatten. Hier lebten viele, die immer wieder ihre Bekanntschaft mit der Polizei und der Justiz erneuerten. Manch einer von ihnen wusste, wie Gefängnisse von innen aussahen, was ihrem Ansehen keineswegs schadete. Sie kokettierten offen mit ihren Knasttätowierungen, zeigten sie in ihrem Kiez bereitwillig jedem, der sie sehen wollte. Sie galten als die Harten, waren abgebrüht, wussten, was das Leben mit einem machen konnte, sie verspürten keinerlei moralische Blähungen, sich ihren Teil vom Kuchen abzuschneiden, egal wie. Und irgendwie kamen sie damit durch, oft besser als die meisten ehrlichen Menschenkinder, die sich mit legaler, schlecht bezahlter Maloche über Wasser hielten.

Alle Bewohner des Hauses, vor dem Grunwaldt aufgefunden wurde, gaben an, ihnen sei nichts Besonderes aufgefallen. Ein Abend wie jeder andere, man stelle sich ja nicht ans Fenster und warte, dass etwas passiert. Es war Abendbrotzeit gewesen, da saß man zusammen am Tisch und stippte die kärglichen Brotreste in die Wassersuppe, um nicht mit hungrigem Magen ins Bett zu gehen. Auch im gegenüberliegenden Fachwerkhaus, keine vier Meter vom Tatort entfernt, erhielten Jakob und Ove diese oder ähnliche Antworten. Als hätten sich die Bewohner abgesprochen. Die Befragung in den umliegenden Gebäuden verlief ebenso im Sande.

»Wer hat den toten Grunwaldt eigentlich gemeldet?«, fragte Jakob.

»Soviel ich weiß, war das ein anonymer Anruf. Er ist in der Zentrale eingegangen und dann bei Kollege Klages gelandet. Der hat es natürlich bei mir abgeladen. ›Mach mal‹, hat er gesagt. Kennst ihn ja«, meckerte Ove.

Jakob stöhnte, enthielt sich jeglichen Kommentars.

Tiedemann hatte nicht länger als eine Viertelstunde für seinen Auftrag gebraucht und war schon wieder am Tatort. Er und einer seiner jüngeren Kollegen sprachen Personen an, die sich außerhalb der Häuser im Paradieshof aufhielten. Immerhin brachte er in Erfahrung, dass Lina, die der unerlaubten Prostitution nachging, Grunwaldt einige Male hier im Gang gesehen haben wollte.

»Also, bei mir war er natürlich nicht«, stellte sie sofort klar.

»Natürlich nicht, Fräulein Lina, das wäre ja auch verboten, nicht wahr?«, antwortete Tiedemann augenzwinkernd. Auch wenn er in diesem Fall froh gewesen wäre, wenn es sich anders verhalten hätte, dann kämen sicher einige Informationen mehr zusammen.

»Wissen Sie, was er hier wollte? Ist er in ein bestimmtes Haus reingegangen? Hatte er etwas Auffälliges bei sich, einen ungewöhnlichen Gegenstand zum Beispiel? Ist Ihnen überhaupt etwas Besonderes aufgefallen? Alles kann wichtig sein.« Er setzte seine bedeutungsvollste Miene auf, und für einen Moment hatte er das Gefühl, sie beeindruckt zu haben.

»Gott, Sie stellen ja viele Fragen! Er stand einfach nur da vor dem Holzschuppen«, sie deutete mit dem Finger etwas tiefer in den Gang hinein, »wie bestellt und nicht abgeholt. Wenig später ist er wieder abgezogen mit seinem Hinkebein. Er hatte, glaube ich, nichts Besonderes dabei. Was hätte das denn sein sollen?«

»Keine Ahnung«, gab Tiedemann zu. »Haben Sie ihn vielleicht angesprochen, Fräulein Lina?«

Ein giftiger Blick traf ihn mitten ins Gesicht, er hatte seine Frage nicht sehr vorteilhaft gestellt, eher missverständlich.

»Rein menschlich?«, fragte sie.

»Ja, genau. Ich meine, nur so, aus einem rein menschlichen Interesse heraus«, nahm er die Vorlage gerne an.

Lina warf ihr blondiertes Haar gekonnt in den Nacken. Wie groß ihre Augen waren, grünlich-braun oder nur braun, das war schwer zu erkennen, der lange weiße Hals dafür umso deutlicher. Verdammt hübsch, dachte Tiedemann, da konnte man als Mann leicht schwach werden.

»Kann sein«, rang sie sich zu einer Antwort durch, tat dabei, als müsste sie gründlich darüber nachdenken.

»Und?«

»Was und! Nix und! Unwirsch war er, er wusste nicht, wie man sich einer Dame gegenüber benimmt. Und nu ist er tot«, stellte sie fest, als wäre es die notwendige Konsequenz seines barschen Benehmens. Die umstehenden Passanten nickten beifällig.

Tiedemann wich unwillkürlich einen Schritt zurück.

»Hm, hat er Sie beleidigt?«

»Sozusagen. ›Zieh ab!‹, hat er gesagt, der Klappskalli. ›Zieh ab!‹ Zu mir!« Ungläubig schüttelte sie den Kopf. Tiedemann tat es ihr nach.

»Ist ja allerhand«, ereiferte er sich.

Sie nickten beide, ebenso die Bewohner, die sich hinzugesellt hatten.

»Und dann ist er abgezogen, das habe ich ja gesagt.«

»Da sage ich Danke schön, Fräulein Lina.«

»Hmmm«, gurrte sie, deutete ein Lächeln an.

Von den Umstehenden kam indes nichts. Sie standen mit verschränkten Armen um sie herum und blickten die beiden prüfend an, vor allem Lina.

Im Hinterzimmer der Gastwirtschaft Zum Traubenthal hätte man die Luft in Scheiben schneiden können. Eigentlich konnte von Atemluft nicht mehr die Rede sein, so dicht stand der Qualm von Zigarren und Zigaretten im Raum.

»Mach mal einer die Fenster auf«, rief einer der rund fünfundzwanzig Männer, die sich hier versammelt hatten, »ist ja nicht auszuhalten.«

»Verlangt immer der, der am meisten zusammenpafft«, maulte ein anderer.

Die Tür zum Gastraum öffnete sich einen Spalt, und sofort verstummte die Gesellschaft. Der Kellner steckte seinen Kopf ins Zimmer, ein schwitzender Dreizentnermann nickte ihm zu, erst dann trat er ein, um die weitere Bestellung aufzunehmen.

Der Dicke rief: »Probiert das Eisbein, meine Herren, damit ihr mal 'n büschn Speck auf die Rippen kriegt«, worauf er die Hände gegen die Lederschürze klatschte, um an seiner Leibesfülle zu zeigen, wie er sich das vorstellte. Als Wirt kannte man ihn ohne die blank gescheuerte Schürze nicht, sie schien wie angewachsen. Wahrscheinlich hätte ihn selbst seine eigene Frau ohne die Schürze nicht erkannt. »Gulasch ist auch gut. Mit Eiernudeln.«

»Man sieht, dass es dir gut geht. So eine Wampe muss man sich leisten können«, scherzte einer der beiden Cafébesitzer, die sich eingefunden hatten.

»Und das in unserer Zeit, kann man sich das vorstellen?«, fragte einer der Bäcker erstaunt.

»Wär mir zu viel. Da kippt man ja vorn über«, flüsterte sein Nachbar, sodass der Wirt es nicht hörte.

Der dröhnte: »Also wat nu? Eisbein für alle? Den Korn hinterher übernehm ich heute.«

Zustimmendes Gejohle.

Der Kellner wusste Bescheid und verließ das Hinterzimmer.

»Na denn. Und denkt an die Liste, schreibt auf, was ihr braucht. Die nächste Lieferung gibt's erst wieder in drei Wochen, vielleicht auch später.«

Die Liste. Eigentlich mehr ein Auftragsbuch. In der linken Spalte konnte man seinen Namen eintragen oder einen Alias-Namen. Heute ging es ausschließlich um Lebensmittel, interessierte Kleidungshändler waren vorgestern da gewesen. Oberhalb der Spalten rechts davon standen Begriffe wie »Fleisch/Schwein«, »Fleisch/Rind«, »Fleisch/Lamm«, »Kartoffeln«, »Gemüse«, »Eier«, »Mehl«, »Stärke«, »Zucker«, »Kaffee«, »Zigaretten« und anderes. Hier trug man zu seinem Namen die Menge der georderten Lebensmittel ein.

Am zahlreichsten waren heute wieder die Gastronomen in der Runde vertreten, auch Bäcker, Konditoren und Schlachter. Einige von ihnen kannten sich, es waren allesamt Handwerker und Gewerbetreibende aus der Neustadt und St. Pauli. Manche kannten sich nur vom Sehen oder vom Hörensagen.

Bis vor Kurzem hatte sich ein weiterer unbekannter korpulenter Herr eingefunden, redselig, machte einen naiven, arglosen Eindruck. Nur Gastwirt Lüders hatte ihn in der Elbstraße wenige Male in seiner Gaststube gehabt und hier, der Wirt vom Traubenthal, mehrmals. Er wolle für sich privat Waren ordern, hatte er ganz freimütig bekannt, für sich und für seine Familie. Vielleicht hatte der Gastwirt gedacht, so dämlich konnte ja keiner sein, dass er sich offen zum Schleichhandel bekannte. Hier, vor allen Leuten, posaunte er das raus, doch möglicherweise war genau das der Grund gewesen, ihm zu trauen. Hein Mops, wie der Besitzer der Gastwirtschaft allseits genannt wurde, hatte ihn kurz in die Runde eingeführt, und damit war es in Ordnung gewesen. Heute war er nicht erschienen, und es hatte auch keiner nach ihm gefragt.

Der Wirt legte in der Küche selbst Hand an, wenn so viel Betrieb war wie an diesem Tag, weil er nicht wollte, dass die Gäste unnötig lange auf ihre Bestellung warten mussten, und auch, um Personal einzusparen. Gerade war er damit beschäftigt, Schubladen und Wandschränke aufzureißen, mit zunehmendem Unmut und sich steigernder Lautstärke vor sich hin zu grummeln und die durchsuchten Läden und Schränke zuzuknallen. Seiner ebenfalls beleibten Frau, dem Koch und der Küchenhilfe schwante sicher nichts Gutes, und so machten sie besser einen Bogen um ihn, soweit es die Arbeitsabläufe in der Küche zuließen.

»Wo, zum Teufel, ist denn mein Messer? Himmelarsch, verfluchter Dreck!«

Die drei fuhren zusammen, zuckten die Achseln. Üblicherweise wurde dicken Menschen nachgesagt, sie seien gemütlich, geduldig, langmütig. Das traf auf Hein nicht zu. Sich mit dem Dicken anzulegen, konnte gefährlich werden, er neigte zu Jähzorn und zu Unberechenbarkeit. Wenn es um sein kostbares Fleischmesser ging, reagierte er besonders humorlos. Es war ein Geschenk seines Vaters gewesen, als er die Wirtschaft übernommen hatte, eine Art Heiligtum. Das Präsent sollte »etwas fürs Leben« sein. Es war teuer gewesen, es war aus mehrfach gehärtetem Stahl hergestellt worden und nicht kaputt zu kriegen. Wenn es hin und wieder geschärft wurde, war es wie neu. Der Griff wies die Gravur »Zum Traubenthal« auf und das Symbol einer

Weinrebe. Der Wirt bewahrte das Messer in einer eigens dafür vorgesehenen schmalen Schublade auf, die mit einem weißen Leinentuch ausgelegt war. Keiner, außer ihm selbst, durfte es benutzen.

»Es ist zum Verrücktwerden in der Saubude hier! Einer muss es ja rausgenommen haben, Herrgott noch mal«, brüllte er.

»Nun beruhige dich man, es taucht bestimmt wieder auf«, versuchte seine Frau, ihn zu besänftigen, »wirst es selber aus dem Fach genommen haben.«

»Blödsinn! Das wüsste ich! Koch! Hast du mein Messer da herausgeholt? Sag es lieber gleich, bevor ich aus der Haut fahre.«

»Nein, Wirt, da würde ich nie rangehen, das wissen Sie. Nie im Leben.«

»Ich auch nicht«, schloss sich der Küchenjunge mit wackeliger Stimme an, »ganz ehrlich nicht.«

Der Jähzornige war nun vollkommen in Auflösung begriffen. Er schmiss eine Emailschüssel auf den Boden, dass es nur so schepperte und die Splitter durch die Küche spritzten.

»Verdammter Scheißdreck!«

Der Kellner erschien in der Tür, wollte die ersten Eisbeine holen, da wurde er heftig angefahren.

»Hast du mein Messer aus der Schublade genommen?«

Sein Angestellter überragte ihn mit seinen ein Meter neunzig um anderthalb Köpfe, war von kräftiger, athletischer Statur, hatte einen festen Blick, und er galt als der Einzige im »Traubenthal«, der dem Dicken Paroli bieten konnte. In den letzten Monaten erschien es manchem Beobachter sogar so, dass der Kellner mehr und mehr das

Sagen hatte, als ob sich da, quasi über Nacht, die Hackordnung auf Kosten des Wirts verschoben hatte.

»Würde ich mir nie erlauben. Findet sich bald wieder an.«

»Findet sich bald wieder an, findet sich bald wieder an«, äffte der Wüterich ihn mit fratzenhafter Mimik nach.

Der Kellner hatte sich ein voll beladenes Tablett gegriffen und rempelte den Wirt, der die Tür blockierte, unsanft gegen den Türrahmen. Grinsend wandte der Koch den Kopf zur Seite. Seine Frau hielt sich die Hand vor den Mund.

Winkler, einer der Bäcker, fragte den Wirt vertraulich: »Sag mal, Hein, wie kommst du eigentlich an so viele Nahrungsmittel ran? Legal ist das nicht, oder? Wo gerade alles so knapp ist, und mit den Lebensmittelkarten kommt man ja nicht weit.«

»Was interessiert's dich? Musst ja nicht alles wissen. Freu dich lieber über das Mehl, die Stärke, die Eier, da hast du was zum Backen.«

»Ich mein ja man bloß.«

»Je weniger du weißt, desto sicherer bist du und sind wir alle. Da kannst du dich wenigstens nicht verplappern. Und was heißt hier: nicht legal? Was über die Börse kommt, geht auch nicht ans Kriegsversorgungsamt. Da drückt die Handelskammer beide Augen zu. Na, ist es nicht so? Wer genug zahlt, schafft an, das war immer so. Und wir als Geschäftsleute sollen nicht unsern Schnitt machen? Pah!« Er machte eine abfällige Handbewegung. »Wer weiß, wie lange wir weiter mit der Kriegswirtschaft leben. Bald wird es allen besser gehen, und bis dahin ist es nicht verkehrt, sich, na sagen wir, ein kleines Polster anzulegen. Du wirst doch nicht sentimental werden, Winkler, oder? Du streckst das Mehl für dein Brot auch bis zum Gehtnichtmehr.«

»Ja, und manchmal denke ich, es könnte damit jeden Tag zu Ende sein. Was meinst du bloß, wie grimmig die Kunden meine Verkäuferinnen angucken? Vor drei Jahren ist die Bäckerei gestürmt worden. Am schlimmsten sind die Weiber mit ihrem Gekeife, und die Halbstarken, die von den Müttern aufgehetzt werden.«

»Die Lebensmittelmarken lassen sie trotzdem bei dir, und die Hauptsache ist, dass die Leute überhaupt was in den Magen kriegen. Für erlesene Feinkost ist nicht die Zeit. Eigentlich müssten sie dir einen Orden umhängen, Winkler, für deine Dienste am Volk.«

»Findest du? *Verdienste* wäre wohl richtiger, bei meinem Verdienst, wenn du verstehst, haha. Nee, im Ernst, manchmal kommt direkt mein Gewissen über mich, ehrlich.«

Hein lachte.

»Du bist einfach zu drollig, Bäcker. Wer kann sich denn heute so was wie ein Gewissen leisten!«

Vom Paradieshof am Alten Steinweg bis zum Stadthaus am Neuen Wall, Ecke Stadthausbrücke, waren es zu Fuß fünf Minuten. Hier befand sich das Hauptquartier der Hamburger Polizei, und hier teilten Jakob und Ove ihr Büro mit ihrem Kollegen Bertold Klages. Er war fast so alt wie sie beide zusammen, neunundfünfzig. Es war keineswegs so, dass sie etwas gegen erfahrene Kollegen einzuwenden hatten, sie kannten viele und kamen bestens mit ihnen zurecht. Doch Klages war ein Sonderfall.

Im Grunde lebte er seit Längerem nur auf seine Pensionierung hin, die ihm in ein, zwei Jahren vermutlich genehmigt würde. Jedenfalls tat er so, als sei dies bereits beschlossene Sache. Dabei war ihm sein Alter nicht anzusehen, er war sogar recht gut in Schuss. Sein grau meliertes Haar ließ ihn seriös erscheinen und kam wahrscheinlich gut an bei den Frauen. Kein Tag verging, ohne dass er seine Lustlosigkeit demonstrativ zur Schau stellte. Er fühlte sich stets unterbezahlt. Warum sollte man sich ein Bein ausreißen, wenn es einem nicht gedankt wurde? Selten dürfte im Stadthaus ein Schreibtisch gestanden haben, der aufgeräumter vor sich hin glänzte als der von Klages, denn er war beinahe leer. Ein Block, ein Füllfederhalter, ein Bleistift, ein Spitzer und ein Radiergummi, mehr bedurfte es für ihn nicht. Musste er sich mit Akten beschäftigen, so schlenderte er in aller Gemütsruhe zum Rollschrank und zog sich die Mappe. Am Arbeitsplatz blätterte er sie mit teilnahmsloser Miene durch, machte zwischendrin eine Notiz und brachte das Schriftstück gleich wieder an seinen Platz zurück. Dann entnahm er dem Schrankregal einen nächsten Schriftsatz, sodass sich nie mehr als eine Aktenmappe auf dem Schreibtisch befand.

Nur beim bloßen Zusehen bildete sich zwischen Jakobs Augen eine senkrechte Falte, von der Stirn bis zur Nasenwurzel, und seine Schläfen begannen, wie wild zu pochen. Dann suchte er sich einen Punkt an der Zimmerdecke und atmete mehrmals tief durch. Ove wandte sich angewidert ab. So ein bräsiger Müßiggänger stand in der Rangfolge über ihm, das war ein starkes Stück!

Klages war sein zweiter unmittelbarer Vorgesetzter neben Jakob, das hatte sich so ergeben. Zusammen belegten sie seit einem halben Jahr dieses Büro in dem Gebäudeflügel am Neuen Wall. Eine einzige Widrigkeit, wie er fand. Nur für den Übergang, hatte der Inspektor beschwichtigt, der für ihre Abteilung zuständig war. Über die Raumplanung für den Erweiterungsbau des Hauptquartiers an der Stadthausbrücke gab es in der Führungsetage Meinungsverschiedenheiten, deshalb stand für Klages, bis zur endgültigen Klärung, kein eigenes Büro zur Verfügung. Der hatte darauf mit höchster Empörung reagiert, schließlich gehörte er zu den dienstältesten Beamten im Haus. Er und Jakob waren beide Kriminalkommissare, KK genannt, Ove hatte als Kriminalsekretär lediglich Anwärterstatus auf den Rang des Kommissars. Eine Pfeife wie Klages stand ihm im Weg, er musste auf dessen Pensionierung warten. Es fiel ihm nicht leicht, sich einzugestehen, dass er gegen den Alten einen derartigen Widerwillen aufgebaut hatte, dass er ihn beinahe als seinen persönlichen Feind ansah. Er hasste ihn förmlich, da fehlte jeder Respekt, gelegentlich wünschte er ihm mindestens die Pest an den Hals. In solchen Situationen erkannte er sich selbst nicht wieder. Polizist hin oder her, vielleicht wäre er selbst in der Lage, einen Mord zu begehen. Diese Gedanken würde er Jakob jedoch nicht erzählen, er musste sein Herz ja nicht immer auf der Zunge tragen.

Dessen Schreibtisch sah alles andere als aufgeräumt aus, beinahe schien es, dass Jakob aus reiner Oppositionslust ein Gegenprogramm zu Kollege Klages verfolgte. Ein stummes Fanal mit der unausgesprochenen Aussage: »So wie du will ich niemals sein und werden!«

Es war gegen einundzwanzig Uhr fünfundvierzig, als die beiden im Präsidium eintrafen, und siehe da: Klages war im Dienst. Wollte er nicht freimachen? Ungläubig starrten sie ihn an. Er wirkte verloren hinter seinem Tisch, wie ein Fremdkörper. Sicher, hier war einiges los, überall Menschen in den Gängen, auf Bänken, an gekalkte Wände gelehnt, auf dem Boden hockend, von Wachtmeistern bewacht. Vermutlich waren die Zellen längst überfüllt. Schon unten, im Eingangsbereich, konnte man kaum durchkommen. Viele Halbwüchsige waren darunter, auch Männer, die aussahen wie Hafenarbeiter, einfaches Volk. Man hatte sie beim Plündern erwischt, beim Steinewerfen, beim Beleidigen von Beamten, beim Überfallen von Polizeiwachen. Auch anzüglich pöbelnde Huren waren mit von der Partie. Klages musste Verhöre führen, Protokollnotizen machen, nachhaken, ruhiges Blut bewahren, und er würde auch auf seine Nachtruhe verzichten müssen.

Ein konzentriertes Arbeiten war hier gerade nicht möglich, Jakob und Ove mussten sich vorläufig ein leeres Büro suchen, wo sie ihr weiteres Vorgehen besprechen konnten. Auf dem Flur lief ihnen Inspektor Harder über den Weg. Ein leichter Parfumgeruch nach Leder stieg in ihre Nasen. Nicht unangenehm. Er war wie immer, voller Energie, Tages- oder Nachtzeiten kannte er nicht.

»Ah, Mortensen, da sind Sie ja. 'n Abend, Harms. Gut, dass Sie da sind, hab von dem Toten gehört. Mord, wie? Na, suchen Sie sich mal einen leeren Raum, vielleicht drüben im anderen Flügel. Da bleiben Sie bitte dran. Beide. Klages muss heute allein zurechtkommen, ich habe ihn aus dem Feierabend holen lassen. Der soll auch ruhig was tun, nicht wahr.«

Die beiden grinsten.

»Machen wir. Und … danke«, sagte Ove, während Harder wieder abdrehte.

»Für was hast du dich denn bedankt«, fragte Jakob erstaunt, »dass wir um diese nachtschlafende Zeit arbeiten dürfen?«

»Nein«, antwortete Ove, »dafür nicht.«

Der erste Erweiterungsbau des Stadthauses entlang der Stadthausbrücke war von 1891, doch bald reichte der Platz für Hamburgs zentrales Polizeigebäude nicht mehr aus. Ab 1916 schloss sich mit dem zweiten Teil der Erweiterung ein Gebäude an, welches das Bleichenfleet überbrückte. Der ambitionierte Baudirektor Fritz Schumacher errichtete mit einem stattlichen Portalgebäude gleich einen weiteren Anschlussbau, der erst in zwei Jahren fertiggestellt sein würde. Den Beamten dröhnten die täglichen Baugeräusche in den Ohren, wahrscheinlich würden erst 1921 die dringlichsten Platzprobleme gelöst sein.

Jakob und Ove fanden einen Raum, in den der tumultartige Betrieb des Eingangsgebäudes nicht hineindrang. Bis zu den Wahlen im März waren hier, in diesem Gebäudeteil, Vertreter des Arbeiter- und Soldatenrates untergebracht, welche die Polizei unterstützten. Die beiden mussten in Ruhe ihre Überlegungen anstellen und die nächsten Schritte im Auge haben. Befragungen standen an, jede Menge Untersuchungen, Verhöre, Recherchen, Dienstbesprechungen, Einsatzplanungen. Sie benötigten diesen Raum zum Nachdenken, Planen, Organisieren, um Hypothesen und Theorien zu bilden. Was war eigentlich mit dem Motiv? An ein Motiv für den Mord war bisher nicht zu denken.

Jakob wusste genau, warum sein Kollege so wortkarg war. Es lag nicht an der frühen Tageszeit, auch Ove war Frühaufsteher, nein, er konnte sich einfach nicht damit anfreunden, bei der Ermittlungsarbeit öffentliche Verkehrsmittel zu benutzen. Lieber nahm er eines der Polizeiautos, von denen immer mehr angeschafft wurden. Der ganze Hof war inzwischen mit Einsatzwagen gefüllt. Er fuhr mit Vergnügen mit dem Automobil durch die Stadt, gerne auch temporeich. Das machte Eindruck, wenn sie mit dem Dienstwagen zu ihrem Ziel fuhren. Davon war er überzeugt. Jakob wandte sich mit einem Lächeln zur Seite, er wollte seinen Partner nicht unnötig brüskieren. Bislang konnte er sich als Vorgesetzter freundlich, aber bestimmt durchsetzen, wenn es um die Wahl der Verkehrsmittel ging.

Er genoss es, mit der Straßenbahn durch die Stadt zu kreuzen, in ruhigem Tempo die Häuser an sich vorbeiziehen zu sehen, dabei die Gedanken zu sortieren. Es wirkte auf ihn mitunter befremdlich, in welcher Geschwindigkeit Hamburg sich in den letzten zwanzig, fünfundzwanzig Jahren verändert hatte. Mit seinen einunddreißig Lebensjahren hatte er nie etwas anderes kennengelernt als eine Stadt in Bewegung, in ständiger Veränderung begriffen, mit rasant anwachsenden Einwohnerzahlen und enormen baulichen Umgestaltungen. Sie verwandelte sich fortwährend und mit ihr der Gesamteindruck. Man schlug Schneisen mitten durch ein Wohngebiet, ungewohnte Sichtachsen entstanden, schuf Erweiterungen, aber auch Verdichtungen mit neuen Nutzungen. Jakob fand es spannend, aber auch anstrengend, ständig Veränderungen in der gewohnten Umgebung ausgesetzt zu sein, so als wäre die alte Stadt nur ein Provisorium gewesen, das nach und nach ein neues Gesicht erhielt. Hier, am Rödingsmarkt etwa, gerade drei Gehminuten vom Stadthaus entfernt, war erst wenige

Jahre zuvor, 1912, die Hochbahnstation eröffnet worden. Der Viadukt der Trasse überspannte die Straße, sodass die Bezeichnung Hochbahn hier Sinn ergab. Überwiegend fuhr dieser Zug als U-Bahn durch kilometerlange Tunnel, doch wer störte sich an Begriffen? Das mächtige Backsteingebäude der Oberfinanzdirektion war ebenfalls erst vor wenigen Jahren eröffnet worden. Und hier war auch die Straßenbahnhaltestelle, an der sie mit der Linie fünfzehn zunächst zum Meßberg, von dort aus weiter mit dem Vierzehner nach Hammerbrook fahren wollten.

Kollegin Mertens war tatsächlich gestern noch im Büro gewesen. Sie hatte den ganzen Tag Protokolle abgetippt und damit Aktenordner gefüttert. Es gab zurzeit kaum einen Polizisten, oder wie in ihrem Falle, kaum eine Angestellte, die pünktlich Feierabend machen konnte. Die Ereignisse der letzten Tage ließen es nicht zu.

Sie war nicht begeistert gewesen, als sie erfahren hatte, dass sie mitten in der Nacht nach Hammerbrook raussollte, um eine traurige Nachricht zu überbringen. Das hatte sie Jakob heute Morgen mitgeteilt. Er konnte das natürlich nachvollziehen.

Wenigstens hatte einer der Fahrer sie mit dem Wagen hingebracht. Das war ja auch das Mindeste, hatte sie gemeint. Denn als Frau wäre es ihr in der Gegend unheimlich gewesen. Er hatte Besserung versprochen und sich mit einem charmanten Lächeln bedankt. Übrigens schien die Witwe nicht sonderlich betroffen gewesen zu sein, war Elke aufgefallen, wenngleich in so einer Situation jeder anders reagierte. Vielleicht war sie einfach nicht der Typ, der seine Trauer öffentlich zeigte. Was wusste man als Außenstehender denn groß von den Menschen?

»Wieso lebte einer wie Grunwaldt hier im proletarischen Hammerbrook?«, fragte sich Ove, als der südöstlich des Hauptbahnhofs gelegene Stadtteil in Sichtweite geriet. »Er sollte eigentlich eine auskömmliche Pension erhalten haben, wahrscheinlich hat er auch extra was dazubekommen, wenn er im Dienst verletzt worden ist.«

Jakob nickte. »Gute Frage. Wir werden das rausfinden. Immerhin ist die Gegend hier zentral gelegen, gleich neben der Innenstadt und in Hafennähe. Vielleicht war ihm das wichtig.«

Der Straßenbahnfahrer bimmelte eine Gruppe von Jugendlichen von den Gleisen, und kurz darauf standen sie an der Hammerbrookstraße. Was für ein Gewusel überall. Auch diese Gegend war Jakob nicht fremd. Ein Stadtteil mit dichter Wohnbevölkerung, alles recht beengt, da knallte es auch mal.

1888 wurde der Freihafen eingeweiht, der größte Teil der Speicherstadt war fertiggestellt und Wilhelm Zwo setzte an der Brooksbrücke persönlich den Schlussstein, jedenfalls symbolisch. Ein pompöser Auftritt, ein Kaisertag eben. Dem Bau der Speicherstadt waren in den Jahren zuvor allerdings die vollkommen intakten Viertel des Wandrahmfleets und des Kehrwiederfleets zum Opfer gefallen. Vierundzwanzigtausend Bewohner verloren dabei ihr Zuhause, sie wurden zwangsumgesiedelt, die Häuser brutal abgebrochen, die Trümmer weggeschafft. Das hatte bei den Menschen Narben hinterlassen und Bitterkeit. Sie siedelten sich vor allem in Barmbek an und hier, im hafennahen Hammerbrook. Viele Bewohner hatten ihre Arbeit im Hafen, den sie von hier aus gut zu Fuß erreichten. Es war eine unscheinbare, schmucklose Gegend, in der sich innerhalb weniger Jahre die Bevölkerung schnell vervielfacht hatte, vor allem durch die Umsiedlung. Hier lebten bescheidene Leute, städtisches Proletariat, Malocher, die schlichte Tätigkeiten verrichteten. Menschen, ohne die der Hafenbetrieb nicht denkbar wäre. Sie entleerten Schiffsbäuche oder befüllten sie, brachten die Güter in die Speicher, lagerten sie fachgerecht, beluden Lastwagen, Pferdefuhrwerke und die Züge der Hafenbahn. Sie bewegten auf ihren Schultern und auf hölzernen Lastkarren zentnerschwere Säcke, Fässer und Ballen, erlitten dabei Verletzungen und körperliche Blessuren. Wer scherte sich um Arbeitsschutz? Am nächsten Morgen standen sie wieder zur Verfügung, waren bereit, für geringen Lohn ihre Knochen hinzuhalten. Jakob war mit dem Milieu bestens vertraut, er entstammte ihm ja. Ein bisschen war er auch stolz darauf, er wäre niemals auf die Idee gekommen, seine Herkunft zu verleugnen. Umso mehr freute er sich, dass er etwas Ungewöhnliches aus seinem Leben gemacht hatte, etwas, das sich nicht mit dem scheinbar unausweichlichen Schicksal der kleinen Leute abfinden wollte. Die Lütten da vorn, die einem Ball aus zusammengebundenen Lumpen hinterherwetzten, das hätte er selbst sein können. Es waren die immer gleichen Spiele der immer gleichen Kinder, vieles schien sich zu wiederholen. Die neue Zeit, die wilhelmlose Zeit, sie würde diesen Kindern neue Möglichkeiten bieten, davon war er überzeugt.

»Grunwaldt« stand in verblassten Buchstaben auf einem Stück Pappe, das mit einer Reißzwecke an der Wohnungstür befestigt worden war. Sie klopften.

Die Tür öffnete sich einen Spaltbreit, und was sie sahen, wirkte auf den ersten Eindruck mitleiderregend, zusätzlich verstärkt durch den engen Ausschnitt des Türspalts.

Eine schmächtige Fünfzigjährige blickte sie an, knapp eins sechzig groß, schmales, hohlwangiges Tiergesichtchen mit tief liegenden, dunklen Augen. Auch nachdem sie die beiden Besucher eingelassen hatte, täuschte der erste Anschein nicht. Das ergraute Haar hatte sie zu einem Zopf zusammengebunden, es wirkte stumpf und fahl. Unterernährten Menschen zu begegnen, war in diesen Zeiten des Mangels und des Hungers nichts Außergewöhnliches, allerdings erschien Frau Grunwaldt besonders ausgemergelt. Die Sprache ihres Körpers und ihr Gesichtsausdruck spiegelten ihre Befindlichkeit deutlich wider. Alles an ihr wirkte resigniert, zermürbt, verhärmt, so, als hätte sie sich damit abgefunden, dass das Leben nichts mehr für sie bereithielt, wofür es sich lohne, zu bleiben.

»Mortensen. Guten Tag, Frau Grunwaldt. Das ist mein Kollege, Herr Harms. Frau Mertens hat Sie heute Nacht informiert, nicht wahr? Es tut mir leid, was mit Ihrem Mann passiert ist«, begann Jakob, »wir müssen Ihnen leider ein paar Fragen stellen.«

Sie nickte, bat sie mit einer Handbewegung in die Küche. »Bitte. Setzen Sie sich. Ich kann Ihnen leider nichts anbieten.«

Ove winkte ab. »Ist wirklich nicht nötig, wir bleiben nicht lange, nur ein paar Fragen.«

»Ihre Kollegin konnte mir nicht viel sagen, nur, dass Werner erstochen wurde«, begann sie, »wissen Sie inzwischen, wer es war und warum?«

»Leider nicht, Frau Grunwaldt, bislang wissen wir kaum etwas, deshalb sind Ihre Auskünfte so wichtig für uns«, antwortete Jakob. »Wann haben Sie Ihren Mann denn zum letzten Mal gesehen?«

Sie überlegte nicht lange. »Das war zum Beginn des Monats, wie immer. Am ersten oder zweiten April. Er hat Geld vorbeigebracht für Miete und Essen und eine Hose für den Jungen.«

»Das ist drei Wochen her«, hakte Ove ein. »Wie immer, sagten Sie. Wohnte er denn nicht hier bei Ihnen?«

Sie schüttelte den Kopf. »Seit Jahren nicht mehr. Wir leben getrennt, ich meine, wir lebten getrennt«, korrigierte sie sich und drehte den Kopf zur Seite.

Ove wollte es genau wissen. »Wir müssen Sie das fragen, Frau Grunwaldt. Könnte man sagen, dass Ihre Ehe nur auf dem Papier bestand?«

Ein angedeutetes Lächeln erschien auf ihren Lippen. Vielleicht auch ein leicht spöttisches?

»Sie brauchen sich nicht zu genieren, junger Mann, ich tu's auch nicht. Ja, da war nicht mehr viel zwischen uns. Das Geld hat er pünktlich vorbeigebracht, und um Matthes hat er sich auch gekümmert, das kann ich nicht anders sagen. Allerdings will oder wollte er nichts von ihm wissen.«

»Ihr Junge?«

Sie nickte. »Ja, er ist sechzehn.«

»Wo hat Ihr Mann denn gewohnt?«, fragte Jakob nach.

»Auch hier im Viertel, paar Straßen weiter, in der Frankenstraße. Möbliert, teuer. Sie wissen ja, Wohnungen sind knapp und zurzeit, wo sie alle aus dem Krieg zurückkommen, ach, was soll man machen. Viel Geld blieb nicht, Sie sehen ja«, sagte sie und wies mit einer Kopfbewegung auf ihre Einrichtung.

In der Tat gab es in der Stadt ein Riesenproblem mit der Wohnraumversorgung, wusste Jakob. Der Wohnungsbau war während des Krieges beinahe zum Erliegen gekommen. Und aktuell, nach dem ganzen Mist, wer konnte und wollte da Häuser bauen? Zwar waren etliche Hamburger Soldaten auf den Schlachtfeldern umgekommen, gleichwohl kehrten nach und nach viele Kriegsteilnehmer zurück, auch solche, die vor ihrem Einsatz woanders gelebt hatten. Verletzt oder unverletzt, sie mussten untergebracht werden. Zahlreiche Eheversprechen wurden eingelöst, aufgeschobene Hochzeiten nachgeholt, was den Bedarf an Wohnraum erhöhte. Dazu kamen Flüchtlinge aus den verlorenen, bis vor Kurzem deutschen Staatsgebieten. Vor dem Krieg war Hamburg bereits eine Stadt mit einer rapide anwachsenden Bevölkerung, und diese Entwicklung setzte sich nun fort. Sie zog auch Menschen an, die sich nach der Katastrophe neu orientieren mussten und die ihr Glück in der großen Stadt versuchen wollten. Wohnungsnot, ein steter Druck auf die Lebensmittelversorgung und eine immense Zunahme der Erwerbslosigkeit waren die Folgen. Dreh- und Angelpunkt war der Hafen, hier arbeiteten die meisten Arbeiter und Angestellten, entweder direkt oder als Zulieferer und Dienstleister. Sie wollten möglichst dicht an ihren Arbeitsplätzen wohnen, denn die Fußwege waren weit und ihre Körper durch die jahrelangen Entbehrungen geschwächt. Das Straßenbahnnetz und die Hochbahn waren zwar recht ordentlich ausgebaut, jedoch war es durch den Kohlemangel nicht gut um die Elektrizität bestellt, sodass die Züge oft gar nicht oder nur für ein paar Stunden am Tag eingesetzt wurden. Und dann mussten viele der Arbeiter auch das Fahrgeld einsparen. Es hing alles verteufelt miteinander zusammen, und man brauchte eine gehörige Portion Mut und Hoffnung, diese Zeiten zu überstehen.

»Wissen Sie, wer einen Grund gehabt haben könnte, ihn zu ermorden?«, fuhr Jakob fort.

»Er war ja seit ein paar Jahren nicht mehr im Polizeidienst, das hat ihm reichlich zu schaffen gemacht. Er war einer, der früher sicher so einigen Leuten auf die Füße getreten ist. Kleinkriminellen, auch Linken, soviel ich weiß. Viel hat er mir ja nicht erzählt, wissen Sie. Ich hab trotzdem alles mitgekriegt.«

»Wir müssen uns ein Bild von Ihrem Mann machen, Frau Grunwaldt. Was für ein Typ war er, vom Charakter her?«

Ove kramte umständlich sein Notizbuch hervor und sein schmales Lederetui mit dem immer sorgfältig angespitzten Bleistift. Das hätte er auch eher tun können, dachte Jakob.

Die Witwe überlegte kurz, bevor sie antwortete, kniff verhalten die Augen zusammen. Man sah, dass sie ihre Gedanken abwog, so, als wollte sie über ihren toten Mann nichts Böses erzählen.

»Er war ein schwieriger Mensch, ich denke, das kann ich ohne Weiteres sagen. Nicht sehr herzlich. Er war oft wie besessen von seinem Beruf, und das hörte auch nicht auf, als er nicht mehr im Dienst war. Ein Hundertfünfzigprozentiger, wenn Sie verstehen, was ich meine. Das sagt man so, oder?«

Ihre beiden Zuhörer nickten.

Ove setzte nach: »Sie finden, dass er alles sehr genau nahm und sich alles abverlangte?«

»Ja, sich und uns und mit denen er zu tun hatte. Bis zum Krieg war er bei der Politischen Polizei. Die hatten eine Abteilung mit Beamten, die sich als Arbeiter verkleidet in die Kneipen setzten und zuhörten, was da gesprochen wurde. Hinterher haben sie ein Protokoll darüber geschrieben, eben darüber, was sie im Gedächtnis behalten hatten. Werner war dabei, und er muss einer der Besseren von denen gewesen sein. Hat er mir jedenfalls dauernd gesagt. Ich fand das gruselig, die Leute so auszuhorchen.«

»Er stand voll und ganz dahinter?«

»Oh ja. Für ihn war das die normalste Sache der Welt. Der Staat muss wissen, wer ihn bekämpft und mit welchen Mitteln und Worten, damit er sich rechtzeitig darauf einstellen kann, hat er gesagt. Er hat sogar auf seine geliebte Uniform verzichtet, ist nur mehr in Arbeiterkleidung rumgelaufen. Wir sind dann auch extra nach Hammerbrook gezogen. Für den Fall, dass ihn jemand erkennt, musste es ja glaubwürdig sein. Und das war nicht alles. Wenn Feierabend war, hat er sich mit einem Zettel und mit einem Stift an den Küchentisch gesetzt und hat da seine eigenen Ideen aufgeschrieben. Was für weitere Kneipen man mit reinnehmen könnte, zum Beispiel, oder welche Kollegen für die Arbeit infrage kämen.«

Jakob und Ove guckten mit pikierter Miene, als müssten sie sich persönlich dafür schämen, Beamte zu sein.

»Genützt hat es am Ende nichts«, warf Jakob ein, »den alten Staat gibt es nicht mehr, der ist verschwunden und der kommt nicht mehr wieder. Da haben seine Spitzel auch nichts gegen ausrichten können.«

»Trotzdem. Leben Sie mal mit jemandem zusammen, der ständig irgendwas bedroht sieht und der glaubt, sich vor allen Leuten schützen zu müssen. Auf Dauer macht einen das verrückt.«

»War das der Grund für Ihre Trennung?«

»Unterm Strich war das der Grund, ja. Seine Besessenheit, er konnte so ungnädig sein, so ohne Verständnis für andere. Oder wie soll ich das ausdrücken? Man muss ja Mensch bleiben, Werner, hab ich gesagt, und er hat nur eine abfällige Handbewegung gemacht. Hör mir auf mit Mensch bleiben, hat er gesagt, das sind die schlimmsten Einluller. Man muss immer auf der Hut sein.«

Ove seufzte. »1914 war dann ja Schluss damit. Die Abteilung wurde aufgelöst, wenn ich mich recht entsinne.«

»Von Rechts wegen war bereits Ende 1910 Schluss mit den regelmäßigen Berichten, nur hintenrum ging es munter weiter. Da kennen Sie meinen Mann schlecht. Wissen Sie, Werner war nicht gerade der Hellste, wenn Sie wissen, was ich meine. Er konnte es nicht verwinden, dass er bei der Polizei nicht richtig vorankam. Erst war er Schutzmann, dann wurde er Kriminalwachtmeister. In der politischen Abteilung durfte er sich Kriminalpolizei-Officiant nennen, und das war's. Mehr war nicht drin für ihn, aber wenn man ihn reden hörte, hätte man denken können, er wäre der Kriminaldirektor persönlich. Und da hat er später, sogar während des Krieges, auf eigene Faust weiterermittelt, wie er sich ausdrückte.«

Die beiden Beamten guckten sich verdutzt an.

»Verstehe ich das richtig? Er hat sich weiter in die Kneipen gesetzt und hat Spitzelberichte geschrieben?«, hakte Ove nach.

»Ja«, nickte sie, »so war das. In seiner Freizeit. Bis 1916. Dann wurde ihm bei einer Razzia ins Bein geschossen, die uniformierten Kollegen haben ihn nicht erkannt. Er hinkte, konnte seinen Dienst nicht mehr versehen, und für eine Stelle am Schreibtisch hielt man ihn für nicht geeignet. Man hat ihm die Pensionierung nahegelegt. Aber in der Kneipe Leute auszuhorchen, das ging nach wie vor. Er wurde immer vogeliger, hat sich gleich den ganzen Tag lang in den Gast-stätten rumgetrieben. Wahrscheinlich kannte ihn jeder als ehemaligen Arbeiter, dafür hat er sich ja ausgegeben. Er hat sich einen Plan ausgedacht, so richtig mit allen Schikanen, wenn Sie wissen, was ich meine. Wollte jetzt erst recht zei-gen, was er kann. Mit vorgefertigten Protokollen, die man einfach nur Punkt für Punkt auszufüllen brauchte, und mit bestimmten Fragen, die die Spitzel unauffällig einstreuen sollten, um die Leute aus der Reserve zu locken, und all so was. Sein Vorgesetzter fand das interessant.«

»Was für eine seltsame Geschichte«, befand Ove. »Und Sie?«

»Ich? Was hätte ich tun sollen? Sie wissen ja, eine Schei-dung ist kaum möglich, die hat unser toller Staat nur für bestimmte Fälle vorgesehen. Da hätten wir tricksen müs-sen, und das war uns beiden zu anstrengend gewesen, die ganzen peinlichen Fragen und so. Ich wollte, dass er aus-zieht, und das hat er auch gemacht. Eigentlich anständig. Jetzt ist er tot, das hab ich ihm natürlich nicht gewünscht.«

Frau Grunwaldt wandte den Kopf, versuchte, ein paar Tränen hinunterzuschlucken; sie war es nicht gewohnt, vor Fremden zu weinen. Jakob reichte ihr sein blütenweißes Taschentuch, das sie nickend entgegennahm. Die Frau tat ihm leid, die ganze Zeit über war ihm, als müsste er etwas für sie tun. Das ging natürlich nicht. Sie war eine ehrliche Haut, das spürte er, auch wenn er sich beruflich mit sol-chen Wertungen zurückhalten sollte. Es war immer auch möglich, sich in einem Menschen zu täuschen.

Auf jeden Fall war die Befragung aufschlussreich, sie hat-ten immerhin einen Anhaltspunkt für ein etwaiges Motiv. Gut möglich, dass Grunwaldt bei seinen Privatermittlungen jemandem zu nahe gekommen war. Sie mussten dranbleiben. Die Witwe würde ein paar weitere Fragen über sich ergehen lassen müssen, denn sie wusste mehr, als sie selbst dachte zu wissen. Er ließ ihr eine kurze Verschnaufpause, bevor er fragte: »Frau Grunwaldt, hat sich Ihr Mann in letzter Zeit dazu geäußert, ob er an einer bestimmten Sache dran war? Hat ihn etwas besonders beschäftigt?«

Sie überlegte. »Was Genaues kann ich Ihnen nicht sagen. Worüber er sich maßlos aufregen konnte, waren die Linken von der USPD und die Kommunisten. Die hat er gehasst. Er ist immer kaisertreu geblieben, und die neue Zeit war nichts für ihn. Er war richtig verbittert, weil er wusste, dass die alten Verhältnisse nicht mehr zurückkommen würden. Na ja, bei den Linken hätte er gern was Gefährliches aufgedeckt, ein Attentat oder so was in der Richtung. Die waren immer an allem Schuld. Das gab öfter Streit zwischen uns, Wilhelm Zwo hat uns den Krieg und den Hunger gebracht, und dann hat er sich nach Holland verkrümelt. Der leidet sicher keinen Mangel, das glauben Sie man.«

»Ja, das denke ich auch«, stimmte Jakob zu. »Hatte er da jemand Bestimmtes am Haken, bei den Linken? Oder irgendeinen Verdacht?«

»Einzelheiten hat er nie genannt, in letzter Zeit tat er so, als wäre da eine große Nummer am Laufen, gegen die er angeht. Meinen Sie, dass das der Grund war, weshalb er …? Ich weiß nicht. Mein Werner? Ehrgeizig war er sogar als Pensionär, aber ein Held?«, fragte sie sich mit ungläubiger Miene. Das erste Mal erschien so etwas wie ein Lächeln auf ihrem Gesicht.

»Na ja, er hat mit Sicherheit eine Menge mitgekriegt«, wandte Jakob ein, »nicht nur über die Politischen. Die

Frage ist, was er mit seinen Informationen anstellte. Gab er sie an die Polizei weiter? Hatte er da weiterhin einen konkreten Kontaktmann? Wollte er auf eigene Faust etwas unternehmen?«

Sie schien ratlos, zuckte die Achseln.

»Wissen Sie, in welchen Lokalitäten Ihr Mann unterwegs war? Waren das denn Kneipen und Wirtschaften hier im näheren Umkreis, oder eher in anderen Gegenden?«

»Er war hauptsächlich in den Vierteln, wo die Revoluzzer wohnen, die Kommunisten und Anarchisten, auf St. Pauli, im Hafen, in der Neustadt, in den Stadtteilen rund um die Gängeviertel. Die waren für ihn natürlich besonders gefährlich. Und da praktisch in allen Kneipen. Keine Kaschemme war ihm schlecht genug. Wie der manchmal gestunken hat, ich kann Ihnen sagen.«

»Ach, du meine Güte«, rutschte es Ove heraus, »die müssen wir womöglich alle abklappern.«

Jakob feixte: »Tja, Kollege, so ist das. Du weißt ja, die Kneipe ist der Salon der Armen, wie es so schön heißt. Ach, bevor ich's vergesse, Frau Grunwaldt. Können Sie uns ein Foto Ihres Mannes mitgeben? Sie haben bestimmt eins, und uns würde es die Befragungen erleichtern. Sie bekommen es natürlich heil zurück.«

Sie nickte und wandte sich einer alten Kommode zu. In der oberen Schublade kramte sie in einem Haufen Fotografien herum, bis sie fand, was sie suchte. Ein bitteres Lächeln umspielte ihren Mund. Ove war sicher, dass sie weinen würde, sobald sie wieder allein war.

»An manchen Tagen war er in ganz passablen Gastwirtschaften, da trug er eine heile Jacke«, sagte sie mehr für sich, als an die Polizisten gerichtet.

Sie hatte sich wieder gefangen, überreichte Jakob die Fotografie. Sie zeigte das Gesicht ihres Mannes und schien neueren Datums zu sein.

»Sein Vorgesetzter bei der Politischen Polizei war früher Kommissar Grabowski«, setzte sie fort. »Ich weiß nicht, ob der noch im Dienst ist. War schon älter. Den können Sie fragen, bei dem lief damals alles zusammen.«

Jakob stimmte zu. »Ja, das machen wir auf jeden Fall. Vielen Dank für den Hinweis. Dürfen wir in den nächsten Tagen wieder vorbeikommen? Nur für den Fall, dass Ihnen bis dahin was einfällt, woran Sie jetzt nicht gedacht haben. Sie wissen ja, alles kann wichtig sein. Sonst können Sie natürlich auch zu uns ins Stadthaus kommen. Wenn wir nicht da sind, sprechen Sie mit Frau Mertens. Die haben Sie ja gestern kennengelernt.«

Ihre Stimme war belegt, wahrscheinlich war sie es nicht mehr gewohnt, viel zu reden.

»Ja, ist in Ordnung. Ich muss in nächster Zeit sowieso öfter in die Stadt, wegen dem ganzen Papierkram und so. Ich weiß gar nicht, was da in nächster Zeit auf mich zukommt.«

»Bisher ist der Leichnam Ihres Mannes nicht freigegeben. Er wird sehr genau untersucht. Wir sagen Ihnen Bescheid, wenn es so weit ist.«

Im Verlaufe des Tages sickerte durch, dass der sozialdemokratische Kommandant von Groß-Hamburg, Walther Lamp'l, in Kürze den Belagerungszustand verhängen würde. Diese Information unterlag strikter Geheimhaltung.

Erst Anfang März hatte Lamp'l eine Freiwilligenwachkompanie in Bahrenfeld aufstellen lassen, tausendeinhundert Mann stark. Dabei handelte es sich vor allem um ehemalige Offiziere mit einer völkisch-nationalen Gesinnung. Zunächst gaben sie sich zuverlässig gegenüber den neuen Verhältnissen.

Nach dem Verbot einer kommunistischen Veranstaltung kam es zu schweren Ausschreitungen mit Enteignungen und Plünderungen. Dem Senat schien die Gesamtlage zu entgleiten.

Am nächsten Tag, es war der dreiundzwanzigste April, war in den Tageszeitungen der Kommandanturbefehl zu lesen. Er bezog sich auf die Städte Hamburg, Altona und Wandsbek. Demnach waren Demonstrationen und Versammlungen unter freiem Himmel ab sofort verboten. Versammlungen in geschlossenen Räumen mussten achtundvierzig Stunden vorher beim Kommandanten angemeldet werden. Ansammlungen auf Straßen und Plätzen waren ebenfalls untersagt. Auch Rennen, Ringkämpfe und ähnliche Schauspiele unterlagen dem Verbot. Polizeistunde war um acht Uhr. In der Zeit von neun Uhr abends bis sechs Uhr morgens durfte sich niemand außerhalb der Wohnung aufhalten. Ausgenommen waren Personen des öffentlichen Sicherheitsdienstes und Personen, die einen Ausweis der Polizeibehörde mit sich führten. Zuwiderhandelnde würden sofort festgenommen. Volkswehr- und Polizeimannschaften erhielten den Befehl, Personen, die mit Waffen in der Hand beim Plündern oder im Kampf mit Volkswehr- oder Polizeimannschaften angetroffen wurden, sofort zu erschießen.

Jakob las den Befehl der Kommandantur bereits am frühen Morgen am Frühstückstisch, und das Erste, was ihm einfiel, war, dass er auch heute nicht zum Schwimmen in der Badeanstalt am Schaarmarkt kommen würde. Bestimmt war im Stadthaus jetzt die Hölle los, eine Besprechung würde die nächste ablösen. Lagebesprechung, einstellen auf die neue Situation, Personalplanung und was nicht alles. Wie viele Berufstätige kämen heute wieder in die Polizeiwachen, um sich einen Ausweis zu besorgen, der sie berechtigte, während der Ausgangssperre zu ihren Arbeitsstellen zu gelangen, ohne festgesetzt zu werden? Wie konnte das praktisch vonstattengehen? Woher bekäme man im Stadthaus die Schreiber, die den Wartenden ihre Passierscheine ausstellten? Die Kommandantur hatte vermutlich kurzfristig nichts vorbereitet. Eigentlich hatte Jakob, wenn überhaupt, nur einen kurzen Aufenthalt in seiner hochgeschätzten Schwimmhalle vorgesehen, schließlich mussten sie einen Mordfall aufklären. Er brauchte einfach dieses Frischegefühl des Wassers und die morgendliche Anstrengung beim Ziehen der Bahnen. Dann hatte er das Becken fast für sich, da war nicht viel los. Heute indes wurde von ihm erwartet, dass er pünktlich im Büro erschien. Der martialische Belagerungszustand war ihm durch und durch zuwider. Er rechnete nicht damit, dass eine solche Maßnahme zu einer Entspannung führen würde, eher verstärkten sich die Widerstände in der Bevölkerung. Es lag eine allgegenwärtige Nervosität über der Stadt, so, als könnte es jederzeit zu einer gewaltigen Explosion kommen. Und er sollte in dieser unübersichtlichen Lage einen Mörder finden. Eines war klar: Alle, die mit der Mordsache Grunwaldt beschäftigt waren, mussten ihre Arbeit weitermachen können, da war keine Zeit für zusätzliche Aufgaben.

Kurz vor acht betrat er das Portalgebäude an der Stadthausbrücke. Er nahm den direkten Zugang zu dem Raum, den sie von Harder zugewiesen bekommen hatten. Den gab er nicht mehr her, komme, was da wolle.

Der unermüdliche Inspektor war natürlich längst da, es war alles so wie immer. Dieser Mann war ein Phänomen. Er könnte hier auch gleich seinen ersten Wohnsitz anmelden.

»Mortensen«, sprach sein Vorgesetzter ihn an, »da sind Sie ja. Ihren Kollegen habe ich eben getroffen, er hat sich mit Klages angelegt, oder der mit ihm, ich weiß es nicht. Es sind unschöne Worte gefallen. Klages beklagt sich über zu viel Arbeit, und Harms zeigt ihm den Vogel. Also bitte, Mortensen, Sie müssen vermitteln.«

Jakob zwang sich, nicht laut loszulachen, was ihm sichtlich Mühe bereitete. Harder bemerkte es und grinste breit. Er kannte die angespannte Situation unter den ungleichen Kollegen und war selbst ratlos.

»Herr Inspektor, ich möchte Sie bitten, dass wir den Raum, den Sie uns gestern gegeben haben, weiter als Büro nutzen dürfen. Wir müssen konzentriert arbeiten, und das ist drüben, im alten Flügel, zurzeit nicht möglich. Wir würden dann unsere Schreibtische, Stühle und was man so braucht, hierher bringen lassen.«

»Na ja, das sehe ich ein, in ihrem bisherigen Büro geht wirklich nicht viel. Also gut, fürs Erste dürfen Sie den Raum nutzen, ob auf Dauer, kann ich jetzt nicht sagen. Sie wissen ja, ist in Planung.«

»Ja, danke sehr. Und dann möchte ich außer Ove Harms zwei weitere Kräfte zur Unterstützung. Frau Mertens für Schreibarbeiten und Recherchen und Wachtmeister Tiedemann. Er kennt alles und jeden und kann gut mit den Leuten umgehen. Ich kenne ihn schon lange und weiß, dass er oft überraschende Einfälle hat.«

»Tiedemann? Sieh an. Na gut, und was machen Sie mit Herrn Klages, hm?«

Jakob verschränkte die Arme hinter dem Rücken, blickte verstohlen auf seine Schuhspitzen.

»Ach, Mortensen, so ward dat nix. Was mach ich denn mit euch? Das bringen Sie ihm selbst bei, hören Sie? Und Frau Mertens wird er auch für sich beanspruchen.«

»Er braucht sie nicht, wir brauchen sie dringend«, blieb Jakob hartnäckig, »zur Not kann Frau Lieske ihm mal ein Protokoll abnehmen.«

»Also von mir aus. Ich muss los, gleich beginnt die Besprechung, regeln Sie das. Tschüss denn. Ach, haben Sie das gehört? St. Pauli? Zaun? Nicht? Dann lassen Sie sich drüben aufklären.« Damit verschwand Harder die Treppe hinauf.

Jakob war zufrieden. Das hatte er sich langwieriger vorgestellt. Wenn's drauf ankam, war Harder wirklich ein feiner Kerl.

Jakob machte sich über die langen Gänge auf den Weg in den Gebäudetrakt am Neuen Wall, wo bis vor Kurzem sein Büro war.

Im Vorzimmer saß Ove mit hochrotem Kopf auf dem Ablagetisch, gleich neben Elke Mertens' Schreibtisch, und ließ abwechselnd seine Unterschenkel vor- und zurückschaukeln. Er schien es selbst nicht zu merken, da er zu sehr mit seiner Wut beschäftigt war.

»Ich bring ihn um, Elke, ich sag dir das, ich bring den Kerl um, verlass dich drauf.«

»Na, na, na, mach dich man nicht unglücklich, Ove. Lass ihn einfach meckern, der bleibt ja nicht mehr lange. Bald geht er in Pension und dann …«

»Bald?«, protestierte er. »Das kann ohne Weiteres zwei Jahre dauern! Bis dahin bin ich tot.«

Jakob lachte. »Warum du? Ich denke, *er*, wenn du ihn umbringst.«

Die beiden hatten ihn nicht bemerkt, wie er den Raum betreten hatte. Elke kicherte.

»Moin, Jakob. Es ist einfach zu wüst mit Klages. Der wollte mich für die ganze Woche zum Protokolleschreiben einspannen. Wieso solle er alles allein machen, während wir gemütlich mit der Straßenbahn durch die Stadt zuckeln«, berichtete Ove.

Jakob, der seinen Becher gerade mit Getreidekaffee füllte, stockte. »Das hat er gesagt?«

»Das hat er gesagt! Und das ist nicht der einzige Grund, auf ihn sauer zu sein. Der Kerl hat uns eine wichtige Information vorenthalten. Die Kollegen von der Davidwache haben gestern bereits mitgeteilt, dass Grunwaldt am späten Nachmittag des Ostermontags bei ihnen auf dem Revier war, kurz vor seinem Tod also. Klages hat es vorhin erst erzählt, so ganz nebenbei. Reine Schikane, sage ich dir, der sabotiert uns, weil er nicht mit dabei ist. Grunwaldt hat angegeben, dass eines der großen Tanzlokale auf der Reeperbahn eine enorme Menge Schmuggelware geliefert bekommt. Die Kollegen hatten, wie wir wissen, genug mit ihrer eigenen Sicherheit zu tun, nachdem die Wache gestürmt worden ist.«

Jakob fuchtelte aufgeregt mit der Kaffeekanne herum. »Mann, ich könnte dem alten Knacker den Hals um…«

»Pass mit der Kanne auf, kipp mir bloß keinen Kaffee auf meine Berichte, hörst du«, rief Elke.

»Ja, ist klar. Das ist vielleicht ein mieses Stück! Er macht sein eigenes Ding, dieser Egoist. Der hält den ganzen Tag sein Büropicknick, der faule Hund, und dann behindert er unsere Ermittlungen. Das hat ein Nachspiel. Na, der wird sich wundern. Ich habe gerade mit Harder gesprochen. Wir drei ziehen rüber in den Neubau, Tiedemann kommt auch mit. Kollege Klages kann uns mal.« Schlagartig blickte Jakob in zwei frohe, erleichterte Augenpaare.

»So, und nun will ich wissen, was da auf St. Pauli los ist. Harder machte Andeutungen. Irgendwas mit Zaun?«

»Du weißt es nicht? Wohnst ja ganz in der Nähe«, wunderte sich Ove.

Jakob seufzte. »Also los. Elke, sag du's mir. Die Belagerung war angekündigt, das weiß ich. Was hat es mit dem Zaun auf sich?«

»Lamp'l hat die neue Bahrenfelder Einheit nach St. Pauli geschickt. Die haben den ganzen Stadtteil mit einem Drahtverhau eingezäunt und untersuchen gerade alle Häuser einzeln auf Waffen und Diebesgut. An jeder Straßenecke steht ein bewaffneter Posten und passt auf, dass nur Leute reinkommen, die da wohnen, die das auch mit einem Meldezettel nachweisen können, ansonsten kommt keiner rein oder raus. Die gelten als ziemlich scharf, diese Bahrenfelder. Die Fenster müssen geschlossen bleiben. In den letzten Tagen ist nämlich aus einigen Fenstern heraus auf Patrouillen geschossen worden. Kontrollgänger gibt's auch, immer drei bis fünf Mann, bewaffnet mit Gewehren und Handgranaten. Hat Harder mir vorhin alles erzählt.«

»Ja, sag mal. Seit wann bist du denn hier?«, unterbrach Jakob sie.

»Seit sechs.«

Ihr Vorgesetzter runzelte die Stirn, enthielt sich jeden Kommentars. Er nickte nur. Man konnte Elke die Anstrengungen der letzten Tage nicht ansehen. Sie wirkte nicht übermüdet, hatte keine dunklen Augenränder, war nicht gereizt, war beneidenswert ausgeglichen. Alles so wie immer. Letztes Jahr im Mai war sie fünfunddreißig geworden, sie hatte es freimütig erzählt, als sie den Geburtstagskuchen unter den Kollegen verteilte. Es war ihr offenbar wichtig, ihnen etwas Gutes zu tun, obwohl sie selbst sehen musste, wie sie mit ihrer bescheidenen Ration über die Runden kam. Es war ein einfacher Kuchen gewesen, mit gestrecktem Mehl und Eisparpulver aus getrocknetem Eigelb von Knickeiern und Maismehl, trotzdem hatte er köstlich geschmeckt. Vielleicht auch, weil er von ihr kam. Vier Jahre war sie älter als Jakob, was war das schon. Er hatte sich bis heute kein Herz fassen können, sie einmal außerhalb der Dienstzeit einzuladen. So etwas hätte sich rasch herumgesprochen, und er wollte sie nicht in Verlegenheit bringen, solange es bei der Polizei Mitarbeiter wie Klages gab. Er war sich auch selbst nicht im Klaren, was genau er von ihr erwartete. Auf jeden Fall fühlte er sich zu ihr hingezogen.

»Jakob? Was ist mit dir? Träumst du? Soll ich nun weitererzählen oder nicht?«

»Hm? Jaja, erzähl weiter, entschuldige.«

Er hatte sie tatsächlich die ganze Zeit angesehen, beinahe aufdringlich. Wie peinlich. Vielleicht auch nicht, denn gerade lächelte sie ihn an mit ihren grünlich braunen Augen.

Ove verzog die Mundwinkel.

»Nun denn. Alles, was sie in den Häusern finden, wird auf Lastwagen gepackt und vor die Davidwache gebracht. Da wird alles ausgestellt, damit jeder sieht, was da so zusammenkommt. Vor allem in der Talstraße ist einiges zu erwarten. Viele Waffen, Schwarzmarktware und Plündergut. Die Kaschemmen und Verbrecherkeller werden geschlossen und desinfiziert, danach stehen sie für die Truppen als Alarmlokale zur Verfügung. Auch die beiden Pennen in der Talstraße, ihr wisst ja, da, wo die Bettler und Reisenden für zehn Pfennig übernachten können.« Sie nickten. Sicher wussten sie das, sie hatten den Pennen oft genug Besuche abgestattet. Ihnen waren unfassbar miserable Zustände begegnet. Sie hatten sofort die Gesundheitsbehörde informiert. Ein einziger Dreckhaufen war das gewesen, alles verkommen und überall Insekten. Allein bei deren Anblick hatte es sie am ganzen Körper gejuckt.

»Bei der Gelegenheit werden dann auch gleich die illegalen Huren festgesetzt«, ergänzte sie. »Na, da kommt Freude auf, wenn die nachher alle hier antanzen. Kollege Klages wird begeistert sein. Er wird nicht zu Wort kommen, wetten?«

Sie lachten und schämten sich ihrer unverhohlenen Schadenfreude kein bisschen.

»Weißt du, wie lange die Aktion dauern soll?«, fragte Jakob.

»Vielleicht drei Tage.«

»Drei Tage, also gut. Das bedeutet für unseren Fall, dass wir Befragungen in der Gegend, wenn möglich, nach hinten schieben. Zuerst sehe ich mir Grunwaldts Unterkunft an, dann unterhalte ich mich mit seinen Nachbarn, die bekommen ja meistens eine Menge mit. Diesen Kommissar Grabowski von der früheren Politischen Polizei befragen wir morgen zusammen, ich möchte, dass du dabei bist. Der scheint Grunwaldt ja gut gekannt zu haben. Ove, für heute schnappst du dir Tiedemann und dann nehmt ihr euch sämtliche Kneipen, Schenken, Kaschemmen, Bars, Lokale und Gastwirtschaften in der Neustadt vor. Ich helfe mit, sobald ich fertig bin.«

»Das kann Tage dauern, ist dir klar, oder?«

»Schlag was Besseres vor.«

»Nein, nein«, wehrte Ove ab. »Ist richtig so. Vergiss nicht, mir das Foto von Grunwaldt rauszulegen. Du hast es in deine Jackentasche gesteckt.«

»Klar, hier ist es.«

»Und ich organisiere dann den Büroumzug«, sagte Elke, »der Hausmeister scheint heute etwas bessere Laune zu haben, das nutze ich aus. Er hat genug Leute, die anpacken können.«

»Bist ein Schatz«, sagte Ove.

»Ich weiß.«

»Mach die Schranke hoch!«

»Zippel, hör mal …«

»Schranke hoch, sag ich!«

»Das wird mir zu viel, Zippel, übertreib es nicht. Lass mich da raus.«

Die Fahrertür des Lasters flog auf, ein Riesenkerl sprang heraus, leichtfüßig für seine Größe, und stieß den Zollbeamten mit einer Hand gegen die Mauer des Zollhäuschens. Dann riss er selbst die Schranke nach oben und hüpfte hiernach eilends wieder auf den Fahrersitz zurück.

»Wir sprechen uns später«, knurrte er aus dem geöffneten Seitenfenster. Die Morgendämmerung verwandelte sich soeben in ein sanftes Tageslicht, was auf die Laune des Zippel genannten Mannes keine beschwichtigende Wirkung ausstrahlte.

Hinter der Schranke begann der Freihafen. Zollausland. Alle Waren, die dieses weitläufige Areal verließen, wurden mit Zoll belegt. Innerhalb des Freihafens lagerten sie hingegen unverzollt, und hier konnten sie auch bearbeitet und veredelt werden.

Der Speicherstadt und ihren Händlern war es bis vor dem Krieg wesentlich besser ergangen als zurzeit, allerdings waren hier, in den backsteinernen Lagerhäusern, nach wie vor erhebliche Werte deponiert.

Außer für die lang haltbaren Güter hatte man in den Weiten des Hafens auch Lebensmittellager errichtet. Hier lagerten Nahrungsmittel aus dem Ausland, die nicht allein für Hamburg, sondern für ganz Deutschland bestimmt waren. Erstmals seit Kriegsende hatte im Vormonat ein amerikanisches Schiff eine größere Lieferung Weizenmehl in die Stadt gebracht. Es war seit August 1914 das erste Schiff aus Übersee, das den hiesigen Hafen erreichte. Die Aktion geschah nicht bloß aus humanitären Gründen, weil bekannt war, wie katastrophal die Versorgungslage in den Städten war, Deutschland hatte die Lebensmittel bezahlt. Weitere Schiffe könnten folgen, allerdings blockierte England die Elbmündung weiterhin und verlangte die Auslieferung eines erheblichen Teils der deutschen Handelsflotte. Hafenarbeiter hatten sich zunächst geweigert, die Schiffe an die Siegermächte auszuliefern, weil dadurch ihre Arbeitsplätze gefährdet waren. Erst nach Androhung von Gewalt knickten sie ein.

Die Sperre von Lebensmittellieferungen aus dem Ausland diente auch einem anderen Zweck: der zügigen Unterzeichnung des Versailler Vertrags.

Politik war ein ständiger Begleiter der Menschen. So kurz nach dem Krieg konnte man sich ihr allein deshalb kaum entziehen, weil sie direkte Auswirkungen auf den Alltag eines jeden Einzelnen hatte. Auf die Rationen, die man für die Lebensmittelkarten zugewiesen bekam, auf die Menge der täglichen Kalorien, die zeitweise auf unter tausend herabgedrückt worden war. Die Folge waren Hungertote und viele Personen, die beständig entkräftet und geschwächt durch die Straßen irrten, auf der Suche nach etwas Essbarem. Der Schwarzmarkt blühte, weil es immer genug Zeitgenossen gab, die sich für beträchtliche Geldsummen oder andere begehrte Tauschmittel satt essen konnten. Diese Nahrungsmittel fehlten bei der zentralen Lebensmittelbewirtschaftung durch das Kriegsversorgungsamt. So verhasst die Schiebereien im Volk waren, wurden sie dennoch nicht konsequent verfolgt, meist blieb es bei Strafandrohungen.

Lebensmittelkarten und Kriegsküchen sorgten für ein Minimum an Sicherheit, und was nicht vorhanden war, wurde in Form von teils synthetischen, ungesunden Ersatzstoffen bereitgestellt: Kunsthonig, Kunststreichfett, Kaffeetabletten, Kaffee aus Eicheln, Teepillen, Brühwürfel, der Fantasie waren keine Grenzen gesetzt.

Sie waren da. Zippel und zwei Gestalten in der Fahrerkabine, drei weitere hinten auf der Ladefläche unter einer schmutzigen Plane aus Segeltuch. Die Tür eines Lagers wurde von innen entriegelt und geöffnet, Zippel steuerte den Laster zuerst in den Eingangsbereich hinein. Muffig roch es hier, erdig, ein wenig schimmelig. Die Nutzung der großflächigen Halle war sofort zu riechen. Die Plane hob sich, die drei jungschen Kerle schwangen sich geschmeidig vom Wagen. Alles vollzog sich routiniert, wie einstudiert. Es wurde nicht geredet, sondern direkt zugepackt. Mit einer Kopfbewegung dirigierte sie der Sicherheitsposten, der ihnen das Tor geöffnet hatte, zunächst in den hinteren Bereich, wo Säcke mit Mehl gestapelt lagen. Immer zwei Mann einen Sack, so ging das Verladen auf den Transporter rascher vonstatten. Derweil steckte Zippel dem Sicherheitsmann einen Umschlag zu. Der nahm ihn emotionslos entgegen, schob ihn in seine Arbeitsjacke.

»Der Zöllner macht Ärger«, raunte Zippel, »will aussteigen, der Idiot. Bring ihn zur Vernunft.«

»Der steckt bis zum Hals mit drin, er wird den Schnabel halten«, erhielt er zur Antwort.

»Und wenn nicht? Mach was, sag ich dir. Ich hab keine Lust, wegen so einem in den Knast einzufahren. Setz ihn unter Druck, er hat bestimmt Familie, oder?«

Sein Gegenüber nickte.

»Na also.«

»Die Stadt ist voll mit Soldaten, das ist ihm nicht geheuer. Er ist bang.«

»Ach Quatsch, der soll sich nicht bemachen, ausgerechnet jetzt, wo der Laden brummt. Also wirklich. Nur ich mach mich in nächster Zeit für 'ne Weile vom Acker, die andern kommen ein paar Wochen ohne mich klar. Die Bahrenfelder sind bald wieder weg, und die Volkswehr muss niemand fürchten. Sieh bloß, die stehen nur rum und sind froh, wenn sie keine eigenen Entscheidungen zu treffen brauchen.«

»Was heißt, du machst dich für 'ne Weile vom Acker?«

»Heißt, was es heißt. Frag nicht!«

»Mensch Zippel, du stinkst wieder nach Zwiebeln. Ich glaub, ich muss kotzen. An den Gestank wird sich jeder Zeuge erinnern, das ist gefährlicher als der blöde Zöllner.

Ich werde gleich mal das Lager lüften.« Den Vorwurf hatte er sich nicht verkneifen können, da klang so viel Ekel mit. Sogleich legte er einen Sicherheitsabstand zwischen sich und dem, den man nicht umsonst Zippel nannte, nach der niederdeutschen Bezeichnung für die Zwiebel.

Der setzte ein breites Grinsen auf. Sofort hatte er ein Messer in der Hand und eine Zwiebel, deren äußere Hautschale er gekonnt abzog. Er biss hinein wie in einen Apfel. Die Szene vollzog sich innerhalb von drei Sekunden und wirkte wie eine einzige Bewegung.

Der Sicherheitsmann guckte ihn ungläubig an.

»Willst auch eine?«, fragte Zippel großzügig.

Kopfschütteln.

»Wo hast du hier die Zippeln?«

»Da, im zweiten Gang«, zeigte der Aufseher mit einer Handbewegung, »neben den Kartoffeln. Die lagern lose, musst du erst in Säcke packen.«

»Dann komm. Packst mit an. Tu was für dein Geld.«

»Vergiss es. Dafür kriege ich das Geld nicht, das weißt du.«

Ein Blick des Riesenkerls genügte, um sich spontan dagegen zu entscheiden.

Die Ladefläche war inzwischen üppig befüllt. Zwei Männer packten einen schweren Karton mit Margarine auf. Da saß jeder Handgriff, Zippel hatte seine Helfer gut geschliffen. Dafür versorgte er sie auch anständig, mit Geld, manchmal mit Naturalien, indem er ihnen einen Teil der Ware überließ. Die konnten sie als Eigenbedarf verbrauchen oder gewinnbringend weiterverhökern. So hielt er es selbst auch. Zwar hatte er einen Auftraggeber, den er nicht ohne Weiteres abschütteln konnte, aber er bekam einen angemessenen Anteil von der Beute. Er betrieb Handel auf eigene Rechnung, und die Geschäfte gingen glänzend. Wenn er mit roher körperlicher Gewalt nicht weiterkam, wusste er, wann er zu schmieren hatte, um bessere Ergebnisse zu erzielen. Und er wusste auch, dass man hin und wieder einen Schritt zurücktreten sollte, um danach zwei Schritte nach vorn zu kommen. Sein feines Gespür dafür, wem gegenüber er wie auftreten musste, kam ihm zugute. Wenn es darauf ankam, hatten die Geldleute am Ende immer die Nase vorn. Der Erfolg konnte sich sehen lassen. Erste Angebote von einflussreichen Männern kamen rein, die ihm für die Zeit nach der Kriegswirtschaft eine Anstellung in Aussicht stellten, überwiegend im Bereich Sicherheit, gerne auch als Lagerverwalter oder als Fahrer. So richtig mit Uniform und Dienstmütze und mit einer hübschen Einliegerwohnung.

Nach einer Viertelstunde überprüfte er die Ladung, schnippte mit zwei Fingern, seine Leute sprangen auf die Säcke, Kartons und Kisten, dann zog er die Plane über sie. In gemächlicher Geschwindigkeit fuhr er den Laster zurück zum Zollgrenzposten, wo ihn der Beamte erwartete.

»Wegen vorhin, Zippel. Du weißt ja, die ganzen Soldaten, wenn die uns drankriegen, die kennen kein Pardon. Lass mich raus aus der Sache. Bitte.«

Ein verächtlicher Blick traf ihn. Er hob den Schlagbaum an. Hinter der Schranke, im Hamburger Zollinland, drehten zwei Polizisten sich diskret zur Seite.

Tief war es nicht, was soll's, immerhin war es Wasser.

Jakob gründelte am Boden des Beckens entlang, zweiundneunzig Sekunden hielt er es unter Wasser aus. Auch die Länge des Beckens war nicht bemerkenswert, rasch hatte er eine Seite erreicht, sodass er gleich wieder die Wende einleiten musste. Dabei drehte er eine Unterwasserrolle, stieß sich kraftvoll mit beiden Füßen vom Beckenrand ab und stach, mit den gestreckten Armen voran, durch das Nass. Er liebte das wohlige Gefühl, vollkommen von Wasser umhüllt zu sein, das Gefühl, im wahrsten Sinne in ein Element einzutauchen, das nicht sein natürlicher Lebensraum war. Alles war dennoch vertraut, er fühlte sich sicher und bestens aufgehoben.

Die Halle war mühelos zu überschauen. Auf dem Rücken liegend blickte er zu der balkonartigen Galerie hinauf, die die beiden Längsseiten und eine der Schmalseiten umlief. Hier konnte man das Treiben in der Badeanstalt von oben betrachten. Oft lehnten hier Erwachsene am Geländer, um zu beobachten. Hier waren auch die hölzernen Umkleidekabinen untergebracht, mit einem Zugang zum Außenflur. An beiden Seiten der gegenüberliegenden Schmalseite führten fein geschwungene Wendeltreppen zum Beckenbereich hinunter. Auch neben dem Becken befanden sich Kabinen. Die feingliedrige, symmetrische Architektur der Halle machte einen besonderen Eindruck auf Jakob, so auch die schmalen eisernen Rundsäulen, die als Trägerkorsett das Bauwerk stützten. Zahlreiche Rundbogenfenster entlang der Längsseiten ließen das Tageslicht herein, ebenso sorgte die Glaskuppel für Lichteinfall von oben. Alles war hier funktional und zugleich von einer grazilen Schönheit.

Er hatte das Becken heute ganz für sich allein, es war einfach herrlich. Hannes, der ergraute Bademeister, kannte ihn seit vielen Jahren. Ein Protestschreiben hatte bewirkt, dass er, trotz seines Alters, er war fünfundfünfzig, den gewohnten Dienst als Bademeister weiter verrichten konnte. Die Verwaltung wollte ihn zunächst durch einen dreißigjährigen Kriegsrückkehrer ersetzen, und nicht zuletzt Jakobs Einsatz hatte wesentlich dazu beigetragen, dass Hannes nicht entlassen wurde.

Möglicherweise hatte ihn der Verwaltungsbeamte, der für seine frühere Kriegsbegeisterung bekannt war, aus politischen Gründen auf dem Kieker gehabt. Hannes hatte als bekennender Atheist eine Vergangenheit, die manchem nicht gefiel. Zu Kriegsbeginn im August 1914 war er nach Berlin gereist und hatte sich vor dem Gottesdienst mit einem Antikriegsplakat vor den Dom gestellt, um gegen den Krieg zu agitieren. Bei der Gelegenheit hatte er die Kirche massiv angegriffen und somit auch Wilhelm Zwo, den deutschen Kaiser, der zugleich oberster Bischof der evangelischen, preußischen Staatskirche war. Thron und Altar waren aufs Engste miteinander verbunden. Der Kriegsaufruf, mit dem Wilhelm sich an das deutsche Volk gewandt hatte, beruhte auf der Vorlage des protestantischen Theologen Adolf von Harnack: »Vorwärts mit Gott, der mit uns sein wird, wie er mit den Vätern war.« Das nationalistische Kriegsgebrüll erreichte einen neuen Höhepunkt: »Mitten im Frieden überfällt uns der Feind. Darum auf! Zu den Waffen!« Hannes wusste genau, was er tat, sehenden Auges hatte er eine Gefängnisstrafe in Kauf genommen. Politisch war er für Jakob nicht eindeutig einzuordnen, wahrscheinlich vertrat er eine Mischung aus anarchistischen, kommunistischen und humanistischen Ideen. In jenem verdammten August war Hannes einfach verschwunden gewesen, weg, nicht mehr da, verschollen. Es hatte seine

Zeit gedauert, bis Jakob in Erfahrung gebracht hatte, was los war und wo er ihn finden konnte. Vor dem Dom hatten ein paar Polizisten sein Plakat zerrissen, hatten ihn drangsaliert und verprügelt, mit solchen Subjekten ging man nicht zimperlich um. Hannes hatte es geschehen lassen, sich nicht gewehrt, weil er das zu erwartende Strafmaß nicht um das des Widerstands gegen die Staatsgewalt erhöhen wollte. Das Blut schmeckte mineralig, irgendwie nach Eisen. Ihm wurde schummerig und das letzte, was er hörte, drang aus dem Dom zu ihm: »Nun danket alle Gott.« Dann musste sich sein Bewusstsein eine Zeit lang verabschiedet haben.

Jakob war erstaunt gewesen, er kannte Hannes' Charakter und auch ein wenig seine politischen Ansichten. Dass ausgerechnet dieser stille Zeitgenosse sich in der Weise in Szene gesetzt hatte, damit hatte er nicht gerechnet. Es hatte ihm zu denken gegeben, es musste arg um den älteren Freund bestellt gewesen sein. Und als solchen betrachtete er ihn seither. Zwei Jahre Gefängnis hatte ihn die Aktion gekostet, die saß er gleich in Berlin bis zum letzten Tag ab. Seine Frau hatte sich verdrückt, sie hatte sich von der Kriegshysterie anstecken lassen und war längst nicht mehr seiner Meinung gewesen. Die Verhaftung war vielmehr der Beweis für sie, dass er verrückt war. Jakob hatte ihn ein paar Mal besucht und sich um ihn gekümmert, als er in Hamburg zurück war. Die Stelle in der Badeanstalt bekam er wieder, zunächst nur als zweiter Bademeister. Ein Zimmer fand sich in der Neustädter Rehhoffstraße, im Ledigenheim. Eigentlich nur als Übergangslösung gedacht, wohnte er mittlerweile seit bald drei Jahren dort. Er war der Ansicht, es war eine zufriedenstellende Lösung.

Als Schwimmmeister war er schlichtweg der Beste, durch nichts aus der Ruhe zu bringen. Seine Umsicht und sein pädagogisches Gespür waren weit gerühmt. Das übertrug sich auch auf die Badegäste, davon war Jakob überzeugt. Er schrie nicht ständig Kinder an, die, ohne zu gucken, vom Beckenrand ins Wasser hüpften. Er winkte sie heran, klärte sie, wenn es sein musste, auch zum dritten Mal an einem Tag über die Gefahren auf und nahm ihnen das Versprechen ab, es sein zu lassen. In den meisten anderen Badeanstalten ging es drunter und drüber. Je hektischer die Badeaufsicht sich gebärdete, desto größeren Spaß machte es Kindern, sie zu verulken. Hannes hielt sich zumeist unauffällig im Hintergrund, war gleichwohl zu jeder Zeit aufmerksam und konzentriert. Er wusste bestimmt selbst nicht mehr, wie vielen Schülern er im Laufe der Jahre das Schwimmen beigebracht hatte.

Und nicht zuletzt verdankte auch Jakob dem älteren Freund, dass er sich wieder ins Wasser traute, nach dieser unseligen Geschichte damals, mit Martin, seinem Jugendfreund, der ertrank. Vor seinen Augen.

Manchmal unterstützte Jakob ihn bei der Arbeit, übernahm eigene Schwimmgruppen. Als ausgezeichneter Schwimmer verfügte er über alle Abzeichen und Qualifikationen, wenn auch leider nicht über Hannes' Geduld gegenüber Kindern. Er erwartete zu rasch zu viel von ihnen. Kein Problem, hatte Hannes befunden, und ab da übernahm er die Erwachsenen. Und so hielten sie es meist, denn ab und an unterrichtete Jakob durchaus Kindergruppen. Und immer wieder stellte er fest, dass auch die Großen ganz schön empfindlich waren. Keinesfalls durfte er sie mit unbedachten Worten in Verlegenheit bringen, sonst kamen sie nicht mehr zum Unterricht. Lange Zeit verstand er nicht, dass Erwachsene eine so schlichte Technik wie die des Schwimmens nicht beherrschten. Dabei hätte er es besser wissen müssen. Auch wenn er sich an seine ersten Schwimmversuche nicht erinnern konnte. Auch die Eltern wussten es nicht. Ellen erzählte gerne, dass er es nie erlernt habe, weil es nicht nötig gewesen war, dass er es von Beginn an beherrschte, einfach so. Nach und nach übernahmen die Eltern Ellens Version der Geschichte.

An einem Sommersonntag waren sie alle zusammen am Strandbadeplatz an der Alster gewesen, und irgendwann, als die Alten müde waren vom Aufpassen, habe jemand sie angesprochen: »Ist das Ihrer?« Muddern fuhr hoch, erblickte ihren vierjährigen Spross, stieß einen hohen spitzen Schrei aus und hielt sich dann die Hand vor den Mund. Da war der Vater kurz davor, ins Wasser zu springen, als er Jakob wahrhaftig schwimmen sah. »Potzblitz, wat'n düvel«, soll er gerufen haben. Unentschlossen, ob er nun lospoltern oder sich über den eigensinnigen Hosenmatz freuen sollte, entschied er sich für Letzteres. Es mochte ja auch recht drollig ausgesehen haben, wie er, der lütte Spacken, mit ernstem Gesicht, den Kopf angestrengt über der Wasseroberfläche haltend, mit seinen dünnen Ärmchen die Brustschwimmbewegungen machte. Es war dann die Mutter gewesen, die sich vor Entsetzen kaum einkriegen wollte und die ihm einen heftigen Klaps auf den Hintern versetzte. Er hatte nicht geheult, weshalb es gleich einen weiteren Backs hinterher gab. Es war ihm egal, er gehörte ab sofort zu den Schwimmern. Der Vater stand daneben, grinste nur und schüttelte den Kopf. Muddern schmiss wütend ein Handtuch nach ihm. Bis heute konnte er sich darüber amüsieren. Ein wenig Stolz auf den Filius wird sicher auch im Spiel gewesen sein.

Nun kraulte Jakob in hoher Schlagfrequenz auf seiner Bahn, hin – zurück – hin – zurück, mit den immer gleichen monotonen Bewegungen, die sich verselbstständigt hatten, die den Kopf frei machten, die Muskulatur und die Abwehrkräfte stärkten. Ja, das war's. Nach einer Viertelstunde hatte er das Gefühl, dass er es damit für heute bewenden lassen sollte. Er hatte sich hinreichend verausgabt.

Er winkte Hannes einen Abschiedsgruß zu, nach reden war ihnen beiden an diesem Morgen nicht zumute. Es war in Ordnung. Sie würden es nachholen.

Im Waschraum kramte er ein arg geschrumpftes Stück Kriegsseife hervor, das er erst vor Kurzem erworben hatte. An das Zeug konnte er sich nicht gewöhnen. Zwanzig Prozent Fettsäure, achtzig Prozent Füllstoffe wie Ton, Speckstein und weißer Sand. Die Waschkraft lag bei annähernd null und geriet der Mist auf die Kleidung, gab es Flecken. Mit dem Wasserschlauch spülte er alles herunter.

Es galt als abgemacht, dass Jakob und Ove, wenn sie getrennt arbeiteten, sich morgens im Stadthaus trafen, um sich gegenseitig auf dem Laufenden zu halten. Der neue Raum hatte bereits ein wenig Ähnlichkeit mit einem Büro, Schreibtische und Aktenschränke verbreiteten eine nützliche Arbeitsatmosphäre. Elke hatte eine Kanne Getreidekaffee vorbereitet und eine frische Packung Milchpulver geöffnet.

»Das tut gut«, schwärmte Ove, während er geräuschvoll das heiße Getränk schlürfte.

»Nicht, dass du dich daran gewöhnst, mein Lieber«, ermahnte ihn Elke, »morgen bist du dran mit Kaffeekochen.«

»Kein Problem. Einen besseren Kaffee als meinen kriegst du in ganz Hamburg nicht.«

»Angeber. Ich hoffe, du weißt, wie man Wasser kocht«, gab sie zurück.

Jakob lachte.

»Pah«, winkte der Kollege ab, »und übermorgen bist du dran, Herr Kommissar. Mal sehen, ob du auch die einfachen Dinge des Alltags beherrschst.«

»Das ist eine meiner leichtesten Übungen. Ich kann sogar kochen«, prahlte Jakob.

Das rief Elke auf den Plan. »Du kannst kochen? Im Ernst? Da wärst du ja eine richtig gute Partie. Was gibt es Besseres für deine künftige Ehefrau?«, kokettierte sie und schlug ihre bemerkenswerten Beine übereinander.

Jakob schluckte und – errötete er etwa? Die beiden grinsten ihn vergnügt an. Überall lauerten hier tiefe Fallen.

Ausgerechnet Ove, der selbst ins Stottern geriet, wenn Clara in der Nähe war.

»Hm. Also gut. Was liegt an, Kollege Harms? Habt ihr gestern etwas herausgefunden? Wo ist eigentlich Tiedemann?«

»Er wusste nicht, ob er hier erwünscht ist. Wollte sich nicht aufdrängen. Ich hab ihm gesagt, dass er dazugehört, na ja. Vielleicht sagst du es ihm persönlich.«

Jakob nickte. Ja, Tiedemann war gar nicht so unkompliziert, wie es oft schien, er hätte es wissen können. Irgendwie auch rührend, dachte er. Er musste ihn unbedingt ein bisschen aufmuntern. Die Zeit der übertrieben ausgeprägten Hierarchien brauchte kein Mensch mehr.

»Also«, begann Ove, »viel haben wir bislang nicht in Erfahrung gebracht. Kollege Tiedemann und ich waren ja gestern in der Neustadt unterwegs, haben ein gutes Dutzend Lokalitäten abgeklappert. Obwohl Grunwaldt auf dem Foto jünger aussieht und einen Anzug trägt, haben ihn die Wirte auf Anhieb wiedererkannt. Er muss da wirklich bekannt gewesen sein wie ein bunter Hund. So richtig getrauert hat im Grunde keiner um ihn, manche äußerten die Vermutung, dass es sich um einen Polizeispitzel gehandelt hat, andere waren sich sogar ganz sicher. Die sagten, jeder Stammgast habe es gewusst, man hat ihm gerne was vorgespielt, damit er was zu berichten hatte. Insgeheim habe man sich kaputtgelacht. Man hat ihn in Ruhe gelassen, manchmal gab er ja auch einen aus.«

»Das ist hart, finde ich«, warf Elke ein. »Man hat sich über ihn lustig gemacht, wahrscheinlich hat er es gar nicht gemerkt. Tragisch, oder? Ein lächerlicher Mensch.«

»Ja, ein klein wenig hat er uns auch leidgetan. Andererseits wäre er zu jeder Denunziation bereit gewesen. Er hat wahrscheinlich vielen Menschen geschadet. Politisch anderer Meinung zu sein als die Oberen, ist für mich kein Verbrechen.«

»Ja, sicher«, entgegnete sie, »wohl wahr, ich weiß es ja. Trotzdem.«

Jakob lehnte sich gegen den Rahmen der Fensterbank, warf einen Blick auf die Stadthausbrücke, den Betrieb auf der belebten Straße, die Autos und die Fuhrwerke, die sich den Platz streitig machten. Wie lange würde man da draußen noch Pferdefuhrwerke sehen, bevor sie verschwanden?

»Aus menschlicher Sicht finde ich einen Typ wie Grunwaldt auch tragisch«, warf er ein, »es war bei ihm nicht nur Geltungssucht gegenüber Vorgesetzten und früheren

Abteilungsleitern im Spiel, der war überzeugt von dem, was er da machte. Als hätte er eine Mission zu erfüllen gehabt.«

»Ja, und was mir auffiel: Er saß da anscheinend nicht nur so vor seinem Bier und hörte den Gesprächen zu, er beteiligte sich auch oft an ihnen. Die meisten Befragten sagten, dass sich das durchaus überzeugend angehört hat, sodass sie manchmal dachten, er müsse eigentlich ein Gleichgesinnter sein. Der scheint sich richtig in die Arbeiter und ihre Ansichten reinversetzt zu haben. Nur: Immer wenn es persönlich wurde, hat er zugemacht. Keiner weiß etwas Genaues über ihn, etwas, das über das allgemeine Kneipenpalaver hinausgeht, etwas, das ihn als Mensch ausgemacht hat, etwas Privates«, sagte Ove. »Keiner wusste, womit er sich gerade beschäftigte. Das hätte er in dem Rahmen auch nicht preisgegeben.«

Jakob stimmte zu. »Und das deckt sich genau mit dem, was ich bei seinen Nachbarn im Haus herausgefunden habe. So gut wie nichts! War immer nachbarschaftlich höflich, auch hilfsbereit, brachte einer alten Nachbarin den Müll runter, war gern bereit, wenn es um kleinere Reparaturarbeiten ging. Einem kriegsinvaliden Nachbarn hat er ab und zu eine Flasche Köm mitgebracht, weil der nicht mehr rauskonnte. Er zahlte pünktlich die Miete und die sonstigen Kosten, führte ein unauffälliges Leben. Gut, das ist immerhin auch eine Erkenntnis. Er hielt sich bedeckt, wusste genau zwischen seiner Mission und seinem privaten Leben zu unterscheiden.«

»Dienst ist Dienst und Schnaps ist Schnaps«, brachte Elke es auf den Punkt, »das war professionell.«

»Ja. Leider. Wir wissen heute nicht wesentlich mehr als gestern«, stellte Jakob fest, »an keiner Stelle kann man richtig einhaken. Ich habe mir sein möbliertes Zimmer angesehen, das er bei einer Witwe gemietet hat, da war mir sofort klar, dass ich nichts finden werde. Die Alte ist total neugierig, da hat er nichts Konspiratives liegen lassen, sie hätte es sofort gefunden. Sie ist auf ihre Weise die gleiche Schnüfflerin, wie er es war, um es deutlich zu sagen. Ich hoffe, dass Grabowski uns mehr erzählen kann, der scheint ja den Kontakt zu seinem ehemaligen Spitzel aufrechterhalten zu haben. Komm, Ove, wir fahren hin. Elke, finde bitte raus, ob Grunwaldt Verwandte hat und wo die wohnen.«

»Mach ich. Übrigens, Herr Grabowski hat einen Fernsprecher, hier ist die Nummer. Soll ich euch anmelden?«

Die beiden guckten sich kurz an, schüttelten dann den Kopf.

»Danke, lass mal. Wir fahren lieber so hin. Er wird uns bestimmt nicht abweisen, und wahrscheinlich rechnet er auch mit unserem Besuch«, spekulierte Jakob.

Mit pikierter Miene verfolgte Ove die Verrenkungen seines Kollegen. Der beugte den Oberkörper so weit auf die linke Seite, dass der Kopf annähernd in der Waagerechten lag. Eine Weile verharrte er in dieser Stellung. Dann zog er ein weißes, gestärktes Taschentuch aus der Innentasche seines Jacketts, schüttelte es auseinander und stopfte einen Eckenzipfel in sein linkes Ohr. Ab und zu riss er weit den Mund auf.

»Das ist vielleicht peinlich! Alle gucken her«, stieß Ove hervor.

In der Tat betrachteten einige der Wartenden an der Haltestelle Rödingsmarkt die Szene mit kritischem Auge.

»Egal«, brummte Jakob, »ich habe das halbe Schwimm-

bad im Ohr, das muss raus.« Er prüfte den Tuchzipfel, entschied sich für einen anderen. Wozu hatte ein Taschentuch
schließlich vier davon? Den drehte er sich geschickt ins
Ohr. Dann klappte er wie ein Fisch in rascher Folge den
Mund auf und zu.

Ove wandte sich ab, als würde er ihn nicht kennen. Interessiert musterte er den Zustand seiner Fingernägel. Mittlerweile guckten wirklich alle, die Haltestellengespräche
waren verstummt. Die Zeiger der Stationsuhr rückten
heute besonders langsam vor, fand er. Wann kam denn
endlich die verdammte Bahn, die nicht richtig Hochbahn
und nicht richtig U-Bahn war, sondern beides?

Schließlich unterbrach eine zahnlose Alte die Stille.
»Willst du nicht gleich 'nen Kopfstand machen, min Jung?«

Alles lachte befreit auf, und sogar Ove schaute etwas
versöhnlicher drein, wenn auch nur kurz.

»Kopfstand kann ich nicht, meine Dame, aber sehen
Sie hier«, rief Jakob übermütig, mit einem Seitenblick auf
Ove, als wollte er den mitunter spießigen Kollegen mehr
und mehr in Verlegenheit bringen. Er entledigte sich seines Jacketts, das warf er der Alten zu, dann vollführte er
einen Handstand wie aus dem Turnerlehrbuch. So stand
er da, auf beiden Händen, wie eine Eins, mit dem Kopf,
aus dem ein blütenweißes Taschentuch quoll, nach unten.

Den Applaus, das Lachen und die Bravorufe hatte er sich
verdient. Ove schüttelte sachte den Kopf, halbwegs milde
gestimmt durch die überraschende Reaktion der Umstehenden. Als der Zug der Ringlinie in den Bahnhof einlief,
war er überaus froh.

Hohenfelde war heute ihr Ziel. Ein kleinflächiges Stadt-
viertel dessen Spitze an die östliche Außenalster heran-

reichte. Der südliche Teil war eher von schlichten Siedlungsbauten geprägt, während man im nördlichen Abschnitt, in Alsternähe und am Kuhmühlenteich, prunkvolle Stadtvillen bestaunen konnte.

An der Haltestelle Lübecker Straße stiegen sie aus. Hier waren es zu Fuß nur wenige Schritte bis zum Mühlendamm, ihrem Ziel. Grabowski wohnte in einem beigefarben, verputztem Etagenhaus, das inmitten der rot geklinkerten Sozialbauten einen gutbürgerlichen Eindruck machte.

Sie hatten Glück, der Kommissar a. D. war zu Hause. Die Wohnungstür wurde ruckartig aufgerissen, sodass sie die Zugluft spürten. Imposante Erscheinung trotz fortgeschrittenen Alters, kernig, etwa so, wie man sich einen militärischen Befehlshaber vorstellte. Haare mit nassem Kamm akkurat gescheitelt. Der Eindruck wurde auch nicht dadurch getrübt, dass sein linkes Auge mit einem Veilchen verziert und reichlich angeschwollen war. Ein paar Schrammen waren mit Schorf bedeckt. Er blickte Jakob direkt ins Gesicht.

»Ich erinnere mich«, schnarrte er in einem rauen Tonfall, »Kripo. Jakobs oder Martens?«

»So ähnlich«, entgegnete Jakob, »Mortensen. Und das ist Kriminalsekretär Harms. Moin, Herr Grabowski. Wahrscheinlich haben Sie mit dem Besuch früherer Kollegen gerechnet, nehme ich an?«

»Hab ich, hab ich. War ja lang genug bei der Truppe. Kommen Sie rein. Dänischer Herkunft, wie?«

»Hm, ja, wieso?«

»Na ja, der Nachname. Mortensen. Dänisch.«

Diese militärische, markige Tonart lag Jakob nicht, er wollte sich nicht weiter damit aufhalten.

»Ja, wir sind schon lange hier …«

»Macht ja nichts, macht ja nichts. Kräftige Niederlage erlitten, achtzehnvierundsechzig, Düppeler Schanze, ratzfatz und gut. Jaja, der olle Bismarck, das war einer. Preußen vorn. Trotzdem, nettes Völkchen, die Dänen. Artverwandt. So. Und Sie sind inzwischen Kommissar bei uns, soso«, rief er.

Jakob spürte deutlich, wie das Blut in ihm hochblubberte. Was für ein Fatzke. Und was war das hier eigentlich für eine Bude? Ein Wohnzimmer oder ein Parteilokal? An der Wand hing ein Wahlplakat. Oben stand: »Wer rettet uns vor dem Untergange?« Unten hieß es: »Die Deutschnationale Volkspartei!« In der Mitte: Ein hämisch grinsendes Skelett mit einem tiefroten Umhang, das in einem Staatswagen auf den Abgrund zuraste, unter dem sich der Revolutionssumpf ausbreitete. Die beiden schwarzen Rösser vor dem römischen Heerwagen scheuten davor zurück weiterzulaufen, bäumten sich auf.

Auf dem Eichentisch lag eine Auswahl der Deutschen Tageszeitung. In einem Buchregal Schriften von reaktionären Hetzern und von kaisertreuen Politikern, Publikationen von Bismarck, Hindenburg und Konsorten. An der Wand eine Parteifahne der DNVP. Sie war erst im November gegründet worden. Das erklärte einiges. Jakob war sich darüber im Klaren, dass er sich nicht provozieren lassen durfte, das wäre Wasser auf die Mühlen dieser Leute. Und wer wusste schon, wie viel Einfluss sie besaßen. Es gab mehr als genug Leute von gestern in einflussreichen Positionen. Auch Oves Gesichtsausdruck ließ nichts Gutes erahnen. Von ihm wusste er, dass er eher der Mehrheitssozialdemokratie zuneigte. Ebert fand er in Ordnung. So direkt hatten sie eigentlich nie über ihre politischen Einstellungen gesprochen, man konnte nur eins und eins zusammenrechnen.

»Tragisch, die Sache mit Grunwaldt«, kam der Hausherr zum Thema, »guter Mann. Hab große Stücke auf ihn gehalten. Nicht der hellste Kopf, immerhin treu und ehrlich. Einer, der wusste, wo er hingehörte.«

»Wo gehörte er denn hin?«, fragte Ove.

Grabowski sah ihn über den Brillenrand an, etwas ungläubig, als wüsste er nicht, ob er die Frage richtig verstanden hatte. »Na, was meinen Sie denn, auf welche Seite ein deutscher Staatsdiener hingehört, junger Mann?«

»Das frage ich Sie.«

Ohne Hast steckte er sich den Rest einer Zigarre an. Es stank erbärmlich, wie es in dieser Wohnung überhaupt miefte wie in einer Räucherhöhle.

»Keine gute Zeit für das deutsche Volk, gar keine gute Zeit«, murmelte er vor sich hin, »glauben Sie mir, so bleibt es nicht. Am besten Sie richten sich gar nicht erst auf die jetzigen Verhältnisse ein, es lohnt sich nicht.« Er wies mit einer Kopfbewegung auf die schwarz-weiß-rote Fahne an der Wand, mit dem schwarzen Adler in der Mitte. »Bald wird das Haus Hohenzollern wieder unser Land regieren. Deutschland ohne den preußischen Kaiser, ich bitte Sie. Das ist ja gar nichts! Sollen Bolschewisten und Juden über uns herrschen …? Das ist ja … ist ja … ekelhaft!«

Es war hier nicht angesagt, sich übermäßig aufzuregen, vielmehr galt es, kühles Blut zu bewahren. Wenn sie etwas aus dem alten Sack herauskriegen wollten, mussten sie seine Sprüche hinnehmen, sonst würde er sie auflaufen lassen und möglicherweise wichtige Informationen zurückhalten.

»Grunwaldt hat in Ihrer politischen Abteilung gearbeitet«, nahm Jakob den Faden wieder auf, »das ist jetzt einige Jahre her. Sie hatten auch danach Kontakt zu ihm? Bis vor Kurzem sogar?«

»Das ist korrekt. Ich mach da gar kein Geheimnis draus. Wir haben … hatten ähnliche politische Vorstellungen und davon, wie sich ein Staat vor seinen Feinden schützen sollte.«

»Tatsächlich?«

Grabowski nickte bedächtig vor sich hin. »Allerdings, mein Lieber. Der Staat muss seine Feinde kennen, er muss wissen, wie sie denken, wie sie argumentieren, was sie vorhaben, wo sie sich treffen, welche ihre Agitatoren und Drahtzieher sind, zu wem sie Kontakte haben. Er muss ihre Schwächen kennen, muss wissen, wovon sie ihre Maulwurfsarbeit bezahlen, wer sie unterstützt, wo sie Unterschlupf finden, wann die nächste Aktion stattfindet und gegen wen oder was sie sich richtet. Wer befindet sich im Untergrund, sind sie im Besitz von Waffen und dergleichen? Jaja, Mortensen, da gucken Sie. Das alles muss man wissen, wenn man sich vor denen schützen will, stimmen Sie mir zu?«

Jakob entgegnete: »Es hat Ihnen nichts genützt, die Revolution hat stattgefunden, das werden Sie nicht leugnen.«

Grabowski fuhr hoch. »Ja, hat stattgefunden, weil der Feind in den eigenen Reihen steht. Wer konnte damit rechnen? Ich bitte Sie. Verräter, allesamt! Man sollte das Pack an die Wand stellen. Soldaten, Deserteure, Beamte sogar. Es waren nicht nur die Arbeiter, der Staat wurde ebenso von innen ausgehöhlt, das hätte man nicht unterschätzen dürfen.«

»Und das hat Grunwaldt auch so gesehen?«

»Natürlich. Er war ja gleich bereit gewesen, unserer neuen Partei beizutreten. Er hat nie die Seiten gewechselt. Seine Dienste waren zu jeder Zeit wichtig.«

»Für wen? Meinen Sie für die Polizei? Die wird gerade republikanisch umgebaut, wie Sie wissen. Die politische Abteilung gibt's nicht mehr. Wer sollte Interesse an seinen Informationen gehabt haben?«

»Das neue Regime ist kaum gefestigt, die jetzigen Machthaber sitzen nicht fest im Sattel, nichts ist endgültig, auch wenn manch einer sich das wünschen würde«, sagte er, wobei er Jakob eindringlich fixierte.

»Auch Ihre Partei, wie heißt sie, DNVP, hatte sicher Interesse an seiner Arbeit, stimmt's?«, brachte Ove sich ins Gespräch.

»Wir kennen unsere Pflicht, und wie gesagt, die Verhältnisse werden sich bald ändern, junger Mann. Allerdings hat er bei seinen, ähm, Recherchen ja alles Mögliche mitbekommen, nicht wahr? Bevor Sie sich da in was verrennen.«

»Wie meinen Sie das«, hakte Ove nach.

»Er war in letzter Zeit nicht mehr so richtig bei der Sache. Etwas anderes hat ihn mehr beschäftigt. Was *Großes* hat er gesagt. Und nein, bevor Sie mich fragen, ich kann Ihnen da nicht weiterhelfen. Der Kerl war ja wie besessen davon, etwas Großes aufzudecken, sich womöglich einen Namen zu machen, zu zeigen, dass er zu Unrecht unterschätzt wurde. Lass das sein, hab ich ihm gesagt, wenn es was Großes ist, kannst du allein nichts ausrichten. Und in diesen Zeiten, da sitzt das Messer locker in der Tasche, hab ich ihm gesagt. Und was passiert? Tatsächlich wird er abgestochen wie ein Schwein. Tja.«

»Etwas Großes … Was könnte er damit gemeint haben, fällt Ihnen nichts dazu ein? Eine Vermutung, eine Ahnung, eine Witterung?«, fragte Jakob. »Sie wissen, uns kann alles weiterhelfen.«

»Auf jeden Fall nichts Politisches, das hätte er mir erzählt. Er hat sich in letzter Zeit fast nur in der Neustadt herumgetrieben, rund um den Michel. Er erwähnte einen dicken Wirt, der gerne ab und zu eine Kneipenrunde schmeißt. Da muss er öfter gewesen sein. Er, also Grunwaldt, hatte ein Problem mit seiner Pension. Er hatte enorme Kosten, weil er dauernd in irgendwelchen Wirtschaften rumhockte. Das geht ins Geld, die Spesen konnte er ja nicht mehr abrechnen wie früher. Und wir konnten auch nicht immer wieder, hm, na, lassen wir das.«

Ove wurde unruhig. »Ein dicker Wirt, sagen Sie? Wissen Sie, wie das Lokal heißt?«

»Nein. Er erwähnte es mal, ich hab's mir nicht gemerkt.«

»Sagte er was von Zum Traubenthal?«

»Traubenthal? Möglich. Ja. Stimmt. Zum Traubenthal.«

Jakob runzelte die Stirn. Wahrscheinlich hatten er und Tiedemann dem Lokal gestern einen Besuch abgestattet, und er erinnerte sich an den dicken Wirt. Könnte das ein Ansatz sein? Viel gab das nicht her, überlegte er, Grunwaldt sparte da eben etwas Geld, wenn er als Gast freigehalten wurde. Jakob kannte die Gastwirtschaft, er war selbst schon einige Male auf ein Feierabendbierchen da gewesen. Das Traubenthal in der Straße Teilfeld lag in seiner Umgebung, in der Neustadt, am Fuße des Michels. Eher eine der gediegenen Wirtschaften, eingeführt, hoher Anteil an Stammgästen, immer ordentlich besucht, wenig Ärger mit der Polizei, reell. Ein Schreihals zwar, dieser Wirt, nun ja, das war nicht unüblich, die mussten sich ja irgendwie durchsetzen. Aus behördlicher Sicht unauffällig. Andererseits: Wenn es stimmte, dass Grunwaldt an etwas Großem dran war und er sich in letzter Zeit immer in der Neustadt aufhielt, wie Grabowski sagte, dann wird es wahrscheinlich einen Zusammenhang gegeben haben. Dann musste man der Sache nachgehen.

»Wissen Sie, ob es in der Behörde, zum Beispiel bei den früheren Kollegen, welche gab, die ihm nicht wohlgesinnt waren?«, fragte Jakob.

Grabowski überlegte kurz. »Grunwaldt war einer, der sich lieber an Vorgesetzte hielt als an die Kollegen. Er eiferte gern denen nach, die in der Hierarchie weiter oben standen. Vielleicht versprach er sich davon einen Aufstieg, ich kenne Grunwaldts Motivation nicht. Bei den Arbeitskameraden galt er als Nervensäge – wegen seiner wichtigtuerischen Art, bloß als Motiv taugt das nicht, falls Sie das vermuten. Die haben sich irgendwie arrangiert. Er wurde nicht so richtig als ernst zu nehmende Konkurrenz angesehen, war mein Eindruck. Und die Kollegen hat er keinesfalls denunziert, das kann ich Ihnen verbindlich aus erster Hand sagen.«

Es klang glaubwürdig. Jakob bemerkte, dass der Kerl, so unsympathisch er ihm war, sich seine polizeiliche Denkungsart erhalten hatte. Er wusste, worauf es bei der Ermittlung ankam, dachte mit, verzichtete auf belanglose Details, brachte die Dinge auf den Punkt.

Ove stellte eine weitere Frage: »Können Sie uns sagen, ob er engere Verwandte hatte, hier in der Stadt?«

»Er hatte eine Schwester, sie heißt, warten Sie, Bremer, Gisela Bremer, wohnhaft in St. Georg, da bei der Marienkirche irgendwo. Hatten, so viel mir bekannt ist, kein gutes Verhältnis, sie muss vor einiger Zeit den Kontakt zu ihm abgebrochen haben. Ich weiß das nur aus zweiter Hand, kann dazu nichts weiter sagen. Arbeitet in einem Heim als Hausdame oder Haushälterin oder so. Hat 1916 ihren Mann im Krieg verloren. Verdun. Mehr weiß ich nicht. Tragisch. Irgendwie ist die ganze Familie tragisch. Wahrscheinlich haben Sie mit Grunwaldts klapperdürrem Kommunistenweib gesprochen, oder? Auch tragisch. Wer so ein eigenwilliges Ding zu Hause hat, kann sich gleich aufhängen.«

Es ging also wieder mit ihm durch. Was für ein Arschloch, dachte Jakob. Ove kniff die Lippen zusammen. Mehr würden sie heute nicht erfahren. Hoffentlich mussten sie kein weiteres Mal herkommen. Die Verabschiedung war kurz und sachlich.

»Grüßen Sie mir meinen Freund Bertold. Bertold Klages, er ist sicher weiter im Dienst, oder? Guter Mann, immer im Einsatz für Recht und Ordnung.«

Ich muss hier raus, dachte Jakob.

Ellen feierte in wenigen Tagen ihren Geburtstag, und Jakob hatte beim Frühstück einen, wie er fand, blendenden Einfall gehabt. Hastig eilte er in die Elbstraße, die von seiner Wohnung aus gesehen gleich um die Ecke lag. Dort befand sich die Judenbörse, ein bunter Straßenmarkt jüdischer Händler. Wozu etwas auf die lange Bank schieben, dachte er sich, wo hier gleich alles in der Nähe war, was er brauchte. Es war am frühen Donnerstagvormittag und in der Elbstraße toste bereits das pralle Leben. Die Händler wohnten überwiegend im nahen Umkreis und hatten es nicht weit hierher. Sie packten ihre Waren auf Karren, die auch als

Auslage dienten, oder sie breiteten sie auf Tischen aus. Es handelte sich um Bedarfsgüter jedweder Art, die auf beiden Seiten der Straße feilgeboten wurden, Neuwaren ebenso wie Gebrauchtwaren. Jakob merkte gerade, dass er mehrere Monate nicht mehr hier gewesen war, und dennoch sah alles aus, wie beim letzten Mal. Es kam ihm vor, als habe sich nichts verändert. Dieselben Straßenhändler, dieselben Kunden, die immer gleichen Ausrufe, die gleichen Waren. Die Zeit schien hier langsamer zu ticken. Hatte er etwas verpasst? Nein. Ein wohliges Gefühl durchrieselte ihn. In den anstrengenden Zeiten bedeutsamer Umwälzungen empfand er diese Oase des Stillstands als angenehm. Er müsste mehr Muße haben, um sich die Sachen in Ruhe betrachten zu können, leider war das heute nicht möglich. Er sah Kleinmöbel, Stühle, Hocker, Beistelltische, Schuhschränke, Blumenständer, Regale, Haushaltswaren, Schüsseln, Töpfe, Geschirr, Bestecke, Kellen in verschiedenen Größen, Bowlegläser, eben alles, was in einen Haushalt gehörte, und alles zu moderaten Preisen. Auf der anderen Straßenseite lagen Bücher aus, manche so alt, dass sie beim Blättern auseinanderfielen, aber auch neuere Lektüren hatten den Weg auf diese Verkaufstische gefunden. Um die papiernen Schätze vor dem hiesigen Schmuddelwetter zu schützen, waren viele der Tische mit baldachinartigen Überdachungen ausgestattet. Jakob wusste, dass er die Zeit vergessen würde, finge er erst an zu schmökern, aber hier musste er einfach stehen bleiben, wenigstens nur kurz. Da lag ja die Gesamtausgabe von Theodor Storm, sämtliche Werke in acht Bänden, von 1898. Er blätterte, besah sich die Inhaltsverzeichnisse, fiel in Gedanken, schob die Unterlippe vor wie immer, wenn er konzentriert bei der Sache war. Gebraucht, dabei gut erhalten, urteilte er. Der Preis schien in Ordnung zu sein, und man konnte hier handeln.

»Na, kaufen S', mein Herr, der Storm ist beliebt, heut Mittag ist er weg«, ermunterte ihn der Händler.

Er guckte in sein Portemonnaie, überlegte, ob er genug Geld eingesteckt hatte. Es würde reichen.

»Acht Mark, für acht Mark nehm ich ihn mit.«

»Acht Mark! Wollen S' mich ruinieren, junger Herr, bloß eine Mark für jedes Buch, wie soll ich ernähren die Frau und die kleine Kinderchen? Acht Mark! Sagen mer zwölf.«

»Zwölf? Der Schnitt wellt sich ja schon, sehen Sie?«

»Wellt sich, wellt sich, wo wellt sich was, ich seh nix. Ach was, nehmen Sie's für elf mit und gut.«

»Also zehn wär auch in Ordnung, sagen wir zehn.«

»Wollen S' mich arm machen, junger Herr, in der Zeit ist alles teuer, nur der Storm ist billig, und da wollen S' mer nur zehn Mark geben?«

»Na, also gut, elf Mark und den Stoffbeutel dazu, zum Schleppen.«

»Nu ja, gemacht, junger Herr.«

Gerade war Jakob dabei, seine Errungenschaft zu bezahlen, als vom Neuen Steinweg her ein weithin hörbares Geschrei durch die Häuserschlucht zu ihnen herüberdrang. Was war denn da wieder los!

Die Freiwilligen Wachabteilung Bahrenfeld, die nur als »die Bahrenfelder« bezeichnet wurde, hatte ihre Großrazzia auf St. Pauli beendet und ihre Aktivitäten mittlerweile in die benachbarte Neustadt verlegt. Nach dem gleichen Muster, mit großflächigen Absperrungen und gründlichen Durchsuchungen aller Häuser. Wie es hieß, sollte die Neustadt einer gründlichen Reinigung unterzogen werden.

Mehrere Dutzend Soldaten bogen soeben in die Elbstraße ein. Sogleich begannen sie damit, Marktstände zu durchsuchen. Dabei gingen sie nicht grade zimperlich zu Werke. Waren fielen zu Boden, Teller und Vasen zersplitterten auf dem Pflaster, Töpfe schepperten laut hörbar durch die Straße, Bücher landeten im Straßenstaub. Wer sich beklagte, wurde handfest bedroht oder machte unvermittelt Bekanntschaft mit dem Gewehrkolben.

Völkisch-national gesinnte Bürgersöhnchen führten sich auf, als wären sie die neuen Herren. Unter dem Schutz ihrer Uniformen und ihrer Waffen war ihnen jede Beleidigung der Händler recht, wobei das Wort »Judenschwein« am häufigsten zu hören war. Jakob stand ebenso wütend wie hilflos daneben. Was sollte er tun? Sein Polizeiausweis steckte in der Innentasche des Jacketts, das er nachher tragen wollte. Es baumelte zu Hause an der Garderobe, also konnte er sich nicht legitimieren. Viel war es nicht, was er über die neue Truppe wusste.

Der Verband war erst im März gegründet worden, auf Initiative kaisertreuer Hamburger Kaufleute. Eigentlich sollten sie in Bahrenfeld das dortige Waffen- und Munitionslager vor den Spartakisten schützen, gegenwärtig setzte Lamp'l sie lieber gegen die aktuellen Hungerrevolten ein. Von Beginn an war die Truppe in der Bevölkerung verhasst. Neben der aktiven Mannschaft gab es eine Reserve aus Zeitfreiwilligen, bestehend aus ehemaligen Offizieren, Unteroffizieren, Schülern, Studenten und freigestellten Lehrlingen. Sie sollten den Aktiven in speziellen Einsatzfällen Beistand leisten, so wie hier, bei ihrer gegenwärtigen Ausrückung.

Jakob versuchte, besonnen zu bleiben, ging betont

bedächtig auf einen der älteren Soldaten zu, um jeden Anschein von Aggression zu vermeiden.

»Guten Tag, ich heiße Mortensen, bin Kriminalkommissar. Meine Dienststelle ist im Stadthaus. Können Sie mir bitte sagen, wer der verantwortliche Offizier für diese Aktion ist?«

»Kri-mi-nal-kom-mis-sar sind Sie? Soso. Bisschen jung für den Posten, wie? Gerade erst die Pickel losgeworden. Kann ja jeder kommen. Na, dann weisen Sie sich mal aus, Herr Polizeipräsident, he, he.«

Jakob spürte, wie das Blut in seinen Kopf blubberte. »Tut mir leid, meinen Ausweis habe ich zu Hause gelassen, weil ich heute erst später im Dienst bin. Wären Sie trotzdem so freundlich, mir …«

»Willst du mich verarschen, Bürschchen? Mach dich vom Acker und zwar ein bisschen flott, sonst setzt es was.«

Nun kam es darauf an, kühlen Verstand zu bewahren. Keinesfalls durfte er dieser hirnlosen Kreatur ein paar auf sein ungewaschenes Maul hauen, ging es ihm durch den Kopf. Der saß am längeren Hebel. »Ach, was soll's«, dachte er. »Wie reden Sie mit mir! Sagen Sie mir bitte, wer hier verantwortlich ist. Das ist ein öffentlicher Markt und die Händler bedienen ihre Kundschaft. Wo ist also Ihr Problem? Lassen Sie die Kaufleute hier einfach ihre Arbeit machen und die Kunden in Ruhe einkaufen.«

Ein weiterer Soldat trat hinzu. »Was ist denn mit dem los? Macht der Ärger? Gleich ab in die Kommandantur, gar nicht lange fackeln. Einer von den Aufrührern, was?«

»Ach was, das erledigen wir hier an Ort und Stelle«, knirschte der Ältere. Damit zog er den Karabiner von der Schulter, holte aus und rammte den Griff, ohne zu zaudern, seitlich gegen Jakobs Brustkorb. Dem wurde schwarz vor Augen, die Luft blieb ihm weg. Wie ein Fisch schnappte er nach Sauerstoff, er taumelte, schließlich spürte er einen weiteren Stoß, diesmal gegen den Kopf. Er stürzte und dachte dabei an den Storm im Stoffbeutel, den er fest in der Hand behielt. Dann wurde es finster.

Die Zugänge zum Paradieshof waren gesperrt, sämtliche Wachtposten angewiesen, keine Maus hinein- oder herauszulassen. Soldaten drangen durch den Torweg des Hauses am Alten Steinweg in den schmalen Gang ein. Jakobs Wohnung lag direkt über dem Tor, ein Fenster stand weit nach außen geöffnet, so als wäre es nur kurz zum Lüften aufgemacht worden. Er war jedoch von seinem spontanen Einkauf nicht zurückgekehrt. Die Anwohner reagierten gelassen auf die Durchsuchungen, mit der sie ohnehin gerechnet hatten. Einige riefen »Raus mit euch!« oder »Rot Front« und verschwanden sogleich in den Verwinkelungen des Hofes und in den schiefen Fachwerkhäusern. Die Soldaten brüllten: »Fenster zu«, und zielten mit den Gewehren auf die Bewohner, die sich herausgelehnt hatten, um zu gucken, was hier gerade vor sich ging. Sie duckten sich sofort weg und zogen die Scheiben zu. Da es bei früheren polizeilichen Razzien immer wieder vorgekommen war, dass aus den Fenstern heraus geschossen wurde, waren die Militärs nun schneller bei der Waffe. Während kleinere Trupps links und rechts in die Häuser stürmten, um sie vom Keller bis zum Dachstuhl hinauf zu durchsuchen, rückten von hinten weitere Uniformierte in den Paradieshof nach.

Lina traute sich was. Sie guckte sich die unbedarftesten Kerle aus, die Schüler und Lehrlinge unter ihnen, die sie mit unwiderstehlicher Unschuldsmiene in Verlegenheit brachte.

»Na, min Jung, was hast du denn da für 'ne lange Flinte? Hast heut schon abgeschossen?«, fragte sie und fixierte ihn mit ihren puppenhaften Augen.

Wenn sie rot anliefen, sich peinlich berührt abwandten, hatte sie ihr Ziel erreicht. Ihr provokantes Kichern war nicht ungefährlich, leicht hätte man sie auf die Wache bringen können wegen liederlichen Verhaltens oder illegaler Prostitution. Ein passender Grund war schnell gefunden. Offenbar waren Soldaten weniger zimperlich als Polizisten. Die erfahreneren unter ihnen verstanden es, mit gleicher Münze zurückzuzahlen, und um eine pampige Antwort waren sie ohnehin nicht verlegen.

»Nu halt man die Luft an, Poller-Elli, büst hier nich aufm Straßenstrich«, rief einer ihr zu und alles prustete.

»Poller-Elli? Ich? Das nimmst du zurück, du Pannkoken!«

»Hab dich man nich so, Ische.«

Nun war es Lina, die sich ärgerte, die Fäuste ballte, was zu allgemeiner Heiterkeit Anlass gab.

»Issie nicht süß? Haust du uns gleich?«

»Macht euch man bloß vom Acker!«

Aus einem Hauseingang flog ihr ein Bewohner vor die Füße, zwei Soldaten quollen aus der Tür. Mit ihren schweren Stiefeln traten sie gezielt in seinen Bauch und gegen den Rücken. Lina schrie auf und lief davon.

Vereinzelt drangen Schreie aus den alten Häusern, Männer wurden abgeführt, zum Militärlaster gebracht. Frauen klammerten sich an sie, man zerrte sie unsanft weg. Waffen aller Art flogen auf das Pflaster und jede Menge Habseligkeiten, die man für Diebesgut hielt, darunter ein paar Kisten Zigaretten und einige Sperrholzkisten mit schwarzem Tee.

In einem der mittleren Häuser beobachtete eine Frau ihren Mann, wie er auf dem Holzfußboden kniete und mit einem Schürhaken eine Diele herauslöste, nur ein klein wenig, an einer der beiden Längsseiten. In die Öffnung legte er ein langes Küchenmesser. Im Griff war »Zum Traubenthal« und eine Weinrebe eingraviert, das konnte sie jedoch nicht erkennen. Die Schneide sah fleckig aus. Ein Fußbodennagel brachte die Diele wieder in Position. Von unten drangen militärische Kommandos durch das Treppenhaus.

Die weiße Zimmerdecke war das Erste, was Jakob sah, als er seine Augen öffnete. Zaghaft, mit aller Vorsicht, zunächst das eine, dann das andere. Sie schienen verklebt zu sein, er weitete sie, bis die Kopfhaut anspannte. Er spürte leichten Druck um die Stirn. Ein Verband. Der Kopf einer Frau schob sich in sein Gesichtsfeld, ein Kopf, den er kannte.

»Frau Heller? Wie kommen Sie in mein Zimmer?«, wollte er wissen, wobei er den Oberkörper ein wenig anhob. Sofort riss ihn der Schmerz in das Kissen zurück. Ein gequälter Laut entfuhr ihm. Er schämte sich dafür, ebenso für die entgleitenden Gesichtszüge.

»Moin, Herr Nachbar. Machen Sie man bloß keine ruckartigen Bewegungen.« Sie klopfte sich gegen ihre Brust.

»Die Rippen, keine Sorge, sind nicht gebrochen, nur geprellt. So ein roter Fleck auf der Brust«, wusste sie, wobei sie mit beiden Händen einen Kreis mit dem Umfang eines Fußballs formte. »Und denn hier oben«, sie patschte mit der Handfläche an ihre Stirn, »da sind Sie beim Fallen mit dem Kopf gegen einen Holzkarren geknallt, auf dem Judenmarkt. Sie erinnern sich, oder? Und eine Gehirnerschütterung haben Sie auch, ist gar nicht so schlimm.«

Ja, zumindest in groben Zügen war es in seinem Gedächtnis geblieben.

»Sie sind übrigens im Hafenkrankenhaus.«

Er bemerkte, dass er auf der Brust eine Art Flasche liegen hatte, aus Metall und kühl. Das tat ihm gut. Allmählich nahm das Gehirn seine Arbeit wieder auf, wenn es sich auch nicht entscheiden konnte, in welche Richtung es denken sollte. Die Verwirrung behielt vorläufig die Oberhand.

»Die Prellung muss gekühlt werden, sagt die Schwester, das lindert die Schmerzen ein bisschen. Sie dürfen erst mal ein paar Tage hierbleiben.«

»Was? Darf ich das? Das geht leider nicht. Aaah.« Er hatte sich noch nicht daran gewöhnt, dass er keine ruckartigen Bewegungen machen durfte, der Schmerz entzog ihm die Luft zum Atmen.

»Sie sehen ja selbst, das klappt so nicht. Alles andere muss warten. Was haben Sie denn so dringend zu tun? Ganoven jagen, wie? Na, die haben erst mal ein paar Tage Ruhe vor Ihnen, vielleicht sogar zwei Wochen lang.«

»Zwei Wochen? Hat das der Arzt gesagt?«, fragte Jakob.

»Hat er gesagt.«

»Wer hat mich denn hergebracht? Waren Sie das, Frau Heller?«

Sie nickte bescheiden, fast ausdruckslos. Als wollte sie sagen, über Selbstverständlichkeiten müsse man nicht groß reden.

Jakobs Hand tastete nach ihrer, sie kam ihm entgegen, er drückte sie, wenn auch etwas kraftlos, lächelte angespannt.

»Da sag ich herzlichen Dank, Frau Heller.«

»Ach, lassen Sie man. Hätten Sie auch getan, oder? Na, und dann haben Sie meinem Lütten auch das Schwimmen beigebracht, wissen Sie ja.«

Beide Fragen konnte er leicht mit Ja beantworten. Maike Hellers Mann, Wolf, war mit Jakobs Vater bekannt, er war auch bei den Kommunisten und als unsteter Hafenarbeiter nicht immer erfolgreich bei der Arbeitssuche, weil er körperlich unterschätzt wurde. Eher schmal von Statur verfügte er durchaus über genügend Körperkraft für diese auszehrende Maloche. Eine feste Anstellung hatte er nicht gefunden, sodass er sich als Tagelöhner verdingen musste. Maike Heller hatte ihre Stelle in der Fischfabrik verloren, war erwerbslos. Die beiden hatten zum Glück nur ein Kind in die Welt gesetzt, waren vernünftig genug, auf weitere zu verzichten. Jakob kannte die Situation der Hellers ein wenig, sie liefen sich öfter über den Weg, da sie im Paradieshof lebten. Man konnte ihnen die Armut ansehen, vor allem an der abgerissenen Kleidung. Mit den fadenscheinigen Klamotten rannten sie auch im Winter herum, es fehlte das Geld für wärmende Sachen. Jacken, Röcke und Hosen waren unzählige Male gestopft und geflickt worden, weil sie viel zu lange halten mussten. Das hinterließ nicht immer einen vorteilhaften Eindruck bei den Leuten, die ihnen Arbeit verschaffen konnten. »Eine Schande ist das«, hatte der Vater geflucht, »die kommen nie auf einen grünen Zweig, dafür sind sie zu ehrlich geblieben.« Er empfahl die beiden häufig an alle möglichen Arbeitsvermittler, zumeist ohne Erfolg. Anscheinend hatten sie in Hamburg auch keine Verwandten, die sie hätten unterstützen können.

»Haben Sie sich etwa mit dem Soldaten angelegt?«, erkundigte Frau Heller sich. »Warum hat der Sie denn so verprügelt?«

Jakob versetzte es einen Stich, diesmal in der Herzgegend. Verprügelt! Wie sich das anhörte. So, wie ein Schwächling verprügelt wurde, der sich nicht zur Wehr setzen konnte. Die Frage war ihm durch und durch zuwider, auch weil es eine Frau war, die sie ihm stellte. Hielt sie ihn etwa für eine Lusche? Warum musste sie diese Frage stellen, und warum musste sie sie so stellen? Erregte er womöglich ihr Mitleid? Also wirklich!

»Verprügelt?«, zeterte er. »Was heißt denn verprügelt! Der Hund hat mich überrascht, es ging ja alles sehr schnell, und ich hab nicht damit gerechnet. Normalerweise passiert das ja nicht, sonst hätte ich ihm sämtliche Gräten einzeln gebrochen«, tönte er, vielleicht ein wenig zu großspurig. Es lief heute nicht viel zusammen bei ihm.

Lächelte sie etwa hinter ihrer Hand? Warum drehte sie sich gerade ein Stück zur Seite? Sie nahm ihn nicht ernst, verdammt. Dabei konnte er sich tatsächlich nicht erinnern, wann er das letzte Mal verprügelt worden war. Vielleicht mal als Kind von einem Älteren. Die geprellten Rippen meldeten sich wieder schmerzhaft. Er sollte alles vermeiden, wodurch sie sich ausdehnten, sich am besten nicht aufregen. Er atmete dann unwillkürlich tiefer ein, und sogleich drückten die Lungen nach außen. Was für eine miese Situation. Am liebsten würde er sich sofort auf den Weg machen und es dem Widerling, diesem kleinen Muschkoten, heimzahlen.

»Ist klar«, lächelte sie, »ich wollte nicht neugierig sein. Sie hatten sicher einen Grund, ihm Ihre Meinung zu sagen.«

Das klang eindeutig besser.

»Ich wollte seinen Offizier sprechen, hatte meinen Dienstausweis nicht mit, und er spielte wilde Sau. So war das. Waren Sie denn auch auf dem Markt? Ich habe Sie gar nicht gesehen.«

»Ja, ich brauchte Stopfgarn, und da habe ich die Sache aus der Nähe mitbekommen. Ich hab dem Kerl auch gesagt, dass Sie Kommissar sind, und ich denke, er hat's geglaubt, weil er plötzlich verschwunden war. Einfach weg, ich hab ihn nicht mehr gesehen, eigentlich wollte ich mir sein Gesicht einprägen. In der Peterstraße fuhr eine Droschke entlang, und die hab ich kurzweg angehalten. Wir haben Sie dann hierhergebracht.«

»Mit der Droschke also, das war klug. Ich war ja etwas weggetreten.«

»Das kann man so sagen. Aber den schweren Stoffbeutel haben Sie nicht losgelassen, den, mit den Büchern.«

Jakob musste grinsen. Die Bücher. Ja. Storm. Jemand hatte den Bücherbeutel auf die Fensterbank gelegt, das hatte er gleich gesehen, nachdem er aufgewacht war.

»Übrigens, ich habe die Stationsschwester gebeten, im Stadthaus telefonisch Bescheid zu sagen, damit man dort im Bilde ist.«

»Frau Heller, Sie sind so umsichtig, ich weiß gar nicht, wie ich mich bedanken soll.«

Sie ging nicht darauf ein. »Vielleicht kann Ihnen eine Ihrer Schwestern das Nötigste bringen, frische Wäsche und was man so braucht, denn ein paar Tage werden Sie nicht viel machen können. Wolf hatte das auch mal, ich hab ihn zu Hause gepflegt. Seien Sie froh, dass Sie hier sind.«

»Also, in Ihrer Obhut wird man bestimmt schneller gesund«, versuchte er sich an einem Kompliment.

»Raspeln Sie etwa Süßholz, Herr Mortensen?«

Immerhin entlockte er ihr ein leises Lächeln. Wie hübsch sie war, trotz ihrer ernsten Ausstrahlung. So würde man sich in anderen Landesteilen wahrscheinlich eine typische Norddeutsche vorstellen. Blond, blaue Augen, klarer Blick, klare Sprache. Eine goldfarbene Strähne ihres Haars fiel in ihr Gesicht, sie strich sie hinter das Ohr zurück.

»In meiner Jackentasche müsste das Portemonnaie sein. Bitte nehmen Sie sich den Schein raus, für Ihre Auslagen, Frau Heller.«

»So viel hat die Droschke nicht gekostet, das Hafenkrankenhaus liegt ja gleich um die Ecke.«

»Bitte.«

Sie öffnete den Geldbeutel und sah nur einen Zehnmarkschein, den hielt sie hoch.

Er nickte und zuckte zugleich heftig zusammen, als hätte er einen Stromschlag erhalten. So rasch wie möglich musste er herausfinden, welche Bewegungen er ausführen konnte und welche nicht.

Sie schüttelte den Kopf.

»Bitte nehmen Sie es mir zuliebe, es ist völlig in Ordnung.«

Sie besah sich den Schein, steckte ihn schließlich in ihr Portemonnaie. Jakob war froh, dass sie sich nicht lange zierte. Sie konnte sich denken, dass er wusste, dass ihrer kleinen Familie damit ein bisschen geholfen war. Er hätte es nicht gerne angesprochen. Zum Glück hielt sie sich nicht mit Dankesworten auf, nickte nur freundlich.

»Sind Sie mit Ihrem Fall weitergekommen, mit dem Toten im Paradieshof?«, wollte sie unversehens wissen.

Jakob war es gewohnt, sich bedeckt zu halten, wenn es um Fragen ging, die mit seiner Arbeit zu tun hatten. Auch hier blieb er im Allgemeinen. »Schwierig. Wir sind dran, gehen allen Hinweisen nach. Ich bin sicher, dass es im Paradieshof Leute gibt, die mehr wissen, als sie uns sagen. Sie trauen uns nicht, vielleicht denken sie, wir wollten sie mit in die Sache hineinziehen.«

»Viele haben ihre Erfahrung mit der Polizei gemacht, es gibt reichlich Vorbehalte.«

Jakob sah sie nachdenklich an.

»Gerade überlegen Sie, ob es auch auf mich zutrifft, stimmt's? Ich glaube, dass Sie von mir und von meinem Mann keine Akten finden werden, und für die meisten Nachbarn gilt das genauso. Trotzdem kommt die Polizei immer zuerst auf unseren Hof. Ich verstehe das Misstrauen der Leute.«

Ihm fiel nichts Passendes dazu ein, denn es stimmte. Dennoch sagte er: »Der Gang ist so eng bebaut, und es wohnen da so viele Menschen, dass bestimmt jemand etwas mitbekommen hat. Vielleicht einen Mann, der dort nicht bekannt ist, einen Hilferuf, einen Gegenstand, zum Beispiel ein Messer, eine bedrohliche Szene. Nicht alle werden sich am Abendbrottisch aufgehalten haben. Jeder Hinweis könnte unser Bild von dem Geschehen deutlicher machen.«

»Ein Messer«, sagte sie, als verblüffte sie diese Mitteilung, »ich dachte, er ist erschlagen worden.«

»Erschlagen? Nein, er wurde von hinten erstochen, die Zeitungen haben davon berichtet. Mit einem langen Messer.«

Täuschte das oder zuckten ihre Lippen ein klein wenig, kaum wahrnehmbar? Mein Gott, es war ja kein Verhör, das er hier führte, er sollte beruflich und privat besser auseinanderhalten.

»Wir lesen wenig in der Zeitung, wissen Sie. Es wird auch nicht viel darüber geredet. Geschehen ist geschehen.«

Sie schien es plötzlich eilig zu haben, griff nach ihrer Einkaufstasche.

»Ich muss dann mal«, sagte sie, »machen Sie's gut, ich wünsche Ihnen, dass Sie bald wieder auf dem Damm sind.« Zum Abschied legte sie ihre Hand auf seinen Arm.

»Vielen Dank für alles, Frau Heller.«

Es war schier zum Verrücktwerden. Die Bahrenfelder Besatzer hielten die ganze Neustadt unter dem Daumen. Überall grau uniformierte Wichtigtuer, darunter ein halber Kindergarten! Die Wut der Wirte und Geschäftsleute war allerorts spürbar. Flaute, wo man hinguckte. Jedes Gebäude wurde durchsucht, die Bewohner blieben zu Hause. Manchmal fanden die Soldaten Waffen und gestohlene Gegenstände, die verluden sie auf Lastwagen und schafften sie in beschlagnahmte Räumlichkeiten, die als Lager dienten.

Wirte, Handwerker und Geschäftsleute trafen sich in der Gastwirtschaft von Amandus Heitmann am Großneumarkt. Es war ein kurzfristig einberufenes, informelles Treffen, ohne Tagesordnung und ohne dass ein Berufsverband es veranlasst hatte. Man wollte Dampf ablassen und mit anderen Leidensgenossen zusammen sein.

Die Wirtschaft von Amandus war etwas Besonderes, allein von der Größe her. Sie verfügte über ein Klubzimmer, einen Billardsaal und sogar über eine Kegelbahn. Die Kellner waren stets einwandfrei gekleidet, sie trugen fleckenlose weiße lange Schürzen. Auch verströmten sie eine unaufdringliche Nonchalance, wie man es mit französischen Gewohnheiten in Verbindung brachte, etwa in der Art, wie sie die silberfarbenen Tabletts auf den Fingerspitzen balancierten, ein Glas Wasser zum Kaffee reichten und aufmerksam über das Wohlbefinden der Gäste wachten. Sie waren es gewohnt, großzügige Trinkgelder einzustreichen, und nahmen es mit einer gewissen Selbstverständlichkeit entgegen. Eine Lokalität, in der nicht wesentlich höhere Preise genommen wurden als in anderen. Ein überwiegend solides, beruflich etabliertes Publikum fühlte sich hiervon angezogen. Angestellte, hauptsächlich Beamte, Menschen mit einer festen Anstellung und mit Sinn für bürgerliche Gepflogenheiten. Hafenarbeiter waren hier eindeutig in der Minderheit. Die Kegelbahn war allerdings auch für sie interessant. Wenn, dann kamen sie in Gruppen in die Gastwirtschaft von Amandus Heitmann, das ließ sie sicherer auftreten.

Hein Mops würde seine Wirtschaft lieber heute als morgen gegen diese hier eintauschen, obwohl sich das Traubenthal auf eine längere Tradition berufen konnte und es sich keineswegs verstecken musste. Vor allem was die Weinkarte anbelangte, war man bei Hein gut aufgehoben. Der Name Zum Traubenthal kam nicht von ungefähr. Dagegen war hier, bei Heitmann, viel Platz, alles war großzügiger angelegt, für deutlich mehr Gäste. Auch die gediegene Einrichtung aus dunklem Holz hatte ihren speziellen Reiz. Es wirkte behaglich wie bei Muttern in der Wohnstube. Dieser Heitmann erkannte das Potenzial seiner Wirtschaft nicht. Man könnte einiges daraus machen, jeden Abend eine Musikkapelle aufspielen lassen zum Tanz, Betriebsfeiern für Firmen aus ganz Hamburg und Umgebung organisieren, das brächte richtig Geld. Eines Tages würde es seins sein, träumte Hein. Er würde endlich die Lederschürze ablegen, sie in der Elbe versenken, da, wo sie am tiefsten ist, und dann nur noch edle Stoffe tragen wie dieser Amandus. Gott, wenn schon einer Amandus hieß! Seine Frau würde dann auch nicht mehr ihre ollen Plünnen tragen. Und dann sollte sich bloß einer trauen, ihn Mops zu nennen. Heinrich Kloß war sein Name, so hatte der Vater ihn genannt, und nur das war sein Name, ein deutscher Name, anders als Amandus. Bald machte er ihm ein Angebot, das er nicht ablehnen konnte. Schade um das Traubenthal, doch die Alten würden ihn für seinen Geschäftsgeist loben und die Entscheidung gutheißen. Bis jetzt war er nicht zu alt, nur sollte es möglichst schnell gehen, damit er lange was von der Goldgrube hier hatte. Oder nein! Nein, nein, man durfte es nicht beschreien. Bislang ging alles gut, die Geschäfte flutschten nur so, die Frage war nur, wie lange das so blieb. Wann fing einer an zu quatschen? Wie lange würde die Kriegswirtschaft andauern? Für ihn war der Krieg der bessere Frieden. Die Verknappung der Lebensmittel war Gold wert, aber wenn die Leute wieder genug in der Kammer hatten, war's das. Ein Jahr brauchte er bestimmt, bis er genug zusammenhatte. Und was passierte nun: diese verdammten Bahrenfelder! Wer wusste schon, wie lange die hier rumschnüffeln würden mit ihren Rotznasen! Na, bei ihm hatten sie nichts gefunden. Wie sollten sie auch, dazu müssten sie früher aufstehen, wozu hatte er das Lager in Rothenburgsort gemietet. Da suchte keiner. Und dann die Tipps und Warnungen aus dem Stadthaus. Unbezahlbar. Immer hilfsbereit, die Herren, für ein paar Extras. Da ließ er sich nicht lumpen. Die machten ihren Schnitt, hielten überall die Hand auf. Und Lamp'ls Soldaten konnten nicht die ganze Stadt auf den Kopf stellen, bald zogen sie wieder ab, nur mit ein paar Waffen, und das würden sie dann als großen

Erfolg verkaufen. Angeblich waren es tausendfünfhundert Soldaten, die die Neustadt filzten. Viel Lärm um nichts, einfach nur lästig. Schade um die verschwendete Zeit.

»Na, Hein, was bist du am Grübeln? So kennt man dich gar nicht. Wegen der Kerle da draußen? Die sind bald wieder weg. Und wird auch Zeit«, sprach Winkler ihn an.

»Ah, der Bäckermeister persönlich. Weißt du was, alter Teigkneter, das hab ich auch gerade gedacht. Die sind bald wieder weg.«

Winkler rückte ein wenig näher an Hein heran, sah sich unauffällig um und klagte mit gesenkter Stimme: »Du, das wird auch Zeit, mit der Zuteilung vom Kriegsversorgungsamt komm ich nicht weit, weißt ja. Ich hab da spezielle Kunden, die wollen nicht gern auf Kuchen verzichten. Und ich nicht auf ihr Geld. Wann gibt's denn Nachschub für uns, kannst du was Genaueres sagen? Der Schlachter sitzt demnächst auch auf dem Trockenen.«

»Du hast es selbst gerade gesagt, dass die bald wieder verschwunden sind. Sollen wir deine Bestellung über den Stacheldrahtzaun schmeißen, oder wie stellst du dir das vor? Sobald hier wieder alles normal ist, bekommt ihr die Ware wie gewohnt. Was jammerst du? Die sind erst seit gestern da, seitdem wird bei dir nicht der Notstand ausgebrochen sein, oder?« Hein schüttelte den Kopf. Was für ein Theater! Dieser Winkler konnte einem ganz schön auf den Wecker gehen! Dauernd hatte er was zu lamentieren und machte schon im Voraus die Pferde scheu, auch wenn er gar keinen Grund dazu hatte. Wenn der nicht mal irgendwann die Nerven verlor!

Selten hatte Hein sich so gelangweilt wie heute, gerade rechnete einer der Kollegen vor, was er allein für diesen

Tag an Umsatzeinbußen verzeichnen würde. Wie klein ihm dieses Milieu hier geworden war, bisher war ihm das gar nicht so deutlich geworden. Er musste nicht mehr mit jedem Pfennig rechnen, dachte bereits in anderen Größenordnungen. Vielleicht sollte er seine Lederschürze einfach morgen an den Nagel hängen und mit seinem Geld etwas ganz anderes machen. Ein Mietshaus kaufen und als Privatier vom Mietzins leben. Irgendwo an einem der Kanäle, da konnte man bei der Miete richtig zulangen. Oder das Traubenthal verpachten? Nein, besser nicht, wenn, dann verkaufen, er würde sich sonst zu sehr über den Pächter ärgern, egal, wie gut oder schlecht er war. Da steckte einfach zu viel Herzblut drin.

Die Sache mit dem Messer ließ ihm keine Ruhe, es war nicht wiederaufgetaucht. Auch so eine Herzblutgeschichte, mitunter war er ganz schön rührselig. Das edle Fleischmesser, feierlich überreicht von seinem alten Herrn, der nicht dafür bekannt war, ein Lob auszusprechen. Er, Heinrich, hatte sich Vaters Anerkennung verdient, und es war nicht der Materialwert, den er als grausamen Verlust empfand, es war das, was unsichtbar in dem Messer eingekapselt war: die Liebe des Vaters. Er drehte den massigen Kopf leicht zur Seite und tupfte sich eine verrutschte Träne aus dem Augenwinkel. Dann nahm er einen Schluck Bier. Die Marke würde es bei ihm auch nicht mehr geben, wenn er hier was zu sagen hatte, beschloss er.

Pausenlos quatschte dieser Winkler auf ihn ein, seine halbe Lebensgeschichte musste er loswerden, und Hein stand nicht der Sinn danach, sich auf einen anderen einzustellen. Mechanisch nickte er. Eine Gruppe Kunden war auf dem Weg zu seinem Tisch. Bestimmt wollten sie das

Gleiche von ihm wie der Bäcker. Am besten, er machte sich auf den Heimweg, bevor es allzu anstrengend wurde. Vielleicht erfuhr er unterwegs, wie lange die Belagerung hier dauerte, wahrscheinlicher war allerdings, dass er des Öfteren angehalten würde, um seine Papiere vorzuzeigen, und nichts erfuhr.

Auflaufendes Wasser. Der Anleger am St. Pauli Fischmarkt bewegt sich unruhig auf und ab, will keinen Rhythmus finden. Immer wieder harte Stöße von unten und von der Elbseite her. Bizarre Dunstschleier entsteigen dem Strom, die sich verdichten, zerreißen, neu verdichten. Kaum dass die Fischhalle oben zu sehen ist, hüllt sie sich in ein Nebelgewand, als wollte sie ein Geheimnis bewahren. Die Brücke zum Anleger ist durch eine schmale, frei aufliegende Metallrampe mit der Uferstraße verbunden. Mit jeder Bewegung auf dem Wasser entsteht ein kreischendes, schabendes Geräusch auf dem Ponton. Metall auf Metall. Den Nebel kann man heute in Scheiben schneiden, denkt Jakob. Die benachbarte Altonaer Fischauktionshalle, keine zweihundert Meter entfernt, ist längst nicht mehr zu erkennen.

Die Schule ist aus, Hausaufgaben erledigt, na ja, zum größten Teil, die eine Matheaufgabe wird er morgen früh von Max abschreiben, dem Klassenprimus, der eigentlich ganz in Ordnung ist.

Martin macht ihm Kummer, deshalb trifft er sich hier mit ihm, außerhalb der Schule, an einem vertrauten Ort. Ausgerechnet Martin, sein bester Freund, den er seit ... seit immer kennt. Ja, er ist tatsächlich schon immer da gewesen, erst neulich ist er fünf Wochen früher fünfzehn geworden, manchmal betonte er das im Scherz. Einer der Nachbarssöhne, Blutsbrüder, versteht sich. Seitdem Jakob weiß, dass Martin sich auch für Hilde interessiert, ebenfalls um sie herumscharwenzelt, muss er nun ein ernstes Wort mit ihm reden. Von Mann zu Mann sozusagen. Geht ja so nicht, er kann ihm nicht einfach ins Gehege kommen! Das soll er schön bleiben lassen, und das muss besprochen werden. Heute. Gleich.

»Komm jetzt da runter, Martin. Ist rutschig.«

Der wird auch immer alberner, statt erwachsener. Sie tragen schließlich keine kurzen Hosen mehr. Meistens. Er hat eine der leeren Holztonnen umgekippt, die darauf warten, auf einen Kutter verladen zu werden. Geschickt wie immer ist er aufgesprungen, jetzt bewegt er das Fass vorwärts, indem er kurze Trippelschritte rückwärts macht.

»Los, nimm dir auch 'ne Tonne, Bangbüx. Was ist los mit dir?«

»Pass auf, wo du hinrollst, Mann, guck nach vorn!«

»Ach, du nun wieder!«

Gerade hat er das Ende des Pontons erreicht, da dreht er sich auf der Tonne um hundertachtzig Grad und rollt zurück zum Ausgangspunkt, dichter an der Wasserseite.

»Komm ran jetzt«, ruft Jakob, »wir setzen uns auf den Holzkarren, ich muss mit dir reden.«

»Kannst du auch so sagen, wenn's dir wichtig ist.«

Martin nimmt Geschwindigkeit auf, sein Tanz auf der Tonne gewinnt an Fahrt, er lacht sein kindliches Lachen, die Arme ausgebreitet wie Flügel, alles sieht so leicht aus und dann liegt da etwas quer über seiner Bahn.

»Das Tau, Mensch, pass auf!«

Zu spät, die Tonne stoppt abrupt, dreht sich leicht zur Seite, Martin hält das Gleichgewicht nicht, kommt zu Fall.

Er schlägt mit dem Kopf gegen einen gusseisernen Poller, an dem heute kein Kutter festgemacht hat, stürzt über die Kante des Anlegers in die Elbe. Ein kurzer Schrei mischt sich in das knarzige Raunen der Anlage.

»MAR-TIN!«

Im Nu erreicht Jakob die Unglücksstelle, er legt sich neben den Poller, beugt den Oberkörper hinab, so weit es eben geht, streckt den Arm aus. Der Freund ist bei Bewusstsein, die Stirnwunde zeichnet Blut- und Wasserschlieren auf sein blasses Gesicht. Hundert Gedanken jagen durch Jakobs Kopf, keiner richtig greifbar. Was tun? Ihre Blicke treffen sich, Martin angeschlagen, ohne Kraft, ein leichtes Heben des Armes nur, der Blick, ohne Ausdruck, er weiß, es ist gleich vorbei. Jakobs Gefühle, sie kollabieren, blockieren sich, lassen keinen klaren Gedanken zu, verhindern die Tat, er ist nicht bei sich und ist nicht bei Martin. Machwasmachwasmachwas, hämmert es, er spürt das Salz der Tränen im Mund, hört sich schreien, wie aus der Ferne, als die Strömung Martin ganz sachte, fast zärtlich, unter den Ponton zieht. Es hört nicht auf das Schreien, und nun spürt er ein paar leichte Schläge auf den Wangen, sieht eine schmale Hand und dann ein vertrautes Gesicht.

»Elke. Was machst du hier, pass auf, das Tau …«

»Ist gut, Jakob, ist alles gut. Komm zu dir. Du hast geträumt. Wir sind bei dir. Guck, Ove ist auch da.«

Er kam zu sich, sah sich um, lag im Bett, es war Tag, Hafenkrankenhaus, ach ja. Elkes Hand strich über sein Haar, es war angenehm, er spürte seine Rippen, und er spürte, dass er nass geschwitzt war. Zwei seiner Mitarbeiter umsorgten ihn, und er wusste nicht, wie er das einsortieren sollte. Rührend, ihre Fürsorge, er empfand Zuneigung und Dankbarkeit, aber etwas peinlich war es ihm auch, so gesehen zu werden. Ausgeschaltet und dann dieser Albtraum. Es war ihm zu intim; während er schlief, hatte er keine Kontrolle über die Wahrnehmung der beiden. Er trug ein albernes, weißes Krankenhausnachthemd, und der Oberkörper lag auf dem erhöhten Kopfkissen. Der Bezug musste alt sein, es drang Rosshaar durch das Gewebe. Wie ein Käfer lag er da, und geschrien hatte er womöglich wie ein Kleinkind. Dieser verfluchte immer gleiche wiederkehrende Traum, den er nicht loswurde, der ihn von Zeit zu Zeit in den Würgegriff nahm, ließ ihn sonst allein aufwachen in der Nacht. Nun gab es Zeugen. Hatte er sich im Schlaf verraten? Kannte man nun seinen wunden Punkt? Seine Schuld gegenüber dem Freund, als er zusah, wie Martin unterging, wie er nichts getan hatte, unfähig war zu handeln, ihn zu retten? Aus Feigheit vor dem Wasser? Hätte er hinterherspringen können? Er war ein guter Schwimmer. Nicht mal die Rettungsstange hatte er geholt. Nicht mal das Tau hatte er ihm hingehalten. Er hatte in der Situation einfach nur komplett versagt, daran gab es nichts zu deuten.

»Wie spät ist es? Wie lange habe ich geschlafen? Seit wann seid ihr da?«

Es beruhigte ihn sehr, als er erfuhr, dass er im Schlaf gewimmert, nicht aber gesprochen hatte.

»Wir sollen dich von allen grüßen«, sagte Ove, »na ja, von fast allen.«

Jakob verzog den Mund zu einem gequälten Lächeln, er konnte sich denken, wer sich hinter dem »fast« verbarg.

Elke sah ihn unentwegt an, und seine Hand hielt sie weiter fest in der ihren. Er dachte nicht daran, sie ihr zu entziehen, auch wenn Ove diesen leicht anzüglichen Blick aufsetzte. Es war ganz eindeutig, was er dachte, aber das war egal. Die liebe, gute Elke. Am liebsten hätte er sie spontan für heute Abend zum Essen eingeladen, doch das sparte er sich für später auf. In ein paar Tagen würde er wieder fit genug sein, sich um ein Rendezvous mit ihr zu bemühen. Gerade wurde ihm bewusst, dass es das erste Mal war, dass er voll und ganz bereit war, sich auf eine Frau, sich auf Elke einzulassen – ohne Wenn und Aber, ohne jeden Zweifel, ohne verdeckten Vorbehalt. Er war so weit. Vielleicht bedurfte es dazu erst dieses Krankenhausaufenthalts.

»Ich will ja das junge Glück nicht stören«, ätzte Ove, »aber du könntest uns erzählen, was genau passiert ist. Vielleicht kriegen wir ja das Schwein.«

Für die Stichelei setzte es einen heftigen Knuff von Elke.

»Aah! Genau zwischen die Rippen. Brutales Weib! Da sollte ich mich gleich neben Jakob legen, dann kannst du mir deine andere Hand überlassen.«

»Du bist unmöglich!«, kokettierte sie.

Wie gut sie sich verstanden, bemerkte Jakob erneut, die beiden würden auch gut zueinanderpassen. Ein bitterer Gedanke wie damals, als Martin und Hilde … aber nein. Nein! Abwarten. Man musste sehen.

Die Müdigkeit war verflogen. Als er ansetzen wollte, den Hergang zu erzählen, der ihn in seine jetzige Lage gebracht hatte, wurde die Tür des Krankenzimmers aufgestoßen. Jakobs Mutter, merklich aufgelöst, orientierte sich kurz in dem Sechsbettzimmer, eilte an das Krankenlager des Sohnes, küsste ihn auf die Stirn, murmelte dabei allerlei unverständliche Worte mütterlicher Zärtlichkeit, knuddelte ihn, dass er einen schweren Seufzer ausstieß und schließlich zu husten begann. Husten! Die Höchststrafe in seiner Situation. Er verzog das Gesicht zu einer Grimasse, als sich die beiden Problemrippen meldeten.

Elke, die mitzuleiden schien, sog tief die Luft durch die Zähne, Mutter hielt vor Schreck mal wieder ihre Hand vor den Mund und machte große Augen. Eben zeigte Clara sich auch dem Bruder, sie strich kurz über die Hand, die Elke inzwischen freigegeben hatte. Die bot der Mutter ihres Chefs ihren Stuhl an, und Ove tat das Gleiche in vollendeter Höflichkeit für Clara. Jakob war froh, dass seine Besucher sich selbst einander vorstellten. Im Grunde war ja nur Elke ein neues Gesicht, die drei anderen kannten sich bereits. Die entstehende Unruhe kam bei Jakobs Bettgenossen im Krankenzimmer nicht gut an. Ein tierisch anmutendes Gezischel ringsum forderte dazu auf, etwas leiser zu sein. Ove machte eine beschwichtigende Geste mit beiden Händen. An Ruhe war nicht mehr zu denken. Jakob wünschte sich so rasch wie möglich in die Behaglichkeit seiner eigenen vier Wände zurück, obwohl er sich über die rege Anteilnahme natürlich auch freute. Wenn keiner zu ihm käme, wäre es ja auch ein trauriges Bild, wenn auch weniger anstrengend. Und was konnte anstrengender sein als eine Mutter?

Clara erzählte etwas, und Elke bemerkte, wie Ove an ihren Lippen hing. Mutter hingegen bemerkte, wie der Sohn Elke betrachtete, und auch Clara bemerkte, wie unaufmerksam der Bruder war, er immer nur mit einem monotonen »hm, hm« antwortete.

Elke war es schließlich, die Ove ein Zeichen zum Aufbruch gab. Der schien sich zu ärgern, dass er auch heute die Gelegenheit versäumen würde, ein paar persönliche Worte mit Clara zu wechseln. Allerdings war dazu keine rechte Gelegenheit, alles kümmerte sich verständlicherweise um Jakob. In der Situation hier war klar, dass er sich hintanstellen musste. Trotzdem. Jakob wusste, dass es nicht so oft vorkam, dass sie sich trafen. Carla hingegen machte keinerlei Anstalten, mit ihm ins Gespräch zu kommen, und sie suchte auch keinen Blickkontakt. Oves Stimmung verschlechterte sich sichtlich. Betrübt senkte er den Blick.

»Wir gehen dann mal. War nett, Sie kennenzulernen«, sagte Elke in Richtung Mutter und Tochter Mortensen, und an Jakob gewandt: »Wir sehen uns morgen. Wäre das recht?«

Er nickte ihr dankbar zu. Ove machte eine tiefe Verbeugung, als er sich von Clara und der Frau Mama verabschiedete. Die Jüngere entschädigte ihn schließlich mit einem strahlenden Lächeln und einem Extrablitzen ihrer grünbraunen Augen, was ihn unversehens aus seinem vorübergehenden Stimmungstief holte. Am liebsten wäre er ihr um den Hals gefallen, aber das war natürlich nicht möglich.

»Komm schnell wieder auf die Beine, Jakob«, wünschte er dem Kollegen, »bis dann.«

»Haltet mich über die Ermittlungen auf dem Laufenden, hört ihr!«

Bei aller Wertschätzung, die Ove seinem Freund, Vorgesetzten und Kollegen entgegenbrachte, wusste er es zu schätzen, mit dem Auto zu einer Personenbefragung zu fahren, anstatt mit den öffentlichen Verkehrsmitteln. Das machte einen gleich viel seriöser in der Wahrnehmung, fand er. Er bezweifelte, dass es ihm jemals gelingen würde, Jakob davon zu überzeugen. Wie ein Kind, das zum ersten Mal in der großen Stadt war, starrte Jakob aus dem Fenster der Straßenbahn, besah sich alles ganz genau, was draußen vor sich ging. Jedes Haus, jedes Geschäft, jeden Straßenhändler, jeden Laternenpfahl und jeden Hund, der dagegenpinkelte. Dabei kannte Jakob sich extrem gut aus in Hamburg, war sofort orientiert, wenn man ihm einen x-beliebigen Straßennamen nannte. Einen Stadtplan brauchte er nicht. Auch wenn er privat durch die Straßen streifte, hielt er es so, er kroch durch jede Mülltonne. Na ja, das war leicht übertrieben, aber nicht sehr. Beim Autofahren bekam man nur die Hälfte mit, beschwerte er sich immer. Ihm, Ove, war das egal, und allen anderen, die er kannte, ebenso. Er war gerne schnell und komfortabel unterwegs, statt mit der Bimmelbahn durch die Straßen zu zuckeln. Es wirkte auch einfach sportlicher. Heute ging es nach St. Georg, wo Gisela Bremer wohnte, Grunwaldts Schwester.

»Was ist los, Tiedemann, was klammern Sie sich denn so an der Ablage fest? Trauen Sie etwa meinen Fahrkünsten nicht?«

»Na ja … Vorsicht, der Hund!«

Ove hupte zweimal. »Ach was, der macht gleich Platz, sehen Sie, weg ist er.«

Während Tiedemann sich mit seinem Taschentuch den Schweiß von der Stirn wischte, pfiff Ove »Auf der Lüneburger Heide«, wobei er mit dem Zeigefinger rhythmisch den Takt gegen das Lenkrad tippte. Was Tiedemann besonders nervös machte, war, dass Ove ständig zu ihm schaute, anstatt auf die Straße. Er schien nur mit dem linken Auge den Verkehr zu erfassen. Was sollte das?

»Tun Sie mir einen Gefallen und gucken Sie geradeaus«, wagte Tiedemann zu beanstanden.

Oves Pfeifen verstummte, irritiert krauste er die Stirn, schließlich kam er seinem Kollegen entgegen. Er war es nicht gewohnt, von einem Untergebenen kritisiert zu werden, allerdings war es ein unausgesprochener Vorwurf, den er sich immer einhandelte, wenn er den Wagen lenkte. Die Leute schienen sich nicht wohlzufühlen, wenn er fuhr, obwohl er sich für einen ausgezeichneten Fahrzeugführer hielt. Unwillkürlich strich er mit dem Zeigefinger über den Nasenrücken, von der Wurzel bis zur Spitze.

Danziger Straße. Sie waren da.

Tiedemann war in St. Georg aufgewachsen. Er war zwar alles andere als gläubig und erst recht nicht katholisch, gleichwohl vermisste er gelegentlich den vertrauten Stundenschlag der Marienkirche. Gerade eben würde die tiefe Glocke zehnmal erklingen. Zu Beginn des Krieges hatte man sie für Kriegszwecke ausgebaut und eingeschmolzen wie so viele andere Kirchenglocken auch.

»Gisela Bremer« stand auf dem Klingelschild. Die Mittvierzigerin machte einen emsigen, leicht verhuschten Eindruck. Die Beamten stellten sich vor.

»Dass Sie mich um diese Uhrzeit zu Hause erreichen, ist der reine Zufall. Ich bin berufstätig und muss gleich zur Arbeit«, wurden die beiden von ihr empfangen, »ausnahmsweise musste ich heute etwas von hier aus erledigen, aber eigentlich bin ich auf dem Weg.«

»Geben Sie uns zehn Minuten, Frau Bremer. Wohin wollen Sie denn?«, fragte Ove.

»In die Neustadt, Rehhoffstraße. Ich bin dort eine der Haushälterinnen im Ledigenheim.«

»Rehhoffstraße? Da können wir Sie gerne mitnehmen und vor der Tür absetzen, wir müssen auch in die Neustadt.«

»Oh, ja gut, wenn das so ist, da sag ich nicht Nein. Na, dann kommen Sie rein.«

»Bestimmt haben Sie mit unserem Besuch gerechnet, oder? Es geht um Ihren Bruder«, begann Ove, »und um die Umstände seines, ähm, Todes.«

»Werner, ja. Er ist erstochen worden«, bemerkte sie kühl. Kommissar Grabowski hatte bereits angedeutet, dass Bruder und Schwester sich nicht gut verstanden hatten, mit dieser Kaltschnäuzigkeit hatte Ove jedoch nicht gerechnet. Tiedemann verspürte einen inneren Schauer.

»Nun gucken Sie nicht so entsetzt, meine Herren, ich sag es so, wie es ist. Oder vielmehr, wie es war.«

»Demnach konnte ihr geschwisterliches Verhältnis nicht sehr herzlich gewesen sein«, schlussfolgerte Ove.

»Man könnte auch sagen, ich habe ihn verachtet. Wir hatten in den letzten drei Jahren nur wenig Kontakt, nachdem ich erfahren habe, dass er vor dem Krieg auch meinen Mann bespitzelte. Hier, in unserer Wohnung, wenn Werner zu Besuch war. Seine Frau hat es mir gesagt. Vor drei Jahren ist mein Mann in Frankreich gefallen. August sechzehn, Schlacht an der Somme. Gut, dass er wenigstens das nicht mehr mitgekriegt hat.«

»Na, da hört sich ja alles auf«, empörte sich Tiedemann.

»Nicht nur das«, setzte sie fort, »er kam sogar auf die Idee, im Ledigenheim die Fühler auszustrecken. Sie wissen, ich arbeite da, und im Speisesaal saß er eines Tages beim Frühstück, angeblich auf Einladung eines Bewohners. Ich stellte ihn zur Rede und drohte damit, ihn auffliegen zu lassen, falls er nicht sofort verschwindet. Das tat er dann. Ich weiß, dass er trotzdem ein paar Mal da war, wenn ich keine Schicht hatte.«

»Wie aufdringlich und unverschämt«, sagte Tiedemann. Frau Bremer blickte ihn mit offener Sympathie an. Anscheinend klang seine Empörung so glaubhaft, dass sie sich verstanden fühlte. Dieser Tiedemann! Er sollte sich besser etwas zurückhalten, dachte Ove. Andererseits schaffte er es mit seiner – keineswegs gespielten – Anteilnahme immer wieder, Menschen zu öffnen. Er hatte offenbar das Talent dazu, vielleicht war das gar nicht so schlecht.

»Da sagen Sie was. Ich hatte mit ihm gebrochen, trotzdem kam er wieder auf mich zu. Ich glaube, der hat nicht verstanden, dass seine eigene Schwester mit ihm fertig ist, das ist, das war in seinem Denken einfach nicht vorgesehen. Was hätte ich tun sollen? Die Polizei rufen? Die hätte mir den Vogel gezeigt, oder?«

Ove dachte kurz darüber nach. Wahrscheinlich lag sie richtig mit ihrer Vermutung, in familiäre Angelegenheiten mischte man sich nicht gerne ein, solange nichts Konkretes vorlag.

»Wann haben Sie ihn denn zum letzten Mal gesehen?«

»Das war am Ostermontag. Er war im Ledigenheim, so um zwei herum, tat sehr wichtig wie immer. An einer großen Sache wäre er dran, es ginge um ein kapitales Verbrechen. Ich würde bald sehen, wofür seine Arbeit gut sei, dann würde ich anders über ihn denken. Da hab ich mich gar nicht drauf eingelassen, Herr Gernegroß hat eben immer nur herumgesponnen. Große Klappe, nichts dahinter, so war er. Er faselte was von einem Mittelsmann, auch vom Paradieshof, da wollte er hin, und dann gab er mir ein Notizbuch zur Aufbewahrung. Für den Fall der Fälle, sagte er geheimnistuerisch, ich sollte es ihm wiedergeben, wenn er das nächste Mal käme. Ich hab's ihm gleich zurückgegeben, er hingegen hat es mir förmlich aufgezwungen, also hab ich's genommen, damit er endlich verschwindet.«

Ove und Tiedemann sahen sich an.

»Was? Am Tag seiner Ermordung? Ein Notizbuch?«, fragte Ove mit entgeisterter Stimme. »Wo ist es, was steht drin? Bitte übergeben Sie es uns, es ist sehr wichtig.«

»Ja, im Nachhinein habe ich mir das auch gedacht, nur, meine Herren, ich muss Sie enttäuschen. Ich habe es nicht, genauer gesagt, ich finde es nicht mehr.«

Zwei Augenpaare ruhten auf ihrem Gesicht.

»Ist nicht Ihr Ernst, oder?«, fragte Tiedemann.

Sie hob mit schuldbewusster Miene ihre schmalen Schultern an, ließ sie sogleich wieder herabsinken.

»Haben Sie das Notizbuch denn weggeworfen?«, wollte Ove wissen.

»Nein, das nicht, ich finde es bloß nicht mehr.«

»Haben Sie es im Ledigenheim gelassen oder mit nach Hause genommen?«

»Mit nach Hause genommen habe ich es bestimmt nicht, ich wollte es nicht in der Wohnung haben.«

»Ganz sicher sind Sie nicht, oder? Es hört sich so unbestimmt an. Vielleicht liegt es ja doch irgendwo hier herum, vielleicht ist es heruntergefallen, und es ist unter die Couch gerutscht oder so. Wir helfen Ihnen gerne beim Suchen.«

»Bitte nicht, meine Herren, ich sehe ein, dass das Heft wichtig für Ihre Arbeit ist, und hätte ich geahnt was passiert, hätte ich es sorgfältig verwahrt. Ich verspreche Ihnen, dass ich alles ein weiteres Mal absuchen werde, vor allem im Ledigenheim. Ich kann natürlich nicht garantieren, dass es jemand anderes gefunden hat und neugierig war.«

»Lag es offen herum? Haben Sie darin gelesen? Wissen Sie, was drinsteht?«

»Nein, ich habe nicht reingeguckt. Es hat mich wirklich nicht interessiert. Nun schauen Sie nicht so leidend, vielleicht findet es sich ja wider Erwarten an. So was Doofes! Warum hat er das Ding denn nicht seiner Frau zur Aufbewahrung gegeben?«

»Zu ihr hatte er, soweit uns bekannt ist, auch kein besseres Verhältnis«, sagte Ove. »Wahrscheinlich hielt er es bei Ihnen für sicherer. Tut mir leid, Frau Bremer, ich muss darauf bestehen, dass wir uns gründlich umsehen können, hier und in der Rehhoffstraße. In Ihrem Beisein. Ihr Arbeitsbeginn wird sich ein wenig verzögern. Das Notizbuch könnte ein wichtiges Beweismittel sein. Vielleicht eine Art Absicherung für den Fall, dass ihm etwas zustößt.«

Sie schien zu begreifen, dass es nicht anders ging, und gab sich geschlagen.

»Na dann. Also. Wie gehen Sie vor?«

»Wir legen gleich los. Wie sieht denn das Notizbuch aus?«

Der Spuk war vorbei. Am dreißigsten April hob der Stadtkommandant den Belagerungszustand auf. Viel war nicht erreicht worden, zumindest der Schein blieb gewahrt. Der Senat hatte gezeigt, dass er vor entschlossenen Taten nicht zurückschreckte, gleichwohl kam es während der Belagerung zu fünfhundertsechzig Einbrüchen und Plünderungen. Sechs Plünderer wurden in flagranti erwischt und sofort erschossen, insgesamt waren achtzehn Todesopfer zu beklagen.

Den ersten Mai hatte die Nationalversammlung im April zum gesetzlichen Feiertag erklärt, was wahrscheinlich auch ein Grund war, dass Lamp'l die Belagerung einen Tag zuvor aufgab. Wenn am Donnerstag Tausende Arbeiter durch die Straßen zogen, konnte es im Nu unübersichtlich werden, und gegen deren resolutes Handeln wären die Soldaten kaum angekommen. Es wäre auch für das Ansehen der SPD und für die Karriere des Stadtkommandanten nicht förderlich gewesen, eventuelle Arbeiterproteste niederzuschlagen, immerhin war Lamp'l Mitglied der Mehrheitssozialdemokraten. Seine Bahrenfelder Freiwilligen hätten damit hingegen kein Problem gehabt.

Die vorhergehenden Unruhen hatten jedenfalls etwas Gutes an sich. Die staatliche Arbeitslosenunterstützung erhöhte sich spürbar. Sie stieg von fünf Mark auf sieben Mark und fünfzig pro Tag. Allerdings bekam man auf dem freien Markt nach wie vor kaum Lebensmittel auf legalem Wege. Der Schleichhandel wurde durch die Anhebung der Stütze nicht beeinträchtigt.

Jakob hielt es nicht mehr im Krankenhaus. Der Bluterguss in Höhe der Rippen nahm jeden Tag eine andere Farbe an. Die Schmerzen waren nach wie vor heftig, auch wenn er seine Strategien entwickelt hatte, sie etwas zu kontrollieren. Bestimmte Bewegungsabläufe waren tabu, und auf die Atmung musste er achten. Er nahm sich vor, lieber öfter kürzere als tiefe Atemzüge zu nehmen und vor allem nicht zu viel zu husten. Die Gehirnerschütterung war weniger schlimm als gedacht, nur die Kopfwunde wirkte unansehnlich, egal, so war es eben. Eine Narbe würde er sicher als Andenken behalten. Falls ihm im Alter die Haare ausfielen, würde man sie sehen, nur daran mochte er jetzt nicht denken. Die rasierte Stelle würde bald wieder bedeckt sein. Er durfte nur nicht so viel kratzen, selbst wenn es so sehr juckte.

Das Personal hatte nicht viel Aufhebens gemacht, als er seinen festen Willen bekundete, das Krankenhaus zu verlassen, einige Ratschläge und eine Schachtel Tabletten bekam er mit.

Schon war er auf dem Weg zum Stadthaus. Verdutzte Kollegen hießen ihn willkommen, er lächelte freundlich. Die Personalabteilung war besetzt, und er kam ohne Umschweife zur Sache.

»Moin, Kurt. Sag mal, die Stelle da neulich. Du suchtest einen Büroboten, oder? Hast du inzwischen einen eingestellt? Nee? Ich wüsste da einen. Hat keine Erfahrung im Büro, ist aber sehr auf der Höhe und lernt ruck, zuck. Zuverlässig, ehrlich und der braucht dringend Arbeit. Und die Bürobotenstelle hier macht er mit links.«

»Mensch, Jakob. Wenn's danach geht. Was glaubst du denn, wie viele Leute dringend Arbeit brauchen? Bestimmt wieder einer aus deinem Paradieshof, stimmt's? War klar. Na ja, bisher hast du ja immer brauchbare Jungs angeschleppt, er soll sich mal vorstellen. Falls es was wird – Ich sage extra *falls* – dann fängt er am fünfzehnten Mai an, das kannst du ihm gleich ausrichten.«

Jakob wusste, dass Kurt keine großen Dankesworte mochte, er klopfte ihm also freundschaftlich auf die Schulter und verschwand wieder.

»Mortensen.«

Das war Harder. Der typische Ledergeruch seines Parfums zog um die Ecke. Auch war er der einzige Mensch in diesem Haus, der ihn mit seinem Nachnamen ansprach. Na gut, auch Kollege Klages tat es gelegentlich, offenbar brauchte er das. Der glaubte anscheinend, der Altersunterschied rechtfertige seine Respektlosigkeit. Sobald er den Spieß umdrehte und ihn nur mit »Klages« ansprach, war der drei Tage lang eingeschnappt und zog einen Flunsch.

Jakob drehte sich vorsichtig um. »Moin, Herr Harder.«

»Moin. Ich denke, Sie sind im Krankenhaus. Was machen Sie hier? Erzählen Sie mir nicht, dass Sie wieder auf dem Damm sind.«

»Ich hab's da nicht mehr ausgehalten, die Zeit wollte einfach nicht vergehen. Und die ewigen Besuche. Viel zu anstrengend, wie soll man da genesen.«

»Soso, und da arbeiten Sie eher, hm, weil Ihre berufliche Tätigkeit ja so erholsam ist, wie?«, lachte er, »na, das lassen Sie man nicht den Kriminaldirektor hören, mein Lieber, der verdoppelt Ihnen die Arbeitszeit.«

Jakob lächelte verlegen, er hatte sich falsch ausgedrückt, und Harder ließ sich keinen Kommentar auf eine doppeldeutige Aussage entgehen. Er scherzte gern.

»Ich kann Sie nicht zwingen, sich wieder ins Krankenhaus zu legen, Mortensen, an Ihrer Stelle würde ich besser ein paar Tage zu Hause bleiben, Sie sind ja ganz blass um die Nase. Einen kranken Kommissar kann ich nicht gebrauchen. Nein, nein, keine Widerrede. Nächste Woche können Sie wieder anfangen. Übrigens: Wir sind auf der Suche nach dem Sausack, der Sie verhauen hat, die Führung der Bahrenfelder weiß Bescheid, nur sieht es nicht gut aus. Die halten zusammen. Machen Sie sich lieber keine Hoffnung.«

Jakob nickte, die Aussicht auf einen Fahndungsmisserfolg kam nicht unerwartet. Aber dieses »der Sie verhauen hat« traf ihn in die Magengrube. Wieder einer, der ihn für schwächlich hielt. Verdammt! Keiner verhaute ihn, er war heimtückisch überrumpelt worden. Warum kapierte das niemand?

Ins Büro wollte er besser nicht gehen, sonst würde auch Elke ihn wegen seiner Krankenhausflucht tadeln. Nun stand er auf der Stadthausbrücke, wo er kurz in die Sonne blinzelte. Die Frühlingssonne liebte er, sie strahlte so kräftig, dass er versucht war, sein Jackett auszuziehen. Da, wo sie nicht hinreichte, war es dagegen noch recht kühl, also ließ er es. Er beschloss, seine Wohnung aufzusuchen und unterwegs ein paar Sachen zu essen einzukaufen. In aller Ruhe.

Seit Tagen beschäftigte ihn eine Beobachtung, die er neulich bei Maike Heller gemacht hatte, kurz bevor sie sich im Hafenkrankenhaus von ihm verabschiedet hatte. Er erwähnte das Messer, mit dem Grunwaldt erstochen worden war, und sie reagierte verstört darauf, geradezu perplex. Bisher war sie davon ausgegangen, Grunwaldt sei erschlagen worden. Aber wie kam sie zu der Annahme? Warum brachte sie der richtige Tathergang so aus dem Gleichgewicht, dass sie kurz darauf ihre Sachen nahm und ging? Es wirkte so, als müsste sie gerade dringend etwas klären, nur nicht mit ihm. Bei näherer Betrachtung könnte man denken, sie wusste mehr, als sie bereit war, ihm mitzuteilen. Hatte er sich eine falsche Vorstellung von ihr zurechtgelegt? Weil sie ihm geholfen hatte? Weil sie ihm gefiel? Oder wurde ihr absichtlich etwas Falsches erzählt, weil sie von dem Messer nichts wissen sollte? Wer könnte daran Interesse haben, ihr eine falsche Information zu geben? Nur jemand, der etwas zu verbergen hatte. Einer mit Täterwissen? Vielleicht ihr Mann? Natürlich sind die beiden ausführlich befragt worden, sie gehörten zu den Ersten, denn der Tote war vor der Haustüre ihres Wohnhauses gefunden worden. Zufall? Beide gaben an, nichts zu wissen, so wie auch sonst niemand von etwas wusste. Es war zum Verrücktwerden! Jakob war sich ganz sicher, dass ihm seine Wahrnehmung keinen Streich gespielt hatte. Ihm gefiel der Gedanke, dass Wolf Heller, Maikes Mann, bald in seiner unmittelbaren Arbeitsumgebung zu finden sein würde, auch wenn der es selbst noch nicht ahnte. So hatte Jakob ihn besser im Blick.

Zwei Stunden später klopfte er bei den Hellers an. Der Junge öffnete. Jakob kannte ihn, hatte ihm vor drei, vier Jahren das Schwimmen beigebracht, hatte, mehr aus der Ferne, seine Entwicklung im Auge behalten. Er kam auch in der Schule gut mit, der Steppke.

»Moin, Fred. Na, wie isses? Alles im Lot? Hab dich lang nicht mehr in der Schwimmhalle gesehen.«

»Moin, Herr Mortensen. Jo, ganz gut. Bin nur ab und zu da. Kost' ja auch, nä.«

»Hm, na ja. Vielleicht nehm ich dich mal so mit rein, aber …«, sagte Jakob und legte seinen Zeigefinger verschwörerisch auf die Lippen.

Der Lütte, der gar nicht mehr so lütt war, verstand, setzte eine komplizenhafte Miene auf. Er mochte etwa zehn Jahre alt sein.

Wolf Heller erschien im Türrahmen, nickte ihm zu. Also hatte er heute keine Arbeit als Tagelöhner im Hafen gefunden, sonst wäre er zu dieser frühen Nachmittagsstunde nicht zu Hause.

Jakob hatte sich auf den Moment des ersten Blickkontakts mit Heller vorbereitet. Seine Körpersprache sollte freundlich wirken wie immer, jedoch sah er seinem Gegenüber ernst und durchdringend in die Augen. Heller reagierte anders als sonst, es wirkte, als fühlte er sich ertappt. Die Gesichtspartie um den Mund herum machte sich selbstständig, zeigte ein nervöses Zucken, das Kinn wurde weich, die Augen flackerten unnatürlich. So kannte Jakob ihn nicht, er fand sich bestätigt. Ein Beweis war dies natürlich nicht. Keiner der beiden sagte etwas. Freds Blick wanderte von einem zum anderen, vermutlich ahnte er, dass etwas nicht stimmte, vielleicht war ihm die Situation unangenehm oder peinlich. Sein Vater bat den Gast nicht in die Wohnung, und der wiederum nannte den Grund seines Kommens nicht. Endlich trat Maike Heller in Erscheinung, wenn auch nur als Stimme im Hintergrund.

»Wer ist denn da, Wolf?«

»Der Kommissar.«

»Was? Na, dann bitte ihn rein.«

Heller trat einen Schritt zurück und machte eine einladende Geste.

Frau Heller kam auf ihn zu, trocknete sich die Hände an einem Geschirrtuch, lächelte freundlich.

»Sie sind einfach ausgerissen, stimmt's?«

Jakob nickte. Sie gaben sich die Hand.

Wolf Heller stand ein bisschen abseits, mit vor der Brust verschränkten Armen. Er sah aus, als hoffte er, dass der unerwartete Besuch gleich wieder verschwinden würde.

»Heute bin ich ihretwegen hier, Herr Heller. Erst mal einen schönen Gruß von meinem Vater«, log er, um die Situation zu entspannen, »Sie kennen sich ja, nicht wahr? Tja, und dann eine weitere gute Nachricht. Da wäre eine Stelle zu besetzen, im Stadthaus. Sie könnten vielleicht als Bürobote anfangen. Was meinen Sie? Käme das für Sie infrage? Stellen Sie sich Anfang nächster Woche in der Personalabteilung vor und dann wird da bestimmt was draus.«

Es kam Bewegung in Hellers Gesicht, anders als zuvor und diesmal positiv zu deuten.

»Bei der Polizei? Ich? Ja, warum denn, ich mein, wie kommen Sie denn auf mich? Das ist ja, hm, ich komm nicht drauf.«

»Überraschend?«

Er nickte.

»Ich dachte mir, dass Sie bestimmt gern was Regelmäßiges haben würden. Reich können Sie als Bürobote natürlich nicht werden, aber es langt für ein bescheidenes Auskommen. Unterm Strich haben Sie trotzdem mehr als jetzt. Sie können in Zukunft auch besser planen und haben damit eine Sorge weniger.«

»Klar. Und was soll ich da machen? In Büros kenne ich mich nicht aus. Muss ich da einen Anzug tragen?«

»Nein. Ihre normale Straßenkleidung reicht. Einen Kittel bekommen Sie von uns. Sie arbeiten in der Poststelle und im Archiv. Mit einem Rollwagen klappern Sie alle Büros ab und reichen den Kollegen die Post rein. Ausgehende Post nehmen Sie gleich mit. Das Gleiche machen Sie mit den Akten. Der Archivar packt Ihnen die Dokumente auf den Wagen, und die bringen Sie den Beamten, die sie bestellt haben, ins Büro. Die alten Akten nehmen Sie mit ins Archiv zurück. So geht das. Hört sich leichter an als die Arbeit im Hafen, aber unterschätzen Sie das nicht. Am Abend fallen Sie todmüde ins Bett, das glauben Sie man.«

Maike Hellers Augen wurden immer blanker. »Das machst du, Wolf. Hörst du. Nicht lange überlegen.«

Der überrumpelte Mann wirkte leicht benommen, als habe er nicht richtig verstanden, was da gerade vor sich ging.

»Ja. Ja klar, na, was glaubst du denn?«, sagte er schließlich in Richtung seiner Frau.

»Versprechen kann ich nichts«, dämpfte Jakob die Erwartung, »entscheiden tut ein anderer. Sie haben natürlich gute Aussicht auf Erfolg, es spricht nichts dagegen.«

»Tja, was soll ich sagen«, murmelte Heller, dem das Reden schwerfiel.

»Ach, lassen Sie's gut sein«, winkte Jakob ab.

»Also, wenn das klappt, sind Sie nächsten Monat bei uns zum Essen eingeladen«, freute sich Maike Heller.

Ihr Mann nickte, und auch Fred machte ein fröhliches Gesicht. Beinahe fühlte Jakob sich der kleinen Familie zugehörig. Es hatte etwas Rührendes.

»Na, da sag ich nicht Nein. Was gibt's denn?«

»Birnen, Bohnen und Speck«, entschied Fred.

Seine Mutter strich dem Jungen zärtlich übers Haar. Lachen und Weinen waren eins.

Zeit des Stillstands. Es war bereits Anfang Juni. Alle bisherigen Ermittlungen liefen ins Leere, auch wenn dies noch keiner offen eingestehen wollte, es war die reine Wahrheit. Die Routinearbeiten kosteten viel Zeit, waren sehr intensiv und förderten keine neuen Erkenntnisse zutage. Jakobs anfängliche Befürchtungen hatten sich bestätigt. Es war schwierig, in einem Milieu zu ermitteln, das mit sämtlichen staatlichen Institutionen, vor allem mit der Polizei, ein Dauerproblem hatte. Er zog eine Zwischenbilanz, nicht nur in beruflicher Hinsicht.

Wie war die Lage? Es gab einen Mord, ein Opfer, einen Tatort. Was fehlte, war das Tatmotiv, die Tatwaffe und natürlich der Täter. Vereinnahmt hatten sie ein paar Verdächtige. Doch selbst wenn jemand ein Motiv für die Tat hatte, fiel der Verdacht nach der Überprüfung des Alibis in sich zusammen – wie im Falle Gisela Bremer. Dr. Knoop hatte überdies eine Frau als Täter praktisch ausgeschlossen. Auch Frau Grunwaldt kam aufgrund ihrer körperlichen Statur nicht infrage und wurde ohnehin von beiden Ermittlern ausgeschlossen. Sie passte einfach nicht. Weder von ihrer Mentalität noch von der Motivlage her. Sie und ihr Sohn waren von Werner Grunwaldt finanziell abhängig gewesen.

Die entscheidenden Hinweise mussten aus dem Paradieshof kommen. Tatort und Fundort waren identisch, dicht besiedeltes Wohngebiet, die Tat geschah zu nicht allzu später Stunde, irgendwer musste etwas gesehen haben, davon war man im Kommissariat überzeugt. Inspektor Harder gab sich unzufrieden, ein ehemaliger Polizist war ermordet worden, die Staatsanwaltschaft und die Öffentlichkeit erwarteten Ergebnisse. Jakob bekam den Ermittlungsdruck zuerst zu spüren und er reichte ihn weiter, wenn auch in moderater Form. Da hatte Jakob schon ganz andere Geschichten gehört. Harder verhielt sich anständig, er trat nicht nach unten, hielt seine Kappe hin, wenn es darauf ankam. In der Abteilung wusste man das zu schätzen und bemühte sich nicht zuletzt auch seinetwegen um eine zügige Aufklärung. Harder stellte eine der zentralen Fragen: Was hatte Grunwaldt im Paradieshof zu tun? Wen kannte er dort, mit wem wollte er sich treffen? Laut Gisela Bremer hatte er da einen Mittelsmann, was auch immer es damit auf sich hatte. War er der Täter, oder befand er sich selbst in Gefahr? Das Notizbuch, von dem Frau Bremer gesprochen hatte, war nicht wiederaufgetaucht. Man hatte ihre Wohnung und das halbe Ledigenheim auf den Kopf gestellt, jeden Winkel durchsucht. Wenigstens ließ sich Grunwaldts Weg am Todestag recht gut rekonstruieren, zumindest der Nachmittag und der frühe Abend. Was hatte er am Vormittag gemacht? Das konnte von Belang sein. Jedenfalls war er nachmittags bei seiner Schwester, danach in der Davidwache, schließlich endete sein Leben im Gängeviertel.

Die Bewohner des Paradieshofs wurden einzeln vorgeladen, ein weiteres Mal befragt, im Halbstundenrhythmus. Es war nichts aus ihnen herauszubekommen. Und die meisten hatten ja auch tatsächlich nichts von der Tat mitbekommen. Harder persönlich nahm sich Kommissar Grabowski zur Brust, um mehr aus ihm herauszukitzeln, jedoch waren es nur weitere Mosaikteilchen, die sich auf Grunwaldts Persönlichkeit bezogen. Sie bestätigten lediglich, was man sowieso von mehreren Seiten gehört hatte.

Man spielte Szenarien zum Tatmotiv durch. War es eine politische Tat oder eine Beziehungstat, fühlte sich jemand bereits konkret von ihm bedroht? Oder eine Gruppe, eine Bande, vielleicht eine Schieberbande? Einiges sprach für Rache als Motiv. Grunwaldt hatte sich bei vielen Leuten unbeliebt gemacht.

Die Tatwaffe hatte man nicht gefunden. Der Mörder hatte das Messer mitgenommen. Womöglich hatte er es an einem anderen Ort weggeworfen, vielleicht war es immer noch in seinem Besitz.

Die Kartei mit den Messerstechern, Mördern, Totschlägern, die ihre Tat mit einem Messer begangen hatten, war routinemäßig abgearbeitet worden, Zeugen waren laufend befragt, Alibis überprüft worden. Nichts!

In der ersten Maiwoche hatte Dr. Knoop die Leiche von Werner Grunwaldt zur Beerdigung freigegeben, nachdem er zuvor alles gründlich untersucht und dokumentiert hatte. Grunwaldt hatte seiner Frau ein wenig Geld hinterlassen, und für die einfache Bestattung reichte die Sterbegeldversicherung. Eine nennenswerte Trauergemeinde war an seiner Grabstelle auf dem Ohlsdorfer Friedhof nicht zustande gekommen. Seine Frau, sein Sohn, Kommissar Grabowski, ein paar ehemalige Kollegen, einige der neuen Parteifreunde von der DNVP waren gekommen. Auch Ove und Tiedemann fanden sich ein. Sie sollten sich unter den Trauergästen umschauen, in der Hoffnung, etwas Verdächtiges zu erkennen, das sie in dem Fall weiterbringen könnte. Aber auch hier war kein Erfolg zu verzeichnen. Gisela Bremer, seine Schwester, hatte ihre Teilnahme abgesagt, sie empfinde keine Trauer und wolle sie auch nicht heucheln, sagte sie ihrer Schwägerin. Diese zeigte Verständnis dafür.

Seit Mitte Mai war Wolf Heller im Stadthaus als Bürobote beschäftigt. Er hatte sich bei Kurt vorgestellt, wie es besprochen war. Jakob hatte Heller empfohlen, nicht allzu wortkarg zu sein, auch wenn er nicht gerne den Mund aufmachte. Am besten, er würde sein Licht nicht unter den Scheffel stellen. Zwar war die Büroarbeit neu für ihn, doch schließlich sei er ein gestandenes Mannsbild im besten Alter. Er sollte klarmachen, dass er sich in eine neue Aufgabe einarbeiten wollte.

Es sah ganz danach aus, als habe er sich rasch an die unvertrauten Arbeitsabläufe gewöhnt. Die beiden ungleichen Nachbarn begegneten sich beinahe täglich, wenn Heller mit seinem Rollwagen kam, anfangs schüchtern an die Bürotür klopfte, Briefe, Umlaufakten oder Karteikästen brachte und abholte. Jakob stellte ihn den Kollegen vor, man erwies sich freundlich, kollegial, erkundigte sich nach seinem Befinden. Heller machte einen zufriedenen Eindruck und gewöhnte sich bald daran, die Arbeit nicht zu flink zu erledigen. Er musste seine Arbeitszeit neu vermessen. Anders, als er es aus dem Hafen gewohnt war. Er hatte nun mehr Zeit für die einzelnen Tätigkeiten, dafür musste er mitdenken, sich Notizen machen, neue Ausdrücke lernen, Routinen einüben, Aktendeckel alphabetisch richtig einordnen. Letzteres machte ihm am meisten zu schaffen, weshalb er froh war, dass er nicht so unter Druck stand. Am späten Nachmittag war die Arbeit getan, sein Arbeitsplatz war vorbildlich aufgeräumt und bereit für die Aufgaben des kommenden Tages.

Um den Vater machten sich Jakob, die Mutter und die Schwestern ernstlich Sorgen. Er wurde zunehmend stiller, in sich zurückgezogener, auch nervöser und unkonzentrierter. Es fiel ihm schwer, sich anderen, selbst seinen engsten Angehörigen mitzuteilen. Sie kannten ihn schließlich anders. Die Ermordung der führenden Spartakusleute und die blutige Unterdrückung der Revolutionäre, die in ganz Deutschland für eine Rätedemokratie kämpften, stürzten den Vater in eine tiefe Verzweiflung. SPD-Reichswehrminister Gustav Noske spaltete die Arbeiterbewegung wie keiner vor ihm. Er machte den Bluthund. Mithilfe kaiserlicher Truppen und deutschnationaler Freikorpssoldaten ließ er alles, was links von Friedrich Eberts Mehrheitssozialdemokratie angesiedelt war, unterdrücken und zu Tausenden im ganzen Reich niedermetzeln und in die Gefängnisse stecken. In München und in Bremen tobte sich Noskes Soldateska richtig aus, voller Hass gegen die dortigen Räterepubliken.

Am fünfzehnten Januar war Rosa in Berlin ermordet und in den Landwehrkanal geworfen worden, viereinhalb Monate später, am einunddreißigsten Mai, entdeckte ein Schleusenwärter ihren Leichnam an einer Kanalschleuse. Vadder Mortensen war wie vor den Kopf geschlagen. Einerseits war er froh, dass die Suche ein Ende hatte, andererseits stellte er sich die Umstände ihres Todes und ihren Anblick als Wasserleiche in allen Einzelheiten vor. Ein Gemisch aus Trauer, unbändigem Zorn bei gleichzeitiger Hilflosigkeit, fand kein Ventil. Es staute sich einiges in ihm an. Er verfluchte die Mehrheits-SPD, die Partei, der er einst angehörte. In manchen Situationen, wenn er sich unbeobachtet wähnte, stand ihm der Hass, seine ganze Verachtung, ins Gesicht geschrieben. In ein bis zwei Wochen sollte auf dem Zentralfriedhof in Berlin-Friedrichsfelde Rosas leerer Sarg, der symbolisch neben dem von Karl Liebknecht beerdigt worden war, ausgetauscht werden gegen ihren nun mit ihrem Leichnam belegten. Man rechnete mit einem riesigen Trauermarsch, und Familie Mortensen beschloss, dass der Vater persönlich an den Bestattungsfeierlichkeiten teilnehmen sollte, auf dass er möglichst bald wieder zur Ruhe käme. Jakob trug die unvorhergesehenen Kosten. Der alte Mortensen zierte sich zunächst, nahm schließlich dankend an, als der Sohn darauf bestand, dass er für ihn und für die ganze Familie Mortensen abgeordnet sei, Rosa die letzte Ehre zu erweisen. An Geld für einen bescheidenen Blumenstrauß fehlte es auch nicht. Clara sollte den

Vater begleiten, um auf ihn aufzupassen, damit er sich im Anschluss an die Beerdigung nicht zu unvernünftigen Taten hinreißen ließ.

Die Mörder von Karl Liebknecht und Rosa Luxemburg hatten Freisprüche oder geringe Haft- und Geldstrafen erhalten, so, wie Carl Mortensen und seine Genossen es vorhergesagt hatten. Einer der Verurteilten hatte sich bereits durch Flucht ins Ausland entzogen. Die Mittäterschaft führender Offiziere wurde vertuscht, Noske persönlich erkannte die Gesinnungsurteile an und verhinderte ein Revisionsverfahren. Für Vater Mortensen ein Grund, sich weiter zurückzuziehen. Er schien das Vertrauen in die junge Republik verloren zu haben.

Für Clara gab es auch einen zweiten Grund, nach Berlin zu fahren. Sie wollte bei den Verwandten vorfühlen, ob sie während ihrer Studienzeit dort Quartier beziehen könnte.

Jakob bereitete Ove darauf vor, dass Clara die Absicht hatte, bald nach Berlin zu gehen, um dort Kunst zu studieren. Das nahm den Kollegen reichlich mit, denn damit hatte er nicht gerechnet. Jakob fragte ihn, warum es so lange dauerte, bis er in Liebesdingen aktiv wurde. Ove hingegen meinte, schlecht gehört zu haben, denn immerhin hatte Jakob die liebe Kollegin Elke auch noch nicht für sich gewonnen. Darauf wusste Jakob nichts zu entgegnen und so betranken sich die beiden erst bei Amandus Heitmann, dann ging es weiter. Der gute dänische Aquavit aus besseren Zeiten musste dran glauben. Mitten in der Woche! Welch ein Absturz. Wat mutt, dat mutt, meinte Jakob.

Die Rippenprellung hatte er recht gut weggesteckt, wie Dr. Knoop, in dessen Hände er sich begab, konstatierte. Als Gerichtsmediziner sei er ja eigentlich mehr mit den Toten zugange, betonte er, jedoch käme er mit einer Prellung auch klar. Dann schickte er ihn zu einem befreundeten Apotheker, der ihm eine stinkende, schwarze Salbe anrührte, die wahre Wunder bewirkte. An der Stirn, am Haaransatz, würde er auf der rechten Seite sicher ein bleibendes Andenken in Form einer horizontal verlaufenden Narbe behalten. Zum Glück war er nicht übermäßig eitel. Und wer wusste schon, vielleicht konnte so eine Narbe auch seine Vorteile haben. So hatte er nicht mehr so ein knabenhaftes Gesicht, sondern eines, das auf jedes Gegenüber verwegener wirkte. Dr. Knoop machte ihn noch auf etwas anderes aufmerksam. Sein Wundmal könnte fortan bei jedem Wetterumschwung jucken. Na gut. Der Kopf als Wetterhäuschen. So einen Warnmelder wünschte er sich auch für sein Privatleben. Denn in zunehmendem Maße schien sich sein persönlicher Bereich, der ihm stets heilig gewesen war, mit dem beruflichen immer mehr zu überschneiden: Jakob hatte ein Auge auf seine Kollegin Elke geworfen, und sie fühlte sich anscheinend auch zu ihm hingezogen. Bisher war das eine Tabuzone für ihn gewesen. »Fange nie etwas mit einer Arbeitskollegin an, schon gar nicht, wenn sie in der Behördenhierarchie unter dir steht, das gibt nur Probleme«, hatte er sich stets gesagt. Ove interessierte sich ernsthaft für Jakobs Schwester Clara, und sie sich für ihn, auch wenn da alles unausgesprochen war. Er, als Kommissar, protegierte seinen Nachbarn Wolf Heller, verschaffte ihm eine feste Arbeitsstelle, auch wenn der zum Kreis der Verdächtigen gehörte. Vaddern kannte ihn aus der Kommunistischen Partei und sprach gut über ihn. Hellers Frau lud ihn, Jakob, zum gemeinsamen Familienessen ein, und er hatte zugesagt. Dann hatte sein Freund Hannes, der Bademeister, ihn zweimal im Krankenhaus besucht. Bei der Gelegenheit hatte Jakob ihn auf Gisela Bremer angesprochen, die ja als Haushälterin im Ledigenheim beschäftigt war, in dem er wohnte. Ob ihm etwas an ihr aufgefallen sei, ob er ein braunes, ledernes Notizbuch gesehen habe. Er spürte Hannes' inneren Widerstand, es war ihm erkennbar unangenehm, darüber Auskunft zu geben. Er mochte Frau Bremer, sagte er, sie sei für seine Etage zuständig, sie wurde von allen geschätzt und geachtet, er habe nichts Negatives über sie zu berichten. So eine Frau sei ein Segen für das Haus, auch für ihn. Jakobs erster Gedanke war, dass er ihre Integrität nicht in Abrede stellte. Es hörte sich an, als hätte der Freund sich schwer in sie verguckt. Nun benutzte er den guten Hannes für seine Polizeiarbeit, merkte er plötzlich. Am liebsten wäre er im Erdboden versunken. Wurde er langsam verrückt? Es wurde ständig komplizierter, Berufliches und Privates auseinanderzuhalten. Aber eine notwendige Distanz musste einfach sein. Denn wenn er das nicht konnte, würde er es auch nicht von allen anderen einfordern können. Was wäre, wenn Ove nicht nur sein Kollege, sondern auch sein Schwager wäre? Würden sie sich dann weiterhin so gut verstehen? Könnten sie unterscheiden zwischen Familie und Beruf? Ove würde in absehbarer Zeit zum Kommissar befördert werden, was auch gut und längst überfällig war. Dann wären sie beide gleichberechtigte Partner. Das würde die gemeinsame Arbeit vielleicht komplizierter machen. Wären dann solche ausgelassenen Abende wie kürzlich unmöglich?

Jakob musste in nächster Zeit dringend über seine weitere Lebensplanung nachdenken.

Im Verlauf seiner Dienstjahre bei der Polizei hatte Jakob die Erkenntnis verinnerlicht, dass es hilfreich war, es sich nicht mit allen Kleinkriminellen gleichzeitig zu verderben.

Wenn etwa Kartentrickser und Hütchenspieler beim illegalen Glücksspiel ein paar unverbesserliche Optimisten ausnahmen, konnte man auch mal zur Seite schauen oder es mit einer Verwarnung und einem Platzverweis bewenden lassen. Dafür waren sie einem in Zukunft den einen oder anderen Gefallen schuldig. Mit der Zeit entstand so ein Vertrauensverhältnis, ein Geben und Nehmen. Die Kleinganoven kamen an Personen und Informationen heran, die der Polizei nicht zugänglich waren. Solange sie es nicht zu wild trieben, ließ man sie gewähren.

Jakob nutzte diese Kanäle immer wieder. Grabowski brachte Grunwaldt mit dem Traubenthal in Verbindung, wo er sich in der letzten Zeit vor seinem Tod häufig aufgehalten haben sollte.

Die Hinweise der Informanten bezogen sich auf verdächtige Warenlieferungen. Wahrscheinlich Lebensmittel, Schieberware vom Schwarzmarkt. Das war an sich nichts Ungewöhnliches in dieser Zeit. Allerdings galt das Traubenthal bislang als unauffällig, man hatte vom Kriegsversorgungsamt, dem KVA, jedenfalls keine anderslautenden Informationen erhalten. Vielleicht gingen sie dort einfach cleverer vor als bei der Konkurrenz. Jakob hatte zwei Zivilbeamte angefordert, die mal zusammen, mal im Wechsel die Gastwirtschaft von Hein Mops beobachten, alle Vorgänge rund um das Gebäude, das Personal und die Gäste im Auge behalten sollten. Die beiden waren mit dem Mordfall vertraut und wussten, auf was sie zu achten hatten.

Kurz darauf berichteten sie, dass an einem Tag in der Woche, vor der Öffnungszeit, ein Kleintransporter direkt vor der Eingangstür der Wirtschaft gehalten hatte. Drei Männer waren herausgesprungen und hatten innerhalb kurzer Zeit schwergewichtige Holzkisten hineingeschafft, bevor sie ebenso fix, wie sie gekommen waren, wieder verschwanden. Dann fuhren sie zur nächsten Gaststätte, wo sich das Schauspiel wiederholte. Beim letzten Mal verfolgten die verdeckten Ermittler den Lkw unauffällig bis nach Rothenburgsort, ein südöstlich der Innenstadt gelegener Stadtteil. Dort, in der Nähe des Rangierbahnhofs, hielt der Transporter direkt vor einer Lagerhalle. Die Verfolger mussten aufpassen, dass man sie nicht entdeckte, es herrschte auf diesem großflächigen Gelände kaum Autoverkehr und die wenigen Fahrzeuge fielen auf. Eine abgelegene Gegend war das. Wer es sich nicht ausdrücklich vornahm, diesen Ort aufzusuchen, landete nicht zufällig hier. Die Männer schienen mit dem Platz vertraut zu sein. Sie stiegen vor dem niedrigen Ziegelsteinbau mit sanft abgeschrägtem Dach auf beiden Seiten aus, riefen sich etwas zu und schlossen die Hallentür auf. Nur an den Schrägen befand sich eine Fensterfront, durch die das Tageslicht einfiel. Da hinaufzusteigen, um in das Innere der Halle zu spähen, erschien den Ermittlern zu gewagt. Und auch sonst bot sich keine Möglichkeit unentdeckt ans Gebäude zu gelangen, um hineinzuspähen. Also warteten sie. Zwei Stunden dauerte es, bis die drei die Halle verließen und davonfuhren. Erst jetzt prüften die Polizisten die Möglichkeit, in das Gebäude einzudringen. Das Vorhängeschloss machte einen stabilen Eindruck, ebenso die Verankerung, dennoch hätten sie es ohne Weiteres aufhebeln können. Allerdings nicht, ohne dass es auffallen würde, und sie wollten keine schlafenden Hunde wecken. Die beiden stellten den Wagen dicht neben die Außenmauer, kletterten auf das Autodach, einer machte die Räuberleiter, der sportlichere der beiden hangelte sich auf das Dach hinauf. Er suchte an der Glasfront eine Stelle, die sauber genug war, um zu erkennen, was sich im Innern befand: palettenweise Lebensmittelvorräte, bis zum Dachfenster hoch. Wäre da kein Glas, hätte er sich einige Konservenbüchsen Corned Beef greifen können. Es musste sich um einen Teil der Hilfsgüter handeln, die neulich im Hafen als gestohlen gemeldet worden waren, ebenso wie die Säcke mit Weizenmehl, die eine englischsprachige Aufschrift trugen. Wer konnte schon genau sagen, was da so alles lagerte? Egal. Was sie herausgefunden hatten, würde Mortensen und seine Leute interessieren und das KVA sowieso.

Die morgendliche Zusammenkunft im Stadthausbüro begann heute eine halbe Stunde später. Grund dafür war der Streit zwischen Harder und Bertold Klages. Zum wiederholten Male hatte er seinen verhassten Kollegen eine wichtige Information nicht frühzeitig weitergereicht. Wenn Jakob und Ove außer Haus waren, nahm Klages die neu eingehenden Informationen zum Fall Grunwaldt entgegen, weil er im alten Büro den Telefonapparat hatte. An Jakobs neuem Arbeitsplatz war hingegen bisher kein Apparat installiert worden. Als Jakob ihn zurechtwies und ein kollegiales und professionelles Verhalten einforderte, fing der Ältere an zu toben, was ihm, Mortensen, überhaupt einfiele! Zur Erinnerung: Er sei der dienstältere Kommissar, und er habe es nicht nötig, sich von einer dänischen Rotznase anpöbeln zu lassen. Daraufhin wandte sich Jakob an Inspektor Harder, der Klages nach allen Regeln der Kunst zusammenstauchte. Er wurde komplett aus dem Fall ausgeschlossen, Informationen würde künftig ausschließlich Elke Mertens entgegennehmen, die sein ungeteiltes Vertrauen genieße. Ein Telefonapparat sollte im neuen Büro unverzüglich installiert werden. Klages war so voller Zorn, dass er nicht zurückstecken konnte. Es hatte sich zu viel Ärger angestaut.

Vor der offenen Bürotür hielten sich mittlerweile mehrere Beamte auf. Sie schienen ratlos, ob sie eingreifen sollten oder nicht. In seiner Raserei baute Klages sich vor dem Vorgesetzten auf und brüllte ihn an. Sie standen inzwischen Nase an Nase. Harder machte zunächst einen merklich schockierten Eindruck, wich einen Schritt zurück. Dann passierte etwas, das man im Stadthaus so bald nicht vergessen würde. Der Inspektor packte Klages mit beiden Händen bei den Hosenträgern und schob ihn quer durch den Raum. Klages drückte ihn wieder zurück. Beide mit hochrotem Kopf, schäumend vor Wut und vollkommen unkontrolliert, lieferten sie sich vor versammelter Mannschaft ein kindlich wirkendes Schiebeduell und brüllten dabei einander wie irrsinnig an. Auf was warteten die Zuschauer? Dass einer als Sieger von der Matte ging? Klages war trotz seines Alters durchaus in der Lage, enorme Körperkräfte freizusetzen, wie alle staunend zur Kenntnis nahmen. Vollends kurios wurde es, als ausgerechnet die zartgliedrige Elke die beiden trennte, indem sie mit einem Holzlineal auf einen Schreibtisch knallte, dass eine Hälfte absplitterte und durch die Luft sauste. Die beiden sahen sie verstört an, als kehrten sie aus einer anderen Welt zurück. Aber es wirkte. Ihre Griffe lockerten sich, sie ließen voneinander ab, während sie sich weiter mit den Augen fixierten. Elke schob sich zwischen die Kampfhähne und wiederholte mantraartig: »Istgutistgutistgutistgut.«

Im Büro herrschte eine beinahe unwirkliche Stille. Bedrückend. Beklemmend. Befremdlich. Nur weg hier.

Die von Klages zurückgehaltene Nachricht kam von Gisela Bremer. Sie hatte versprochen, Bescheid zu sagen, wenn ihr noch etwas einfiele. Und tatsächlich ging vorgestern ein Anruf im Präsidium ein. Eigentlich waren es sogar zwei Hinweise. Zum einen war sie sich nun sehr sicher, dass sie das Notizbuch ihres Bruders nicht mit nach Hause genommen, vielmehr in ihrem Arbeitsraum auf die Ablage des Küchenschranks gelegt hatte. Es sei später nicht mehr da gewesen. Ihr Bruder konnte es nicht wieder an sich genommen haben. Es musste also entwendet worden sein. Der zweite Hinweis besagte, dass Grunwaldt nicht nur einen Mittelsmann im Paradieshof erwähnte, ohne allerdings einen Namen zu erwähnen, sondern auch dass er vorher bereits eine Verabredung in einem Lokal hatte. Daran erinnere sie sich deutlich, irgendwas mit »Traube«.

Ein weiterer Baustein zu dem Bild, das sie sich über Grunwaldts letzten Tag machen konnten. Dann fand die Verabredung also wahrscheinlich im Traubenthal statt.

Das war mal ein vielversprechender Ermittlungsansatz. Heinrich Kloß, alias Hein Mops, steckte mit seinem Traubenthal also auch in den Schiebergeschäften mit drin. Und nicht zu knapp. Wenn es stimmte, was die beiden tüchtigen Polizisten herausgefunden hatten – und daran konnte nach ihrer ausführlichen Schilderung kein Zweifel bestehen –, war die Lagerhalle in Rothenburgsort ein veritables Lebensmitteldepot. Die Waren hätten auf dem Schwarzmarkt einen erheblichen Wert.

Tiedemann sprach aus, was alle dachten: »Wenn Grunwaldt das Gleiche herausgefunden hat wie wir, und wenn sie ihm draufgekommen sind, dann ist das ein starkes Mordmotiv, sag ich mal.«

»Ganz recht«, bestätigte Jakob, »da geht es richtig um was, um sehr viel Geld. Wenn Grunwaldt sie erwischt, platzen ihre Träume, und sie rücken in den Knast ein.«

»Was wissen wir über den Wirt? Wie heißt er mit bürgerlichem Namen, Heinrich Kloß?«, fragte Ove.

Elke, die nach der Szene vorhin ein wenig mitgenommen wirkte, antwortete: »Bei uns hat er keine Akte. Er ist bislang unauffällig. Die Kollegen, die den Laden beobachtet haben, sagen, er sei den Gästen gegenüber freundlich und großzügig, hingegen seiner Frau und dem wenigen Personal mitunter aufbrausend und jähzornig. Da gibt es auch mal Krach vor versammelter Mannschaft. Mit seiner Fettleibigkeit geht er selbstbewusst um, er ist sein eigener Spötter. Damit nimmt er den Leuten den Wind aus den Segeln. Außerdem ist er ehrgeizig und hat reichlich Pläne, was ungewöhnlich ist, er ist ja schon achtundvierzig.«

»Na, sooo alt ist das nun auch wieder nicht, achtundvierzig«, gab Tiedemann zu bedenken.

»Aber er hat ja einen gut gehenden Betrieb mit treuen Gästen, mitten im Wohngebiet. Was will er mehr? Normalerweise hätte er keinen Grund, jetzt was Neues anzufangen.«

»Männer sehen das anders. Wir wollen immer mehr, als wir haben. Ist so«, sinnierte Ove.

»Jaja, ihr Kerle«, lästerte Elke und winkte ab.

Das erste Mal an diesem Morgen füllte sich das Büro mit Lachen. Die beiden Kollegen machten gern die Unterschiede zwischen Männern und Frauen zum Thema. Meist mit ironischem Unterton.

»Wie wollen wir vorgehen? Wissen die vom Kriegsversorgungsamt Bescheid? Überraschen wir die Schieber direkt am Lager, an Ort und Stelle?«, fragte Ove.

»Harder hat Lippmann, den Leiter vom Kriegsversorgungsamt informiert, er weiß Bescheid. Hat sich natürlich bedankt und ein Lob ausgesprochen. Der verlässt sich darauf, dass die Polizei den Einsatz eigenständig plant und durchführt. Danach gehen die Lebensmittel in die Proviantlager des Kriegsversorgungsamts zurück oder in die des Freihafens. Ove, den Überraschungseffekt brauchen wir auf jeden Fall, denn sie fühlen sich sicher, und sie sollen keine Zeit haben, zu flüchten oder sich irgendwie rauszureden. Anfang kommender Woche müsste die nächste Auslieferung erfolgen, dann sind wir in Rothenburgsort zur Stelle. Unauffällig, getarnt, ohne Tatütata und so. Bis dahin beobachten wir das Traubenthal weiter wie bisher. Die Kollegen wissen Bescheid«, legte Jakob fest und fuhr fort: »Zeitgleich zu unserer Aktion setzen wir den Wirt matt, und hier will ich das volle Programm, er muss richtig eingeschüchtert werden. Der soll den Eindruck haben, als wüssten wir nicht nur über seine Schiebereien Bescheid, sondern auch über den Mord an Grunwaldt. Die Verhaftung muss laut sein. Vor dem Traubenthal stehen vier, fünf Wagen, er bekommt Handschellen verpasst und wird abgeführt. Er muss denken, alles ist vorbei, das war's. Umso größer wird seine Bereitschaft sein, aus dem Nähkästchen zu plaudern. Über die Vernehmungstaktik und unsere Aufgabenteilung reden wir später, Ove. Und dann will ich Informationen zum Personal. Wer arbeitet da, was wissen wir von denen, wie sind die einzuschätzen.«

Jakobs Plan stieß auf keine Einwände. So viel wie heute hatte er lange nicht mehr geredet. Normalerweise waren sie so aufeinander abgestimmt, dass sie ohne große Worte wussten, was zu tun war. Jetzt war es ihm allerdings ein Bedürfnis, eine klare Ansage zu machen, um zu zeigen, wer im Büro der Chef war, und auch um zu sehen, ob sie alle mitzogen. Die vielen Vertraulichkeiten in letzter Zeit waren ihm nicht geheuer; sie mussten handlungsfähig bleiben, und einer sollte das Sagen haben, wenn es drauf ankäme, auch wenn er der Letzte war, der sich den alten Kadavergehorsam zurückwünschte.

2

Am Holstenwall entstand das Museum für Hamburgische Geschichte. Das eindrucksvolle Gebäude in den Wallanlagen war, von außen betrachtet, weitgehend fertiggestellt, nachdem sich die Arbeiten ab 1916 kriegsbedingt verzögert hatten. Die Sammlung befand sich zurzeit im Aufbau, sodass dort rege Betriebsamkeit herrschte. Bis zur Eröffnung würden gleichwohl ein paar weitere Jahre ins Land ziehen.

Am Morgen des sechsten Juni, es war ein Dienstag, entdeckte ein Arbeiter eine männliche Leiche. Sie saß mit dem Rücken gegen eine der Außenmauern des Museums gelehnt. Die Hose war im Kniebereich matschverschmiert, ebenso die Hände. Wahrscheinlich war der Verletzte nicht sofort tot gewesen, hatte sich vermutlich auf allen vieren auf die Backsteinmauer zubewegt und sich an sie gelehnt, bevor er starb. Dem Gesicht konnte Dr. Knoop ansehen, dass der Mann vor seinem Tod gelitten hatte. Erneut wies die Leiche eine Stichverletzung auf, mutmaßlich durch ein spitzes, scharfes Messer verursacht. Diesmal war der tödliche Hieb von vorn gesetzt worden, in die Brust, knapp oberhalb des Herzens, und, wie neulich im Paradieshof, abermals sauber in der Ausführung, vielleicht nicht ganz so perfekt wie bei Grunwaldt. Der Einstichkanal sah an der unteren Schnittkante etwas ausgefranster aus. Auch hier fand sich nur ein einziger Stich. Eine kühl und professionell ausgeführte Tat, kein Gemetzel. Nur, dass das Opfer diesmal nicht sofort tot war, sondern noch für eine kurze Zeit lebte. Relativ wenig Blut ringsum, auch wegen der sitzenden Haltung. Der Oberkörper war leicht vornübergebeugt, verhinderte so den starken Ausfluss des Blutes, vermutete Knoop. Der Tatort musste ganz in der Nähe sein. Mit dem tiefen Stich in die Brust hatte der Verletzte nicht weit kommen können, höchstens ein paar Meter. Der Boden ringsumher war weich und matschig, es hatte geregnet. Viele Blutspuren würden sie nicht finden. Auf den ersten Blick fehlte die Tatwaffe. Die Polizisten hatte er vorläufig aus der unmittelbaren Umgebung des Fundorts verbannt, um mögliche Tat- und Täterspuren nicht zu verwischen. Allerdings waren inzwischen einige Leute hier vorbeigelaufen, vor allem Kollegen des Arbeiters, der den Toten entdeckt hatte. Hatte Knoop den Mann nicht schon gesehen? Irgendwie kam ihm das Gesicht bekannt vor. Richtig. Er musste ihm im Stadthaus über den Weg gelaufen sein, wer weiß, in welchem Zusammenhang. War er etwa Polizist?

Als Jakob eintraf und den Toten sah, fühlte er sich wie vor den Kopf geschlagen. Eine Welle des Mitleids durchströmte ihn, fast zog es ihn zu Boden. Das konnte einfach nicht wahr sein. Er war zunächst nicht in der Lage, einen klaren Gedanken zu fassen.

»Mortensen«, hörte er den Doktor sagen. Dessen Stimme klang einfühlsam. »Was ist denn mit Ihnen? Sie sind ja ganz blass um die Nase. Kennen Sie den Mann? Hallo? Warten Sie. Hier, nehmen Sie einen kräftigen Schluck Kaffee aus meiner Kanne. Vorsicht, heiß.«

Jakob tat es, nickte Knoop dankend zu. Dann ging er vor dem Toten in die Hocke, besah sich alles gründlich, prägte sich jedes Detail ein, sofern seine Verwirrung es zuließ.

»Ja«, antwortete er schließlich, »ich kenne den Mann. Das ist Wolf Heller, wohnt bei mir in der Nachbarschaft, im Paradieshof. In dem Haus, vor dem wir vor ein paar Wochen Grunwaldt gefunden haben, Sie erinnern sich.«

Knoop bestätigte. »Er kam mir irgendwie bekannt vor.«

»Er hat vor drei Wochen als Bürobote im Stadthaus angefangen. Sicher sind Sie ihm ab und zu über den Weg gelaufen, wenn Sie bei uns zu tun hatten.«

Knoop erzählte Jakob, was er bislang herausgefunden hatte. Wahrscheinlich war der Tod bereits gestern Abend eingetreten, vielleicht vor zwölf Stunden, grob geschätzt.

Jakob überlegte. Gestern hatte er ihn gesehen, tagsüber, mit seinem Rollwagen. Sie waren sich freundlich begegnet, wie immer. Er hat kurz mit ihm geschnackt. Und eben wurde ihm bewusst, dass er es sein würde, der Wolfs Frau die Nachricht überbringen musste, davor konnte er sich nicht drücken. Schließlich kannte er sie am besten. Er wollte Ove dabeihaben. Wo blieb er denn überhaupt?

»Ist die Leichenschau beendet?«, fragte Jakob.

»Ja, hier bin ich erst mal durch, wir nehmen ihn mit in die Gerichtsmedizin. Ihre Leute können die Spuren sichern, in dem Matsch da, falls sie welche finden.«

Jakob nickte betrübt. Da kam Ove endlich, er war reichlich außer Puste. Ein Streifenbeamter ließ ihn durch.

»Tut mir leid, ich hab's gerade erst erfahren und hab mich beeilt. Weißt du, um wen …« Er zuckte heftig, als er den Toten sah. »Oh, ist das nicht Heller? Nee, oder?«

»Ja, du siehst richtig. Schau ihn dir gründlich an, und

dann lass uns zu seiner Frau gehen. Ich möchte, dass jemand dabei ist, wenn ich es ihr sage, sonst … ach, ich weiß auch nicht.«

»Ja, klar. Ist völlig in Ordnung.«

»Es sind nur wenige hundert Meter bis zum Paradieshof, die gehen wir zu Fuß. Unterwegs erzähle ich dir, was der Doktor rausgefunden hat. Eines dürfte außer Frage stehen«, legte Jakob sich fest, »die Morde an Grunwaldt und an Wolf Heller hängen mit Sicherheit zusammen.«

»Das denke ich auch. Es kann kein Zufall sein. Heller wohnte in dem Haus, vor dem Grunwaldt erstochen worden ist«, rekapitulierte Ove, »beide Opfer sind mit *einem* Stich ermordet worden, wie es aussieht, mit einem langen Messer. Es war in beiden Fällen keine unkontrollierte Raserei im Spiel, es muss sich vielmehr um einen abgeklärten Täter handeln, der es versteht, mit einem Messer umzugehen.«

»Ja, er ist ganz zielgerichtet vorgegangen.«

»Grunwaldt und Heller. Welche Beziehung gab es zwischen den beiden? Kannten die sich?«

»Ja, das müssen wir rausfinden. Die Frage könnte auch lauten: Welche Verbindung hatte der Täter zu seinen beiden Opfern? Und die beiden Toten: Müssen die sich zwangsläufig gekannt haben? Stellten sie womöglich unabhängig voneinander ein Problem für den Mörder dar? Schließlich waren Grunwaldt und Heller sehr unterschiedlich, politisch, von der Mentalität her, von ihrer Lebensweise, überhaupt. Welche Art Beziehung könnten die zueinander gehabt haben?«

»Keine Ahnung, aber erinnere dich an Frau Bremers Aussage, Jakob. Ihr Bruder sprach davon, dass er sich im

Paradieshof mit einem Mittelsmann treffen wollte. Und wenn nun Wolf Heller der Mittelsmann war?«

Jakob blieb abrupt stehen. »Heller? Mittelsmann? Für einen Polizeispitzel? Welche Informationen konnte er schon gehabt haben? Er war nur Hilfskraft im Hafen.«

Ove zuckte die Achseln. »Weiß nicht, sicher kriegt man da vieles mit.«

»Ja, warum nicht. Wir müssen die Möglichkeit ins Auge fassen.«

Ove hatte recht. Jakob merkte, dass er geistig noch nicht wieder auf dem Damm war. Natürlich mussten sie alle Umstände berücksichtigen, auch die, die ihm nicht gefielen. Er hasste diesen Fall. Und er hasste es, an Maike Hellers Tür zu klopfen, mit der Nachricht, die ihr Leben auf den Kopf stellen würde. Hoffentlich war Fred wenigstens in der Schule, ihr Zehnjähriger. Jakob atmete tief durch.

Sie öffnete. Zunächst war ihr Blick offen und freundlich auf sie gerichtet, kurz darauf wusste oder ahnte sie, was auf sie zukäme, schließlich konnte ihr Mann heute Nacht nicht zu Hause gewesen sein. Jakob und Ove guckten ernst. Maikes Lippen begannen zu zittern, die Nasenflügel zuckten, die Augen füllten sich mit Flüssigkeit, ihr Kopf wiegte sich kaum merklich hin und her, dann ein Klagelaut, tief aus ihrem Inneren, und dann verbarg sie das Gesicht zwischen den Innenflächen ihrer Hände. Sie stützte ihre Stirn gegen den Türrahmen, und Jakob wünschte sich zurück unter seine Bettdecke, er konnte ihren Anblick nicht ertragen. Er nahm sie entschlossen in den Arm, wiegte den zierlichen Frauenkörper wie den eines verletzten Kindes. Er sagte nichts, weil ihm nichts einfiel. Was könnte sie schon trösten? Welche Zauberworte würden zur Situation passen?

Ove stand hilflos daneben, wandte den Kopf zur Seite, als gälte es, Diskretion zu wahren. Hoffentlich kam der Junge nicht unverhofft die Treppe hoch. Die Wohnung sah aufgeräumt aus, alles war schlicht gehalten, ihren Möglichkeiten entsprechend, sogar richtig heimelig. Auf dem gekachelten Herd begann ein Topf Wasser zu blubbern. Ove nahm ein Geschirrhandtuch und stellte ihn neben die Feuerstelle. Er sah, wie Frau Hellers Körper zuckte und bebte, sich selbstständig zu machen schien. Summte Jakob eine Melodie, oder was war das? Kaum vernehmlich. Ein Schlaflied? Egal, Hauptsache, es half. Da war ein Glas mit getrockneten Blättern auf dem Regal, wahrscheinlich Pflanzen vom Wegesrand, mit denen man Tee brühen konnte. Also machte er Tee. Schließlich setzten sie sich an den Küchentisch. Maike Heller trocknete ihr Gesicht, schnäuzte in ihr Taschentuch, ein paar Fragen mussten gestellt werden.

»Haben Sie wen, der sich um Sie kümmern kann, Frau Heller? Freunde, Verwandte, Nachbarn? Sollen wir jemandem Bescheid sagen?«

Sie schüttelte den Kopf. »Wir haben hier nicht viele Bekanntschaften, auch keine Verwandten.«

Wie seltsam, dachte Ove, wie war das möglich in so einer dicht besiedelten Gegend? Da müsste man eigentlich jede Menge Leute kennen, vor allem Nachbarn oder Parteigenossen. Auch Jakob runzelte die Stirn, wahrscheinlich ging ihm Ähnliches durch den Kopf.

»Sie sollten in nächster Zeit nicht allein sein, denken Sie an den Jungen.«

»Wolf war heute Nacht nicht zu Hause, das erste Mal. Wir hatten keinen Streit oder so, er kam einfach nicht zurück. Das konnte ich mir nicht erklären. Irgendwann in der Nacht, als Fred fest schlief, bin ich raus, um ihn zu suchen. Es war unheimlich, alles so dunkel. Ich bin dann bald wieder zurückgegangen, in den Kneipen hier ringsum war er nicht. Sagen Sie mir, was passiert ist, ich will es wissen. Was immer es ist, hören Sie. Sie brauchen keine Rücksicht zu nehmen.«

Jakob erzählte, was er wusste, sie hörte sich alles tapfer an, ohne ihn zu unterbrechen.

»Sie sagten, er kam einfach nicht zurück. War er nach der Arbeit bei Ihnen, hier in der Wohnung?«

Sie nickte und wirkte dabei etwas gefasster.

»Auch wenn's schwerfällt, bitte erinnern Sie sich genau an diesen Abschnitt. Hat er gesagt, was er vorhatte, mit wem er sich treffen wollte? War etwas anders als sonst, haben Sie ihm Fragen gestellt, hat er ausweichend reagiert? Wir müssen sämtliche Einzelheiten wissen, jede winzige Kleinigkeit könnte wichtig sein«, forderte Jakob in aller Eindringlichkeit. Es war keine Zeit zu verlieren.

»Er war wirklich anders, es war ungewöhnlich, dass er nach der Arbeit die Wohnung verließ. Er war sehr häuslich, müssen Sie wissen, er ging nicht gern in Kneipen oder zum Kartenspielen, nur ein paar Mal im Monat zu seinen Genossen. Sie kennen uns ja, wir sind Kommunisten.«

»Ja, ich weiß. Sie sind beide mit meinem Vater bekannt.«

»Gestern war kein Parteitreffen. Ich fragte ihn natürlich, wo er hinwill, er sagte nur, ich solle mir keine Gedanken machen, und auch, wir würden schon bald mal was Blaues sehen.«

»Was Blaues?«, hakte Ove nach.

»Ja. Sagt man das nicht so? Etwas mehr vom Leben haben, heißt das, mal ausgehen, was anderes erleben.«

»Verstehe.«

»Es hörte sich so geheimnisvoll an, ganz ungewohnt. Ich mochte es nicht, wurde unruhig, sagte, wir werden es ja bald besser haben, weil du eine feste Stelle hast. Ja schon, meinte er, bloß, auch mal was außer der Reihe für dich, oder was für den Jungen, das wäre nicht schlecht. Dabei habe ich mich nie beschwert, es war immer klar, dass wir ein bescheidenes Leben führen werden.«

»Haben Sie eine Vermutung, mit wem er sich getroffen haben könnte?«, hakte Jakob nach, solange sie bereit war zu antworten.

»Nein. Das sagte er nicht. Er hat auch nichts Bestimmtes mitgenommen, und er wusste nicht, wann er wiederkommt.«

»Hm, das bringt uns leider überhaupt nicht weiter«, stellte Jakob nüchtern fest.

Das hätte er besser für sich behalten, dachte Ove. Maike Heller begann erneut zu weinen.

»Ich denke, wir lassen Sie jetzt in Ruhe. Können wir morgen Vormittag vorbeikommen, wenn Fred in der Schule ist?«, fragte Jakob.

Sie bestätigte mit einem Kopfnicken.

»Ich kann Ihnen nachher eine Kleinigkeit vorbeibringen, wenn Sie wollen, ich hab's ja nicht weit. Soll ich wirklich keinem Bescheid sagen? Ich mache mir Sorgen um Sie, Frau Heller.«

Sie versuchte ein Lächeln, allein, es wollte nicht so recht gelingen. Momentan war alles zu viel für sie. Wie würde es sein ohne ihren Mann, ohne einen Vater für Fred?

»Es geht irgendwie, vielen Dank. Muss ja, auch wenn ich nicht weiß, wie weiter. Wenn der Junge nicht wär …«

Das hörte sich gar nicht gut an, dachte Ove. Maike Heller musste nun für sie beide stark sein.

Am nächsten Morgen wirbelte Dr. Knoop ins Büro, schwungvoll wie immer.

»Moin, Kollegen. Na, haben Sie den Fall gelöst?«, witzelte er.

»Klar, Herr Doktor, stand ja gestern schon in der Zeitung«, ließ Ove sich darauf ein.

»Immer einen kessen Spruch auf den Lippen, der Herr Doktor, nicht wahr?«, beteiligte sich Elke und schenkte ihm einen wohlwollenden Augenaufschlag.

»Frau Mertens, Sie werden wirklich von Tag zu Tag hübscher. Hab ich Ihnen das mal gesagt?«

»Mal? Fast täglich. Langsam glaub ich's.«

»Und Sie haben immer den vollsten Schreibtisch. Lassen Sie sich bloß nicht von den Kerlen ausnutzen, hören Sie?«

Jakob feixte. »Ausnutzen? Elke hat uns komplett im Griff.«

»Stimmt«, ergänzte Ove, »vor allem dich.«

Knoop lachte. »So ist das also, na, hab's mir fast gedacht.«

Jakob schüttelte verlegen den Kopf, Elke guckte amüsiert aus dem Fenster, auch Tiedemann schmunzelte. So langsam begann er, sich zugehörig zu fühlen.

»Leute, Folgendes«, kam Knoop zur Sache, »die Tatwaffe ist nicht gefunden worden, aber es war mit großer Wahrscheinlichkeit wieder ein langes Messer. Ein Brotmesser, genauer gesagt. Das vordere Stück ist abgebrochen, wahrscheinlich an einer Rippe, es steckte im Körper. Ich hab es rausgezogen, hier ist es drin.«

»Wirklich? Ein Brotmesser? Sind die nicht vorne abgerundet?«, fragte Tiedemann.

»Es gibt unterschiedliche. Welche, bei denen der Messerrücken am vorderen Ende zur Schneide hin nach unten gebogen ist, und dann welche, die vorn gleichmäßig spitz zulaufen. In Frankreich sieht man die oft. Man kann damit auch etwas aufspießen.« Er öffnete eine Blechbüchse mit dem Metallteil. »Hier, sehen Sie? An der Schneide ist der Wellenschliff gut zu sehen, wie wir ihn vom Brotmesser kennen. Das könnte bei Ihrer Suche nach der abgebrochenen Tatwaffe ein wichtiges Detail sein, falls es davon zum Beispiel einen ganzen Messersatz gibt und eines davon fehlt. Vorn ist es spitz, sehen Sie? Nota bene. Erstens: Es gibt für Grunwaldt und für Heller jeweils eine Tatwaffe, sie ist also nicht identisch. Zweitens: Das Messer zu Grunwaldt müsste ein langes, beidseitig geschliffenes Messer gewesen sein, mit breiter Klinge, sagen wir, ein Kochmesser. Das zu Heller hab ich Ihnen grade erzählt.«

»Ein Kochmesser und ein Brotmesser«, überlegte Ove, »so richtig professionell wirkt das nicht auf mich. So, als ob der Täter gerade die Waffe genommen hat, die für ihn ohne großen Aufwand erreichbar war.«

»Vielleicht tatsächlich jemand aus der Gastronomie, das habe ich ja neulich bereits vermutet. Denn der Umgang mit den Messern war sehr professionell.«

»Sehr schön, Herr Knoop. Ihre Arbeit ist Gold wert«, lobte Jakob.

»Versteht sich«, winkte er betont lässig ab. »Todeszeitpunkt müsste zwischen neunzehn und zwanzig Uhr gewesen sein. Der Täter muss hochgewachsen sein und kräftig, dem Einstichkanal nach zu urteilen. Wie bei Grunwaldt, also wie gehabt. Es handelt sich sehr wahrscheinlich um denselben Täter, da lege ich mich fest.«

»Sie bestätigen, was wir uns gedacht haben«, sagte Jakob. »Wissen Sie ungefähr, wann Sie den Leichnam wieder freigeben? Wegen der Witwe, damit wir ihr was sagen können, wenn wir sie gleich befragen.«

»Anfang nächster Woche, denke ich. Viel ist nicht mehr zu tun. Fingerabdrücke abnehmen und andere Kleinigkeiten.«

Es war nur ein kurzer Fußweg. Über die Ellerntorsbrücke, den Alten Steinweg hoch und dann in den Paradieshof.

»An diese Art Paradies werde ich mich kaum gewöhnen«, unkte Ove, »wer weiß, was da so alles auf uns zukommt.«

»Man kann sich sein Paradies nicht aussuchen«, kommentierte Jakob trocken.

»Vielleicht hättest du besser Tiedemann mitgenommen, der versteht sich auf weibliche Befindlichkeiten. Sie vertrauen ihm mehr an als mir, hab ich festgestellt.«

Jakob grinste. »Ja, ich glaube auch, der hat es faustdick hinter den Ohren. Du warst übrigens auch gut gestern, mit dem Tee und so«, tröstete er.

Sie standen nun vor der Tür der Hellers. Auf sein Klopfen hin öffnete eine Frau, die er besonders gut kannte.

»Ellen!«

»Moin, Bruderherz, wir dachten uns, dass ihr es seid.«

»Was zum Teufel hast *du* hier zu tun?«, entfuhr es ihm eine Spur zu hitzig.

»Was denn? Beruhige dich. Vater bat mich, bei Maike vorbeizuschauen. Sie kann Unterstützung gerade gut gebrauchen, findest du nicht?«

Nur mühsam gelang es ihm, sein Temperament unter Kontrolle zu halten, als er mit unterdrückter Lautstärke fauchte: »Es geht hier um einen Mordfall, Ellen, und das ist keine verdammte Familienveranstaltung, hörst du!«

Ove versuchte, sich diskret zur Seite zu wenden, hielt die Arme hinter dem Rücken, kaute nervös auf der Unterlippe herum. Richtig wohl war ihm nicht in seiner Haut.

»Ach was, papperlapapp. Hier muss geholfen werden. Kommt ihr rein oder nicht?«

»Da werden wir drüber reden, verlass dich drauf.«

Maike Heller saß am Küchentisch, sie wirkte ruhig, geradezu entspannt. Die Hände lagen auf dem Tisch, ihre Finger hielt sie ineinander verschränkt, wie zum Gebet.

»Ich möchte nicht, dass du wegen mir Ärger mit deinem Bruder bekommst, Ellen«, sagte sie in gedämpften Ton.

Jakob stieß einen undefinierbaren Laut aus, der auf nichts Gutes schließen ließ. Er hatte sich keineswegs beruhigt. Wieder vermischte sich Privates mit Beruflichem. Genau das, worüber er sich in letzter Zeit so intensiv Gedanken gemacht hatte, kochte unversehens in ihm hoch. Ellen musste es gespürt haben, denn sie nahm ihre Strickjacke von der Stuhllehne und ging zur Tür.

»Ich sehe mich im Hof um, solange die Herren Kommissare hier sind«, sagte sie mit einem ironischen Unterton, »danach koche ich uns was Gutes zu Mittag. Was meinst du, Maike?«

Deren Blick wirkte ein wenig hilflos. Sie guckte Jakob an, als wollte sie ihn um sein Einverständnis bitten, doch der sah demonstrativ weg. Sie nickte Ellen zu.

Ove übernahm es, Fragen zu stellen. »Frau Heller, fällt Ihnen jemand ein, der nicht gut auf Ihren Mann zu sprechen war? Ein Nachbar, ein Kollege aus dem Hafen, ein politischer Weggefährte oder wer auch immer?«

»Darüber habe ich nachgedacht. Mir ist nichts dergleichen bekannt. Wolf war nicht der Typ, mit dem man eine Feindschaft hatte. Er redete nicht viel, mischte sich nicht gerne in Streitigkeiten ein, fraß eher alles in sich rein. Seine politische Meinung hatte er, die hat er auch vertreten, da konnte ihm auch mal die Pelle platzen, das ist ja heute normal.«

»Dennoch muss jemand einen Grund gehabt haben, ihn zu töten. Wir haben ihn an dem neuen Museum gefunden. Da sind kaum Menschen unterwegs. Hatte er einen Bezug zu diesem Gebäude? Hat er da mal auf der Baustelle gearbeitet?«

»Nein. Er wollte sich mit jemandem treffen, ich weiß ja nicht mit wem, wie gesagt. Vielleicht hat der den Ort vorgeschlagen.«

»Hat Ihr Mann Werner Grunwaldt gekannt, Sie wissen, der, der vor Ihrem Haus ermordet wurde.«

Sie zuckte die Achseln. »Er hat nicht viel erzählt, mochte es auch nicht, wenn ich ihn fragte, dann fühlte er sich ausgehorcht.«

»Ausgehorcht?«

»Ja. Als ob ich ihn ausfragen wollte, so wie Sie es mit mir tun.«

»Das müssen wir, Frau Heller. Sie wollen doch, dass wir den Mord an Ihrem Mann aufklären.«

Sie weinte leise, wandte den Kopf dem Fenster zu. Ove legte eine Hand auf ihre Schulter. Keiner mochte etwas sagen, und trotzdem war die Situation nicht unangenehm, fand Jakob. Es war, wie es war.

Plötzlich stand sie energisch von ihrem Stuhl auf, wischte ihre Tränen mit dem Handrücken fort, nahm den Feuerhaken vom Herd und ging ein paar Schritte auf eines der Zimmer zu.

»Kommen Sie mit, meine Herren.«

Die beiden wechselten einen überraschten Blick, folgten ihr in das Nachbarzimmer, das offensichtlich das Schlafzimmer war. Sie drückte Jakob den Feuerhaken in die Hand und deutete auf eine der Fußbodendielen.

»Da drunter müsste was liegen, wenn Wolf es nicht inzwischen rausgenommen hat. Gucken Sie nach.«

Aufgeregt fummelte Jakob mit dem Schürhaken herum, löste den Fußbodennagel, dann hob er mit dem Haken vorsichtig die Längsseite der Diele an. Ove kniete sich davor, spähte in die Lücke und nickte.

»Ja, da ist was. Warte.« Er zog ein Taschentuch aus seiner Hosentasche, schüttelte es auseinander und griff damit unter das Bodenbrett. »Donnerwetter. Seht mal hier.«

Mit einem verschwörerischen Lächeln auf den Lippen streckte er das Ding mit zwei Fingern in die Höhe.

Ein Messer mit der Gravur »Zum Traubenthal«. Darauf einige getrocknete Flecken. Blut.

Am Morgen des nächsten Tages tauchte Kommissar Grabowski im Präsidium auf. Zunächst begrüßte er einige Kollegen, die ihm von früher bekannt waren, und zusammen begutachteten sie die baulichen Fortschritte des Gebäudekomplexes. Danach erschien er im Büro der Abteilung Mord. Jakob und seine Leute hielten ihre morgendliche Dienstbesprechung, als es klopfte.

Er sei gekommen, um Meldung zu machen, in Sachen Mord an Wolf Heller, die Zeitung mit dem Bericht hielt er aufgeklappt in Händen, als ob er den Ermittlern den Grund seines Kommens dokumentieren wollte.

Er habe mit dem Toten bereits eine unschöne Bekanntschaft gemacht, zu dessen Lebzeiten natürlich, sagte er und lachte über seinen unangebrachten Witz. Ja, eigentlich sei es gar nicht so lustig, denn der Bursche habe am Gründungstag der Hamburger DNVP, also Ende letzten Jahres, zusammen mit anderen Bolschewiken die Veranstaltung überfallen, ihm bei der Gelegenheit recht ordentlich zugesetzt. Nun, in jüngeren Jahren wäre ihm das nicht passiert, gleichwohl er, Grabowski, ein blaues Auge davongetragen habe, recht schmerzlich sei das gewesen.

Ove grinste hinter vorgehaltener Hand, Jakob täuschte einen mitfühlenden Blick vor.

Grunwaldt sei auch Gründungsmitglied gewesen, und er habe ihm von einer Anzeige gegen Heller abgeraten, er würde das auf seine Weise regeln. Kurz und gut, er habe den Schläger ausfindig gemacht und für seine Zwecke eingespannt.

Das war in der Tat eine überraschende Mitteilung, die Grabowski da vorbrachte.

»Wie sah das konkret aus, wie haben Sie ihn für Ihre Zwecke eingespannt?«, wollte Jakob wissen.

»Na ja, wie das eben so läuft, Martens, nicht wahr …«

»Mortensen! *Herr* Mortensen! Und wie genau läuft das eben so?«

»Hm. Er sollte Grunwaldt mit Informationen zu Diensten sein, bezüglich kommunistischer Umtriebe und so weiter, *Herr* Mor-ten-sen.«

Arsch-loch, hämmerte es durch Jakobs Kopf.

»Hat nicht viel gebracht, er hat nur so getan, als würde er kooperieren, gesagt hat er nichts, der krumme Hund.

Da hätte ich ihn lieber anzeigen sollen, Körperverletzung, Landfriedensbruch und so.«

»Das heißt, Grunwaldt hat Heller erpresst. Entweder du lieferst mir Informationen, oder du kassierst eine Anzeige«, fasste Ove zusammen.

»Ja, wenn Sie so wollen. Wie gesagt, es war Grunwaldts Idee. Herr Harms, oder? Schöner norddeutscher Name übrigens«, sagte er mit einem Seitenblick in Jakobs Richtung.

Der stellte sich taub. Immerhin hatte der Mann sie ein Stück in ihren Ermittlungen vorangebracht. Das sei alles, was er zu sagen habe, sagte Grabowski schließlich, er habe nunmehr seine staatsbürgerliche Pflicht erfüllt, und der Täter, der Heller, sei ja nun mit dem Tod auch genug bestraft.

»Wer zum Teufel könnte ihn erstochen haben?«, dachte Jakob laut nach, »wer hatte einen Grund, ihn zu töten?«

Alle Augen richteten sich, wie abgesprochen, auf Grabowski. Tiedemann guckte ihn besonders grimmig an.

»Was haben Sie denn Dienstagabend so zwischen sieben und acht gemacht, Herr Grabowski?«

Es arbeitete in ihm, die Schläfen pochten und die Zornesröte stieg ihm ins Gesicht.

»Das ist, also … da hört sich ja alles auf … Was fällt Ihnen ein? … Das gibt eine Beschwerde, das sag ich Ihnen. Da kommt was nach, verlassen Sie sich drauf.« Damit verließ er das Büro und knallte die Tür hinter sich zu. Je nachdem wie schnell er den Flur hinunterlief, konnte er sogar das dröhnende Lachen hinter der geschlossenen Tür vernehmen.

Die gelöste Stimmung wich allerdings gleich wieder einer konzentrierten Arbeitsatmosphäre. Immerhin hatten sie gerade ein weiteres Motiv erhalten, zumindest für den Mord an Grunwaldt. Und das hatte es in sich. Die Tatwaffe wurde bei Heller gefunden. Er könnte sowohl ein persönliches Motiv gehabt haben, indem er sich von seinem Erpresser befreien wollte, als auch ein politisches, da er als Kommunist gegen die neue Partei DNVP aufbegehrt hatte. Grunwaldt gehörte ihr offenbar an. Und eine Gewalttat konnte man in diesen Zeiten jedem zutrauen, sogar einem scheinbar harmlosen Familienvater, der nur das Beste für die Seinen wollte.

»Wie kommt Heller an das Traubenthal-Messer?«, rätselte Tiedemann.

»Und wie passt das mit Dr. Knoops Aussage zusammen, dass es sich in beiden Fällen um nur einen Mörder handelt?«, schloss Ove sich an. »Und wie passt Hellers Größe und Statur zu unserem Bild vom Täter?«

»Und wer hat dann Heller umgebracht?«, schaltete Elke sich ein.

»Und warum hat Heller das Messer so gut versteckt und aufgehoben, anstatt es wegzuwerfen? Was wollte er mit so einem auffälligen Teil anfangen?«

»Vielleicht selbst jemanden damit erpressen?«, spekulierte Ove.

Jakob nickte bedächtig. »Genau das denke ich auch, Ove. Und wen konnte er damit erpressen? Grunwaldts Mörder.«

Elke schüttelte sich. »Dann hat er sich mit einem getroffen, von dem er wusste, dass der einen auf dem Gewissen hat. Warum hat er keine Waffe mitgenommen?«

»Er hat seinen Mörder einfach falsch eingeschätzt«, mutmaßte Jakob. »Vielleicht wähnte er sich nicht in Lebensgefahr, weil er im Besitz der Tatwaffe war. Das Traubenthal-Messer hat er schön zu Hause gelassen, wie wir wissen, es war ja sein Faustpfand. Entweder er wollte mit dem Kerl verhandeln, oder er wollte sein Erpressergeld abholen. Dann hätte er das Messer auch nicht mitgebracht, zu riskant. Er hätte es für den Täter irgendwo hinterlegt.«

»Oder er hätte ihn ein zweites und drittes Mal damit unter Druck gesetzt«, überlegte Elke.

»Oder so«, bestätigte Jakob, »durchaus möglich.«

»Was ich nicht verstehe: Wieso tötet jemand Heller, bevor er den Gegenstand bekommen hat, mit dem er erpresst wird?«, wandte Ove ein.

»Gute Frage«, lobte Jakob. »Er muss sich sehr sicher sein, dass er das Messer auch so findet.«

Kaum hatte er den Satz vollendet, durchzuckte es ihn und die Kollegen gleichzeitig, so, als hätten sie gerade ein und denselben Gedanken gedacht. Jakob griff nach seinem Jackett, nahm seine Pistole aus der Schreibtischschublade, steckte sie ein.

Jemand schob seinen Kopf durch die halb geöffnete Tür. Einer der Polizisten, der für die Bewachung des Traubenthal im Einsatz war.

»Kommen Sie nur«, winkte Jakob ihn herein, halb im Gehen, »gibt's was Neues?«

»Das Traubenthal ist geschlossen. Da hängt ein Zettel an der Tür: Wegen Krankheit geschlossen. Dabei geht es durch die Hintertür munter rein und raus. Wir können da leider nicht so dicht ran, ohne aufzufallen. Es sind die üblichen Leute zu sehen, der Besitzer und Anhang. Die scheinen was zu besprechen.«

Jakob wirkte zerknirscht, fuhr sich mit der Hand durchs Haar, wiegte den Kopf hin und her.

»Gerade heute. Die sind gewarnt worden. Das kann kein Zufall sein, dass die gerade jetzt zumachen. Leute, wir müssen unsere Planung ändern. Es ist keine Zeit mehr zu verlieren. Wir lassen den Laden heute auf jeden Fall hochgehen, ebenso das Lager in Rothenburgsort. Das volle Programm. Harder soll es absegnen und dafür sorgen, dass alles dabei ist, was laufen kann. Polizei, Volkswehr. Ove, regle das mit Harder. Du weißt ja, Verdunkelungsgefahr, Alibibeschaffung, Beseitigung von Beweismitteln, Fluchtgefahr, das Übliche. Und er soll Lippmann Bescheid geben, vom Kriegsversorgungsamt, die sind mit im Spiel. Tiedemann, Sie sorgen bitte dafür, dass ein Polizist Fred Heller von der Schule abholt und dass ein weiterer Kollege vor Maike Hellers Haus Stellung bezieht.«

»Und was machst du?«

»Ich gehe in den Paradieshof zu den Hellers, bis der Kollege da ist. Sie sind in großer Gefahr.«

»Ich hoffe, du bekommst keinen Ärger mit deinem Bruder, Ellen«, sorgte sich Maike Heller.

»Ach, ist kein Problem, Maike, der hat sich bestimmt wieder beruhigt. Er kann einem nicht lange böse sein. Und wenn, ist es sein Problem, ich lass mir von meinem kleinen Bruder keine Vorschriften machen.«

»Versteh ich, ich möchte nur nicht der Anlass sein. Nicht in dem Fall. Er hat uns sehr geholfen, und er muss sicher aufpassen, dass ihm niemand was nachsagen kann. Da hab ich Verständnis für.«

»Ich auch – eigentlich – nur nicht heute. Wir können dich wirklich nicht allein lassen. Und wollen es auch nicht, schließlich hast du ihm ja erst vor ein paar Wochen aus der

Patsche geholfen, auf der Judenbörse«, erwiderte Ellen mit gepresster Stimme. Sie hatte vier Stecknadeln zwischen den Lippen.

»Seh ich genauso«, stimmte Lina zu, »da hast du auch nicht gefragt, ob das beruflich oder privat ist.«

Lina, die zwei Häuser weiter wohnte, wo sie in ihrer privaten Wohnung auch ihre männlichen Kunden bediente, war in der Nachbarschaft auch als »Seelchen« bekannt, wegen ihres anteilnehmenden Gemüts. Wenn sie Maike beistehen konnte, tat sie es. Ein klein wenig Neugierde war sicher auch im Spiel.

»Na ja, so gesehen. Ach, ich bin froh, dass ihr da seid. Und richtigen Tee habt ihr mitgebracht.«

»Nicht, dass du mich fragst, wo der her ist«, tat Lina geheimnisvoll mit einem Lächeln und einem Augenzwinkern.

Damit konnte sie Maike, die Älteste unter ihnen, nicht in Verlegenheit bringen.

»Wie kann man nur so makellose Zähne haben, Lina?«, fragte Ellen erstaunt.

»Die hab ich von meiner Mutter. Auf deine Zähne musst du besonders achten, hat sie mir immer gesagt. Sogar noch auf ihrem Sterbebett, als hätte es da nichts Wichtigeres gegeben.«

»Das tut mir leid mit deiner Mutter«, sagte Maike. »Ist es denn schon lange her?«

»Ja, elf Jahre ist es her. Blutvergiftung. Ein Mückenstich. Sie hat sich immerzu gekratzt, weil es so gejuckt hat, und dann bekam sie eine verdammte Blutvergiftung.« Ellen unterbrach ihre Näharbeit.

»Ach, du meine Güte, das ist ja furchtbar. Wie alt warst du denn da?«

»Vierzehn. Die Schule konnte ich vergessen, ich hab den Haushalt erledigt und mich um die Geschwister gekümmert und um Vater. Der hat's mir nicht gerade leicht gemacht mit seiner Jammerei. Ach, Maike, ich erzähle vom Tod, und du hast selbst Kummer.«

Maike kämpfte schwer gegen ihre Tränen an.

Fred kam zur Tür herein, er stellte den Schulranzen auf den schmalen Schuhschrank, dann begrüßte er die Besucherinnen mit einem knappen »Moin«. Er wirkte genauso traurig wie seine Mutter, die er jetzt umarmte. Er schmiegte sogar im Beisein fremder Leute seinen Kopf gegen ihre Schulter, was er unter weniger betrüblichen Umständen nicht getan hätte.

Maike strich mit der Hand über sein dichtes Haar, während sie ihren Kampf gegen den Tränenfluss verlor. Der Junge hatte so starke Ähnlichkeit mit seinem Vater.

»Ach, Mutti, nu wein man nich«, versuchte er, sie zu beruhigen, »hast ja noch mich.«

Was konnte man auch sagen? Maike bedeckte sein Gesicht mit Küssen.

Ellen und Lina sahen sich ergriffen an, wischten Tränen aus dem Augenwinkel und schlugen vor, das Mittagessen zu kochen.

Es klingelte. Die Hausherrin öffnete, Jakob schob sich unaufgefordert in die Diele. Er bemerkte sofort, dass sie nicht allein war.

»Nun ärgern Sie sich bloß nicht wieder«, bereitete sie ihn vor, »ich bin wirklich sehr froh und dankbar für die Unterstützung Ihrer Schwester.«

Er stieß einen gequälten Seufzer aus und ließ die Schultern fallen. Was sollte er tun? Sie bat ihn lächelnd in die Küche. Er hielt sie am Arm zurück.

»Frau Heller, nur kurz. Ich will Ihnen keine Angst machen, aber Sie und Fred sind in Gefahr.« Bevor sie zu einer Erwiderung ansetzen konnte, fuhr er fort: »Ich weiß, Sie sind nicht ängstlich, bitte vertrauen Sie mir dennoch. Da draußen läuft ein Mörder herum, der nichts zu verlieren hat, der will an das Messer ran, das ihr Mann versteckt hat, verstehen Sie?«

Sie überlegte kurz, dann nickte sie.

»Ein Polizist wird vor Ihrem Haus, oder besser, vor Ihrer Wohnung auf Sie beide aufpassen. Fred sollte in den nächsten Tagen nicht zur Schule gehen. Wir sagen da Bescheid, damit Sie keinen Ärger kriegen.«

»Ich hab mir Folgendes überlegt«, sagte sie, »bis zur Beerdigung bleiben wir in Hamburg, danach werde ich vorübergehend zu einer Schulfreundin ziehen, mit der ich gestern beim Kaufmann telefoniert habe. Sie hat uns nach Lüneburg eingeladen, wo sie wohnt. Sie ist auch Witwe.«

»Sie haben also auch drüber nachgedacht. Das ist gut, Frau Heller, sehr gut sogar. Dann sagen wir den dortigen Kollegen Bescheid, dass sie ein Auge auf das Haus haben. Vielleicht können Sie bald wieder in Ihre gewohnte Umgebung zurück.«

»Bitte finden Sie den Mörder von Wolf, damit der Spuk ein Ende hat. Wissen Sie, er war ein guter Mann. Ich bin sehr unglücklich darüber, wie er sich auf diese verdammte Geschichte einlassen konnte, er tat es allerdings nicht aus persönlicher Habgier. Er wollte eine Zukunft für uns.«

»Ich weiß. Wir leben ja alle zwischen Baum und Borke. Die alte Gesellschaft sitzt tief in uns, und die neue Zeit ist noch nicht bei uns allen angekommen, dafür ist die Not zu groß. Jeder muss selbst sehen, wie er sich und seine Familie irgendwie durchbringt, da kann man mal auf dumme

Gedanken kommen. Und ja, ich finde es gut, dass Sie zu ihm halten. Ich glaube, er hat es verdient. Das behalten Sie bitte für sich, ja?«

Sie lächelte, berührte mit der Hand seinen Oberarm. Er spürte, dass sie ihm vertraute.

»Na, Bruderherz«, begrüßte Ellen ihn, als sie ihn auf dem Flur mit Maike stehen sah, »habt Ihr was zu besprechen? Ihr braucht das nicht im Korridor zu machen, wir können so lange rausgehen.«

Jakob winkte ab. »Gut, gut, danke. Ah, Fräulein Lina ist auch da und Fred. Gott sei Dank«, bemerkte er mit einem Lächeln, als wollte er sagen: Noch mal gut gegangen.

»Lina reicht«, sagte die junge Frau.

»Hm?«

»Ohne Fräulein, einfach Lina. Maikes Freunde sind auch meine Freunde.«

»Hm?«, wiederholte Jakob verdutzt.

Ellen und Maike konnten sich ein Lachen nicht verkneifen.

Die Schwester äffte ihn nach.

»Na, ich weiß nicht«, zeigte Jakob sich unentschlossen. »Wie heißen Sie eigentlich mit Nachnamen, wenn ich fragen darf?«

»Verhören Sie mich etwa?«, kokettierte die Schöne.

Jakob gab es auf. Hier hatte es keinen Sinn, Distanz zu wahren, seine alberne Schwester und die scheinbar ebenso alberne Lina würden ihn auflaufen lassen.

»Na, da haben sich zwei gefunden«, stellte er nur trocken fest.

»Lina ist genauso alt wie Clara, auf den Tag genau. Wir müssen sie ihr unbedingt vorstellen, was meinst du?«

»Hm«, brummte Jakob wieder, der sich hinter der fadenscheinigen Gardine postierte. Er blickte auf den Hof hinunter und in das Zimmer auf der gegenüberliegenden Seite
der schmalen Gasse. Dazwischen lagen nicht einmal drei
Meter. Sie befanden sich im ersten Stock.

»Ist das alles eng hier«, stellte er fest. »Haben Sie da
unten etwas Verdächtiges gesehen, Frau Heller, einen, der
da nicht hingehört zum Beispiel?«

»Heute Morgen stand da einer. Ein Stück weiter durch,
auch wieder an dem Holzschuppen, da, wo auch dieser
Grunwaldt herumlungerte. Man hat von da aus einen guten
Überblick, wer in den Hof rein- und rauskommt«, wusste
Lina.

Jakob riss entschlossen das Fenster auf, lehnte sich hinaus, guckte nach links, sah den Schuppen, jemand mit
Kapuze huschte zur Seite. Dann raste er aus der Wohnung, flog über die Treppenstufen hinweg in den Paradieshof auf den Schuppen zu und – sah niemanden. Eine
schmalere Seitengasse zweigte von hier ab, dunkel, licht-
los, noch ärmlicher. Wer hier hauste, bekam nie einen Son-
nenstrahl ab. Das Kopfsteinpflaster dünstete üble Gerüche
aus, eine Ratte kontrollierte den Inhalt einer lange nicht
geleerten Tonne. Jakob schüttelte sich. Das alles in seiner
unmittelbaren Nachbarschaft. Er überlegte, wohin er bei
einer Verfolgung flüchten würde, entschied sich für das
weniger Naheliegende. Vorsichtig drückte er die schmierige
Türklinke nach unten, spähte durch einen Spalt ins Innere.
Ein scheußlicher Gestank waberte ihm entgegen, er musste
den Würgereiz unterdrücken. Dann trat jemand von innen
gegen die Tür, sodass sie mit Wucht an seine Schläfe knallte,
er rückwärts taumelte und sich auf dem Pflaster liegend

wiederfand. Eine hoch gewachsene Gestalt in dunkler Kleidung sprang über ihn hinweg zum Hauptgang und von dort nach links in Richtung Ausgang. Jakob war benommen, aber bei Bewusstsein, sein Schädel rumorte, er tastete den Kopf ab, fühlte bereits eine Schwellung und etwas Feuchtes, das nur Blut sein konnte. Als er sich mühsam aufrappelte, sahen ihm einige Bewohner mit ausdruckslosen Gesichtern dabei zu, ohne zu helfen. Eine Alte hatte sich ein Kissen aufs Fensterbrett gelegt, auf das sie bequem ihre Arme stützte. Von hier aus hatte sie eine komfortable Übersicht. Welch nettes Publikum! Er würde sie verhören und nach dem Kapuzenmann befragen.

Da kam der Schutzmann, den er zur Bewachung der Heller'schen Wohnung angefordert hatte. Er war im Bilde, Jakob machte ihn dennoch auf die Gefährlichkeit seines Auftrags aufmerksam und schärfte ihm ein, in seiner Wachsamkeit nicht nachzulassen. In ein paar Stunden würde er abgelöst werden.

Jakob begab sich in seine Wohnung, wo er sich eine Schüssel mit kaltem Wasser über den Kopf schüttete. Eine Platzwunde am Kopf wirkte immer besonders dramatisch. Aber er wusste, es sah schlimmer aus, als es war, und er fühlte sich nicht beeinträchtigt. Er pappte einen Klebeverband auf die Wunde und hoffte, dass ihm eine weitere Narbe erspart blieb. Anschließend wusch er sich gründlich den Schmutz des Kopfsteinpflasters vom Leib, auf dem er so unsanft gelandet war, und legte frische Kleidung an.

Langsam kam es ihm, dass er offenkundig dem gesuchten Doppelmörder begegnet war. Wahrscheinlich hatte dieser auf eine Möglichkeit gewartet, die Tatwaffe an sich zu nehmen und Maike Heller und ihren Sohn auszuschalten. Bei der Flucht war er über ihn gesprungen. Doch das Gesicht hatte Jakob nicht gesehen. Dem Bewegungsablauf nach zu urteilen handelte es sich nicht um einen Jungspund. In einer Ecke seines Gehirns sagte ihm etwas, dass er die Laufbewegung bereits irgendwann einmal gesehen hatte. War es jemand aus der Nachbarschaft? Einen konkreten Anhaltspunkt konnte er nicht erkennen.

Als er vor die Haustür trat, spürte er einen Schwindel. Er blieb kurz stehen, lehnte sich gegen die Fassade. Bloß nicht schlappmachen, dachte er, heute war ein wichtiger Tag, vielleicht sogar ein entscheidender.

Das Erlebnis im Paradieshof hatte ihm im Nachhinein mehr zugesetzt, als er sich eingestehen wollte. Sein Schädel brummte recht ordentlich. Von Dr. Knoop besorgte er sich ein paar Kapseln mit Weidenrindenextrakt gegen die Kopfschmerzen. Hoffentlich wirkten sie bald.

Vor allem ärgerte er sich über sich selbst. Fast platzte er vor Wut. Da hatte er sich tatsächlich innerhalb weniger Wochen ein zweites Mal ausknocken lassen. Er hoffte nur, dass heute keiner mehr in seine Umlaufbahn geriet, sonst gäbe es Kleinholz.

Die Durchsuchungsaktion gegen Hein Mops und dessen Schiebertruppe begann mit einem Großaufgebot. Die Polizisten hatten den Auftrag bekommen, sich korrekt zu verhalten, jedoch nicht zimperlich vorzugehen. Jede harmlose Beamtenbeleidigung sollte verfolgt werden, damit gar nicht erst Zweifel am Aufklärungswillen und an der Durchsetzungskraft der Beamten aufkamen. Jedes Zimmer, jede Besenkammer, jede Ecke sollte durchsucht werden, die Kellerräume natürlich, einfach jeder Quadratzentimeter.

Zahlungsbelege mussten her, Quittungen, Rechnungen, die Buchführung. Auch ein Mietvertrag für die Lagerhalle in Rothenburgsort, wo zeitgleich eine Durchsuchung stattfand.

Punkt vierzehn Uhr trafen die Mannschaftswagen von Polizei und Volkswehr beim Traubenthal ein. Sie versperrten alle Zufahrtswege zur Straße Teilfeld, in der sich die Gaststätte befand. Den Krayenkamp am Michel, die Pastorenstraße, die Martin-Luther-Straße, den Herrengraben und die Michaelisstraße. Schaulustige belagerten die Fenster, und auf den Straßen begann es, hektisch zu werden, als die Uniformierten im Laufschritt, »Platz da« rufend, das ganze Quartier in Beschlag nahmen. Vor dem Traubenthal hielt ein Kraftwagen mit ausgebauter Rückbank. Dort stapelten sich Pappkisten. Fäuste bollerten gegen die Eingangstür, »Aufmachen, Polizei«, verängstigte Gesichter lugten von innen durch die Glasscheibe. Eine untersetzte Frau, die Gattin von Hein Mops, presste sich die Hand vor den Mund, ihre Augen waren kurz vorm Überquellen.

Die Tür öffnete sich zaghaft, ein kugelrundes Mondgesicht erschien, sofort drangen Polizisten ein, die den Wirt umstandslos beiseiteschoben.

»Ja um Himmels willen, meine Herren, ich muss Sie bitten. Was soll denn das werden?«

»Hausdurchsuchung«, blaffte Ove in einem gezielt eingesetzten Kasernenhofton. Er hielt dem Wirt die amtliche Bestätigung unter die Nase. »Wer befindet sich alles im Haus? Sollen sich in der Gaststube versammeln. Allesamt. Unverzüglich.«

Der Befehlston verfehlte seine Wirkung nicht. Mops nickte ergeben, fast dienerisch, dann knautschte er sich an den Beamten vorbei in den Gang, klatschte ein paar Mal in die fleischigen Hände und rief alle Namen, die ihm einfielen. Sogleich trafen der Koch, der Gehilfe, der Kellner und zwei grimmig dreinblickende Kerle ein, dazu ein ängstlich erscheinender Mann um die vierzig, den Jakob als Bäcker Winkler erkannte. Die Frau des Hauses befand sich bereits in der Gaststube. Sie saß kreidebleich auf der Bank neben dem Kachelofen und genehmigte sich einen Aquavit. Jakob erhielt von einem Kollegen die Information, dass die beiden Grimmigen zu denen gehörten, die für den Transport der Schieberware nach Rothenburgsort zuständig waren.

Na, das ließ sich ja ganz gut an. Die festgesetzten Personen sollten sich zusammen in einem Raum aufhalten, auf diese Taktik hatten sich Jakob und Ove verständigt. Jeder sollte alles mithören können bei der Vernehmung. Einer verlor immer die Nerven, wenn mit möglichen Konsequenzen gedroht wurde, und setzte damit die anderen unter Druck.

Tiedemann hatte bereits seine Protokollblätter auf einem der Tische in der Gaststube ausgebreitet. Auch das gehörte zum Plan. Er sollte bereits hier, an Ort und Stelle, die Angaben jeder Person aufnehmen, Ausweise und sonstige Papiere mit strenger Miene kontrollieren, um Entschlossenheit zu demonstrieren. Eine ständige Verhörsituation musste im Raum herrschen, eine erdrückende Atmosphäre der einseitigen Befragung. Die Verdächtigen sollten den Eindruck erhalten, dass sie gegen die geballte Staatsmacht keine Aussicht auf Erfolg hatten, wenn sie nicht kooperierten. Detaillierte Aussagen zu Straftaten würden später im Kommissariat zu Protokoll genommen werden, gründlicher, als es hier möglich war.

Zwei Vertreter des Kriegsversorgungsamts untersuchten derweil die Ladung des Wagens. Allein an der Beschriftung der Kartons erkannten sie Schmuggelware aus dem Freihafen. Weizenmehl, Fleischkonserven, Reis, Ersatzstoffe, Fette. Erstaunlich, wie viele Waren in so ein Fahrzeug passten. Beim Kriegsversorgungsamt war man vor allen Dingen daran interessiert, Lebensmittelschmugglern das Handwerk zu legen, um der Dauerkritik entgegenzuwirken, das Amt sei unfähig, die ihm gestellten Aufgaben zu erfüllen.

»Wem gehört der Wagen vor der Tür?«, fragte ein übellauniger Beamter vom Kriegsversorgungsamt.

»Er ist auf meinen Namen angemeldet«, beeilte sich Hein Mops mit der Antwort.

»Papiere: Zulassung, Führerschein«, forderte Tiedemann.

»Das Auto gehört mir, ich habe selber keine Fahrerlaubnis.«

»Wer fährt es?«

Der Kellner nickte, hob schwerfällig die Hand.

Jakob hatte derweil ununterbrochen Heinrich Kloß, alias Hein Mops, angestarrt, auf dessen Stirn ein Film kleinster Schweißpartikel sichtbar wurde.

»Herr Kloß, es wird Zeit auszupacken«, begann er, »Sie betreiben einen regen Schleichhandel mit Lebensmitteln, die Sie der Bevölkerung entziehen. Sie erzielen damit einen hohen Extragewinn, und Sie wissen, dass Ihr Handeln kriminell ist.«

»Ach, Herr Kommissar, das bisschen Schummeln kann nicht so schlimm sein, das machen ja alle, sonst könnten wir ja gleich unsere Gaststätten zumachen.«

Bäcker Winkler löste die oberen beiden Knöpfe seines Hemdes.

Jakob brüllte: »Das bisschen Schummeln? Wollen Sie mich verarschen? Sie betreiben Schwarzhandel in großem Stil, denken Sie vielleicht, wir wissen das nicht? Was meinen Sie, warum wir hier sind?«

Kloß' Frau begann, leise zu wimmern.

»Hör auf, Weib«, fuhr Mops sie an.

»Na ja, es kann auch mal etwas mehr sein, mein Gott, davon geht nicht gleich die Welt unter«, gab er sich ein wenig bockbeinig. »Ich komme für den Schaden auf und gut«, schlug er vor.

»Die Welt geht davon nicht unter, Herr Kloß, ganz recht, nur Sie gehen unter. Klar kommen Sie für den Schaden auf! Und nicht nur das. Sie fahren in den Knast ein. Ob Ihre Frau allein das Traubenthal halten kann? Was meinen Sie?«

Der Wirt schluckte. War er sich bisher so sicher gewesen, dass ihm bei seinen Gaunereien niemand auf die Schliche kommen würde? Oder, wenn doch, er mit einer Bagatellstrafe davonkäme? Das Verhör hatte ja gerade erst begonnen und ihm fiel nichts Überzeugenderes zu seiner Verteidigung ein? Er schien völlig durcheinander zu sein, Jakob nutzte seinen Zustand aus.

»Sind wir ein bisschen tüttelig, Herr Kloß? Sie können jetzt sofort reinen Tisch machen, wenn Sie Ihre Lage verbessern wollen. Ansonsten sehe ich schwarz für Ihre Zukunft.«

Alle Augen richteten sie auf den beleibten Mann. Nebenan klopfte Tiedemann resolut auf die Tischplatte, er beschäftigte sich gerade mit einem der Grimmigen.

»Hier spielt die Musik, mein Herr. Ich habe Sie nach Ihrem Wohnsitz gefragt.«

»Steht doch im Ausweis, Du Torfkopp«, rief der.

»Beleidigung eines Beamten, das halten wir gleich mal fest.«

Der hochgewachsene Kellner sah aus, als würde er jeden Augenblick einen Knüppel holen und angreifen. Böse stand er da, mit vor der Brust verschränkten Armen, die zornfunkelnden Augen verrieten ihn. Ihm schien das alles zu viel zu werden, erkannte Ove mit Zufriedenheit.

Die ersten Polizisten begannen, Lebensmittelkartons aus dem Keller heraufzuholen. Ein Holzfass mit eingelegtem Gemüse verbreitete einen sauren Essiggeruch.

»Bitte, ich bitte Sie …«, stammelte Hein Mops.

Seine Gattin vergrub ihr Gesicht in den Handflächen und brach in Tränen aus.

»Hör mit dem verdammten Geflenne auf, du dumme Gans«, brüllte Hein.

»Es ist vorbei, Hein, du siehst ja selbst«, fiel ihm Bäcker Winkler in den Rücken.

Der Kellner verpasste ihm einen so heftigen Schlag auf den Hinterkopf, dass er vom Stuhl rutschte.

Sofort waren zwei Volkswehrsoldaten zur Stelle, die den brutalen Kerl mit ihren Gewehrkolben gegen die Wand drückten.

Es kam Bewegung in die Bude, freute sich Jakob. So zeitig, damit war nicht zu rechnen gewesen.

»Übrigens, Herr Kloß, wir nehmen auch ihr Räuberlager in Rothenburgsort auseinander«, sagte Jakob und zog dabei seine Taschenuhr aus der Weste, »gerade jetzt. Ist doch Ihre Lagerhalle, oder?«

Der Angesprochene kniff die Lippen zusammen und ließ den Kopf hängen, schließlich nickte er. Der Kellner stieß einen dumpfen Laut aus. Er hätte einem strengen Verhör länger standgehalten, daran ließ er, ohne es auszusprechen, keinen Zweifel. Die prankenartigen Hände ballte er zu Fäusten.

»Pass auf, was du sagst, Wirt«, knurrte er.

Er drohte seinem Chef, dachte Jakob. Interessant. Er fuhr fort: »Die Waren sind nicht nur für das Traubenthal, dafür ist es viel zu viel«, stellte er fest. »Sie werden eine Liste machen mit sämtlichen Personen, die Sie versorgt haben. Sie waren sicher auch dabei, nicht wahr, Herr Bäckermeister?«

Winkler kauerte wieder auf seinem Stuhl, fuhr sich mit der Hand über den Schädel, befühlte die Stelle, auf die er zuvor einen Schlag erhalten hatte. Er bestätigte sofort: »Ja, und ich war nicht der Einzige, das glauben Sie mal nicht. Ich steh nur für mich ein.«

»Ratte!«, fluchte der Kellner.

»Und Sie«, ging die Frage an den Kellner, »wie war gleich Ihr Name?«

»Hat er schon gefragt«, er wies auf Tiedemann.

»Antworten Sie gefälligst«, tobte Jakob ihn an, machte zwei Schritte auf ihn zu.

»Bartels. Albert Bartels.«

»Was ist Ihre Rolle in diesem Theater hier? Waren Sie an den Raubzügen beteiligt? Und Sie beide?« Jakob wirbelte herum und blickte in die Gesichter der anderen. Schweigen.

»Na, egal. Das klären wir auf dem Revier. Jetzt was anderes.«

Jakob ging zu einem abseits stehenden Tisch, auf dem er seine Tasche abgelegt hatte. Er zog einen papierumwickelten länglichen Gegenstand heraus, wandte sich damit an Hein Mops, entfernte das Papier.

»Das Messer«, rief der Wirt sichtlich erregt, »das ist ja mein Messer, ich hab es wochenlang gesucht. Geben Sie es mir.«

Die Hand fuhr nach vorn, um es zu ergreifen. Jakob konnte das scharfe Werkzeug jedoch rechtzeitig wegziehen, sonst hätte Mops es an der Schneide gepackt, um es in seinen Besitz zu bringen.

War er verrückt geworden? Brachte ihn das Ding so aus der Fassung?

»Sie wissen nicht, was es mir bedeutet«, jammerte Mops, »es ist das einzige Geschenk von meinem Vater.«

»Nun ist es ein Beweismittel«, reagierte Jakob emotionslos, »und eine Tatwaffe.«

»Tatwaffe, was reden Sie! Was denn für eine Tatwaffe! Es ist mein Küchenmesser. Was wollen Sie mir da anhängen?«, sagte er.

Für Jakob klangen seine Worte durchaus glaubwürdig. Für einen Mörder hielt er den Wirt ohnehin nicht, allein von der Statur her passte er nicht, er konnte höchstens indirekt beteiligt gewesen sein.

»Und wie ist der Täter an Ihr Messer gekommen, können Sie mir das verraten?«, hakte er nach. »Sie müssen ihn zumindest kennen.«

Bartels hatte sein Gesicht zur Seite gedreht, als ginge ihn die Sache hier nichts an. Scheinbar gelangweilt kontrollierte er seine Fingernägel.

Jakob trat damit auf ihn zu, hielt ihm das Messer unter die Nase, fixierte ihn.

»Haben Sie Herrn Grunwaldt damit erstochen?«, fragte er.

»Was hab ich mit dem Ding zu schaffen, es gehört dem Wirt, ich kenne es. Hab geholfen, es zu suchen. Und wer soll das sein? Grunwaldt? Sagt mir nichts.«

Dr. Knoops Untersuchung des Messers mithilfe der Daktyloskopie hatte sie leider nicht weitergebracht. Sie hatten zwar eine Vielzahl an Fingerabdrücken darauf gefunden, jedoch waren sie fast alle unvollständig und teilweise verwischt, und somit kaum verwertbar. Am deutlichsten waren Wolf Hellers Abdrücke zu erkennen gewesen. Er war der Letzte, der die Waffe berührt hatte. Der Täter hatte es anscheinend vermieden, die Klinge zu berühren, und auf dem angerauten Metallgriff war es besonders unübersichtlich.

Bartels und die beiden Helfer waren andere Kaliber als Mops und Winkler, das war klar. Für die mussten sie sich etwas Besonderes ausdenken. Allerdings würde der Wirt nicht lange standhalten und Ross und Reiter nennen, und dann würde dem Kellner seine Hartnäckigkeit auch nichts nützen.

Jakob wickelte das Messer in das Papier ein und steckte es wieder in die Tasche.

»Wann kann ich es wiederhaben?«, jammerte Mops.

»Nach Ihrem Gerichtsprozess. Mal sehen. Allerdings können Sie es im Gefängnis nicht in Besitz nehmen, das ist ja klar.«

Er sackte regelrecht in sich zusammen, seine Frau schüttelte sich krampfartig beim Wort »Gefängnis« und holte ihm schließlich ein Glas Aquavit.

Jakob nahm Ove beiseite, flüsterte ihm etwas ins Ohr.

»Frau Kloß«, sprach Ove daraufhin die Wirtin an, »kommen Sie mal bitte mit in die Küche.«

Sie folgte ihm auf wackeligen Beinen.

»Zeigen Sie mir bitte Ihre Brotmesser. Alle. Jedes einzelne, hören Sie?«

Sie guckte erstaunt, nickte dann einverständlich und zeigte ihm, was er sehen wollte. Eines steckte in einem Messerblock. Ove kontrollierte es. Weitere Brotmesser fanden sich in einer Schublade und eines im Abwaschbecken. Keines war abgebrochen und die Frau versicherte, dass die Messer vollzählig waren. Sie gingen nach oben, in den privaten Wohnbereich der Wirtsleute, wo sie ebenfalls ein Messer dieser Art vorzeigte.

»Mehr is nich«, konstatierte Frau Kloß, es klang wie eine Entschuldigung.

»Wo kommt die Ware her? Sie werden bestimmt mitbekommen haben, wer sie beschafft hat, hm?«, fragte er in einem unaufgeregten Tonfall.

Sie zuckte die Achseln. »Mir erzählt man ja nichts. Sie haben ihn gesehen. Ich bin immer in der Küche und mach meine Arbeit, mit dem Koch zusammen und dem Lehrling. Fragen können sie ihn ja nichts, da fängt er gleich an zu toben. Wir stellen längst keine Fragen mehr, ist besser.«

In der Gaststube begannen die Polizisten damit, Hein Mops, Bartels, Bäcker Winkler und den beiden Helfern Handfesseln anzulegen, wobei Bartels einem der Volkswehrleute einen Kopfstoß versetzte, dass auch dieser zu Boden ging.

»Tut mir leid«, heuchelte er mit einem teuflischen Lächeln, »war keine Absicht.«

Daraufhin bekam er einen Gewehrkolben in die Magengrube gerammt, sodass auch er sich nicht auf den Beinen halten konnte. Er wurde hinausgetragen.

»Tut mir leid«, parierte der Soldat, »war keine Absicht.«

Auf der Straße hatte sich inzwischen eine größere Menschenmenge versammelt. Die Beamten hatten sie bewusst nicht daran gehindert. Die Hoffnung war, dass solche Aktionen eine abschreckende Wirkung haben konnten. Es schadete nicht, zu demonstrieren, dass der Schleichhandel hart geahndet wurde. Ab sofort.

Die Festgenommenen wurden zu einem Mannschaftswagen gebracht und abtransportiert.

»Und?«, fragte Jakob seine beiden Kollegen, als sie wieder im Stadthaus waren.

»Schöner Hühnerhaufen«, befand Tiedemann.

»Ja«, bestätigte Ove, »man sieht deutlich, wo die Schwachstellen sind und wie die Herrschaften zueinander stehen. Da ist keine Einigkeit zu erkennen. Wenn's drauf ankommt, ist sich eben jeder selbst der Nächste. Der Wirt und der Bäcker sind Luschen, die bemachen sich ja fast. Da können wir zuerst ansetzen. Die anderen sind härtere Brocken, die gehen lieber in die Zelle, als dass sie jemanden verraten. Wenn sie allerdings belastet werden, nützt ihnen vor Gericht ihr Schweigen nichts.«

»Ja, so sieht's aus. Gruppenbefragungen sind nervtötend, aber man erkennt die Charaktere ganz gut, die da aufeinanderprallen. Die scheinen untereinander nicht viel zu reden. Wer hat bei denen überhaupt das Sagen? Ich hatte den Eindruck, der Kellner. Der hat dem Wirt sogar gedroht. Wir vernehmen sie am besten einzeln. Darauf bin ich gespannt. Ich hab sie übrigens in Einzelzellen gesteckt, damit sie keine Absprachen treffen können. Wenn wir mit ihnen durch sind, überstellen wir sie ins Untersuchungsgefängnis.«

»Nun haben wir sie jedenfalls erst mal hier bei uns«, konstatierte Tiedemann mit Genugtuung. »Ich glaube, morgen früh müssen wir gleich die Zelle von Bartels lüften. Der stank ja dermaßen nach rohen Zwiebeln. Wie kann der als Kellner arbeiten?«

Am Abend ließen Jakob die Tagesereignisse nicht los, also setzte er sich an den Küchentisch und notierte alles, was ihm spontan zum Fall in den Sinn kam. Vielleicht ergab sich ja daraus etwas, das sie auf die Spur des Mörders bringen würde. Aber seine Gedanken schweiften auch immer wieder ab zu den politischen Machtverhältnissen in der Stadt, so wie sie sich seit der Revolution im November ergeben hatten. In den Wirren der Ereignisse war es wahrscheinlich unvermeidlich, dass es Zeitgenossen gab, die sich die Not der Menschen und die Unübersichtlichkeit der Lage zunutze machten, um sich zu bereichern. Das betraf auch Behördenmitarbeiter. Warum sollten sie anständiger sein als andere, wenn ihnen der Magen genauso knurrte, da konnte man keine allzu strikten moralischen Maßstäbe anlegen. Mit Moralismus kam man hier nicht weiter, das wäre weltfremd. Aber hinzunehmen war das natürlich ebenso wenig.

Kaum hatte er sein Taschenmesser aus der Hosentasche gezogen, um den Bleistift nachzuspitzen, klopfte es an die Wohnungstür. Wer mochte das sein? Er erwartete keinen Besuch. Es kam ihm ungelegen, gerade jetzt, doch dann überwog seine Neugier und er öffnete.

Ellen strahlte ihn an. »Na, ich dachte schon, du lässt mich vor der Tür stehen«, frotzelte sie, »ich habe aber ein Geräusch gehört und wusste, dass du da bist. Keine Sorge, ich bleibe nicht lang.«

Jakob umarmte sie herzlich. »Ach was, große Schwester, ich freue mich doch, wenn du mal vorbeikommst. Ist ja schon eine Weile her, dass du …«

»Jaja, ich weiß«, unterbrach sie, »ich sollte dich öfter mal besuchen, aber du kennst das ja. Immer kommt was dazwischen. Aber guck mal, hier.«

Sie hielt ihm eine kleine weiße Papiertüte vor die Nase, und er roch sofort, dass sich darin Tee befand. Echter, aromatischer Tee.

»Doch nicht etwa vom Schwarzmarkt«, fragte er ein wenig irritiert, »lass dich bloß nicht erwischen.«

»Ach was, ich weiß nicht, wo er herkommt, eine Kundin hat ihn mir gegeben, statt Geld«, beruhigte sie ihn, »ich hab noch mehr davon, und ich hab sie nicht danach gefragt, wo sie ihn herhat. Setze schon mal Wasser auf, wir wollen die Blätter lange ziehen lassen.«

»Seltsam. Gerade habe ich über den elenden Schwarzhandel nachgedacht, weißt du, und jetzt stecke ich womöglich auch mit drin.«

Jakob versuchte sich an einem schelmischen Gesichtsausdruck, um ihr einen selbstironischen Eindruck zu vermitteln, aber Ellen spürte darin Unbehagen. Sein schauspielerisches Talent fand sie nicht gerade bühnenreif.

Sie verstand ihn natürlich. Jeder, den sie kannte, lehnte den illegalen Handel ab, doch nicht immer konnte man sich ihm entziehen. Sie wusste tatsächlich nicht, wie Frau Hinsch an den Tee gekommen war, aber nie hätte sie danach gefragt. Es wäre ihr peinlich gewesen, und es stand ihr auch nicht zu. Natürlich konnte Ellen eins und eins zusammenzählen, aber hätte sie auf den Lohn für ihre Arbeit verzichten sollen? Sie nahm Lebensmittel ebenso wie Geld.

Es duftete nach einem dieser englischen Frühstückstees, der bis vor einigen Jahren überall zu haben war. Lange hatte sie nicht mehr dieses köstliche Aroma genossen. Der erste

Aufguss war einfach nur zum Genießen. Endlich saßen sich die Geschwister am Küchentisch gegenüber und schenkten sich ein verständnisvolles Lächeln.

Dann war Ellen es, die das Thema Schwarzhandel erneut aufgriff: »Hat sich denn schon etwas geändert, seit der neue Senat im Amt ist?«

»Nein, so rasch bringen die Neuen das auch nicht unter Kontrolle«, sagte Jakob. »Es werden nach wie vor große Mengen an Lebensmitteln aus dem Hafen geschmuggelt. Der ist so weitläufig, da finden sich immer Möglichkeiten.«

Erst im März hatten freie und gleiche Wahlen den Mehrheitssozialdemokraten den Sieg gebracht, gefolgt von der Deutschen Demokratischen Partei. Zusammen bildeten sie den neuen Senat. Der Arbeiter- und Soldatenrat hat somit seine staatlichen Machtbefugnisse abgegeben, die er seit dem letzten November ausgeübt hatte.

Jakob trank einen Schluck und setzte fort: »Anfangs wurden kleinere Mengen Mehl, Kartoffeln, Fette, Zucker, Kaffee, Tee und dergleichen mitgenommen. Für den eigenen Bedarf und die Familie, aber es wurde immer mehr. An manchen Tagen stellen die Kollegen sechs- bis siebentausend Kilogramm Lebensmittel sicher.«

»Oh, das klingt nach sehr viel«, bemerkte Ellen.

»Das ist es, und dann gibt's ja auch noch die professionellen Schieberbanden, die räumen richtig ab. Die Sachen fehlen dann natürlich für die Versorgung von Zehntausenden Menschen.«

Keiner der beiden hatte sich anfangs den Abend so trübsinnig vorgestellt, aber für die nächsten anderthalb Stunden blieb der Schwarzhandel das bestimmende Thema.

Schließlich verabschiedete sich Ellen, sie war ohnehin länger geblieben als vorgesehen. Sie fühlte sich erschöpft.

Die Gaunerbande von Hein Mops hatte erhebliche Mengen an Gütern aus dem Hafen geschafft und war dabei nicht gestört worden. Wie war es möglich, dass die Lebensmittellager im Freihafen so oft geplündert werden konnten, ohne dass staatliches Wachpersonal es mitbekam und verhinderte? Da musste es gravierende Fälle von Korruption geben, anders konnte Jakob es sich nicht vorstellen. Da mussten Beamte beteiligt sein, und Grunwaldt hatte dies wahrscheinlich herausgefunden. Hier lag der bisher vielversprechendste Ermittlungsansatz, in diese Richtung mussten sie ihre Verhöre lenken.

In diesem Juni war es mehrfach zu regelrechten Plünderungszügen bewaffneter Banden gekommen, die mithilfe von Schlagwerkzeugen in den Freihafen eindrangen. Sie durchbrachen die Sperren und bedienten sich an den Lagerbeständen. Würden die staatlichen Helfer, aus welcher Behörde auch immer, die Banditen weiterhin unterstützen? Verdienten sich Kollegen so etwas dazu?

Jakob war um halb sechs Uhr aufgestanden, er wusste, dass er keinen Schlaf mehr finden würde. Es waren kaum mehr als zwei Stunden gewesen, die er schlafend im Bett verbracht hatte. Der Blick in den Spiegel war zum Abgewöhnen. Die Augen waren verquollenen und mit dunklen Ringen verziert. Obgleich er nicht fror, zog er die rehbraune Strickjacke über, die seine Mutter ihm zum Geburtstag geschenkt hatte. Selbst gestrickt. Apropos Geburtstag. Nach dem schmerzhaften Erlebnis auf der Judenbörse war er nicht wieder da gewesen, um das eigentlich vorgesehene Geburtstagsgeschenk für Ellen zu besorgen. Sein schlechtes Gewissen wuchs von Tag zu Tag. Längst war es an der Zeit, das nachzuholen, nur nicht gerade heute. So einige Meter Stoff sollten es jedenfalls sein, für ihre Reformkleid-Modelle, dezente Farbe, wie sie es mochte, gediegene Qualität. Auf der Judenbörse hatten sie eine eindrucksvolle Auswahl an Stoffen aller Güteklassen und aus unterschiedlichen Fasern, am besten, er ließe sich beraten. Vielleicht könnte er Elke bitten, ihn zu begleiten und bei der Auswahl behilflich zu sein. Sie besaß einen überaus treffsicheren Geschmack, und ihre Entscheidung würde sogar seine wählerische Schwester überzeugen. Bei der Gelegenheit könnte er Elke auch gleich zum Essen einladen, etwa zu Amandus Heitmann. Sie beide, zu zweit, das wäre schön. Ja, der Gedanke gefiel ihm. Er musste endlich etwas unternehmen, die Kollegen machten ständig Anspielungen, vor allem Ove. Und schließlich konnte er nicht wissen, wie lange eine Frau wie Elke auf ihn warten würde. Er hatte keinen Schimmer, wie er ihr seine Gefühle gestehen sollte, bislang war er in seine seltsamen Beziehungen immer irgendwie hineingeschliddert, ohne viel dafür tun zu müssen. In diesem Fall musste die Initiative von ihm ausgehen, ganz klar, das würde Elke von ihm erwarten, und das konnte sie auch.

Sein Frühstück nahm sich ausgesprochen übersichtlich aus, um nicht zu sagen karg. Ein Kanten Altbrot, ein Klacks Margarine, eine Art Marmelade aus Rübenkraut und ein Stück Sülze, ein unbeschreibliches graues Etwas. Erst am Vortag gekauft, sah es bereits ungenießbar aus. Jakob hielt das Fleisch, wenn man es so nennen konnte, vor seine Nase.

Sollte er das Stück besser in den Abfall tun? Man hörte ja in letzter Zeit so viel. Jeder konnte inzwischen eine Ekelgeschichte über Sülze berichten. Über das, was darin alles verarbeitet worden war und was da nicht reingehörte. Möglich, dass da etwas dran war, bisher waren es Gerüchte. Aber in diesen Zeiten beschlich ihn ein ungutes Gefühl, wenn er Essen wegwarf. Er braute sich eine dünne Plörre. Ohne Weiteres könnte er sich etwas Besseres als Muckefuck besorgen, allein, das wollte er nicht. Mit der Zeit hatte er sich den Menschen und ihrem Leben im Paradieshof angenähert. Er hätte sich den einen oder anderen Luxus leisten können, wollte es jedoch nicht, da um ihn herum Mangel herrschte. Und wenn er seine Geschmacksnerven bisher nicht verwöhnt hatte, brauchte er nun auch nicht mehr damit anzufangen. Er ging davon aus, dass sich die Lebensverhältnisse in absehbarer Zukunft für alle verbesserten. Wer in einfachen Verhältnissen aufwuchs, kam in Zeiten, in denen es an allem fehlte, besser zurecht, davon war er überzeugt. Außerdem gefiel ihm der Gedanke, kein schlechtes Gewissen haben zu müssen, zum Beispiel den Eltern oder den Schwestern gegenüber.

Sein Küchenfenster ging nach hinten raus, von wo aus er einen ausschnitthaften Blick in den Paradieshof hatte. Maike Heller und ihr Lütter befanden sich inzwischen wohlbehalten in Lüneburg bei ihrer Schulfreundin. Die dortige Polizei hatte versprochen, ein wachsames Auge auf das Haus und ihre Bewohner zu werfen. Die Beerdigung war, wie nicht anders zu erwarten, sehr traurig gewesen. Er und Tiedemann hatten ordentlich schlucken müssen. Ove hatte sich auf dem Ohlsdorfer Friedhof im Verborgenen gehalten und das Geschehen beobachtet. Es waren keine besonderen Vorkommnisse zu verbuchen gewesen.

Keine verdächtigen oder unerwarteten Personen waren im Gedächtnis geblieben. Gleich im Anschluss hatte man Mutter und Sohn nach Harburg gebracht, um sicherzugehen, dass niemand sie verfolgte. Erst von dort aus hatte sie den Zug nach Lüneburg genommen. Ihren dortigen Aufenthaltsort kannten nur ganz wenige Vertrauenspersonen, zu denen auch ihr Nachbar gehörte, Jakob.

Nachdenklich blickte Jakob auf die spitzen Backsteingiebel der hinteren Häuser, seine Hände umfassten den blau glasierten Kaffeebecher, das Essen hatte er bisher nicht angerührt. Sie hatten einen wichtigen Tag vor der Brust, er rechnete fest mit Geständnissen in Sachen Lebensmittelraub, Einbruch, Landfriedensbruch, Hehlerei und was da sonst alles zusammenkommen mochte, auch wenn das nicht sein Hauptanliegen war. Er hatte zwei Morde aufzuklären, und er war sich sicher, dass die beiden Verbrechen zusammenhingen. Und das Traubenthal stand im Zentrum des Geschehens.

Wie kam er an Bartels heran? Während er mit dieser Frage beschäftigt war, riss der Türklopfer ihn aus seinen Überlegungen. Unerbittlich donnerte er gegen die massive Eichholztür, viel zu laut für die frühe Tageszeit. Etwa achtmal klopfte es in rascher Folge, drängend, fordernd, keinen Aufschub duldend. Er fühlte sich jetzt nicht bereit für den neuen Tag, so ganz ohne Frühstück. Noch hatte kein Tropfen Wasser seinen Körper berührt und die Zähne fühlten sich stumpf und pelzig an. Dass aus der gewohnt ausgiebigen Morgentoilette nichts werden würde, ahnte er spätestens, als es in gleicher Weise erneut klopfte.

»Jaja, Herrgottnochmal«, rief er, »hau mir bloß nicht die Tür ein.«

Es war Ewald, der Verwaltungslehrling, ein sechzehnjähriger, sommersprossiger Junge, ein mitunter übereifriger, vorlauter und altkluger Bursche, der gern als erwachsen angesehen werden würde. Doch jeder schaute nur mild lächelnd auf ihn herab. Zu seinem Bedauern vor allem die Frauen. Die weiblichen Mitarbeiter des Stadthauses ließen ihn immer wieder auflaufen, sodass seine zahlreichen Flirtversuche misslangen. Sogar bei Elke hatte er es versucht. Sie war ihm mit der Hand durch den Blondschopf gefahren und hatte ihn mit der Bemerkung stehen lassen, dass sie seine Mutter sein könne.

»Ewald, du Nervensäge, weißt du, wie spät es ist? Ich hoffe, du hast einen guten Grund, meine Tür einzutreten«, begrüßte Jakob ihn, vielleicht eine Spur zu schroff. »Und warum bist du so früh auf den Beinen?«

Ewald ignorierte die Fragen. »Moin, Herr Kommissar«, hechelte er, »kommen Sie schnell, im Stadthaus ist was passiert.«

Jakob spürte sogleich die Dringlichkeit, er musste sich sputen. Er fragte gar nicht erst, was vorgefallen war.

»Komm rein, mach die Tür zu, ich brauche nicht lange.«

3

Ewald hatte ihm auf dem Weg zum Stadthaus wiedergegeben, was er wusste. Als Lehrling in der Verwaltung war er in die Arbeit der Kriminaler nicht unmittelbar eingebunden. Er war nur gerade greifbar gewesen, als es darum ging, einen Botendienst zu erledigen. Er selbst hatte den Toten nicht gesehen, dennoch schien die Fantasie etwas mit ihm durchzugehen, vielleicht wollte er auch nur die Wichtigkeit seiner Botenmission hervorheben.

»Überall Blut. Die ganze Zelle, alles blutrot, total verschmiert. Und die Augen quellen hervor, dass sie fast rausfallen. Ehrlich. Und dann …«

»Ewald. Bitte. Du hast ihn gar nicht gesehen, oder?«

»Na ja, vielleicht nicht direkt, aber das weiß man ja, nicht wahr.«

»Ach, weiß man das, hm?«

»Jedenfalls ist er tot, Herr Kommissar. Erstochen. In seiner Zelle. Der ist hin.«

Jakob seufzte. Immerhin hatte er in Erfahrung gebracht, um wen es sich aller Wahrscheinlichkeit nach handeln musste. Klein und dick und ein Hundename hatte Ewald gesagt, das habe er herausgehört. Dr. Knoop hätte sich mit Inspektor Harder unterhalten, und der sei völlig aus dem Häuschen.

Ja, das ließ sich denken. Das konnte ja heiter werden. Hein Mops, erstochen, ermordet in seiner Arrestzelle. In Polizeigewahrsam! Die Presse würde sich überschlagen. Und Harder würde spätestens in einer Stunde von den Zeitungsleuten und von seinen Vorgesetzten in die Mangel genommen werden, und er würde den Druck nach unten weiterreichen. In diesem Fall auch zu Recht. Wie konnte so etwas passieren? Wenn es tatsächlich Mord war, wie war der Mörder in Mops' Zelle gekommen? Es konnte ja nur jemand sein, der von der Inhaftierung des Wirts wusste und der Zugang zu ihm hatte. Dass der Wirt selbst ein Messer in die Zelle geschmuggelt hatte, war unwahrscheinlich. Die Jungs in der Aufnahme filzten jeden Neuzugang gründlich und nahmen ihnen vor der Einweisung nahezu alle Gegenstände ab. Da konnte der Fehler kaum liegen. Wieder ein Messermord, es war zum Verrücktwerden.

Sie passierten die Pförtnerloge, die derzeit doppelt besetzt war. Fehlte nur, dass man seine Dienstmarke hätte sehen wollen.

Das Erste, was ihm in der Eingangshalle auffiel, war ein Pulk von Polizisten, die mit großer Mühe versuchten, Frau Kloß zu beruhigen, die in hysterischer Weise schrie und mit einem Henkelmann um sich schlug. Sie war rasend vor Wut. Ihre verzerrten Gesichtszüge hatten wenig Menschliches an sich, sie drückten einen tiefen Seelenschmerz aus. Sie schmiss den Henkelmann in die Richtung der Polizisten, dabei sprang der Deckel auf, sodass sich der heiße Inhalt des Behälters, offenbar Kartoffelsuppe, über sie und den Boden ergoss. Erst als sie sich Haarbüschel ausriss, fassten die Beamten sich ein Herz und ergriffen sie auf rabiate

Weise, da eine Beruhigung nicht abzusehen war und auch um sie vor sich selbst zu schützen.

Jemand tippte Jakob von hinten auf die Schulter, es war Harder. Er lotste ihn vom laufenden Geschehen weg, direkt in sein Büro. Ove und Tiedemann waren bereits anwesend, wie er erstaunt zur Kenntnis nahm.

»Eine Katastrophe. Ein Mord in der Arrestzelle. Jemand ist da eingedrungen, hat Mops erstochen, ist wieder abgezogen und keiner hat's gesehen«, fasste er zusammen. »Ausgerechnet seine Frau hat ihn gefunden, es ist nicht zu fassen! Die Zellentür stand offen, der Eindringling musste es eilig gehabt haben mit der Flucht. Er wird nach der Tat nicht mehr dazu gekommen sein, die Tür wieder zu schließen. War ja auch nicht nötig. Den Schlüssel hat er mitgenommen. Die von der Aufnahme schwören, dass keiner der Verhafteten einen Gegenstand mit in die Zelle genommen haben konnte, der für sie oder für andere gefährlich war. Schon gar kein langes Messer, und um ein solches handelt es sich wieder nach Angabe von Dr. Knoop. Mal wieder, meine Herren, mal wieder! Wie viele Opfer brauchen Sie denn, bevor Sie den Mörder fassen?«

Den letzten Satz hätte er sich sparen können, fand Jakob. Sie hatten Harder stets über die Ermittlungen auf dem Laufenden gehalten, er wusste, wie hart sie an dem Fall arbeiteten.

Bevor die drei sich dazu äußern konnten, klopfte jemand, und zugleich öffnete sich Harders Bürotür. Es war Dr. Knoop, er hatte keine Zeit, auf ein »Herein« zu warten. Sofort kam er zur Sache.

»Eindeutige Angelegenheit, meine Herren. Klarer Mord, Suizid ist auszuschließen. Gezielter Herzstich von vorn, platziert, präzise, so wie bei Grunwaldt, diesmal mit mehr Wucht. Herr Mops, oder wie er heißt, ist einfach viel dicker als Grunwaldt. Messer mit glatter Schneide, scharf und spitz, erinnert tatsächlich in mancherlei Hinsicht an den ersten Mord im Paradieshof. Und das ist längst nicht alles.«

»Nicht?«, fragte Harder.

»Halten Sie sich fest, sonst fallen Sie vom Hocker.«

Harder rollte ungeduldig die Augen nach oben. »Knoop! Bitte! Spannen Sie uns nicht unnötig auf die Folter.«

»Nachdem alles dafür spricht, dass der Mörder hier im Haus zu suchen ist, oder, um es vorsichtiger zu formulieren, der Mörder zumindest einen ungehinderten Zugang zum Haus und zum Arresttrakt hat, bin ich zur Asservatenkammer und hab mir das Messer von diesem Mops rausgesucht, mit dem Grunwaldt erstochen worden ist.«

»Das hatten wir gestern bei der Hausdurchsuchung im Traubenthal dabei«, hakte Jakob ein, »ich habe Herrn Kloß damit konfrontiert. Nach der Aktion habe ich es natürlich wieder in die Asservatenabteilung zurückgebracht.«

»Und da habe ich es auch gefunden, bloß in diesem Zustand hier, sehen Sie mal.«

Damit nahm er wieder seine Blechbüchse aus der Arzttasche, öffnete sie und zog mithilfe eines Taschentuchs das blutverschmierte Traubenthal-Messer des Wirts hervor.

»Wie, was?«, brachte Tiedemann hervor. »Wie kann das angehen? Ist er damit …?«

Knoop nickte. »Genau damit, darauf lege ich mich fest.«

Ove krauste die Stirn, Jakob guckte grimmig.

»Das ist nicht der Zustand, in dem ich das Messer gestern Abend zurückgelegt habe«, bemerkte er.

»Äh, versteht sich, versteht sich«, sagte Harder. Nach einem vernehmlichen Räuspern setzte er so vorsichtig wie möglich fort: »Bei wem haben Sie das Ding denn zurückgegeben, wenn ich fragen darf? Nur der Form halber, Sie verstehen.«

Ove gluckste amüsiert, Jakob nicht.

»Der Kollege hatte bereits Feierabend, ich kannte den Standplatz des Asservats und habe es selbst zurückgelegt«, antwortete er unangenehm berührt.

»Verstehe, Mortensen, gesehen hat das wohl …«

»Nein!«, unterbrach er seinen Vorgesetzten barsch, »das hat keiner gesehen, Herr Harder. Was ist denn los? Muss ich das etwa rechtfertigen?«

»Nein, nein, natürlich nicht. Wenngleich …«

»Was wenngleich?«

»Nun beruhigen Sie sich, Mortensen. Ich denke auch, dass nur jemand aus dem Haus der Täter gewesen sein kann. Da müssen wir alle mit unangenehmen Fragen rechnen, auch Sie, auch ich. Eine Quittung des Asservatsmitarbeiters wäre natürlich von Vorteil gewesen.«

»Na, in dem Fall kann ich Entwarnung geben«, mischte Knoop sich ein. »Es war mit größter Wahrscheinlichkeit in allen drei Angelegenheiten ein und derselbe Übeltäter. Herr Mortensen hat, glaube ich, in mindestens einem Fall ein Alibi. Am Ostermontag wurde er von einem Familientreffen geholt, Herr Harms, nicht wahr?«

Ove nickte in leichter Verwirrung, als könne er überhaupt nicht begreifen, was hier vor sich ging. Jakob? Absurd, das zu denken. Immerhin erstaunlich, was Knoop für ein Gedächtnis hatte. Das Alibi stimmte.

Tiedemann schien es ähnlich zu gehen, er schüttelte den

Kopf. Harder fühlte sich allem Anschein nach unwohl in seiner Haut.

»Gut, Herr Harder«, besann Jakob sich, »die Umstände geben Ihnen recht. Zweifellos müssen wir einigen Herrschaften unangenehme Fragen stellen, und da dürfen wir uns nicht ausnehmen.«

»Und wo sollen wir anfangen?«, fragte Tiedemann, »zurzeit arbeiten fast alle Kollegen bis tief in die Nacht wegen der vielen Krawalle in der Stadt, das wird richtig unübersichtlich werden. Eine ganze Reihe von Leuten hat die Möglichkeit, in die Zellen zu gelangen. Wer sollte ein Motiv haben, Herrn Mops, äh, Kloß zu töten?«

»Genau, Tiedemann«, stimmte Jakob zu. »Und welches Motiv könnte es sein? Wer hatte die Aufsicht? Wann ist die Ablösung? Was steht im Wachprotokoll? Ist regelmäßig kontrolliert worden? Haben Inhaftierte aus anderen Zellen etwas mitbekommen? Welche Leute genau haben Zugang zu dem Trakt? Was ich zum Beispiel gar nicht verstehe, ist, wie Frau Kloß ihren toten Mann in seiner Zelle sehen konnte. Wie, verdammt, ist sie denn da hingekommen, mit ihrer Kartoffelsuppe? Jemand muss sie ja reingelassen haben.«

»Stimmt. Das ist ohne Genehmigung eigentlich nicht möglich«, sagte Knoop.

»Kartoffelsuppe«, murmelte Ove, »dachte sie, wir lassen ihn im Kerker verhungern?«

Ove hatte immer wieder abwesend gewirkt, fast unbeteiligt.

»Alles in Ordnung, Harms?«, erkundigte sich Harder.

»Hm? Ja. Danke.«

»Ein Skandal ist das, meine Herren, ein richtiger Skandal!«, platzte es unvermittelt aus dem Inspektor heraus.

»Die konservative Presse wird uns öffentlich zerreißen, mit großem Genuss. Die warten ja nur auf solche Schlagzeilen. Von wegen alles neu, ein nagelneuer Geist weht durch die Amtsstuben, ein republikanischer Geist und dann das! Ich kann's ihnen nicht verübeln.«

»So schnell geht das alles nicht mit den neuen Geistern«, wachte Ove langsam auf, »wir müssen nach vorn schauen.«

»Sehr staatsmännisch, Harms, Sie sollten Bürgermeister werden.«

»Ganz ehrlich«, rätselte Tiedemann, »mir fällt hier aus dem Haus keiner ein, dem ich drei Morde zutraue.«

Knoop zuckte ratlos die Achseln, auch die anderen wirkten mit dieser Vorstellung überfordert. Mit solch einer Variante hatte sich bisher niemand von ihnen beschäftigt. Man kannte sich schließlich. Oder doch nicht?

»Man kann eben nicht jedem hinter die Stirn schauen «, fiel Jakob ein. Oh Mann, was für eine lausige Binsenweisheit, dachte er sogleich.

Ove wandte sich an Dr. Knoop. »Doktor, was meinen Sie? Wenn der Mörder nur einen gezielten Stich braucht, um einen, na, sagen wir, stattlichen Kerl wie Heinrich Kloß zu erstechen, benötigt er dazu anatomische Kenntnisse?«

»Na ja, ein Mediziner muss er nicht sein, allerdings sollte er sich durchaus etwas genauer mit dem menschlichen Körper beschäftigt haben. Also, wo was liegt im Brustraum, wie die Rippen angeordnet sind und so weiter. Ah, ich verstehe, auf was Sie hinauswollen, Herr Harms.«

»Genau«, erwiderte Ove, »wir sollten uns die Personalakten mal durchsehen, vielleicht hat jemand im Haus medizinische Vorkenntnisse.«

»Gut gedacht, Harms, Sie laufen ja wieder zu Normalform auf«, lobte Harder, »das muss ich aber selbst machen, Sie können da nicht einfach in den Personalunterlagen der Kollegen rumsuchen.«

»Umso besser«, zeigte Jakob sich zufrieden, »dann werden wir die Wachleute unten befragen, irgendwem wird sicher was aufgefallen sein.«

»Was mir die ganze Zeit nicht aus dem Kopf geht«, überlegte Ove, »es muss jemand gewesen sein, der Kloß gut kannte. Einer, der wusste, was dieses Messer für eine emotionale Bedeutung für den Wirt hatte, sonst hätte er irgendein x-beliebiges Teil genommen, lange Messer gibt's überall. Als wollte er Kloß besonders erniedrigen, indem er ihn mit seinem eigenen Messer, das ihm als Andenken seines Vaters quasi heilig war, abgestochen hat.«

»Stimmt!«, pflichtete Jakob ihm bei, »er nimmt das Risiko in Kauf, in der Asservatenkammer erwischt zu werden, nur weil er genau dieses Messer als Tatwaffe verwenden will. Und er kann sich an zwei Fingern abzählen, dass der Verdacht dabei auf jemanden hier aus dem eigenen Stall gelenkt wird. Warum macht er das? Eine Tat im Affekt war das mit Sicherheit nicht, sonst hätte er ein anderes Messer verwendet.«

Tiedemann war hellwach. Mit roten Ohren und lebhaftem Blick sog er alles auf, was gesagt wurde. Gelegentlich nickte er, als ob er sich in seinen eigenen Überlegungen bestätigt fühlte. »Wenn ich etwas vorschlagen darf«, hob er an, »mit dem Schleichhandel kann man ja eine Menge Geld verdienen. Vielleicht könnten wir überprüfen, ich mein ja nur, ob jemand in Geldschwierigkeiten steckt, nicht wahr, Schulden hat, und der das Geld dringend braucht.«

Man schenkte ihm ein wohlwollendes Lächeln, zwinkerte ihm zu.

»Oh nein«, jammerte Harder, »das bleibt dann auch wieder an mir hängen, als hätte ich sonst nichts zu tun. Ich werde das besser mit dem Staatsanwalt und mit der Personalabteilung absprechen, damit Sie in der Sache nachforschen können.«

Mit dieser Androhung war die Dienstbesprechung fürs Erste beendet, und sie verließen den Raum.

»Ach, Tiedemann«, winkte Harder ihn zurück, »Sie haben gerade etwas Zeit für mich, oder?«

Ich werde leichtsinnig. Vorsicht, Vorsicht, nur keinen Fehler machen, kurz vor dem Ziel. Nicht noch einen. Sie stellen alles auf den Kopf, die ganze Stadt und überhaupt, wühlen überall herum. Dummköpfe sind es nicht. Und ich habe mir einen Schnitzer geleistet, einen Riesenfehler sogar, was ist bloß in mich gefahren!

Das Rathaus, was ist denn hier wieder los. Diese Sozis mit ihren Debattierclubs! Der Rathausmarkt verkommt immer mehr zum Wohnzimmer für die Unzufriedenen. Alles verschandeln sie, ihre bloße Anwesenheit ist eine Verschandelung. Die haben nichts zu tun. Wenn das Gesindel keine Arbeit hat, soll es wenigstens zu Hause bleiben, anstatt hier alles zu bevölkern. Die bringen sich sogar ihre trockenen Stullen mit, diese Habenichtse. Haben nichts, verlangen alles, machen ewig Stunk, und am Ende kommt nur Dreck dabei heraus. Revolution? Wenn ich das nur höre! Reicht es ihnen denn nicht? Haben sie bislang nicht genug Unfug angerichtet? Die wollen ja nur Blut sehen, bald werden sie ihr eigenes schmecken. Dreinhauen sollte man, immer nur dreinkartätschen und reinstechen in die Bande. Mit dem Bajonett. Mit dem aufgepflanzten Seitengewehr kann man das Pack auf Abstand halten, es gibt dann dieses dumpfe Geräusch, wenn die Stahlklinge durch die Kleidung in den Brustkorb eindringt. Es ist ein besonderes Geräusch, ich habe es oft gehört. Dann weiß man, dass die Arbeit getan ist. Je besser man die Waffe beherrscht, desto weniger Bammel muss man im Eins-gegen-Eins haben. Das habe ich den Jungs beigebracht, damals.

Was für ein Spinner da hinten, man hört ihn bis hierher. Gepanschte Lebensmittel? Klar, weiß jeder, dass die Sachen gestreckt werden bis zum Gehtnichtmehr. Na, da bin ich Besseres gewohnt. Bei mir schwimmen Fettaugen auf der Suppe, und die Pfanne bleibt auch nicht kalt. So ist das. Man muss sich zu helfen wissen, ganz gleich um welchen Preis. Wer nach dem Preis fragt, ist nicht lebenstauglich. So, wie die hier alle. Solidarität? Dass ich nicht lache! Das ist einfach zu komisch. Wenn es sich um den eigenen Bauch dreht, hört sie auf, die Solidarität. Da fängt er mit der Sülze an! Katzen? Ratten? Verschimmelte Tierkadaver? Da geht's mit ihm durch. Es werden immer mehr Nichtstuer, die sich hier zusammenrotten. Kann Lamp'ls Knüppelgarde am besten gleich ein weiteres Mal antanzen, die sind ja in Übung. Oder ich mache den Ausbilder, damit da ein bisschen Zug reinkommt.

An der Provision wollte er sparen, der Windhund, na, nicht mit mir. Eigentlich hätte er mehr zahlen müssen, weil ich uns allen diesen unsäglichen Grunwaldt vom Hals geschafft habe. Mops wusste bis dahin nicht mal, dass der ein Spitzel war. Hat ihn für harmlos gehalten, der Trottel. Bin ihm gleich nach. Undank ist der Welten Lohn, heißt es immer, und es stimmt. Und dann dieser verdammte Fehler in diesem verfluchten Paradieshof. Grunwaldt, den

Nestbeschmutzer, erledigt. Immerhin. Um den ist es nicht schade. Ein Stich und gut, ging wie durch Butter. Heins Messer ist wirklich was Spezielles, das habe ich gleich gesehen, als ich mit ihm verhandelte und es so einsam auf dem Tisch liegen sah. Hat mich an ein Seitengewehr erinnert, das Ding.

Ein paar Mal dachte ich, Grunwaldt würde mich sehen, wie ich ihn verfolge. Er wusste, dass ich mit drinstecke, im Traubenthal konnte ja niemand seine Schnauze halten. Und was passiert? Nachdem ich ihn erledigt hatte, lass ich das Messer fallen, und statt dass ich es aufhebe und mich davonmache, sehe ich, wie diese Type, dieser Heller, mich anstarrt, und haue ab. Der musste alles gesehen haben. Gut, auf einen Kampf mit ihm hätte ich mich nicht gern eingelassen. Er sah nicht grade kräftig aus, dafür flink und geschmeidig, und jünger war er auch. Erpressen lasse ich mich natürlich nicht von dem. Er hat mich gleich wiedererkannt, als er bei uns als Büroheini angefangen hat. Na ja. Ich nehm es ihm nicht übel, der wollte auch sein Stück vom Kuchen. Hätte er haben können, nur nicht von meinem.

Und dann der fette Mops, der sich fast einnässt, wenn man ihm gerade ins Gesicht schaut. Nach dem ersten Verhör wäre der zusammengeklappt und hätte seine Freunde verraten. Der letzte Kontakt mit seinem geliebten Messer ist ihm nicht gut bekommen. Das war der andere große Fehler. Einer aus reiner Zeitnot, ich musste eine schnelle Entscheidung treffen. Da waren auch andere Messer in Reichweite gewesen, um den Dicken zu piksen, aber die Asservatenkammer war ohne Aufsicht. Welcher Teufel hat mich geritten, ausgerechnet das Messer von Mops zu nehmen? Ein anderes hätte es auch getan. Eitelkeit? Eigene

Signatur? Ja, wahrscheinlich. Die reine Dummheit war es. Und dann muss natürlich auch prompt einer nachgucken, damit war nicht zu rechnen gewesen. Schöner Mist. Es kommt eines zum anderen.

Und ich muss weg. Möglichst bald, viel Zeit ist nicht mehr, sie kommen immer dichter ran.

Alter Wall, das Postscheckamt. Ein bisschen was werde ich auf dem Konto lassen, sonst fällt es gleich auf bei der Überprüfung. Na, egal. Bei dem, was ich gleich in der Tasche haben werde, spielen die paar Kröten keine Rolle. Wenn ich bloß wüsste, wo ich hinsoll. Vielleicht in die Schweiz? Zu nah. Südamerika. Das ginge. Nur nicht vom Hamburger Hafen aus, zu gefährlich. Von Lissabon vielleicht. Ich muss nach Lissabon. Meckel, vom Passamt, ist mir den einen oder anderen Gefallen schuldig.

»Guten Tag, ich möchte Geld abheben.«

Jakob schlief in letzter Zeit nicht gut. Es war wirklich nicht einfach, sich in diesen Tagen auf die Ermittlungen zu konzentrieren. Im Stadthaus ging es zu wie auf dem Fischmarkt. Menschenmassen, Gerangel, unbekannte Gesichter, Lärm, ständige Unruhe. Mitunter mussten sie sich um Sachen kümmern, die nichts mit dem Fall zu tun hatten, weil es an allen Ecken und Enden an Personal fehlte.

Am Freitag, den zwanzigsten Juni wurde erneut der Belagerungszustand verhängt, diesmal speziell über den Freihafen. Die Plünderungen nahmen zu, und sie wurden immer rabiater. Mit der Zerschlagung der Mops-Bande war das Problem der Bandenkriminalität nicht gelöst, es gab genug andere gut organisierte Gruppen mit Schlagwaffen ausgestattet und entschlossen in ihrem Tun. Aber bei keiner anderen waren in ihrem Umfeld drei Ermordete zu beklagen. Gerade wurden der Freihafen und seine Zufahrtswege komplett für den öffentlichen Verkehr abgeriegelt; nur wer beruflich hier zu tun hatte, erhielt einen Zugangsausweis, der von den Sicherheitsmännern überprüft wurde.

Und weitere Großeinsätze kündigten sich an, die die Aufklärung der Mordfälle verzögern könnten, weil sie die Personalsituation massiv verschärften. Seit einiger Zeit kursierten Gerüchte in der Stadt, dass in den Sülzefabriken, vor allem in der von Jacob Heil in der Kleinen Reichenstraße, verdorbene Ware verarbeitet wurde. Es sprach auch manches dafür, dass es sich nicht nur um Gerüchte handelte. Die Rede war von Ratten und Katzen, von Ochsenköpfen und anderen Kadavern, die stinkend, matschig und in Auflösung begriffen zu Sülze gemacht wurden. Da Sülze auf dem freien Markt erhältlich war, wurde sie ohne Lebensmittelkarten abgegeben und war ein weitverbreitetes Lebensmittel. Umso explosiver war dadurch die Stimmung in der Bevölkerung. Protest fand nicht nur in proletarischen Milieus statt, sondern drang bis weit in die bürgerlichen Kreise hinein, wo man ebenso auf die Nahrungsmittel angewiesen war, die gerade angeboten wurden. Nicht wenige Bürgerliche reagierten mit der gleichen Empörung auf die schlechte Lebensmittelqualität wie jene, die ihre Wut auf die Straße trugen. Harder wusste um die Gefahr, die eine solche Unruhe mit sich bringen konnte. Sie mussten mit allem rechnen.

Jakobs und Oves Hoffnung, die Mordfälle schnell aufzuklären und den Mörder dingfest zu machen, hatten einen Dämpfer erhalten. Der Kellner Bartels schied als Täter aus. Er war in seiner Zelle eingeschlossen gewesen und kam damit nicht infrage. Jedenfalls nicht, wenn man Dr. Knoops Aussage, es müsste sich in allen drei Fällen um denselben Täter handeln, ernst nahm. Fest stand nur, dass Bartels in großem Umfang am Schmuggel und am Schleichhandel beteiligt war. Die Beweise waren erdrückend, da nützte ihm sein Schweigen bei den Verhören nichts. Dafür plapperte Bäcker Winkler unentwegt, sodass sie ihn sogar manchmal bremsen mussten, weil nur sinnloses Getratsche herauskam. Winkler wusste, dass er seine Lage deutlich verbessern konnte, wenn er zur Aufklärung der Straftaten beitrug. Das hatte man ihm versichert, und darum ließ er sich nicht lange bitten. Das tragische Ende des Heinrich Kloß war sicher förderlich, ihn gefügig zu machen, auch wenn er nicht den Eindruck vermittelte, dass ihn dessen Tod erschütterte. Es war wohl eher die Angst um sein eigenes Leben, die ihn antrieb. Hinweise, die in einem Zusammenhang mit den Morden an Grunwaldt und Kloß standen, konnte Winkler nicht beisteuern. Grunwaldt hatte er zweimal im Traubenthal gesehen, er sei unauffällig gewesen, habe nicht viel gesagt, nur die Ohren gespitzt. Das war nicht ergiebig, wahrscheinlich wusste er wirklich nicht mehr zu sagen.

Er selbst hatte erhebliche Mengen an gestohlenem Mehl bezogen und an Zutaten, die er als Bäcker so brauchte. Dann verriet er die Namen aller Handwerkerkollegen, Händler und Wirte, die ebenfalls beliefert worden waren. Er ließ sich ein Blatt Papier geben und schrieb in Schönschrift alles auf, was Rang und Namen hatte, dabei fuhr seine Zunge eifrig über die Lippen. Ove zog verächtlich die Mundwinkel nach unten, so angewidert war er von Winkler. Der würde seine eigene Großmutter verraten, um eines geringen Vorteils wegen. Da waren ihm sogar Leute wie Bartels lieber.

Alteingesessene Handwerksbetriebe waren genauso vertreten wie neu etablierte. Sie alle bekamen ihre Vorladung, ebenso wie eine größere Anzahl von Gastwirten. Aus anderen Dienststellen wurden Beamte abgezogen, um die vielen Befragungen bewältigen zu können.

»Und wo steckt denn der Herr Klages wieder?«, wütete Harder. »Hockt seit einer halben Stunde auf dem Scheißhaus und raucht, oder?«

Seit dem handfesten Vorfall zwischen ihm und seinem Altkommissar gab er sich weiterhin nachtragend. Bemerkungen wie diese bekam man auf den langen Fluren des Stadthauses mittlerweile des Öfteren zu hören.

Elke Mertens und Tiedemann schrieben sich an der Vielzahl der Protokolle die Finger wund.

Tiedemanns Stimmung konnte das allerdings nicht trüben. Seitdem er von Inspektor Harder ein freundliches Lob erhalten hatte, platzte er fast vor Eifer. Der Vorgesetzte hatte ihn sogar ermuntert, Fortbildungskurse zu belegen, um beruflich weiterzukommen. Er würde ihn dabei unterstützen. Mal darüber nachzudenken, könne ja nicht schaden, so Tiedemanns Antwort. Das war mehr, als er erwartet hatte. Denn wenn der Fall aufgeklärt war, würde er wieder seinen tristen Alltagsdienst versehen, die alten Routinen würden wieder einkehren.

Harder schätzte seine Art, sich in kniffligen Situationen in andere hineinzuversetzen und das Richtige zu tun. Wahrscheinlich hatte Jakob Mortensen ein Wort für ihn eingelegt, wie sonst hätte der Inspektor so viele Einzelheiten seiner Arbeit kennen können. War ein feiner Kerl, dieser Mortensen. Wo steckte er eigentlich? Ach ja, er befragte die Kollegen vom Wachpersonal.

Insgesamt waren vier Gefängniswärter im Arresttrakt beschäftigt. Zwei von ihnen, Wilke und Behr, machten Dienst tagsüber, in der Nacht wurden sie von Siems und Karstedt abgelöst. Jakob hatte die ersten beiden aus dem Schlaf reißen und ins Stadthaus bringen lassen. Es war keine Zeit zu verlieren, und er wollte sie alle beisammenhaben. Ihre Personalakten hatte er sich bereits kommen lassen, es war nichts Nachteiliges über sie zu finden. Brave Familienväter anscheinend, die ihren Dienst sorgfältig verrichteten.

»Erinnern Sie sich bitte genau an die letzte Nacht, Kollegen. Sie kennen das ja, alles ist wichtig, jede Winzigkeit, vor allem alles, was anders war als sonst.«

»Kollege Wilke und ich haben es vorhin erst erfahren. Übel. Ganz üble Sache. So was hatten wir bislang nicht, Selbstmord ja, aber das nicht«, sagte Behr reichlich mitgenommen.

Wilke sah trübselig aus. »Mir ist nichts Besonderes aufgefallen, sie waren ja alle weggeschlossen, und keiner machte Krach. Nur einmal wollte der eine, der Lange, wie heißt er noch, ich komm nicht drauf, was zu trinken, er hat an die Tür geklopft. Ich hab ihm Wasser gebracht. Er stank dermaßen nach rohen Zwiebeln, da hätte ich auch Durst gehabt.«

»Bartels«, half Jakob nach.

Alle bestätigten den Zwiebelgeruch und dass ihnen fast schlecht geworden wäre.

»Als wir sie untersucht und ihnen alle Sachen abgenommen hatten, nannte einer von denen ihn Zippel«, fügte Behr hinzu.

»Was? Zippel?«, fragte Jakob.

»Ja, das heißt Zwiebel.«

»Hm, ja, Zwiebel, ich weiß. Kam jemand in den Trakt, den ihr kennt, einen Kollegen, der da normalerweise nicht hingehört?«

»Ein Kollege? Nein, daran würde ich mich erinnern«, sagte Wilke.

Die vier guckten sich an, schüttelten den Kopf.

»Es muss auf jeden Fall einer gewesen sein, der sich auskennt, der weiß, wo die Schlüssel sind und wie er da rankommt«, überlegte Karstedt.

»Und der die Dienstpläne kennt«, ergänzte Siems.

»Ja, das ist der Punkt«, hakte Jakob ein. »Was passiert da genau beim Schichtwechsel?«

»Na ja, wie läuft das ab«, überlegte Behr, »wir treffen uns mit der Ablöse im Dienstraum, meistens sind wir da ein paar Minuten, reden, trinken einen Becher Kaffee zusammen, das dauert nicht lange, ehrlich.«

»Ist in Ordnung«, beschwichtigte Jakob, »muss auch sein.«

»Wir besprechen dann zum Beispiel, ob es besondere Vorkommnisse gab und welche. Das steht auch in dem Wachbuch, in das wir alles eintragen. Meistens passiert nichts in so einer Schicht. Dann übergeben wir das Buch an die Ablöse und gehen nach Hause.«

»Verstehe. Und wo befinden sich die Schlüssel für die Zellen?«

»Die hängen an einem großen Ring an unserm Gürtel. Haben wir also immer griffbereit«, sagte Behr.

»Natürlich gibt es für alle Fälle Ersatzschlüssel, das ist klar«, ergänzte Siems.

»Ersatzschlüssel. Ja klar. Und wo werden die aufbewahrt?«

»Oben, im Büro, bei Selke. Der macht die Einsatzplanung, und da ist alles Offizielle, das mit dem Gefängnistrakt zu tun hat, untergebracht«, sagte Siems. »Sie verdächtigen jetzt nicht den Selke, oder?«

Darauf ließ Jakob sich nicht ein. Was hätte er sagen sollen? Jeder war verdächtig, er selbst wurde ja auch ins Visier genommen.

»Haben Sie Ihren Schlüsselbund überprüft, meine Herren, ist alles vollständig?«

Die vier bestätigten, verzichteten allerdings auf die Frage, ob sie ab sofort ebenfalls verdächtigt wurden. Richtig munter fühlten sie sich bestimmt nicht in ihrer Haut.

»Gut«, resümierte Jakob, »dann kann der Unbekannte nur den Zeitraum des Wachwechsels genutzt haben, um den Mord zu begehen. Er hat sich den Schlüsselbund wahrscheinlich vorher aus Selkes Büro geholt. Woher wusste er, welche Zelle von welchem Inhaftierten belegt war, und woher wusste er, dass Selke einen Schlüssel hat?«

»Neben der Zellentür ist ein Blatt mit den wichtigsten Personalien«, antwortete Siems, »und auf den Schlüsseln ist die Zellennummer eingraviert.«

»Hm. Dann schließt er Kloßens Tür auf. Alles muss schnell gehen, er weiß, wie wenig Zeit ihm bleibt. Kloß rechnet nicht mit einer Attacke. Ein Stich mit dem Messer reicht. Vielleicht prüft der Kerl hinterher, ob sein Opfer wirklich tot ist. Dann muss er los, die Zellentür lässt er offen, den Schlüssel nimmt er mit. Oder hat man ihn inzwischen gefunden?«

»Keine Ahnung. In Selkes Büro hängt er jedenfalls nicht«, sagte Karstedt.

»Hatte er wirklich so wenig Zeit, um die Tür zu schließen? Er hätte sie schließen können, dann wäre die Tat erst
später aufgefallen.«

»So weit hat er wahrscheinlich nicht gedacht in der Situation.«

»Ja, wahrscheinlich.«

»Eine ganz schön dreiste Aktion, sag ich, ein echtes
Husarenstück«, fand Karstedt, wobei er gequält lächelte,
»das werden wir spätestens morgen in der Zeitung lesen.«

»Sagen Sie mir eines, Kollegen. Wie ist Frau Kloß mit
ihrer Kartoffelsuppe in den Trakt gekommen?«

Betretenes Schweigen, schließlich war es Siems, der antwortete.

»Da kam nun auch aller Schiet zusammen, gestern. Sie
hat anscheinend dem Pförtner gesagt, ihr Mann braucht
dringend seine Arznei, die wollte sie ihm bringen. Persönlich, weil sie ihm die Dosierung sagen muss. Dann hat
er sich weichklopfen lassen und hat sie persönlich zu uns
runtergebracht. Das wird ihm nie wieder passieren. Uns
auch nicht. Wir hätten sie sofort nach oben schicken müssen. Natürlich haben wir das im Wachbuch vermerkt.«

»Und dann hat sie ihren Mann in der Zelle gesehen, blut-
überströmt.«

»Ja, so war es.«

»Oh, Leute!«

»Ahnt ja keiner, dass der da tot rumliegt«, verteidigte
Karstedt seinen Kollegen und sich.

Auch Wilke ergriff Partei. »Behr und ich waren zu Hause,
als man ihn fand. Uns hätte das natürlich genauso passieren können.«

»Klar«, versuchte Jakob, die Situation zu entspannen,

»das kann immer vorkommen, darf nicht, kann aber. Stellt euch mal auf eine gehässige Presse ein, die werden schön vom Leder ziehen. Und beim Prozess müsst ihr natürlich aussagen. Und das sollt ihr wissen. Keiner hier will euch an den Karren fahren, bloß weiß bisher auch niemand, wie viele Kollegen an den Schiebereien beteiligt sind. Es müssen eine ganze Menge von uns dabei gewesen sein. Vielleicht auch immer noch. Der Mörder sowieso, davon kann man ausgehen, auch jede Menge Helfer, wahrscheinlich nur kleine Rädchen im Getriebe. Hier ein Tipp, da mal die Augen zumachen und so. Alles wird ab sofort auf den Kopf gestellt. Wenn ihr was wisst oder dabei wart, sagt es lieber von euch aus.«

Vier Augenpaare fixierten ihn, scheinbar ohne Verständnis.

»Na, was guckt ihr denn so? Das betrifft uns alle. Ich bin auch befragt worden, jedenfalls indirekt.«

»Sie?«

»Natürlich.«

»Also für unsere Truppe leg ich die Hand ins Feuer«, sagte Karstedt, »oder?«

Hannes erledigte alles zu Fuß, so auch heute. Es war Montag, der dreiundzwanzigste Juni, und sein Dienst in der Schwimmhalle begann erst zur Mittagszeit. Sein Gang führte ihn nicht, wie gewohnt, zum Schaarmarkt, sondern zum Hopfenmarkt, vor der gewaltigen Nicolaikirche. Das Ledigenheim in der Rehhoffstraße lag direkt an der Ecke zum Herrengraben. Den spazierte er in nördlicher Richtung entlang, bog nach wenigen Gehminuten rechter Hand ab, passierte zuerst die Pulverturmbrücke, die sich über das Herrengrabenfleet spannte, dann die Slamatjenbrücke über das Alsterfleet und erreichte den Rödingsmarkt. Von hier aus schlenderte er durch die Görttwiete zum Hopfenmarkt. Die Nicolaikirche wirkte in ihrer Massigkeit wie ein steinernes Gebirge. In einer überwiegend flachen Gegend war ein Bauwerk in dieser Größenordnung sehr eindrucksvoll. Nach dem großen Brand von 1842 war es in seiner jetzigen Form wiederaufgebaut worden. Hundertsiebenundvierzig Meter Höhe, wusste Hannes, und auch, dass die Kirche in den Siebzigerjahren als das höchste Bauwerk der Welt galt. Ein wenig stolz war er durchaus darauf, es zeigte, was in dieser Stadt alles möglich war. Auch hier befand er sich in der Neustadt.

Auf dem Markt wurden überwiegend Produkte aus den Vierlanden angeboten, Gemüse und Blumen. Die Vierländer-Bäuerinnen waren für ihre bunten, körperbetonten Trachten bekannt, in denen sie sich zum Teil präsentierten, wenn auch seit den Kriegstagen zunehmend seltener. Die Waren aus dieser Gegend im Hamburger Südosten wurden für ihre gute Qualität gerühmt.

Die Vierländer Rosen, die er hier für teures Geld erstehen wollte, hätte Hannes auch auf dem Schaarmarkt bekommen, wo sie ebenfalls angeboten wurden, aber er liebte es einfach, durch die Straßen, Gassen und Twieten zu streifen und die Betriebsamkeit der Stadt zu genießen. Die modrigen, zum Teil ekligen Gerüche, die den Fleeten entstiegen, störten ihn nicht im Geringsten, die gehörten dazu. Bis zum Rödingsmarkt etwa waren die Häuser der Neustadt alt, sie waren vom großen Brand nicht betroffen gewesen. Das Fachwerk bestimmte das Straßenbild. Nicht immer schienen die Häuser den heutigen Vorstellungen vom Bauen gerecht zu werden, jedoch war die warme Ausstrahlung der Gebäude von einer Gemütlichkeit, die er nicht missen wollte. Die Altstadt und ein Teil der Neustadt, die nach 1842 neu errichtet wurden, sahen ihm zu glatt aus, zu geleckt. Das war nichts für ihn und seinesgleichen. So manche Kapitaleigner hatten sich an der Neugestaltung der Stadt gesundgestoßen, sie trauerten dem alten Stadtbild Hamburgs nicht hinterher.

Auch in Hannes' Leben war eine Änderung eingetreten, wenngleich in einer ganz anderen Art. Gisela Bremer, eine der Wirtschafterinnen im Ledigenheim, war seit einem Jahr mehr für ihn als nur eine Angestellte des Hauses. Lange genug hatten die beiden es für sich behalten, selbst seinem Freund Jakob gegenüber hatte er Stillschweigen gewahrt, so, wie er es mit Gisela vereinbart hatte.

Es war ein zartes Werben gewesen. Wie oft hatten ihm Anflüge von Zweifeln zu schaffen gemacht, wie und ob es bei ihr die richtige Herangehensweise war. Sie schien temperamentvoller zu sein, als es zunächst den Anschein hatte. Deshalb wusste er nicht, ob er vielleicht etwas forscher, entschlossener bei seinem Liebeswerben vorgehen sollte. Aber dann war es ihm so, wie es bisher lief, lieber, es entsprach seinem Naturell. Fräulein Bremer, Fräulein Gisela und schließlich Gisela, so war ihr Kennenlernen verlaufen, und es hatte zwischen ihnen keine Eile geherrscht, die jeweils nächste Stufe zu erreichen. Nun spürte er zunehmend, dass ein weiterer Schritt bald folgen musste, die Dramaturgie ihrer Beziehung – man konnte von Liebe sprechen – machte es notwendig.

Er hatte sie in letzter Zeit des Öfteren in ihrer privaten Wohnung in St. Georg besuchen dürfen, und inzwischen blieb er auch über Nacht bei ihr. Es gab bereits Gerede im Haus, doch fanden sie, das Leben sei ein bisschen zu kurz, um auf den leidenschaftlichen Teil ihrer Liebesbeziehung zu verzichten. Hannes wusste, dass Gisela den Tod ihres Mannes verarbeitet hatte und auch dass sie nicht für den Rest ihres Lebens den Status als Kriegerwitwe behalten wollte, dafür stand sie zu fest im Leben. Und sie verstand auch, es auf bescheidene Weise zu genießen. Sie liebte die vielen schönen kleinen Dinge des Daseins, die den Alltag versüßten. Ein gutes Essen, was sich zurzeit natürlich schwierig gestaltete, mal eine Tasse echten Kaffee im Alsterpavillon, ab und zu ein Strauß bunter Blumen, am Sonntag auch eine Dampferfahrt auf der Elbe – »Das schaukelt so herrlich.« – oder eine Fahrt mit der Straßenbahn ins benachbarte Altona, bisher ein Vergnügen, das sie mit ihren Freundinnen geteilt hatte.

Auch im Ledigenheim wurde inzwischen getratscht, die Wirtschafterin und der Bademeister, soso. Es war kaum zu vermeiden gewesen, bei aller Zurückhaltung und Vorsicht. Das war dauerhaft kein Zustand, Hannes sah sich unter Handlungsdruck, und nun wollte er Gisela um ihre Hand bitten.

Viel war es nicht, was er auf der hohen Kante hatte, sein Gehalt als Bademeister konnte man nicht gerade als üppig bezeichnen. Allerdings waren seine monatlichen Ausgaben überschaubar, da er eine bescheidene Lebensführung gewohnt war und vor allen Dingen weil die Zimmermiete im Ledigenheim so niedrig war. Nach der Hochzeit würde er seine paar Habseligkeiten in Giselas Wohnung bringen. Dort gab es ausreichend Platz für ein gemeinsames Leben. Mit ihren beiden Gehältern würden sie ganz gut zurechtkommen, er hatte es bereits solide durchgerechnet.

Hannes musste grinsen. So wie er seine Verlobte kannte – sie waren ja so gut wie verlobt –, hatte sie bereits das Gleiche getan, darauf hätte er wetten können. Sie war auch im privaten Leben durch und durch Wirtschafterin. Na, umso besser.

»Sind das nicht herrliche Rosen?«, sprach ihn eine der Blumenhändlerinnen an.

Eine überzeugendere Botschafterin ihrer Erzeugnisse hätte es nicht geben können. Was für eine Schönheit stand ihm da gegenüber! Helle leuchtende Augen, das rötliche Blond ihres offen getragenen Haares, ein unbefangenes Lächeln, das Grübchen am Kinn. Das blühende Leben. Um nicht allzu aufdringlich zu wirken, lenkte er den Blick auf die Blumen, die das Mädchen ihm anpries. Und ja, es waren herrliche Rosen. Hannes hielt seine Nase an eine der Blüten, genoss mit geschlossenen Augen den Duft. Das war natürlich etwas anderes als der ätzende Schwimmhallengeruch, der ihn täglich umgab und der ihm ständig in der Nase saß, auch außerhalb des Bades. Den wurde er nicht so schnell los.

»Da wird Ihre Liebste sich drüber freuen«, setzte die Schöne ihre Rosenhymne fort, vielleicht eine Spur zu kokett.

Hannes nickte, zog einen langen Stiel aus einem wassergefüllten Eimer, achtete dabei auf die Dornen.

»Eine gute Wahl, mein Herr. Das ist eine Moosrose. Sie heißt Captain John Ingram. Die Farbe ist ein dunkles Karminpurpur, wie sie sehen können, und sie duftet sehr stark.«

»Kar-min-pur-pur«, wiederholte Hannes, »das klingt schön.«

Sie machte einen zufriedenen Eindruck. Die Deern schien zu wissen, wovon sie sprach. Wahrscheinlich der Sprössling eines Vierländer Blumenhofs.

»Captain John Ingram, soso. Ein Engländer, nehme ich an? Verkauft sich momentan bestimmt nicht so gut, oder?«, witzelte er.

Sie lachte. »John Ingram geht immer gut, da denken sich die Leute nichts bei, ob Engländer oder wo auch immer der herkommt, ist egal. Die Rose ist ja ganz alt.«

»Wirklich? Und dabei sieht sie so frisch aus.«

Sie nahm ihm den Flachs nicht übel, lachte, was sie in ein umso liebenswerteres Licht rückte. Sie konnte einen Spaß vertragen. Und hier, auf dem Markt, war sie bestimmt einiges an Späßen gewohnt. Auch die Marktfrauen selbst waren nicht gerade als zimperlich bekannt.

Hannes' Blick fiel auf das Preisschild aus Pappe. Er schluckte. Sein erster Gedanke, es könne sich dabei nur um den Kilopreis handeln, war sicher nicht der richtige gewesen. Das war ja beinahe eine Geldanlage, es würde ein hässliches Loch in sein Budget reißen. Nützte nichts, es musste sein, ging es ihm durch den Kopf, lieber nicht allzu lange drüber nachdenken. Außerdem hatte er sich längst für diese Rose entschieden.

»Ich nehme zwölf Stück, Fräulein, die schönsten, die Sie im Eimer haben. Bitte.«

»Zwölf Stück. Oh. Ja, natürlich, die sollen Sie haben«, freute sich die Händlerin.

Wie kam er auf zwölf? Warum nicht zehn oder fünfzehn? Er wusste es nicht, die Zahl zwölf hatte ihm einfach immer gut gefallen. Eine symbolische Zahl ihrer Liebe wollte ihm spontan nicht einfallen. Hoffentlich fragte Gisela ihn nicht, was es damit auf sich habe, sie würde ihn in Verlegenheit bringen.

Was war das für eine Menschentraube dort am Marktbrunnen? Sie blickte zu einem Mann hinauf, der auf der Ummauerung stand und sich mit einer Hand festhielt und mit der anderen wild gestikulierte. Hannes erinnerte sich. Diese laute Art der Agitation hatte ihm nie gelegen, er hatte früher eher das ruhige Gespräch gesucht, als er für seine Ideen geworben hatte. Der große Menschenfänger, der Massen mobilisieren konnte, war er nie gewesen, dafür wirkte die Überzeugungsarbeit im kleinen Rahmen durchaus nach, so sein Eindruck. Während seines Gefängnisaufenthalts in Berlin war ihm viel an Energie abhandengekommen. Nicht, dass es ihnen gelungen wäre, ihn einzuschüchtern, das nicht, nur hatte ihn der jahrelange Kampf für seine Vorstellungen eine Menge Kraft gekostet, er fühlte sich einfach zu müde, um weiterzumachen. Sollten andere das Banner weitertragen und sich in die erste Reihe stellen.

Hannes trat näher heran, denn er war neugierig. Sülze? Nicht schon wieder! In der Rehhoffstraße wurde auch viel darüber geredet. Von »Arbeitersülze« war die Rede. Mit ihnen konnte man es ja machen! Verdorbenes Ekelfleisch in den Handel zu bringen, musste verboten werden, keine Frage. Das wurde jedoch nicht konsequent verfolgt, denn Jacob Heil, der skrupellose Fabrikant, unterlief alle Anzeigen und Kontrollen, spielte sich gar als Wohltäter auf, der das Volk ernährte. Immer wieder hatte es Beschwerden über seine Sülzefabrik gegeben, Anwohner klagten, es sei nicht möglich, im Umfeld der Fabrik zu wohnen, wegen des Gestanks. Die Gesundheitsbehörden hatten den Betrieb mehrmals in Augenschein genommen, kritische Berichte über die unhygienischen Zustände angefertigt, außer geringen kosmetischen Verbesserungen war jedoch nichts geschehen. Vonseiten der Behörde hieß es lediglich, dass die von Heil produzierte Ware in einwandfreiem Zustande auf den Markt gelangen müsse. Wie das Zeug hergestellt wurde, war offenbar nicht so wichtig. Gisela hatte für das Ledigenheim bereits seit einigen Wochen keine Sülze mehr bestellt, und damit hatte sie in Hannes' Augen richtig gehandelt. Es war nicht allen recht gewesen, auf ihre gewohnte Speise zu verzichten, anscheinend war es ihnen egal, womit sie ihre Mägen füllten. »Weiß sowieso niemand, was die alles in unser Essen klatschen, ich will's auch gar nicht wissen«, hörte er oft. Musste es erst zu schweren Vergiftungen kommen?

Etwa hundertfünfzig Menschen waren inzwischen zusammengekommen, vielleicht auch zweihundert. Hannes fühlte sich mit seinen teuren Rosen nicht so richtig dazugehörig. Der Strauß war großzügig mit Zeitungspapier umwickelt und gut geschützt, dennoch vermied er es, in allzu dichtes Gedränge zu geraten.

Es hieß, Fuhrleute sollten heute Morgen Abfälle von der Heil'schen Sülzefabrik in der Kleinen Reichenstraße sechs abholen, als Dung für die Felder in Ochsenwerder. Ein Fass sei zerbrochen, der Gestank der Schlachtabfälle sei unglaublich gewesen. Dabei hätte man auch Hundeköpfe entdeckt.

So langsam geriet die Menge in Hannes' Nähe in Rage. »Unerhört«, rief einer von ihnen. »So ein Schwein, der verseucht uns alle«, ein anderer. »An die Laterne mit ihm, nix wie hin«, der nächste.

Es wurden immer mehr. Hinter Hannes schlossen ganze Gruppen wütender Menschen auf. Wo kamen die denn plötzlich her? Die Reihen verdichteten sich, jetzt wäre die Gelegenheit, sich aus dem Pulk zu lösen und den Nachhauseweg anzutreten. Mit sorgenvoller Miene betrachtete er sein Bündel Rosen, hoffte, dass er die Pflanzen heil abliefern konnte. Aber etwas in ihm wollte wissen, wie es mit dem Protest weiterging.

Langsam setzte sich der Zug in Bewegung. Was hielt ihn hier, fragte sich Hannes, den die Menschenmenge nervös machte, weil er solche Situationen nicht mehr gewohnt war. Alles war zu dicht, der Abstand zu gering, die Bedrängung und der unvermeidliche Körperkontakt mit fremden Menschen. Der Schweiß trat ihm auf die Stirn, dennoch scherte er nicht aus, er konnte es nicht. Etwas verpflichtete ihn, sich an diesem Protestzug zu beteiligen. Waren es die empörten Gesichter, seine revolutionäre Vergangenheit, sein Gewissen, sein Sinn für Gerechtigkeit, vielleicht alles zusammen? Auch die Neugier. Mal gucken, was passierte. Was käme als Nächstes? Wo ging es hin? Gab es geplante Aktionen, oder verlief alles so spontan, wie es sich bisher angefühlt hatte? Wie würde die Staatsmacht reagieren? Bald gäbe es Klarheit. Bahnte sich hier eine weitere revolutionäre Situation an, welche die erste, die aus dem November, vollendete? Er spürte, dass zurzeit alles möglich war. Ein Funke genügt. Oder vielleicht auch nur ein Fass Sülze. Konnte er, Hannes, überhaupt etwas beitragen? Er war unvorbereitet, in sich zwiegespalten, fühlte sich ganz und gar unbehaglich in diesem Zug. Und er schleppte den verdammten Blumenstrauß mit sich.

Ihr Weg führt sie über die Trostbrücke in die Altstadt. Am alten Rathaus vorbei geht es in den Ness und weiter in die Große Reichenstraße. Von der Petrikirche her durch die Schmiedestraße bewegt sich eine weitere Menschengruppe auf sie zu. Die Polizei hält sich im Hintergrund, scheint sich aufs Beobachten zu beschränken. In der Kleinen Reichenstraße, die sie gerade erreichen, ist es richtig laut. Hier sieht Hannes viele erzürnte Frauen, die sich lauthals ihrem Zorn hingeben. Wortfetzen wie »Lump!«, »Strolch!«, »Aufhängen!«, »Schlagt ihn tot!«, schwirren durch die Luft. Schaufenster und die Scheiben der Heil'schen Sülzefabrik in der Nummer sechs wurden längst eingeworfen, man hört das Glas unter den Schuhen der Demonstranten knirschen. Der Verwesungsgestank der Abfälle mieft barbarisch, das reinste Brechmittel. Zum Teil lässt sich in dem Matsch erahnen, um welche Art Schlachtvieh es sich handelt. Dazu die verschimmelten Felle und Häute. Hannes fasst sich an den Hals, andere erbrechen sich mitten auf die Straße. Jemand erzählt, es seien Heinrich Jacobi vom Arbeiterrat, Berends von der Preisprüfungsstelle und Werner vom Arbeitslosenrat in der Fabrik, um zu sehen, wie und was da gerade hergestellt wird. Die seien zufällig hier vorbeigekommen und haben sich gleich um die Sache gekümmert. Inzwischen werden Arbeiterinnen aus der Fabrik gezerrt, geschlagen und getreten, auf einen Karren gestellt, wo sie, wie auf einem Pranger, nach Belieben mit allem Verfügbaren beworfen werden. Vereinzelt versuchen Besonnene, sie zu schützen, so gut es eben möglich ist. Eine Mitschuld an den Zuständen trifft sie allerdings, sie hätten bei der Aufklärung mithelfen müssen. Polizisten treffen ein, sie dringen in die Fertigungsräume ein, um die wütenden Eindringlinge auf die Straße zurückzuzerren.

In der Nummer zehn befindet sich das Kontor von Jacob Heil. Man hat ihn ausfindig gemacht, zusammengehauen, übel zugerichtet. Die Polizisten können es nicht verhindern, immerhin rufen sie nach einem Krankenwagen. Sein massiger Körper ist blutig und zerschunden. Hannes' Mitleid hält sich in Grenzen, wenn die Anschuldigungen stimmen, hat der Fabrikant keine andere Behandlung verdient. Der nimmt aus reiner Geldgier den Tod seiner Kundschaft in Kauf, zumindest Vergiftungen und sonst was. Behäbig schiebt sich ein Krankentransportwagen durch das Menschendickicht. Das geht ja schnell, nachdem er vor Kurzem erst angefordert worden ist. Eine Tür wird aufgerissen, Heils lädierter Körper wird hineinbugsiert. Er blutet, die Kleidung ist rot befleckt. Der Wagen setzt sich im Schritttempo in Bewegung, flankiert von triumphierenden Protestlern. Sie passen auf, dass die Sanitäter ihn nicht ins Spital bringen, noch sind sie nicht mit ihm fertig. Auch hier kann die Staatsmacht nur zusehen, obwohl inzwischen die Volkswehr zur Verstärkung eingetroffen ist. Die Stimmung ist ein wenig entspannter, es herrscht das Gefühl vor, etwas zum Besseren zu wenden, indem man die Dinge in die eigenen Hände nimmt. Rufe ertönen: »Zum Rathaus!« Und so wird es gemacht. Die Menschenmenge ist sicher auf mehrere tausend Personen angewachsen, schätzt Hannes, der sich am Rande des Zuges bewegt. Hier hat er einen klareren Überblick über das Geschehen als mittendrin. Bis zum Rathaus sind es nur wenige hundert Meter. Dort befinden sich bereits weitere aufgebrachte Arbeiter, Jugendliche, Frauen mit geballten Fäusten, Erwerbslose, denen man ihre Not an der Kleidung ablesen kann.

Menschen werden zur Schau gestellt, öffentlich angefeindet, bespuckt, geschlagen, auf vielerlei Arten drangsaliert und misshandelt, und die Masse jubelt. In Hannes' Kopf purzelt alles durcheinander, eine Wertung fällt ihm schwer. Für ihn ist es richtig und falsch zugleich, auch wenn ihn abstößt, was er sieht. Ab wann ist es genug? In zehn Metern Entfernung erkennt er ein bekanntes Gesicht. Ist das nicht der alte Mortensen, der Vater von Jakob? Warum ist er nicht auf seinem Ewer im Hafen? Carl Mortensen, alt ist er geworden, ein Graukopf. Hannes schätzt den Alten. Schon immer. Aber ihm ist nicht danach, mit jemandem zu reden. Und dann diese lästigen Rosen, die machen was mit. Vereinzelt piksen sie durch das Zeitungspapier hindurch, als ob sie die nachlässige Behandlung rächen wollen.

Heil wird aus dem Wagen gezerrt und kurzerhand in die Kleine Alster geschmissen. Nur mit Glück wird er das in seinem Zustand überleben. Man ist zu allem bereit. Dann fischen ihn zwei Wachtmeister der Rathauswache aus dem Wasser, der Mann ist fertig. Es wird unübersichtlich, Hannes sieht die Szene nur in Ausschnitten. Anscheinend schaffen sie es, ihn ins Rathaus zu bringen.

Inzwischen sind Fässer mit Abfällen aus der Sülzefabrik auf den Rathausmarkt angelangt. Hier kann sich jeder vom Inhalt überzeugen. Stinkende Tierkadaver werden herausgezogen und vorgezeigt, worauf sich der Volkszorn weiter aufheizt. Entschlossene versuchen, ins Rathaus einzudringen, die Rathauswache reagiert mit Warnschüssen. Und dann erscheint da ein weiteres bekanntes Gesicht. Der Vorgesetzte von Jakob, Harder heißt er, stellt sich vor den Eingang des Rathauses und macht Anstalten, dem zornigen Publikum etwas kundzutun. Er kennt ihn nicht persönlich, Jakob hat ihn ihm einmal aus der Ferne gezeigt, als sie in der Altstadt unterwegs waren. Er scheint in Ordnung zu sein. Gerade verbürgt er sich für eine strenge Untersuchung. Er garantiert dafür. Man scheint ihm zu glauben.

Hannes hat genug gesehen, es zieht ihn zurück in die Rehhoffstraße zu Gisela. Und dann beginnt ja auch wieder sein Dienst in der Schwimmhalle. »Wir machen weiter Dampf«, ruft einer, »wir bleiben da dran.« Der lautstarke Beifall lässt daran keinen Zweifel.

Die Befragung des Kellners Albert Bartels, alias Zippel, verlief so, wie man es im Kommissariat bereits erwartet hatte: unergiebig. Seine Schmuggleraktivitäten aus den Lagern im Freihafen und aus verschiedenen Proviantlagern im Stadtgebiet bestritt er nicht. Zum Umfang der Räubereien wollte er sich nicht äußern, er könne darüber keine genauen Angaben machen. Über mögliche Hintermänner sei ihm nichts bekannt, er habe im Auftrag Heinrich Kloßens gehandelt. Beteiligte Polizisten? Darüber wisse er nichts, es sei ja auch verboten, nicht wahr. Polizisten seien grundsätzlich immer die Guten, da komme es nicht zu Korruption. Dabei gab er sich auf so dümmlich provokante Weise naiv, dass Ove an sich halten musste, um ihn nicht zu ohrfeigen. Es war klar, dass Zippel sie auflaufen ließ, er genoss es sichtlich, sie für blöd zu verkaufen. Dieses dämliche Gegrinse! Wie es aussah, hatte er sich damit abgefunden, für die nächsten Jahre in den Knast einzufahren. Kalkuliertes Berufsrisiko. Wenn er rauskam, waren ihm für seine Verschwiegenheit viele Leute einen Gefallen schuldig. Darauf konnte man aufbauen. Und im Gefängnis ließen sich weitere nützliche Kontakte anbahnen. Angst vor Anfeindungen von möglichen Rivalen und Platzhirschen musste er wahrlich nicht haben, bei seiner Statur und seinem Gardemaß würde keiner es wagen, ihm dumm zu kommen. Es hätte ihn schlimmer treffen können. Verheiratet war er nicht, die Familie hatte er längst aufgegeben, oder nein, eigentlich hatte sie ihm die Verwandtschaft aufgekündigt, also, was sollte es?

Immerhin zeigte seine Mimik ein paar Gefühlsregungen, als sich die Vernehmung auf die Morde richtete. Seine Gesichtszüge verfinsterten sich gar, man konnte ihm den Widerwillen gegen die abscheulichen Taten anmerken. Mord war einfach nicht sein Metier. Er sah sich wahrscheinlich eher in der Rolle des ehrenwerten Gauners, der mit den Fäusten arbeitete. Jemanden zu töten, ganz auszuschalten für immer, das war keine Methode für ihn und auch nicht seine Kragenweite. Hein Mops konnte nicht von ihm erledigt worden sein, weil er in der Zelle eingeschlossen war, daran gab es keinen Zweifel. Ein besseres Alibi gab es nicht. Und hier im Kommissariat gingen sie nur von einem Täter aus, also kam Bartels für die anderen Morde nicht infrage. Natürlich mussten seine Alibis für die übrigen Taten nichtsdestotrotz überprüft werden. Bartels hatte behauptet, von den Morden erst aus den Zeitungen erfahren zu haben, er könne keinerlei Hinweise geben.

Die Vernehmung seiner beiden anderen Kumpane gab genauso wenig her.

Selke, der Beamte, aus dessen Büro der Mörder den Schlüsselsatz entwendet hatte, schlief nach Angaben seiner Gattin den Schlaf der Gerechten, schnarchte die ganze Nacht in der gemeinsamen Schlafstube.

Inspektor Harder war von seiner Mission vor dem Rathausportal ins Stadthaus zurückgekehrt, reichlich matt. Die Angelegenheit war nicht spurlos an ihm vorübergegangen. Da konnte sich etwas zusammenbrauen. Jacob Heil hätte er am liebsten gleich mitgebracht, der würde indes natürlich erst mal einige Tage im Krankenhaus verbringen. Er sah recht zerbeult aus. In Kürze würde er dem Untersuchungsgefängnis überstellt werden. Das Gesundheitsdezernat musste nun zügig die Sülzefabrik auf den Kopf stellen, schließlich hatte er, Harder, öffentlich eine strenge Untersuchung angekündigt. Da durfte kein Stein mehr auf dem anderen bleiben, sonst würden die staatlichen Institutionen vollends ihre Glaubwürdigkeit einbüßen. Im Übrigen: Ein Wort war ein Wort, er hatte sich persönlich verbürgt, und das galt.

In puncto Mordfälle besprach er sich mit dem Staatsanwalt darüber, welchen seiner Leute die Einsicht in die sensiblen Personalakten anvertraut werden konnte. Harder sprach sich für Mortensen, Harms, Tiedemann und auch für Frau Mertens aus, da die vier mit den aktuellen Mordfällen bestens vertraut waren. Die Kollegin sei zwar keine Beamtin, man könne sie indes speziell für ihre jetzige Aufgabe vereidigen, und zudem verbürge er sich persönlich für sie.

»Es ist Verlass auf sie, und sie arbeitet schnell und gründlich.«

Der Staatsanwalt erteilte seine Zustimmung wie nahezu immer, wenn er mit dem integren Harder zu tun hatte. Die Erlaubnis galt auch für die Einsichtnahme in Bankunterlagen von Kollegen und deren Kontoauszüge.

»Fehlt da nicht einer?«, wollte der Staatsanwalt wissen.

»Sie meinen Kommissar Klages? Der ist bis auf Weiteres mit anderen Aufgaben betraut. Wo steckt er überhaupt?«, seufzte er. »Können Sie ihn nicht vorzeitig in Pension schicken?«

Tiedemann natürlich wieder. Er hatte es zuerst bemerkt. Schleichend vollzog sich bei Elke eine Veränderung. Es äußerte sich vor allem darin, dass sie stiller wurde. Im Normalfall redete sie am meisten innerhalb ihrer Bürogemeinschaft und gerne auch ein persönliches Wort. Sie war immer auf Empfang, aufmerksam, zugewandt, trug zur Unterhaltung bei oder prägte sie. Nun war sie weniger gesprächig, und – besonders merkwürdig – ihre Augen tasteten das Umfeld ab, sie wirkte nervös. Außerdem war Tiedemann aufgefallen, dass sie in mehreren Situationen schreckhaft reagierte. Er sprach sie nicht direkt daraufhin an, dachte, es stünde ihm nicht zu, wollte darum erst mit Jakob Rücksprache halten.

»Kann es sein, dass Frau Mertens Angst hat?«, fragte er ihn direkt.

»Angst? Elke, äh, Frau Mertens meinen Sie?«

Tiedemann nickte.

Jakob kniff die Augen leicht zu, nahm den Wachtmeister kritisch ins Visier, obwohl er ahnte, dass der sensible Kollege seine Frage nicht einfach so stellte. Er hörte sich an, wie Tiedemann zu der Vermutung kam. Für einen Moment überkam Jakob ein ungutes Gefühl, denn er hatte sich über Elkes gegenwärtige Befindlichkeit keine Gedanken gemacht. Sie hatten viel zu tun in letzter Zeit, viel mehr als üblicherweise, das konnte jedoch nicht der alleinige Grund für Elkes Verhaltensänderung sein. Tiedemann behauptete sogar, sie schließe Akten in ihrem Schreibtisch ein und verwahre den Schlüssel in ihrer Tasche. Das war nun wirklich sonderbar. Jakob bedankte sich bei seinem Wachtmeister für das Vertrauen.

Gegen Dienstschluss sprach er Elke an. Sie waren die beiden Letzten im Büro, Jakob hatte seinen Feierabend extra ein wenig hinausgeschoben, um unter vier Augen mit ihr zu sprechen.

Er sah ihr direkt in die Augen, vielleicht eine Sekunde zu lang. Sie wandte ihr Gesicht ab, so, als fühle sie sich ertappt.

Wie anfangen, fragte er sich. Ach was, jetzt gilt's. »Elke?«

»Hm? Was willst du mir sagen?«, fragte sie ihn.

Er hatte spontan eine Idee, keine neue, dafür eine, mit der er die Situation retten konnte. »Würdest du mit mir zum Essen gehen? Wie wär's, hm, sagen wir, bei Heitmann? Ich möchte dich gerne einladen.«

Sie lächelte. Endlich lächelte sie. Jakob pulste etwas rascher, oder kam es ihm nur so vor? Sicher war er nicht. Vielleicht verzog sich ihr hübsches Gesicht gerade zu einem Weinen? Er machte einen Schritt auf sie zu und nahm sie fest in den Arm. Tatsächlich, er vernahm ein Schluchzen, kaum merklich, doch spürbar. Dann kullerten Tränen, er spürte die warme Feuchtigkeit durch sein Hemd. Sachte wiegte er Elke an seiner Schulter, wünschte, sie würde ihm gleich sagen, was los war. So traurig hatte er die Kollegin bislang nie erlebt, es tat ihm in der Seele weh, sie so aufgelöst zu sehen.

Die Bürotür stand offen. Vom Gang her waberte der Geruch des frisch gebohnerten Linoleumbodens herein. Dann ein knarzendes Geräusch, wie es entstand, wenn jemand mit festem Schuhwerk abrupt auf diesem Fußbodenbelag zu stehen kam. Jakob fühlte, wie Elke in seinen Armen zusammenfuhr. Es bestürzte ihn, dass sie sogar in dieser Situation ängstlich war, da er sie festhielt. Oder hatte sie Sorge, dass man sie an ihrem Arbeitsplatz zusammen sah? Dann etwas wie ein Huschen. Er ging rasch zur Tür, sah auf den Gang, nach links, nach rechts. Er bemerkte nichts. Entlang des Flurs lagen weitere Büros, die meisten Türen waren geöffnet, damit die Reinigungskräfte wussten, wo sie mit ihrer Arbeit weitermachen konnten. Er überlegte kurz, ob er in den einzelnen Büros nachsehen sollte, ob sich jemand darin befand, der nicht dorthin gehörte, ließ es dann allerdings bleiben. Wahrscheinlich war es eine Putzfrau.

Er ging zu Elke zurück, umfasste ihren schlanken Körper. Sie hatte sich einen Ruck gegeben, das Schluchzen beendet, tief Luft geholt, das Tränengesicht zur Seite gewandt, damit Jakob es nicht so genau sehen sollte. Nun kramte sie in ihrer Jackentasche nach einem Taschentuch, Jakob war flinker und zog eines seiner Taschentücher aus der Hosentasche. Sie musste lachen, ob sie wollte oder nicht.

»Die hast du wohl immer griffbereit, für all die weinenden Frauen, denen du täglich begegnest, wie?«, scherzte sie.

Jakob stupste mit dem Finger ihre Nasenspitze. »So ist es, ich hab den ganzen Schrank voller Taschentücher. Der Bedarf ist einfach riesig.«

Mit dem Lachen löste sich die Spannung.

»Erzählst du mir alles? Bei Heitmann?«

Sie nickte entschlossen.

»Ich freue mich«, sagte er mit schnurrender Stimme. »Warum hab ich dich nicht schon früher gefragt?«

»Ja, mein Lieber. Warum?«

Es war ungewohnt für Jakob, das Stadthaus zusammen mit einer Frau zu verlassen.

Sie reichte ihm ihren Arm. Er lächelte verlegen, hakte sich bei ihr unter und so gingen sie vergnügt zum Großneumarkt. Es war kurz nach sieben am Abend, da ging es gemächlich zu bei Amandus Heitmann. Die Abendkarte war reichhaltig. Jakob konnte es nicht vermeiden, sich zu fragen, ob man auch hier illegale Ware anbot. Aber er hatte keine Lust, sich und Elke den Abend zu vermiesen, weshalb er seine Gedanken für sich behielt. Allerdings beobachtete er, wie Elke beim Durchlesen der Karte ebenfalls kritisch die Stirn krauste. Sicher hatte man auch hier seine Quellen, vielleicht diskretere und professionellere als die meisten anderen Restaurants. Entsprechend waren die Preise angesetzt. Die sollten heute keine Rolle spielen. Elke wollte ohnehin etwas Einfaches, nur etwas, das sie lange nicht mehr gegessen hatte. Sie entschieden sich also für Falscher Hase mit Kartoffeln und Buttergemüse. Dazu eine Flasche Weißwein. Eine Weile rätselten sie, wie es zu der Bezeichnung Falscher Hase gekommen sein mochte, was sie zu immer neuen Mutmaßungen führte und zu ausgelassener Albernheit. Jakob zeigte seine Künste auf dem Gebiet der Hasenmimik, indem er Mund und Nase zum Mümmeln brachte. Wie sich herausstellte, stand Elke ihm in der Hinsicht um nichts nach. Und gegen ihre schwermütige Phase konnte es gar keine bessere Medizin geben als das Lachen. Sie wirkte auf einmal viel befreiter. Und Jakob fühlte sich glücklich, wie lange nicht mehr. Er hatte sich vorhin selbst überrumpelt, nicht groß nachgedacht und aus der Situation heraus genau die richtige Entscheidung getroffen. Eigentlich hatte er diesen Schritt, der ja im

Grunde nur ein kleiner war, Tiedemann zu verdanken. Der gute Tiedemann. Wahrscheinlich saß er gerade zu Hause und steckte die Nase in eines der kriminalistischen Fachbücher, die Inspektor Harder ihm besorgt hatte, quasi als Dauerleihgabe. Sollte er in seinem Alter tatsächlich noch mal die Schulbank drücken, um sich beruflich zu verbessern? Jakob hoffte es.

Während des Essens redeten sie wenig, ab und zu schenkten sie sich ein Lächeln. Sie tranken Wein. Gegen Ende der Mahlzeit war die Flasche so gut wie leer, und Jakob bestellte eine weitere.

Sie wussten, dass ihre Situation hier einigermaßen widersprüchlich war. Zum einen sah es so aus, als hätten sie sich endlich ihre Zuneigung gestanden, es war nicht mehr nötig, sie voreinander zu verbergen. Jakob musste ihr endlich sagen, dass es Liebe war und dass er es schon lange wusste.

Zum anderen war klar, dass sie über das sprechen mussten, was Elke so bedrückte. Aber ob sie danach noch in der Stimmung wären, sich ihre innersten Gefühle zu gestehen, war fraglich. Es lag ein Schatten auf dem Abend, nun erschien ihm alles reichlich vage. Als ob Elke seine Gedanken lesen könnte, schob sie eine Hand über den Tisch, legte sie in seine. Er atmete tief durch, wirkte leicht gequält.

»Na komm«, sagte sie, »bringen wir es hinter uns«, und dann ganz unvermittelt, »da war jemand an meinem Schreibtisch, ich bin mir sicher. Es kann sein, dass aus Personalordnern Seiten herausgenommen wurden, das weiß ich noch nicht sicher. Einige Lebensläufe habe ich zum Beispiel nicht gefunden. Ich hab mich nicht getraut, es euch zu sagen, das war der eine Grund. In dieser Atmosphäre, in der alle verdächtig sind, befürchtete ich, man könnte mich belasten, wenn wichtige Unterlagen fehlen. Der andere Grund war, nein, ist, dass ich es mit der Angst zu tun bekomme, wenn ich dran denke, dass im Stadthaus – mitten unter uns – ein dreifacher Mörder rumläuft. Wem kann man denn noch trauen? So, mein Lieber, nun ist es raus. Es fällt mir nicht leicht, es zu sagen, aber so hat es sich ergeben. In letzter Zeit gehe ich ungern zur Arbeit, würde morgens am liebsten unter der Bettdecke bleiben, auch wenn ich dich dann nicht sehe.«

Es war dieser letzte Satz, der ihn innerlich am meisten berührte. Er drückte ihre Hand ein wenig fester, blickte noch tiefer in ihre grünbraunen Augen, versuchte, nicht allzu ernst zu gucken, allerdings schien ihm ein Lächeln auch nicht angemessen. Verlegen hob er ihre Hände an, drückte sanft seine Lippen auf sie, und Elke ließ es geschehen.

»Und ich habe es nicht gemerkt«, sagte er mit brüchiger Stimme, »lass es mich besser machen, Liebes, ja?«

Sie nickte. Ihr Zeigefinger legte sich über seinen Mund. »Nur bitte nicht mehr heute Abend, ja? Dieser Abend soll uns gehören. Und auch die Nacht.«

Carl Mortensen hatte es sich nicht verkneifen können, heute, am Mittwoch, erneut auf dem Rathausmarkt zu erscheinen. Eigentlich hätte er längst auf seiner Schute sein sollen, wo er morsche Lukenbretter austauschen wollte. Nachdem er bereits gestern nicht an seinem Platz war, hatten seine Kollegen einen Jungen in die Hopfenstraße geschickt, um zu fragen, ob alles in Ordnung sei. Es war eben ungewöhnlich, wenn er nicht im Hafen erschien. Carl fand es rührend, dass seine Kumpels sich um ihn sorgten. Er musste ihnen demnächst unbedingt eine Flasche Aalborger Aquavit spendieren, eine Spezialität aus der alten dänischen Heimat, auch wenn es seinen Vorrat weiter schmälerte.

Zwar hatte er als Ewerführer einige Freiheiten mehr als andere Hafenarbeiter, dennoch war er natürlich abhängig von Aufträgen, und diese Abhängigkeit war ihm bewusst. Verdienstausfälle konnte er sich ebenso wenig leisten, wie seinen Baas, den Auftragsvermittler, zu vergrätzen. Es gab genug Ewerführer, die ordentliche Arbeit ablieferten, und dann war er ja auch nicht mehr der Jüngste. Er lebte von seinem guten Namen, weil er von dem, was er machte, eine Menge verstand und weil er im Hafen großen Respekt genoss. Sein Wort zählte und er vermittelte auch bei Streitigkeiten. Bis jetzt hielten seine Knochen und man konnte ihm teure Seegüter anvertrauen, also versorgte der Baas ihn mit Aufträgen. Am besten war es, Astrid nichts von seinem heutigen Abstecher zum Rathausmarkt zu erzählen, sie musste ja nicht alles wissen. Bestimmt hatte sie auch ihre Geheimnisse. Aber er musste einfach wissen, was aus dieser Sülzegeschichte hier wurde. Die Partei hatte das jedenfalls nicht vorbereitet und, so viel er mitbekommen hatte, auch sonst keiner. Es waren spontane Aufstände, die für die Protestler gefährlich werden konnten und die die Kommunisten unnötig in Verruf brachten. Andererseits war der Unwille gegen die Mangelwirtschaft in der gesamten Einwohnerschaft so massiv ausgeprägt, dass mit Nachsicht zu rechnen war.

Carl hielt sich auf dem weitläufigen Platz vor dem Rathaus mal hier und mal da auf, um so viele Informationen wie möglich aufzuschnappen. Überall hingen Tierkadaver an den Laternenmasten, angeblich stammten sie aus

Heils Fabrik. Immer mehr Menschen versammelten sich, als ob sie erwarteten, dass am heutigen Dienstag etwas Einschneidendes passierte. Die wildesten Gerüchte machten die Runde. So hörte er einen Jungspund sagen, man habe den Fabrikanten Heil gezwungen, rohes Katzenfleisch zu essen. Und natürlich wurden die hygienischen Verhältnisse in allen Farben des Ekels ausgemalt, sodass Carl den Brechreiz unterdrücken musste. So extrem konnte es nicht zugegangen sein, sonst hätte dort ja niemand gearbeitet. Sicher war vieles aufgebauscht worden. Der eine erzählte, und der Nächste erfand etwas dazu, und am Ende war das Grauen komplett.

Inzwischen waren die anderen Sülzefabriken der Stadt ebenfalls auf den Kopf gestellt worden, auch deren Arbeiter hatte man mit Wagen durch die Straßen zum Rathausmarkt gefahren. Einige wurden gezwungen, Schilder in die Höhe zu halten: »Arbeitersülze – Pfund drei Mark, Stark & Co, Barmbek, Oberaltenallee vierundsiebzig«. Ein Mann trug ein Plakat mit der Aufschrift »Ich bin der Meister« vor sich her, offenbar der Betriebsleiter. Carl gefiel das nicht. So verständlich es war, es hatte etwas Unwürdiges.

Immer mehr Informationen sammelten sich in seinem Kopf an, vieles davon erschien glaubwürdig. Das Kriegsversorgungsamt am Großen Burstah war am Mittag, gegen halb eins, gestürmt worden, wobei man die Angestellten oder Beamten offenbar dazu gezwungen hatte, das Haus zu verlassen. Die Einrichtung wurde demoliert, Aktenbündel aus den Fenstern geworfen. Lebensmittelgutscheine wurden in großen Mengen mitgenommen, wahrscheinlich für den eigenen Gebrauch. Um ein Uhr war die Aktion wieder vorbei. Zuvor waren die Geschäftsräume des Kriegsversorgungsamtes in der Ferdinandstraße von Aufständischen heimgesucht worden. Dort befand sich auch die Fleischabteilung.

Der Leiter des Kriegsversorgungsamtes, Oberregierungsrat Dr. Lippmann, war angeblich misshandelt worden. Er sei auf dem Weg hierher, wo er sich vor dem Volk verantworten musste. Und tatsächlich. Da brachten sie einen aufgebrachten Mann vor das Kaiser-Wilhelm-Denkmal. Das klotzige Denkmal in der Mitte des Rathausmarktes, Wilhelm hoch zu Ross mit schwerem Mantel und Pickelhaube, Preuße durch und durch, in Hamburgs guter Stube. Carl wurde jedes Mal mürrisch bei dem Anblick. Als gebürtiger Däne waren ihm die Preußen verhasst. Im Deutsch-Dänischen Krieg von 1864 hatte der Lieblingsbruder seines Vaters bei den Düppeler Schanzen sein Leben verloren. Die Schanzen, in der Nähe von Flensburg, waren wochenlang von den Preußen belagert und schließlich innerhalb kurzer Zeit eingenommen worden. Was für ein Schock für alle Dänen. Der Vater selbst war davongekommen, hatte gleichwohl die Kriegseindrücke nie verdaut, da nützte auch der ganze Aquavit nichts.

Und die Hamburger? Wie stolz taten die Hanseaten immer mit ihrer ruhmreichen Vergangenheit, die mit Preußen nicht viel zu tun hatte, und inzwischen krochen sie den Hohenzollern in den Arsch! Pfui Teufel! Zu allem Überfluss war das Denkmal so aufgestellt worden, als reite der Kaiser auf direktem Wege durch das Rathausportal ins Innere des mächtigen Gebäudes. Hurra, die Preußen kommen. Bah!

Lippmann stand nun auf dem Denkmalsockel und redete. Er rechtfertigte sich und tat dies sehr eindringlich und mit

Überzeugungskraft. Das Amt habe keinerlei Geschäftsbeziehung zur Heil'schen Sülzefabrik und habe dort niemals Sülze produzieren lassen. Die Kontrolle der Produktion und der Fabrik lag nicht im Aufgabenbereich des Kriegsversorgungsamtes. Es klang glaubhaft, man ließ ihn von seinem Sockel herunter, worauf er von etwa zwanzig Schutzleuten ins Rathaus geleitet wurde.

Der Direktor der Blindenanstalt wurde ebenfalls vorgeführt. Er sollte den Menschen, die ihm anvertraut worden waren, verschimmeltes Brot vorgesetzt haben. Polizisten gelang es, ihn mithilfe eines Wasserschlauchs und Tränenbomben ins Rathaus zu bringen. Carl hatte etwas von dem Reizgas abbekommen. Leise fluchte er vor sich hin, während er sich mit seinem Taschentuch die Augen rieb. Es brannte höllisch.

Aus dem Rathausinneren drang durch, es sei nicht beabsichtigt, die Bahrenfelder einzusetzen.

Also gut, er hatte fürs Erste genug mitbekommen. Es war an der Zeit, sich im Hafen sehen zu lassen und etwas für seine Augen tun. Dieses verfluchte Reizgas. Ein Himmelreich für eine Handvoll klares Wasser.

Als Hannes vorgestern vom Rathausmarkt in die Rehhoffstraße zurückgekehrt war, ging er gleich in den ersten Stock hoch, wo Gisela für das Wohl der Bewohner sorgte.

»Liebe Gisela, diese Rosen sind für dich.« Er räusperte sich, als benötige er nach diesen Worten dringend ein Glas Wasser.

»Würdest du, willst … also, möchtest du meine Frau werden?« Dabei hielt er ihr mit ausgestrecktem Arm die Blumen vor die Nase, sodass er ihr Gesicht nicht sehen konnte und ihr gerührtes Lächeln, das sich dahinter verbarg. Gisela nahm die Rosen entgegen, versenkte ihre Nase in den duftenden Strauß, genoss den Duft mit geschlossenen Augen, die sich ein wenig mit Wasser füllten, und sagte: »Ja. Ja, das möchte ich, mein lieber Hannes, und die schönen Rosen, ach Gott, ach, komm mal her.«

Endlich schlossen sie sich in die Arme, zum ersten Mal hier bei geöffneter Tür.

»Wo lasse ich denn bloß die Rosen?«

Hätte Hannes geahnt, was für Probleme diese langstieligen Pflanzen aufwarfen, hätte er sich für ein handlicheres Format entschieden. Im Verlaufe des Tages war die Glasvase, in die Gisela die Blumen gesteckt hatte, zweimal umgefallen. Sie hatten es überlebt, die Vase nicht, worauf die Rosen zunächst in einem Metalleimer landeten. Irgendwo mussten sie schließlich untergebracht werden. Dazu kam der »Swinkram«, wie Gisela sich ausdrückte, als sie das Wasser vom Boden wischte. »Mir ist da was eingefallen. Ein früherer Bewohner hat uns nach seinem Tod alle möglichen Sachen hinterlassen«, sagte sie, »ach, guckst du mal da unten in den Schrank, links unten, ja da, da müsste eine blaue Glasvase stehen, mit Goldrand.«

Das uralte Möbel aus massivem Eichenholz, das man nach der Eröffnung des Ledigenheims aus einer anderen Einrichtung hierhergebracht hatte, führte sein Eigenleben. Bei hoher Luftfeuchtigkeit weitete sich das Holz, und die Türen ließen sich schwer öffnen. Hannes zerrte an der Tür, die nur selten bewegt wurde, bevor sie quietschend nachgab. Ein muffiger Geruch schlug ihm entgegen.

Gisela schüttelte sich. »Ach, sieh, da ist die Vase«, sagte sie, »die hab ich gemeint. Die werde ich gleich auswaschen.«

Hannes hob sie mit Vorsicht heraus. Klobig und plump, dachte er, eigentlich hätten meine Edelgewächse etwas Eleganteres verdient, na gut, besser als der Eimer. Hier passte der gesamte Strauß hinein, und das Ding war standfest. Er pustete in die breite Öffnung und hatte sogleich das Gefühl, in einer Staubwolke zu verschwinden.

»Was für ein Dreck«, befand Gisela, »das muss alles sauber gemacht werden da unten. Direkt peinlich.«

Als Hannes' Hustenanfall sich gelegt hatte, warf er einen Blick auf den Vasenboden.

»Was haben wir denn da Schönes«, murmelte er vor sich hin, während er ein ledernes, braunes Notizbuch herauszog.

»Nanu, das ist ja … das kenne ich«, rief Gisela, »Werners Notizbuch. Wir haben es gesucht wie verrückt, und du findest es einfach so.«

Es klang wie ein Vorwurf. Er grinste breit und hob die Schultern. Da ihm der Fund nicht gehörte, übergab er seiner Verlobten das vermisste Objekt mit einer übertriebenen Verbeugung. Sie spielte das Spiel mit und nahm das lederne Buch im Postkartenformat huldvoll entgegen.

Was mochte da so wichtiges drinstehen? Sie überlegte kurz und kam dann zu dem Schluss, dass sie eigentlich die Erste sein sollte, die das Recht hatte, einen Blick hineinzuwerfen, schließlich war Werner ihr Bruder gewesen. Auch Hannes war gespannt, was sein Beinahe-Schwager an Beobachtungen und Verdächtigungen notiert hatte. Vielleicht hatte Werner darauf gehofft, dieses Notizbuch könnte eine Art Lebensversicherung für ihn sein, für den Fall, dass er enttarnt würde. Mit der unverhohlenen Brutalität seines Mörders hatte er offenbar nicht gerechnet. Und der Mörder wiederum nicht mit den minutiösen Aufzeichnungen, die ihn zur Strecke bringen könnten.

Gisela hatte das Büchlein aufgeschlagen und die letzte beschriebene Seite gesucht.

»Meine Güte, ich wusste gar nicht, was er für eine winzige Schrift hatte. Sieh dir das an, da brauche ich ja ein Vergrößerungsglas. Kannst du das lesen?«

»Na, zeig mal her. Wir sollten unbedingt Jakob Bescheid geben. Der muss das Ding hier so schnell wie möglich haben, egal was drinsteht. Ja, das ist wirklich sehr klein geschrieben, verdammt.« Er nahm seine Brille aus der Brusttasche des Jacketts und las.

»Nun sag«, drängelte sie, »steht da was? Namen? Gaunereien?«

Hannes zuckte die Achseln. Er begann mit dem letzten Eintrag und blätterte Seite um Seite zurück. Doch plötzlich ließ er das Büchlein sinken, zog nachdenklich die Brille von der Nase, kaute am gebogenen Ende des Bügels herum, wie er es tat, wenn ihn etwas stark bewegte. Giselas Neugierde konnte er jetzt nicht bedienen. Er schlüpfte in seine Straßenschuhe und machte sich auf den Weg zum Stadthaus.

Gleich früh am Morgen war Harder ins Büro geeilt, um seine Mitarbeiter wegen der Sülzeunruhen auf den neuesten Stand zu bringen. In der Nacht hatte Lamp'l erneut den Ausnahmezustand ausgerufen.

»Hört das gar nicht mehr auf?«, stöhnte Ove, »der wievielte ist das eigentlich?«

»Diesmal ist es anders. Lamp'l hat bei Noske in Berlin die Reichswehr angefordert, das heißt, da marschiert in Kürze Militär in Hamburg ein. Ein Teil soll bereits in

Wandsbek sein, es war also eine vorbereitete Aktion. Noske befehligt einen ganz harten Hund mit der Reichsexekution. Lettow-Vorbeck. Er ist bereits in Friedrichsruh, vor den Toren der Stadt, und bereitet die Truppenaufstellung und den Einmarsch vor.«

»Steht schon in der Zeitung, ganz schön fix, die Jungs von der Presse«, bemerkte Tiedemann.

»Reichsexekution?«, hakte Jakob nach.

»Ja, hört sich bedrohlich an und ist es auch. Die machen kurzen Prozess, da werden wir in der Stadt einiges erleben. Dagegen halten die Bahrenfelder Kindergeburtstag.«

»Lettow-Vorbeck war Kommandeur der Schutztruppe in Deutsch-Ostafrika. Die Kolonien sind futsch, und nun macht der Kerl hier Rabatz? Soll der nicht an die Siegermächte ausgeliefert werden?«, fragte Jakob.

»Ja, bloß ich glaube nicht, dass das gelingen wird. Er ist hierzulande nach wie vor beliebt.«

»Und gestern?«, wollte Ove von Harder wissen.

»Gestern erst hat Lamp'l die Bahrenfelder zum Rathaus gebracht, dabei ist vorher was anderes gesagt worden. Daraufhin füllte sich der Rathausmarkt mit Aufständischen und Protestlern, die spontan auftauchten, vor allem Unorganisierte, dann wurden Warnschüsse abgefeuert, eine Handgranate flog, keine Ahnung von welcher Seite, es gab einen Toten und fünfzehn Verletzte. Immer mehr Waffen tauchten auf, dann wurde das Rathaus beschossen. Die Bahrenfelder darin haben lieber nicht zurückgeschossen, um die Sache nicht weiter anzuheizen. In der Börse nebenan wurde Feuer gelegt, das ist schnell wieder gelöscht worden. Derweil kamen immer neue Verbände aus Bahrenfeld. Ganz schön Betrieb war da. Also gut. Sie wissen

Bescheid. Wenn Sie in der Stadt unterwegs sind, treffen Sie überall auf Aufständische, Militär, Volkswehr und auf Kollegen. Das Personal wird langsam knapp. Passen Sie gut aufeinander auf, halten Sie sich raus, soweit das möglich ist. Soll Lamp'l sehen, wie er klarkommt.«

Damit verschwand der Inspektor genauso schnell, wie er gekommen war, und der Bürobetrieb ging weiter. Personalakten wälzen. An welcher Stelle gab es Auffälligkeiten? Keiner verspürte Lust, die Ereignisse vor dem Rathaus zu kommentieren. Es gehörte irgendwie zum Alltag, allerdings war der Beschuss neu. Ihr Fall hatte Vorrang. Auch hier im Büro schienen sich revolutionäre Änderungen abzuzeichnen.

Ove und Tiedemann wechselten einen wissenden Blick. Da mussten sie wohl etwas verpasst haben seit gestern Nachmittag. Es gab ein Liebespaar mehr in Hamburg, das war offensichtlich. Wie die beiden an Jakobs Schreibtisch saßen, zusammen über eine Personalakte gebeugt, so eng und innig, wie es bislang nicht der Fall war. Und dann dieser Flüsterton, als wären sie sich ihrer sonderbaren Arbeitsweise bewusst. Ab und zu ein dämlich grinsender Blick zu den anderen, das war die pure Verlegenheit. Die reine Liebesblödigkeit, dachte Ove. Er sollte gerecht sein. Jakob war sein Freund, und er wünschte ihm alles erdenklich Gute, allerdings empfand er in diesem Fall so etwas wie Eifersucht. Warum ging bei ihm und Clara nichts voran? Kurz überlegte er, sich demonstrativ eng neben Tiedemann zu setzen, um die beiden ein bisschen aufzuziehen, aber er verwarf die Idee, schließlich wollte er den emsigen Wachtmeister nicht in Verlegenheit bringen. Zerknirscht und mit einem langen Seufzer richtete sich sein Blick aus dem Fenster. Zwei Elstern hackten aufeinander ein, dass die Federn flogen. Die schenkten sich nichts. Vielleicht spielte auch bei ihrem Zank Eifersucht eine Rolle.

Ach, eigentlich rührend, die beiden. Nein, das war heute kein guter Tag für ihn. Er mochte sich selbst nicht, in der Art, wie er gerade empfand. Seine missgünstigen Gedanken grenzten fast an Verrat, denn schließlich war er ja seit Langem in Jakobs Schwester Clara verliebt. Was denn nun? Vor ein paar Tagen hatte Jakob ihm erzählt, dass sein Vater und Clara zusammen in Berlin waren. Der alte Mortensen wollte zu Rosa Luxemburgs Beerdigung. Am dreizehnten Juni war das gewesen. Sie wurde neben Karl Liebknecht beerdigt. Es schien Jakobs Vater wichtig gewesen zu sein, an der Beisetzung teilzunehmen. Der Sohn hatte ihn darin bestärkt. Clara war ebenfalls am Grab, doch es gab einen zusätzlichen Grund für ihren Berlin-Aufenthalt. Sie wollte sich an der Damenakademie der Hochschule für Bildende Künste als Malerin ausbilden lassen, dafür war einiges an Papierkram zu erledigen. Und die Verwandtschaft musste eingeweiht und befragt werden, ob Clara bei ihnen wohnen könne, gegen Kostgeld natürlich. Nun gut, das war kein Problem gewesen, etwas Geld zusätzlich konnte jeder gebrauchen.

Berlin. Das war nicht gleich um die Ecke. Was sollte er machen? Ihr seine Liebe gestehen und darauf hoffen, sie in Hamburg halten zu können? Bestimmt nicht. Sie schien sich entschieden zu haben. Auf sie warten? So lange, bis sie fertig war? Nein, das war keine Aussicht für ihn, dafür war er nicht der Typ. Möglicherweise kam sie ja gar nicht wieder zurück. Berlin war für Künstler interessant, vielleicht hatte sie bald eine eigene Ausstellungsmöglichkeit. Es sprach einfach vieles für Berlin. Er hatte seine Gelegenheiten nicht genutzt, sich viel zu lange Zeit gelassen, sich nicht aktiv um sie bemüht. Warum sollte sich eine junge Frau wie sie hinhalten lassen? Er war selbst schuld.

Diese Aktenstapel machten ihn fertig. Das war nichts für ihn, Akten zu wälzen, da kam er einfach nicht gegen an. Wahrscheinlich hatte er sich für den falschen Beruf entschieden. Tiedemanns Zunge dagegen war pausenlos in Bewegung, er leckte seine Lippen von links nach rechts und von rechts nach links. Meine Güte, merkte er das denn gar nicht? So konzentriert war er bei der Sache. Klar, das war eine wichtige Arbeit, vielleicht sogar aktuell die wichtigste. Er blätterte lustlos, zwischen den Augen eine senkrechte Falte, in der Hand seinen Keramikbecher mit lauwarmem Muckefuck, als die Bürotür aufgerissen wurde.

»Moin, Jakob, kannst du den beiden sagen, dass sie mich nicht aufhalten sollen«, dröhnte ein sichtlich erboster Mann, der seine besten Jahre bereits hinter sich gelassen hatte. Zwei Wachleute bemühten sich vergebens, ihn daran zu hindern, unangemeldet in das Büro des Kommissars zu stürzen.

»Hannes«, rief Jakob verdutzt. »Ist gut, Kollegen, ist in Ordnung, danke euch, ihr könnt ihn reinlassen.«

Die Griffe lösten sich von dem Eindringling, die darauf folgenden bösen Blicke musste er über sich ergehen lassen.

»Mensch Hannes, was ist denn mit dir los? Ist es so dringend?«, fragte Jakob, der zugleich wusste, dass die Frage überflüssig war. Der Freund würde ihn niemals einfach so im Büro aufsuchen, um ein Schwätzchen zu halten.

Hannes nickte kurz in die Runde und sagte: »Gar nicht so einfach, bis hierher durchzudringen, mein Lieber. Ihr habt euch hier hinten ja ganz schön verschanzt. Ich habe drauf bestanden, dir persönlich was zu übergeben.«

Damit warf er erneut einen kritischen Blick auf die Anwesenden. Einen Mangel an Selbstbewusstsein konnte man ihm weiß Gott nicht bescheinigen.

Jakob ahnte, dass der Freund misstrauisch war, und sagte mit einem Seitenblick: »Ist alles in Ordnung, Hannes, in diesem ehrenwerten Büro arbeiten nur Engel.«

Elke errötete leicht, Ove rollte mit den Augen.

»Was? Engel? Wieso? Na egal. Also hier ist Grunwaldts Notizbuch. Wir haben es gefunden, Gisela und ich.«

Sofort war alles andere vergessen. Das Notizbuch, das der Erdboden verschluckt hatte, um es endlich wieder freizugeben. Alles scharte sich um Jakobs Schreibtisch.

Donnerwetter! Das war wirklich ein Paukenschlag. Damit hatte hier keiner mehr gerechnet.

»Und?«, fragte Jakob, »hast du es gelesen, Hannes?«

Der nickte. »Die letzten drei Seiten. Ich konnte nicht widerstehen. Seht selbst.«

Jakob enthielt sich eines Kommentars. Wenigstens war Hannes ehrlich, wie immer. Sie konnten froh sein, dass er das braune Büchlein auf schnellstem Weg hierher gebracht hatte. Hastig schlug er die letzte Seite auf und ging ein Stück im Text zurück. Er wollte gleich zum Wesentlichen kommen.

»Mensch, ist das klein geschrieben! Tiedemann, haben Sie nicht eine Leselupe? Die brauche ich mal eben.«

Jakob überflog den Text, las hier und da einen Satz vor oder ein Satzfragment, die anderen hörten erwartungsvoll zu, warteten auf die entscheidende Aussage.

»›Will Zippel einen höheren Anteil am Gewinn, Mops lehnt ab …‹ hm … ›Zippel hat Rückendeckung von BK …‹«

»BK?«, fragte Ove.

»Das Kürzel erscheint immer wieder«, sagte Jakob, »hier zum Beispiel: ›BK taucht auf, habe mich hinter der Garderobe verborgen. Er darf mich nicht sehen, kennt mich. Hab's befürchtet. Es wird immer gefährlicher herzukommen, muss mir was einfallen lassen. Mit dem ist nicht gut Kirschen essen, der hat was zu verlieren. BK warnt Mops vor einer polizeilichen Durchsuchung im Viertel, will so schnell es geht Genaueres in Erfahrung bringen. Er steckt Geld ein. Ich gehe hinten raus.‹«

»So ein Kneipenspitzel hat's auch nicht leicht«, meinte Elke mit einem ironischen Lächeln.

»Ach nee«, unterbrach Jakob, »hört mal. Hier, eine Seite weiter, das bezieht sich auf Mops und Zippel. ›BK hat wieder seine Kontakte in den zentralen Dienststellen spielen lassen, nicht nur im Stadthaus. Auch Zöllner tanzen nach seiner Pfeife, viele schulden ihm einen Gefallen. Bei ihm laufen die Fäden zusammen. Er will mehr Prozente, damit er seinen Ruhestand genießen kann.‹ Ja, gibt's denn das? Ruhestand? BK?«, rief Jakob, »na, fällt der Groschen?«

Alle nickten bis auf Hannes. Die Sache war klar.

»Hannes. Vielen Dank auch, ich denke, das Ding hier bringt uns das entscheidende Stück voran. Ich muss dich bitten, uns zu verlassen, mein Freund, nichts für ungut. Wenn wir hier fertig sind, machen wir ein Fass auf, was meinst du?«

»Jo, dat mokt wi«, sagte er, »es gibt einiges zu erzählen.«

»Bei mir auch, du wirst dich wundern.«

Elke war derweil damit beschäftigt, BKs Personalakte herauszusuchen, die natürlich ganz weit unten lag, wie immer, wenn es eilig war.

Ove war türschlagend hinausgerannt, offenbar wollte er BK holen. Tiedemann war mit dem Notizbuch beschäftigt, er fing von vorn an. Jakob kramte die alten Dienstpläne hervor, um die Anwesenheitszeiten BKs mit den Tatzeiten zu vergleichen, soweit sie einzugrenzen waren. Da er überwiegend im Innendienst tätig war und auch Schichtdienste übernehmen musste, konnte Jakob erste Rückschlüsse ziehen. Zu den Tatzeiten war BK jedenfalls nicht im Stadthaus präsent gewesen.

Da kam Ove zurück, mit Harder im Schlepptau. Der wischte sich mit einem riesigen Taschentuch den Schweiß von der Stirn. Er guckte anders als vorhin, wie ein Getriebener, beinahe ein wenig irre.

»Leute«, klagte er, »das ist nicht euer Ernst, oder? Was ist denn hier los? Klages? Bertold Klages? Na gut, er ist ein Idiot, wir wissen es alle, nur … aber … sind Sie sich sicher?«

Tiedemann schwenkte das Notizbuch mit Daumen und Zeigefinger. »Sehen Sie selbst, Inspektor.«

Harder winkte ab, setzte sich. »Nicht jetzt, Tiedemann, bitte. Also Folgendes: Klages hat sich krankgemeldet, er hat mich heute Morgen angerufen. Ausgerutscht, Arm verstaucht, sagte er, beim Arzt gewesen, Krankmeldung.«

Elke fuchtelte mit der Personalakte herum. »Hier, die Akte. Tatsächlich. Da fehlt der Lebenslauf, mit dem er sich bei der Polizei beworben hat. Wahrscheinlich steht da was drin, was ihn verdächtig machen würde.«

»So ein Hund«, schnarrte Harder.

»Auf jeden Fall weiß er, dass wir dicht am Täter, also an ihm, dran sind. Er wird versuchen abzuhauen. Wir müssen ihn finden«, mahnte Ove.

Jakob, Harder und Tiedemann nickten nahezu synchron, was Jakob ungewollt zum Lächeln brachte.

»Auf geht's, Leute«, rief Harder, der sich langsam zu fangen schien, klatschte sogar in die Hände, »das volle Programm. Ihr wisst, was zu tun ist. Und ich knöpfe mir jetzt mal diesen Zippel vor. Er kann uns sicher einiges über unseren feinen Kollegen erzählen. Auch der härteste Bursche knickt irgendwann ein.«

Keiner zweifelte daran.

Graue Hose, braunes Jackett, braune Halbschuhe, ein leichter Sommerhut, tief ins Gesicht gezogen, und eine alte Aktentasche, abgewetztes braunes Leder, machten Bertold Klages zu einem der vielen unscheinbaren Stadtbewohner, die keiner im Gedächtnis behielt. Kaum dass man sie wahrnahm, waren sie gleich wieder aus dem Bewusstsein gelöscht.

Er saß auf einer Parkbank in Planten un Blomen, die nicht an einem der Hauptwege stand. Heute Morgen hatte er es nicht mehr in seiner Wohnung ausgehalten. Es war ein tiefer Einschnitt, der ihm an diesem fünfundzwanzigsten Juni bevorstand. Als er in früheren Jahren in die Welt gezogen war, wusste er, dass er immer wieder in seine Vaterstadt zurückkehren würde. Sie war für ihn eine besondere Stadt, die stolze Hansestadt Hamburg. Immer gewesen. Ab heute Abend würde das alles anders werden. An eine künftige Rückkehr war nicht mehr zu denken. Sein Konterfei würde bald, sehr bald, in sämtlichen Zeitungen zu sehen sein, genau wie in jeder Polizeidienststelle, Postämtern und in allen öffentlichen Einrichtungen. An keiner Litfaßsäule würde sein Steckbrief neben dem Fahndungsfoto fehlen, das wusste er. Er selbst hatte dies in seiner polizeilichen Funktion oft genug veranlasst. Und es war überhaupt die wirkungsvollste Methode, die Bevölkerung in die Tätersuche miteinzubeziehen. Vor allem wenn damit eine ordentliche Belohnung verbunden war. Passanten guckten ganz genau hin, wenn es etwas zu holen gab.

Harder hatte ihm die Sache mit dem verstauchten Arm ohne Weiteres geglaubt, na, was hätte er auch sagen sollen. Demnächst solle er das ärztliche Attest nachreichen. Darauf konnte der alte Sack lange warten. In wenigen Tagen wäre er in Lissabon, wo er sich eine Passage nach Südamerika besorgen würde. Erst mal Brasilien, dann weitersehen. Dabei schwitzte er sogar hier, in den nördlichen Gefilden. Die Temperaturen da unten könnten zu einem Problem für ihn werden.

Er entnahm seiner Tasche eine Flasche Milch und eine Stulle mit Schmierkäse. Was frühstückte man eigentlich in Brasilien? Früchte? Bald schon würde er sich die Reiseberichte der Cäcilie von Rodt, »Aus Central- und Südamerika«, etwas genauer durchlesen. Und die gefaltete Karte von Südamerika, die das Buch enthielt, am besten auch, damit er nicht immer mit den vielen Ländern durcheinanderkam. Warum war es denn nicht in der Aktentasche? Er hätte schwören können, er habe es eingesteckt. Hatte er es etwa auf dem Nachtschrank liegen lassen? Oh Gott, nicht schon wieder einer dieser vermeidbaren Fehler! Er wollte und brauchte das Buch zur Orientierung und als spannenden Lesestoff. Und dann durfte der Band natürlich auch nicht in die Hände seiner Jäger fallen, sonst wussten sie gleich, wohin die Reise führen sollte. Sie würden sofort alle Fluchtrouten, die infrage kamen, besonders gründlich kontrollieren lassen. Wie konnte er so dämlich sein! Es nützte nichts, er musste in die Wohnung in der Feldstraße. Und nun kam er auf eine geniale Idee. Auf dem Weg dorthin wollte er in einer Buchhandlung einen Reiseführer für Skandinavien kaufen, den er ihnen als falsche Fährte auf den Nachtschrank legte. Vielleicht fielen sie darauf rein. Zumindest mussten sie die Fluchtroute nach Skandinavien bevorzugt in den Blick nehmen. Am Ende konnte ihm sein Fehler sogar von Nutzen sein.

Er verstaute die Milchflasche wieder in der Aktentasche, wobei er mit dem langen Küchenmesser in Berührung kam, das auf dem Boden der Mappe lag. Seine Dienstwaffe hatte er im Koffer versteckt, der mit einem doppelten Boden ausgestattet war. Niemals ging er unbewaffnet aus dem Haus oder gar auf Reisen. Er musste darauf spekulieren, dass man an den Grenzen nicht seinen ganzen Koffer kontrollierte. Wahrscheinlich nahmen es die Zöllner in den südlichen Ländern nicht so genau. Obwohl: er als Deutscher? Vielleicht sollte er die Pistole lieber vorn in die Unterhose stecken, das würde er kurzfristig entscheiden. In der Straße Kohlhöfen, nicht weit von hier, gab es die öffentliche Bücherhalle, fiel ihm plötzlich ein. Was sollte er das Skandinavien-Buch kaufen, wenn er es auch entleihen konnte. Die Überziehungsgebühren mussten ihn nicht mehr interessieren, also machte er sich auf den Weg dorthin, es lagen nur wenige Straßen dazwischen.

Eine halbe Stunde später befand er sich bereits wieder in der Nähe seiner Wohnstraße. Im Gerichtsviertel am Sievekingplatz war er vom Civiljustizgebäude, dem Oberlandesgericht und dem Strafjustizgebäude umgeben. Ein paar Schritte weiter, am Holstenglacis, stand das Untersuchungsgefängnis. Ein bitteres Lächeln machte sich auf seinem Gesicht breit. Das war nicht gerade die Nachbarschaft, die ihm gefiel. Bloß weg. Die Feldstraße war in Sichtweite. Von der Glacischaussee bog ein Mannschaftswagen der Polizei mit hoher Geschwindigkeit in sie ein. Ein mulmiges Gefühl überkam ihn, das Geschehen in der Umgebung wirkte Respekt einflößend. Galt das ihm? Suchten sie ihn bereits? Möglich wäre es. Er wandte sich rasch zur Seite, dabei konnte er hier nicht gesehen werden. Mit dem Jackettärmel wischte er sich den Schweiß von der Stirn. Er erschrak. Ein Dackel kläffte ihn an, beinahe hätte er nach ihm getreten. Besser nicht, sonst schlug der Alte Alarm. Was für ein elender Köter! Ganz ruhig, ganz ruhig durchatmen, es war alles in Ordnung.

Der Mannschaftswagen hielt vor seinem Wohnhaus. Nichts war in Ordnung! Na denn, es war so weit. Uniformierte Beamte, seine Kollegen, sprangen herunter, liefen auf die Eingangstür zu.

Die falsche Fährte mit dem Skandinavien-Buch hatte sich damit erledigt. Wäre er gerade in seiner Wohnung, wäre alles vorbei. Er hätte keine Fluchtmöglichkeit. Nur der Zufall hatte seine Verhaftung verhindert. Es waren nur zwei, vielleicht drei Minuten, um die sie ihn verfehlt hatten. Das Auto, das sich hinter den Mannschaftswagen stellte, kannte er gut. Mortensen, Harms und dieser Wichtigtuer Tiedemann stiegen aus. Wie sehr er diese Idioten hasste! Dennoch, dumm waren sie nicht. Sie würden ihre Schlüsse ziehen. Harms war lästig wie eine Schmeißfliege, auch wenn er bisher nicht viel zu sagen hatte. In Kürze, wenn er, Bertold Klages, nicht mehr mitmischte, würde Harms seine Stelle als Kriminalkommissar einnehmen. Eine Stelle, um die ihn viele beneiden würden. Na, sollte er doch mit seinem Riesenzinken in der Visage. Wie er immer zur Seite guckte, einfach lächerlich. Dieser Mortensen dagegen, der wie ein Klassensprecher auftrat, der, das musste man ihm lassen, blitzgescheit war und der nicht nach ein und demselben Schema dachte, sondern mal so und dann wieder so, war die eigentliche Pest. Er war respektlos gegenüber den alten, verdienten Kollegen und damit zerstörte er die gesellschaftliche Ordnung mehr als diese bescheuerten Revoluzzer, denn das ging innerhalb der Behörde an die Substanz. Wer die Autorität nicht achtete, der verstieß gegen alle natürlichen Regeln. Mortensen hatte sogar ein paar Mal die Anweisungen von Harder missachtet, war dann kurzzeitig in Ungnade gefallen, jedoch hinterher umso doller gelobt worden. Unsereiner ist da viel disziplinierter. Was soll's, das ist jetzt auch egal. Weichlinge wie Harder verziehen jedes illoyale Verhalten. Mortensen, der bolschewistische Maulwurf, der alles untergrub und der das nie zugeben würde, dieser Windhund, also dem, dem könnte man einfach stundenlang in die Schnauze klatschen.

Er trottete nach Planten un Blomen zurück, spähte nach einer Bank, die zwischen Bäumen und Büschen versteckt lag. Es gab durchaus verborgene Orte in diesem Park, auch wenn im Winter verbotenerweise viel Holz geschlagen worden war. Die Leute mussten ja irgendwie ihre Öfen befeuern, und wer kümmerte sich in Notzeiten denn um Parkanlagen und Gesetze. Er selbst hatte es am allerwenigsten getan.

Was war zu tun?

Sein Geld. Es war im Koffer. Den hatte er im Hauptbahnhof deponiert. Da war die Abholmarke. Kam er

aktuell gefahrlos an sein Gepäck heran? In seinem Portemonnaie steckte nur so viel Bargeld, dass er damit zwei,
vielleicht drei Tage lang über die Runden käme. Er hatte
den falschen Pass mit dem fremden Namen. Den kannte
die Polizei nicht. Den Koffer hatte er unter dem neuen
Namen aufgegeben. Was aber, wenn Beamte, vielleicht
Zivilbeamte, den Gepäckschalter überwachten? Viele seiner Kollegen kannten ihn, zumindest vom Sehen, auch die
meisten von den niedrigeren Dienstgraden. Dann würde
er in die Falle tappen. Das Risiko war zu groß. Er kannte
Mortensens Arbeitsweise und die von Harder ebenso. Sie
verstanden es, sich in Personen hineinzuversetzen. Alle
entscheidenden Punkte in der Stadt, die für einen Flüch-
tigen von Bedeutung waren, würden sie innerhalb kurzer
Zeit überwachen. Klages war sich seiner Sache zu sicher
gewesen, hätte strategischer überlegen, sich seinerseits in
die Verfolger hineindenken müssen.

Was war das? Eine Mattigkeit überwältigte ihn, der er
nicht gewachsen war. Er hielt sich die geöffneten Handflächen vor das Gesicht, wollte schlafen, sich in eine Wurzel-
höhle verkriechen, wie ein Tier. Er war sich fremd wie nie
zuvor. Die letzten Monate waren nicht spurlos an ihm vor-
übergezogen. Solange er sich einigermaßen sicher fühlen
konnte, verdeckte der Alltag die Strapazen, die auch ihm,
dem Kaltblütigen, nicht erspart geblieben waren.

Im Grunde war immer noch Krieg, nur nicht mehr so
direkt. Jeder musste sehen, wo er blieb. Der Stärkere, der
Entschlossenere, der Kühnere setzte sich durch, das war
hier nicht anders als in der Tierwelt. Fressen oder gefressen
werden. Er gehörte zu denen, die fressen wollten, weil sie es
sich leisten konnten. Jawohl, so war es. Er hatte viel darüber

nachgedacht, und es war richtig. Ein Tier hatte keine Moral, es folgte seiner Natur. Bei ihm war es ebenso, er hatte es nur die meiste Zeit seines Lebens nicht zugelassen. Waren das Tränen? Was schüttelte ihn denn mit einem Mal? Die Anspannung, rein körperlich, gleich würde es wieder gehen. Diese Verlassenheit. Hatte er die Menschen verlassen, hatten sie ihn verlassen? Wie verloren konnte man sich fühlen? Da war nichts mehr, er fühlte keinen Halt mehr. Sobald er diese Parkbank verließ, hatte er keine ruhige Minute mehr. Zum ersten Mal drängte sich ihm die Frage auf, ob er etwas in seinem Leben zurücknehmen würde, wenn er könnte. Die Antwort verweigerte er sich, denn erneut schauerte es ihn, als hätte er Schüttelfrost. Seine Pistole befand sich im Koffer, wenn es darauf ankäme, könnte er seinem Leben kein schnelles Ende bereiten. Die Todesstrafe wurde nach wie vor vollstreckt wie zu Kaisers Zeiten. Das fand er richtig. Aber auch er würde nach einem Prozess wegen mehrfachen Mordes hingerichtet werden. Ein unerträglicher Gedanke.

Über die Wahl der Verkehrsmittel hatte es heute keine Diskussion gegeben. Ove war gleich zur Fahrdienststelle gerannt, um einen Wagen zu besorgen. In Höhe Millerntordamm war er mit einer solchen Geschwindigkeit rechts in die Glacischaussee eingebogen, dass die Reifen quietschten. Tiedemann hatte laut aufgeschrien, Jakob war weiß wie eine Kalkleiche und kurz davor, seinen Magen zu entleeren.

»Was denn?«, fragte Ove indigniert, »haben wir's eilig oder nicht?«

»Warte nur«, stieß Jakob hervor, »das kriegst du zurück.«

Tiedemann guckte ungewohnt grimmig drein. Wahrscheinlich hätte er Ove gern einen Knoten in den Hals gedreht. Immerhin beruhigte es ihn, dass er nicht der Einzige war, der die Fahrweise des ansonsten sehr geschätzten Kriminalsekretärs hasste.

Die nächste Peinlichkeit lauerte auf ihn. Seine uniformierten Kollegen von der Schutzpolizei waren bereits eingetroffen. Harder hatte den Einsatzleiter telefonisch instruiert und gleich losgeschickt, die wussten, was zu tun war. Sie stürmten auf die Eingangstür des Mehretagenhauses zu.

»Macht es Ihnen was aus, die Uniform ab morgen erst mal im Schrank zu lassen?«, schob Jakob nach, »man fällt ja direkt auf mit Ihnen.«

»In zivil also? Ja, gerne«, freute sich Tiedemann.

»Na endlich«, stöhnte Ove, »nun man los.«

Im Eingangsbereich hörten sie bereits das Krachen einer eingetretenen Tür. Es folgten lautstarke Warnrufe und schwere Schritte. Klages' Wohnung lag im ersten Stock. Er schien nicht da zu sein, es wäre ja auch zu schön gewesen.

Tiedemann stapfte die Holztreppe hoch, es konnte ihm nicht schnell genug gehen. Die Kollegen folgten.

»Wetten, ich weiß, wo Tiedemann gleich zuerst nachsehen wird?«, grinste Ove.

»Ich kann's mir auch denken, mein Lieber, da bringt eine Wette nichts«, entgegnete Jakob amüsiert.

Und tatsächlich. Sein erster Gang führte den Wachtmeister in die Küche, wo er die Besteckschublade des Schrankes aufriss und gezielt nach etwas suchte. Er fand nichts. Dann fiel sein Blick auf das Fensterbrett, und seine Miene erhellte sich. Ein Messerblock, gut gefüllt, nur ein Schlitz war leer. Er zog alle möglichen Messer heraus, ein Brotmesser war nicht dabei. Feierlich trug er den Holzblock zu Jakob, um Mitteilung zu machen.

»Gut so, Tiedemann. Kein Beweis, trotzdem ein wichtiger Anhaltspunkt«, lobte der. Er freute sich mit seinem Wachtmeister, der sich genau die passenden Gedanken zu dem Fall machte. Ove und er hatten ihn also richtig eingeschätzt.

Von allen Fenstern ging der Blick zur Feldstraße hinaus und auf das direkt dahinterliegende Heiligengeistfeld. Halb rechts die alte Getreidemühle und dahinter die zentrale Viehmarkthalle. An manchen Tagen musste Klages sicher den Gestank des nahe gelegenen Schlachthofs ertragen, was aktuell, im beginnenden Sommer, bestimmt kein Vergnügen war. Er hatte nie davon erzählt, so wie er überhaupt kaum etwas aus seinem Privatleben mitteilte. Klages war ein Mensch, der ihm immer fremd geblieben ist.

Die Zimmer wirkten aufgeräumt, nicht, wie in Panik verlassen.

»Alles so sachlich hier«, bemerkte Tiedemann, »nichts Persönliches, Fotografien, Bilder, Nippes, Pflanzen.«

»Ja, das fällt auf«, bestätigte Jakob.

Ove durchsuchte die Schubfächer einer Kommode. Auch hier fand sich kaum etwas von dem, was die meisten Menschen besaßen. Dinge, mit denen Erinnerungen verbunden waren. Es gab nur das Nötigste, das, was man im Alltag brauchte: ein Schuhschrank im Flur, halb leer, Garderobe, ein Teppich, Telefon an der Wand.

Im Wohnzimmer eine Couch, zwei Sessel, ein Tisch, ein Beistelltisch mit einem Schachspiel darauf, ein silberner Samowar. Ein fein gearbeiteter Kachelofen befand sich in einer Ecke des Raumes. In einer Vitrine standen einige Flaschen mit Hochprozentigem, verschiedene Sorten Cognac, auch Rum. Die Kommode mit einem Aufsatz für Geschirr, in dem sich nur Aktenordner aneinanderreihten, für Miete, Heizung und so weiter. Ove blätterte die Ordner kurz durch, stellte sie wieder zurück. Das Buchregal war gut gefüllt. Es enthielt historische Berichte von Schlachten der Römer und welche aus Napoleons Zeiten. Bildbände über ferne Länder waren dabei, ein schwerer Atlas, ein paar Romane.

Im Schlafzimmer ein Doppelbett. War er jemals verheiratet gewesen? Wenn, dann musste es lange her sein.

»Seht nur, was da auf dem Nachtschrank liegt«, sagte Jakob, »Reiseberichte aus Südamerika. Interessant. Soll uns das etwas sagen? Was meinen Sie, Tiedemann?«

»Gut möglich«, entgegnete der Wachtmeister, »vielleicht will er da hin. Wird er so unvorsichtig sein, uns direkt mit der Nase darauf zu stoßen? Er musste ja damit rechnen, dass wir ihm auf die Spur kommen.«

»Stimmt«, meinte Ove, »das wäre sehr unüberlegt, aber wer weiß. Jeder macht Fehler. Solange wir nichts anderes haben, müssen wir davon ausgehen, dass er sich absetzen möchte. Und dann rechnet er auch nicht unbedingt damit, dass wir heute seine Wohnung filzen. Vielleicht versteckt er sich irgendwo da draußen und beobachtet das Haus.«

Der Inhalt des Wäscheschranks bot einen übersichtlichen Anblick, das wäre selbst für Bertold Klages sehr wenig an Unterwäsche, Hosen und Hemden. War er ausgeflogen?

Ove öffnete den Aschekasten des Ofens. In der Blechlade und auch in der Kohleklappe fand er verkohlte und angekohlte Überreste von handgeschriebenen Briefen.

»Damit dürfte die Sache klar sein. Der taucht hier nicht mehr auf, der ist weg. Mist!«

Jakob nickte. »Ich rufe Harder an, er soll sofort sämtliche Fluchtpunkte überwachen lassen. Egal, wo er hinwill, wir müssen ja sowieso alles kontrollieren.« Er griff gleich zum Telefonhörer in Klages' Flur.

Da war der verdammte Köter von vorhin wieder. Lärmend kam er auf ihn zugerast, führte ein Höllenspektakel auf. Was zum Teufel mochte in so einem Hundekopf vor sich gehen! Der Halter rief und pfiff den hysterischen Dackel zurück, vergeblich. Kalli, so hieß der Vierbeiner anscheinend, hörte nicht. Vielleicht spürte er, dass er, Klages, Hunde verabscheute. Eine Hasswelle durchströmte ihn, abrupt riss sie ihn aus seinem Selbstmitleid. Es wurde ihm schwarz vor Augen, Zorn überwältigte ihn. Er schnellte von der Bank auf das überraschte Tier zu, dem er mit Wucht in den Bauch trat. Er hörte einen quiekenden Laut, bevor der Hund gegen eine Buche klatschte, zu Boden fiel und liegen blieb. Sein Herrchen war derweil herangeeilt, halb heulend, halb schreiend war es völlig unfähig, sein Entsetzen in Worte zu fassen. Klages stieß ihn in seiner Raserei brutal beiseite, stürzte sich auf den Dackel, den er mit beiden Händen hochriss, an der Kehle packte und würgte. Er musste zusehen, wie dem Tier die Schnauze aufging, die Zunge zur Seite fiel, die Augen brachen.

»Sie dreckiges Schwein«, schrie der betagte Halter. Er schnappte sich einen Ast und hieb auf Klages' Rücken ein. Der schleuderte ihm seinen toten Dackel ins Gesicht.

»Nimm deinen Fiffi und verschwinde, Kerl, sonst liegst du neben ihm.«

Der Alte tat gut daran, die Ansage des Rasenden zu befolgen, dessen Zorn nur langsam abebbte.

Klages musste sich setzen. Dort die Bank, seine Tasche, die Schläfen, die wie wild klopften, und was war das für ein Rauschen? Sein Blut? Konnte er sein eigenes Blut rauschen hören? Atmen! Gleichmäßig, lange Züge, Augen geschlossen halten.

Was hatte er getan? Kompletter Kontrollverlust! Gleich wird der Kerl mit einem Schutzmann zurückkommen. Weg hier! Egal, wohin. Nein, nicht egal. Zum Bahnhof, der Koffer. Noch konnte es sein, dass der Schalter nicht überwacht wurde, die Kollegen mussten zunächst alles organisieren, und wenn Mortensen und seine Mannen eben erst festgestellt hatten, dass er ausgeflogen war, würde es eine Weile dauern. Und die vielen Idioten, die auf der Straße waren, und die Knappheit beim Personal, ja, seine Zeit könnte vielleicht reichen, wenn er sich beeilte.

Der Kerl mit dem toten Hund war nicht mehr zu sehen, also raus aus dem Gebüsch. Zum Bahnhof Dammtor und von da aus weiter zum Hauptbahnhof, er musste es riskieren. Alles war nun riskant, einfach alles, egal, welche Entscheidung er traf.

Diese Revoluzzer überall, hörte das denn nie auf?

Ein Geschütz war auf das Eingangsportal des Untersuchungsgefängnisses gerichtet. Hatten sie das von den Bahrenfeldern erbeutet? Und da, Michaelis, der Gefängnisdirektor, trat heraus, mit erhobenen Händen. Eine Schande war das. Sie stürmten das Gefängnis. Vielleicht würde er bald Insassen auf der Straße herumlaufen sehen, die er selbst hinter Schloss und Riegel gebracht hatte.

Er konnte nicht anders, musste stehen bleiben, beobachten, was geschah, nicht lange. Von der Volkswehr war die Rede, die mit einer Delegation der Aufständischen verhandelt hatte. Man hatte sich darauf geeinigt, die politischen Gefangenen freizugeben, doch nun drangen immer mehr Menschen in das Gefängnisgebäude ein. Nur wenig später erschienen die ersten Inhaftierten. Sie wurden jubelnd in Empfang genommen. Ein Johlen erfüllte den Platz vor dem Gebäude. Und ja, Klages erkannte den ein oder anderen, der nun befreit wurde, und keiner von ihnen war ein politisch Gefangener. Allein der Ausdruck war absurd. Es gab nur Verbrecher. Wer sich nichts zuschulden kommen ließ, landete nicht im Knast, so simpel war das. Wer die gottgewollte Ordnung des Kaisertums nicht wollte, der sollte gefälligst woanders hin, von ihm aus zu den Hottentotten! So eine Bande! Die sahen alle gleich aus, mit ihren unrasierten Hälsen und den Schiebermützenvisagen.

Gut, er selbst hatte ebenfalls Fehler begangen, keine Frage, wenn auch erst in seinen späten Jahren, und dann war das auch gar nicht so geplant gewesen. Das alles wäre nie passiert, wenn es diese Republik nicht gäbe. Er hatte sich den Verhältnissen anpassen müssen, hatte versucht zu überleben, nur das genommen, was ihm zustand, und als sich die Gelegenheit geboten hatte, etwas hinzuzuverdienen, na ja. Das hätten die meisten so gemacht. Alles andere hatte sich so ergeben. Jeder hatte das Recht, sich selbst zu schützen. Den Staat als solchen jedoch, den autoritären Staat, von dem alle Macht ausging, nein, den hatte er niemals abgelehnt. Womöglich gelang es denen da vorn sogar, die Todesstrafe abzuschaffen. Na, das wäre ja ein Stück aus dem Tollhaus. Obwohl. Ach was. Hier ging es nicht um ihn, hier ging es um höhere Interessen.

Jemand teilte mit, dass das Strafjustizgebäude in Altona gestürmt worden sei, auch dort, in Hamburgs westlich gelegener Nachbarstadt, wurden also Gefangene befreit. Es war ja kein Wunder, selbst bei der Polizei gab es neuerdings republikanische Bestrebungen, da wollten einige die neue Zeit nicht verpassen. Was dabei herauskam, konnte man sich hier zu Gemüte führen. Allen voran Leute wie Mortensen und Harms und der kleine Romantiker Tiedemann und wie sie alle hießen. Sogar Harder gehörte dazu, ganz sicher. Den hatte er durchaus geachtet, früher. Mortensen, kein Wunder, bei dem Elternhaus. Sein alter Herr, ein Roter, wie er im Buche stand. Erzkommunist. Erstaunlich, dass er ihn hier bislang nicht gesehen hatte. Und dann diese Elke Mertens, immer angehübscht wie ein Flittchen. Mit solchen Weibern Deutschlands Zukunft bauen? Nie im Leben.

Die Fenster zum Platz öffneten sich und große Mengen Papier flogen zu Boden. Akten en masse, ganze Ordner, auf denen die Menschenmenge herumtrampelte. Auch Büromöbel und Einrichtungsgegenstände landeten auf dem Platz. Es war deutlich zu hören, wie die Menge im Innern des Gebäudes tobte. Der Volkszorn auf die staatlichen Institutionen entlud sich an diesem Ort hemmungslos. Klages konnte es kaum ertragen. Pappkartons wurden herausgetragen mit Büromaterial, Wertgegenständen, Uhren, Gemälde, Dinge, die sich verhökern ließen. Jeder, der in der Nähe stand, bediente sich.

»Mach dich auf den Weg, Bertold, auf den Weg, die Zeit verrinnt. Keiner hat dich erkannt, das muss so bleiben. Noch ist da eine kleine Zeitlücke«, schoss es ihm durch den Kopf.

Nachdem einer von Klages' Nachbarn ausgesagt hatte, dass ein Dienstmann am Abend zuvor einen schweren Koffer aus dessen Wohnung geschleppt hatte, Klages selbst erst heute Morgen die Wohnung verlassen habe, beauftragte Jakob Tiedemann, sich weiterhin gründlich in der Wohnung umzusehen. Alles, was geeignet war, ihn zu überführen, musste gesichert werden. Ein Kriminalwachtmeister sollte ihn dabei unterstützen. Er und Ove würden auf direktem Weg zum Hauptbahnhof fahren und sich umsehen.

Die vielen zornigen Menschen auf den Straßen erschwerten ihr Vorhaben allerdings erheblich, denn die dachten gar nicht daran, auf dem Bürgersteig zu bleiben. Wer interessierte sich derzeit für irgendeine Ordnung? Alles wurde auf den Kopf gestellt, wen kümmerte der Ausnahmezustand des Stadtkommandanten? Was war das hier gerade, was sich in den Straßen der Stadt ereignete? Die zweite Revolution nach der vom November? Ohne eine politische Führung? War das die Anarchie, vor der die situierten Bürger sich sorgten? Jakob konnte die Sache nicht einschätzen. Er fühlte sich nicht als Teil einer revolutionären Bewegung, doch verspürte er auch keine Angst vor einer radikalen Umwälzung.

Jedenfalls mussten sie ihrer Arbeit nachgehen, und ein zügiges Fortkommen war nicht möglich. Für einen Fahrer mit Oves Temperament eine echte Zumutung. Er fluchte wie ein Händler auf dem Fischmarkt.

»Pass auf, Ove, fahr nicht so dicht an die Leute ran, sonst zerlegen die uns und das Auto. Auf ein paar Minuten mehr oder weniger kommt es nicht mehr an. Hoffentlich.«

»Ja. Hoffentlich«, entgegnete Ove. »Guck mal da drüben, was läuft denn da?«

»Das sind Soldaten. Bahrenfelder. Die natürlich wieder. Ohne Waffen, mit zerrissenen Uniformen. Sind sie Gefangene? Stell bitte den Wagen da an der Seite ab.«

»Jakob, denke an Harders Worte. Wir sollen uns auf unseren Fall konzentrieren und uns auf nichts einlassen, was mit dem Theater hier zu tun hat. Und da hat er recht.«

»Weiß ich ja, weiß ich alles, aber sieh nur. Die stellen sich auf und legen die Gewehre an. Die wollen die Bahrenfelder abknallen. Das geht mir zu weit.«

»Willst du dich etwa dazwischenwerfen? Was meinst du, was die mit dir machen? Dann kriegst du auch eine Kugel zwischen die Rippen. Lass uns bloß nicht Märtyrer spielen.«

»Halt an, verdammt. Du kannst ja im Wagen bleiben.«

Jakob sprang heraus, Ove stieß einen langen Seufzer aus. »Ja, das sagst du so.«

Jakob marschierte in seiner unerschrockenen Art mitten durchs Gemenge, ohne zu wissen, was er gleich tun sollte. Ove hatte recht, es war gefährlich, schnell konnte man als Verräter dastehen, und im Handumdrehen war es aus mit einem. Dann sah er, wie sich aus der Menge heraus einige Besonnene mit beruhigenden Gesten auf die Bewaffneten zubewegten und mit ihnen ins Gespräch kamen. Offenbar kannte man sich. Es wurde verhandelt, schließlich ließ das provisorische Exekutionskommando die Gewehre sinken. Mehrere Männer wischten sich über die Stirn. Auf Seiten der Bahrenfelder gab es schluchzende Laute zu hören, vielleicht wurden sie sich eben erst bewusst, wie knapp sie dem Tod entkommen waren.

An Jakobs Ohr drangen nur einzelne Wortfetzen. Er verstand es so, dass die gefangenen Soldaten zunächst in der benachbarten Gnadenkirche festgesetzt werden sollten, damit sie keinen Schaden anrichten konnten. Dann wollte man weitersehen.

Es schien, als schwatzten hier alle Leute gleichzeitig, keiner hörte zu, was sein Gegenüber zu sagen hatte, weil sie mit der Bewältigung ihrer eigenen Sinneswahrnehmungen beschäftigt waren. Ein nicht abreißender Wortschwall erfüllte den Ort des Geschehens. Hier standen sie, die so vieles erlebt hatten, heute und in den vergangenen Monaten, wie nie zuvor in ihrem Leben.

»Kommt ihr vom Rathausmarkt?«, sprach Jakob einen Mittdreißiger an, der ernster dreinblickte als die anderen. Der Angesprochene nickte.

»Ja. Erst haben wir den Kasten belagert und beschossen, dann gab es eine Beratungspause. Die vielen Bahrenfelder haben sich im Rathaus verschanzt und sich nicht getraut zurückzuschießen. Dann haben wir den Laden gestürmt und sie rausgeschmissen. Ich hab 'ne Menge tote und verletzte Bahrenfelder gesehen.«

Jakob schüttelte ungläubig den Kopf. Der unbändige Hass auf diese Bahrenfelder Zeitfreiwilligen kannte keine Grenzen mehr. »Ist nicht dein Ernst, oder? Ihr habt das Rathaus gestürmt? Was ist mit dem Senat?«

»Keine Ahnung. Denen wird bestimmt nichts passieren. Na ja …«

»Was, na ja?«

»Den Sohn von Senator Sander hat's erwischt. Wurde in die Kleine Alster befördert und erschossen. So erging es auch anderen von diesen Bahrenfelder Milchbubis.«

Jakob fühlte sich, als hätte man ihm den Boden unter den Füßen weggezogen. Wenn das stimmte, konnten sich die Bewohner der Stadt auf etwas gefasst machen. Entweder würde Lamp'l die Reichswehr zur Verstärkung anfordern, oder sie marschierte von sich aus ein, so viel stand für ihn fest. Reichswehrminister Noske wartete nur auf einen Anlass, Hamburg einen Denkzettel zu verpassen. Die zahlreichen Unruhen seit Beginn des Jahres waren in Berlin vermerkt worden. 1919 würde auf jeden Fall als ein trauriges Jahr in die Hamburger Stadtgeschichte eingehen.

Hoffentlich traf er hier nicht auf seinen Vater. Wundern würde es ihn nicht. Ove zupfte ihn am Ärmel. Wo kam er denn plötzlich her, Jakob hatte ihn gar nicht gesehen, war ganz mit dem beschäftigt, was er gerade gehört hatte.

»Wir müssen«, sagte der Kollege, »wird Zeit.«

»Ja, du hast recht, lass uns zum Hauptbahnhof. Wir können hier nichts machen.«

Und dann kam wieder alles anders als geplant.

»Nun müssten sie beim Stadthaus sein«, hörte Jakob einen Jugendlichen sagen.

Er und Ove sahen sich an.

»Am Stadthaus, sagst du?«, sprach Ove den jungen Mann an. Der nickte. »Ist da was geplant?«

»Klar, da ist doch die Polizei drin und Behörden.«

»Und?«

»Denen machen wir Feuer unterm Arsch, sobald wir hier fertig sind. Inzwischen sind sicher Genossen da.«

»Was habt ihr denn vor?«, fragte Jakob, so vertraulich, wie es ihm möglich war.

»Dreimal darfst du raten. Stürmen natürlich. Da gibt's Waffen und lauter Sachen, die wir gut gebrauchen können. Akten und so.«

»Ach, wirklich? Und woher weißt du das, hm?«

Er zuckte die Achseln. »Das weiß man eben, jeder weiß das. Spricht sich rum.«

Jakob bestätigte. So war das immer. Angeblich wusste immer jeder alles, weil eben jeder alles wusste. Es erklärte sich aus sich selbst heraus. Gerüchte machten die Runde, und diese Gerüchte waren die Grundlage für alle möglichen und unmöglichen Entscheidungen. Keiner hielt es für nötig, ein bisschen tiefer zu graben. Strafakten etwa wurden im Stadthaus nicht mehr gelagert. Waffen gab es allerdings zur Genüge.

Jakob dachte an Elke, die sich gerade in dem Gebäude befinden musste. Ove dachte auch an Elke und seine Kollegen.

»Ich werd gleich wahnsinnig«, fluchte der, »wie soll man denn seine Arbeit machen bei dem Theater hier! Ich würde am liebsten zum Stadthaus. Was meinst du?«

»Klar müssen wir zu den Kollegen, das hat Vorrang. Ich bin nur nicht sicher, ob wir da reinkommen.«

»Wenn gestürmt wird, mischen wir uns unters Volk, wenn nicht, was mir natürlich lieber wär, gehen wir über die Höfe und die Vorbauten rein, die sind ja nicht so hoch, und dann durch die Fenster. Da kennen wir uns besser aus. Ach, irgendwie kriegen wir das hin.«

Kurz darauf parkte Ove den Wagen in der Nähe des Stadthauses. Etwas Unglaubliches hatte sich während der kurzen Fahrt ereignet. Jakob hatte ihn gedrängt, schneller zu fahren. Erst dachte Ove, sich verhört zu haben, dann musste er, bei allem Respekt, laut auflachen, was sein Kollege mit einem Knurren quittierte. Gern hatte er alles aus dem Dienstfahrzeug herausgeholt. Als Jakob ausstieg, spürte er eine entsetzliche Angst um Elke.

Erlaubte er sich einen weiterer Fehler, so könnte es sein letzter gewesen sein. Klages sollte sich entspannter in den Straßen der Innenstadt bewegen, es bleiben lassen, sich dauernd umzudrehen, aufhören, in der Spiegelung der Schaufensterscheiben nach möglichen Verfolgern Ausschau zu halten. Dadurch fiel er erst recht auf. Je dichter er sich dem Hauptbahnhof näherte, desto mehr spürte er eine innere Anspannung.

In seinem Beruf als Kommissar war er es gewohnt, sich in die Köpfe der Gejagten hineinzudenken. Mittlerweile war er selbst ein Gejagter, beinahe wie ein Stück Wild zum Abschuss freigegeben. Jedenfalls fühlte es sich danach an. Seine Kollegen würden nicht nur Polizisten einsetzen, die an ihren Uniformen leicht zu erkennen waren, sondern auch zivile Kräfte. Und sie würden kleinkriminelle Ganoven auf ihn ansetzen, die den Kollegen, nein, den ehemaligen Kollegen, den einen oder anderen Gefallen schuldig waren. Taschendiebe, Ladendiebe, Hehler, Zuhälter, das ganze Gesocks, das sie, statt es einzuknasten, für ihre Zwecke einsetzten. Und die dankten es ihnen nur allzu gern, wenn es darum ging, ihn, Bertold Klages, ans Messer zu liefern. Natürlich war er bei denen mit seiner kompromisslosen Art in Ungnade gefallen. Die würden ihn mit Vergnügen mit der Schnauze nach unten im Dreck liegen sehen.

Er war allein, alle Welt hatte sich von ihm abgewandt, ein Fremder, hier und überall, wo er in Zukunft sein würde, und fremd auch sich selbst gegenüber.

Bloß keine Sentimentalitäten. Da war sie wieder, seine Selbstdisziplin, auf sie war Verlass. Er brachte sich so in Position, dass er vom Vorplatz aus einen guten Einblick in die Bahnhofshalle hatte, lehnte sich seitlich an eine Anschlagsäule. Sein Blick durchkämmte die Menge, die sich unaufhörlich in Bewegung befand, eine diffuse, graue Masse Mensch, betriebsam und rastlos. Ein bekanntes Gesicht machte er nicht aus, was ihn jedoch nicht sonderlich beruhigte. Denn das hatte nichts zu sagen. Nein, die geplante Flucht mit der Bahn war derart riskant, dass er sich gleich selbst ausliefern könnte. Es ging allein darum, dass er an den Koffer herankam. Das Geld und die Pistole. War die Pistole nun seine Lebens- oder seine Sterbeversicherung?

»He, du«, sprach er einen der herumlungernden Jugendlichen an, vielleicht sechzehn, »willst du dir zwei Mark verdienen?«

Der Junge musterte ihn argwöhnisch.

»Ich bin nicht so einer, kapiert?«

Klages musste kurz nachdenken, bevor er verstand. »Nein, nein, ich auch nicht. Du könntest mir einen Gefallen tun. Da drin ist mein Koffer.«

»Und? Da drin sind viele Koffer.«

Was für ein vorlauter, altkluger Rotzlöffel, ärgerte sich Klages. »Also, was nun, zwei Mark oder nicht?«, fragte er, seinen Ärger dämpfend, »ist schnell verdientes Geld. Du holst den Koffer raus und bringst ihn mir.«

Er zeigte ihm die beiden Münzen, der Junge guckte ihn mit gesteigertem Misstrauen an. »Warum holen Sie ihn denn nicht selbst raus?«

Klages war kurz vorm Platzen. »Ach, dann lass es eben! Es gibt genug Jungs, die das gerne tun. Hau ab. Na los, verzisch dich!«

»Also gut«, lenkte der Jungspund ein, »ich mach's.«

Klages musterte ihn kurz, von der Statur her würde er den Koffer sicher tragen können.

»Du gehst mit dieser Gepäckmarke hier zur Aufbewahrung, da, gleich rechts«, erklärte er, wobei seine Hand in

Richtung der Bahnhofshalle einen Halbkreis nach rechts beschrieb, »es ist ein hellbrauner Lederkoffer, er ist groß, na, du kannst ihn bestimmt tragen. Hier hast du eine Mark, wenn ich das Ding habe, bekommst du die andere Hälfte.«

»Was? Ich sag Ihnen, wenn Sie mich bescheißen, mach ich einen Höllenlärm.«

»Und wenn du versuchst, mit dem Koffer abzuhauen, dreh ich dir den Hals um. Ich hab dich im Blick, und weit kommst du mit dem schweren Teil sowieso nicht.«

Die Augen des Jungen verengten sich zu Schlitzen, die Mundwinkel zeigten nach unten. Er wollte einfach gefährlicher erscheinen. Fast hätte Klages sich zu einem Lächeln hinreißen lassen.

»So, los geht's«, scheuchte er ihn in die Bahnhofshalle.

Nun hieß es, warten. Wenn alles gut ging, konnte es nicht lange dauern, bis der Bursche zurückkehrte. Der Zeiger der Bahnhofsuhr rückte vor, Strich um Strich. Wo blieb er denn! Vielleicht war da gerade viel los bei der Gepäckaufbewahrung, oder es gab ein Problem? Bitte nicht für den Jungen, sonst hatte er auch eines, dachte Klages.

Nach ein paar weiteren Umdrehungen des Uhrzeigers geriet sein Helfer zum Glück wieder in sein Blickfeld, man konnte ihm die Anstrengung des Schleppens am Schlingergang ansehen und am verzerrten Gesichtsausdruck. Ein kurzes Stück ging Klages ihm entgegen. Er würde ihm gleich eine Mark zusätzlich geben, die hatte er sich verdient. Geld besaß er genug, im Koffer lag bündelweise davon.

Der Junge schien zufrieden, so unkompliziert kam er sonst nicht an drei Mark.

Klages winkte eine Taxameter-Kraftdroschke heran, einen Daimler. Er hatte sich bereits ein Versteck für seinen Koffer ausgedacht. Er selbst musste auch damit rechnen, für ein paar Tage dort zu übernachten. Es zahlte sich aus, dass er bis vor einem halben Jahr Außendienst geschoben hatte und über gute Ortskenntnisse verfügte. Er kannte viele Örtlichkeiten, die vorübergehend für ihn infrage kamen. Schuppen und leer stehende Kellerwohnungen etwa, die auf ihre Sanierung warteten, auch in Abbruchhäusern konnte er sich zurückziehen. Er durfte mit der Suche keine Zeit verlieren, musste den Rest des Tages dazu nutzen, eine Fluchtmöglichkeit zu organisieren. Zurzeit wusste kaum jemand, dass er gesucht wurde, erst am nächsten Tag würde sein Foto in den Zeitungen auftauchen.

Er ließ sich zum Stubbenhuk fahren, eine Straße in unmittelbarer Hafennähe. Von dort aus wollte er nach einer Schiffspassage Ausschau halten. Erst mal raus aus der Stadt. Und er musste längere Umwege in Kauf nehmen. Und Zeitverlust. Und Nerven. Wäre er bloß einen Tag früher aufgebrochen, haderte er, dann hätte er sich den ganzen Mist hier ersparen können. Auf dem Rücksitz öffnete er den Koffer, entnahm ihm die Pistole, die er im Schutz des Kofferdeckels unauffällig in seine Jackentasche gleiten ließ. Die Banknotenbündel hatte er zu Hause nach und nach mit großen und kleinen Scheinen gepackt, um für alle Eventualitäten gerüstet zu sein. Die kleineren Noten überwogen. Drei der Bündel nahm er an sich.

Ein Abbruchhaus am Stubbenhuk, an dem zurzeit nicht gearbeitet wurde, war für ein, zwei Nächte geeignet. Er konnte vor allem den unpraktischen Koffer abstellen. In einem der Nachbarhäuser klaute er in der Waschküche eine Arbeitshose und ein Hemd, wie Hafenarbeiter sie trugen. Die Sachen sahen wie die Menschen hier alle gleich aus. Eine Schiffermütze fand sich auch, sodass er nun über eine passende Tarnung verfügte. Groß auffallen würde er jedenfalls nicht mehr.

Am Baumwall und an den Vorsetzen war wenig Betrieb. Eine unübersehbare Anzahl an Dampfschleppern und Dampfbarkassen hatten hier ihren Liegeplatz. Viel zu tun war nicht kurz nach dem Krieg, der Hafen dämmerte vor sich hin, träumte von einer großen Zukunft im Welthandel. Wie konnte man sich Hamburg ohne seinen Hafen denken, das pochende Herz der Stadt, das alles am Leben hielt? Ein erheblicher Teil der hamburgischen Handelsflotte war zwangsweise an die Engländer ausgeliefert worden. Vereinzelt löschten Ewer ein Binnenschiff aus dem Rheinland oder aus dem Ruhrgebiet. Ansonsten waren die Hafenschiffer damit beschäftigt, ihre Boote instand zu halten, um jederzeit einsatzbereit zu sein. Sie hatten jede Menge Zeit, steckten ihre Köpfe zusammen und tranken irgendein Gebräu, der Geselligkeit wegen.

Klages steuerte direkt auf eine der Hafenkneipen zu, um sich um eine Passage zu kümmern. Er setzte sich auf einen hohen Hocker am Tresen und hielt die Ohren gespitzt. Es gab nur ein Thema, um das sich alles drehte: die Unruhen in der Stadt. Er musste aufpassen, dass ihn sein Temperament nicht fortriss. Die meisten Gäste äußerten ihr Verständnis gegenüber den Aufständischen und ihren Aktionen. Klages konnte das Gewäsch kaum ertragen, allerdings war er nicht zum Politisieren hergekommen. Rasch kam er mit den Umstehenden ins Gespräch, es gelang ihm, die Rede auf die Situation im Hafen zu lenken. Nachdem er eine Runde dünn gepanschtes Bier spendiert hatte, wurde man

vertrauter, und nach der nächsten Runde, die mit einem
ebenso dünnen Korn gekrönt wurde, erfuhr er, dass am
nächsten Morgen, sehr früh, ein Dampfboot nach Stade
abging. Ein paar Zentner Obst aus dem Alten Land abholen. Legal? Keine Fragen, bitte. Stade. Hübsche Stadt an
der Niederelbe, er war früher zweimal dort gewesen und
hatte manche Erinnerung mitgebracht. So schlecht klang
das nicht. Von dort aus käme er nach Bremen und von
Bremen ginge es weiter Richtung Westen oder nach Süden.
Er brauchte eine rasche Entscheidung, der Steuermann
an seiner Seite wollte Klarheit. Viel fragen würde er ihn
nicht, solange die Bezahlung stimmte, und daran sollte es
nicht scheitern. Den einen großen Schritt in die Freiheit
gab es für ihn nicht mehr. Also dann, Stade, morgen früh
Punkt sechs am Johannisbollwerk nach der »Lotte« Ausschau halten. Ein Koffer ist in Ordnung, wenn's unbedingt
sein muss, nur nicht mehr, verstanden? Geht klar. Natürlich Vorkasse, bar auf die Kralle und gleich, wegen dem
Risiko und so. Die Scheinchen möglichst klein. Jaja, hier
hast du. Brennt dir unterm Mors, wie? Hm, keine Fragen
war abgemacht. Jaja.

Die Gewehrsalven waren nicht zu überhören. Es stimmte
also. Auf das Stadthaus wurde geschossen. Jakob fühlte
eine Zorneswelle durch seinen Körper jagen. Elke würde
sich ängstigen, er musste zu ihr. Die Fenster waren zer-
stört, scharfe, spitze Glaszacken hingen im Fensterkitt.
Sie konnten für die unten Stehenden zu tödlichen Waffen
werden. Zum Glück gab es im Inneren des weitläufigen
Gebäudes genug Möglichkeiten, sich zu verbergen, und
Elke kannte sich dort gut aus.

Jakob und Ove drangen am Neuen Wall in das Görtz'sche Palais ein. In den verwinkelten Gebäudeteilen und Höfen erklommen sie ein Garagendach, machten sich durch Klopfen bei den Kollegen bemerkbar, die öffneten eines der Fenster – sie waren hier nicht eingeworfen worden – und zogen die beiden hinein. Dann liefen sie die Treppe hoch, während unten, von der Straßenseite, die ersten Aufständischen mit lauten Rufen in das Stadthaus eindrangen. Sie trugen Gewehre, zum Teil waren es junge Burschen. Eine gewaltsame Verteidigung des Hauses kam nicht infrage, könnte in einem Blutbad mit unberechenbaren Folgen enden. Man war hier schlicht in der Minderheit, und die Bewaffnung der Beamten war nicht besser als die der Rebellen. Und die waren zu allem entschlossen, handelten zuerst und bedachten erst anschließend die Wirkung ihres Handelns. Sie schreckten auch nicht davor zurück, Handgranaten zu werfen, so, wie sie es vor dem Rathaus getan hatten.

Jakob fand Elke nicht. Keiner hatte sie mehr gesehen, als es plötzlich so unübersichtlich geworden war.

Elke hatte sich zunächst in einem der kleineren Büros, nach hinten zu den Höfen raus, versteckt. Dort befand sie sich in der Gesellschaft einiger Angestellter, die in anderen Behörden des Gebäudekomplexes arbeiteten.

Die Eindringlinge hatten sich in großer Zahl in den Gängen verteilt, klopften an jede Tür, riefen, dass alle Angestellten und Beamten zu ihrer Sicherheit das Haus verlassen sollten, es würde ihnen nichts geschehen. Nur die uniformierten Polizeibeamten hatten zu bleiben. Eine Tür nach der anderen öffnete sich. Die verschreckten Mitarbeiter wurden gruppenweise nach draußen gebracht, wo man sie, teils unter Beschimpfungen, gehen ließ, so, wie man es zugesichert hatte. Elke hielt sich nun auf der Stadthausbrücke in einiger Entfernung zum Geschehen auf, um zu beobachten, was passierte. Dort hatte sie einen besseren Überblick.

Ob ihre drei Kollegen Klages inzwischen gestellt hatten? Hoffentlich war er nicht längst über alle Berge! Sie sorgte sich um Jakob, kannte ihn als wehrhaft, alles andere als schwächlich, mitunter jugendlich unbedacht. Das konnte ihm gefährlich werden. Die Angst um ihr eigenes Leben konnte sie recht gut beherrschen, solange andere Leidensgenossen in der Nähe waren. Sie fühlte sich stärker als sonst, auch stärker als einige der Männer, die sich mit ihr in dem engen Raum befunden hatten. Es musste erst etwas Zeit vergehen, bis sie sich der Gefahr bewusst wurde, das war bei ihr so. Und sie vermutete, dass der Dreifachmörder nicht in der Nähe war. Von dieser Seite drohte jedenfalls keine Gefährdung.

Aus den Fenstern flogen Aktenblätter auf die Straße. Ein leichter Wind schaukelte sie über die Köpfe der Menschenmenge hinweg und schließlich in den Straßenstaub.

Die Besetzer machten sich auf die Suche nach Waffen und forderten die sofortige Herausgabe von Strafakten. Leitende Polizeiführer versuchten, ihnen klarzumachen, dass sich diese Papiere nicht mehr im Stadthaus befanden, sondern im Strafjustizgebäude. Hier befanden sich nur die aktuellen Ermittlungsakten. Auch Jakob betätigte sich als Vermittler. Er bewahrte die Ruhe und erklärte alles, was er wusste, sachlich und betont emotionslos. Im hinteren Bereich des Gebäudes stieg Rauch auf, das Feuer konnte allerdings rasch gelöscht werden. Ein stundenlanges Geplänkel und Kraftmeiereien zwischen den verschiedenen Parteien kosteten unnötig Energien und führten zu nichts. Gegenstände und Büromöbel gingen zu Bruch, Wertgegenstände verschwanden. Am späten Abend verließen die Aufständischen endlich das Gebäude, nachdem die Zwölferkommission der Betriebsräte eingegriffen hatte. Sie hatte sich ihre Autorität bislang erhalten können.

Es war nun alles anders gekommen als gedacht. Jakob fiel eine Last vom Herzen, als er Elke die Treppe hochlaufen sah. Sie umarmten sich fest und leidenschaftlich, kümmerten sich nicht um die Blicke der Umstehenden. Kurz darauf schlug die Freude wieder in trübe Stimmung um. Keiner wusste, was mit Klages war. Hielt er sich überhaupt in der Hansestadt auf, oder war es ihm gelungen, das Weite zu suchen?

Von irgendwoher tauchte Harder auf, teilte mit, dass die Polizeiführung inzwischen eine Belohnung von zweitausend Mark auf Klages ausgesetzt hatte. Alles, was laufen konnte, hatte er aktiviert, ihn in Hamburg zu jagen. Schlüsselorte wie Bahnhöfe und sämtliche Punkte im Hafen sowie die Ausfallstraßen wurden verstärkt kontrolliert und bewacht. Hamburgs Ganoven würden die Augen offen halten, es sollte ihr Schade nicht sein. Er hatte also in dem Chaos hier die Fäden in der Hand behalten und getan, was möglich war. Der Respekt seiner Mitarbeiter war ihm sicher. Der Alte war nach wie vor auf der Höhe, arbeitete für zwei, ein hartnäckiger Bursche war das. Und bei dieser Tragödie, in der sein ungeliebter KK Klages die Hauptrolle spielte, schien er sogar noch weniger zu ruhen als sonst.

»Morgen früh mehr«, krächzte er mit heiserer Kehle. »Treffen bei mir, Punkt neun. Bis dahin sind die Büros wiederhergestellt, hoffe ich. Die Putzkolonne arbeitet durch. Macht Feierabend, schlaft euch aus.«

Damit verschwand er so geräuschlos, wie er erschienen war, wieder in den Weiten des Stadthauses. Jakob, Ove und Elke blickten ihm verblüfft hinterher, lächelten amüsiert, ohne sich zu Harders Kurzauftritt zu äußern. So war er eben.

Auch heute verspürte Carl ein Jucken in den Augen. Sie tränten. Er musste gestern mehr Reizgas abbekommen haben, als er zunächst gedacht hatte. Vielleicht hatte er sie nicht zeitig genug ausgespült. Erst als er an den Vorsetzen ankam, der Straße direkt an der Wasserkante, wo zurzeit seine Schute lag, kamen ihm die Kollegen mit einer Kanne Brunnenwasser zu Hilfe. Das ätzende Zeug steckte auch in den Klamotten, sodass er sich in der kleinen Kajüte unter Deck einen anderen Troyer anzog.

Es war früh am Morgen, Carls schlechtes Gewissen hatte ihn zu seiner Schute getrieben, die er in den letzten Tagen vernachlässigt hatte. Eigentlich hatte er nicht viel zu tun, es hatten sich keine Schiffe angesagt. Zurzeit lebte er mit der Familie in Unsicherheit. Wenn sich die Lage nur endlich normalisieren würde. Den Kollegen erging es genauso, sie existierten von dem bisschen, das sie sich für Notfälle zur Seite gelegt hatten. Viele verdienten sich mit handwerklichen Nebentätigkeiten etwas hinzu. Beinahe alle waren verheiratet und hatten Kinder und Verwandtschaft, sonst ginge es ihnen weitaus schlechter. Sämtliche Familienmitglieder, die gehen konnten, packten mit an, jeder nach seinen Möglichkeiten. Auch die Lütten lernten fix, Lebensmittel oder Reste davon zu organisieren.

Heute hatte Carl sich vorgenommen, ein paar morsche Lukenbretter durch neue zu ersetzen. Die Abdeckung der Großluke sollte schließlich die Ladung vor Nässe schützen. Die Kiefernbretter waren von beiden Seiten der Luke querschiffs angeordnet, rechts und links zusammengefügt wie ein Zelt oder ein Dach, das nach beiden Seiten hin leicht abfiel. Die alten Bretter wollte er zerhacken und in einem Sack mit nach Hause nehmen. Im Winter konnten sie alles gebrauchen, was sich verheizen ließ.

Er stieg die Leiter hinunter, im Laderaum lagen bereits die neuen Bretter. Sieh an, da war ja Lene, die getigerte Katze. Sie hatte es sich auf einer Rolle Schiffstau gemütlich gemacht, guckte verschlafen und gähnte ihn an.

»Lene, wie bist du denn hier reingekommen?«

Carl erhielt keine Antwort auf seine Frage, und eigentlich hatte er auch nicht damit gerechnet. Irgendwo in der Lukenabdeckung musste es also ein Loch oder eine Lücke geben, durch die sie hindurchpasste. Wenn es stark regnete, war das gar nicht gut. So ein geschmeidiges Katzentier kam allerdings sowieso überall rein. Und dann mochte er auch den Gedanken, dass das zerzauste Tier ausgerechnet zu ihm Zutrauen gefasst hatte. Sie war nicht gerade für ihre Umgänglichkeit bekannt, und manch einer, der sie streicheln wollte, hatte das auch zu spüren bekommen. Gemächlich streckte sie ihren Körper, der immer länger zu werden schien, zugleich öffnete sich das Mäulchen weit zu einem weiteren herzhaften Gähnen. Sie gehörte zu den Wesen, an denen die Lebensmittelknappheit bisher keine Spuren hinterlassen hatte, zur Not ernährte sie sich eben eine Zeit lang ausschließlich von Mäusen. Im Hafen huschten sie reichlich umher, Lenes Tisch war hier stets ständig gedeckt. Carl nahm eine Kanne mit labbrigem Tee aus seinem Zampelbüdel, gab etwas davon in eine Schale und brockte ein Stückchen Zwieback hinein. »Frühstück«, erklärte er der vierbeinigen Besucherin. Sie sah ihn mit ungläubiger Miene an, schnupperte kurz an dem Schälchen, wandte ihren Kopf schließlich ab. Eine fleischlose Mahlzeit am frühen Morgen! Nein, das war nicht das Richtige für sie, und das bekräftigte sie durch einen entschlossenen Maunzlaut.

»Schmeckt dir wohl nicht beim alten Mortensen, kleine Ziege, hm?«

Also setzte er selbst die Schale an den Mund und schlürfte den Inhalt. Warum etwas umkommen lassen? Lene hüpfte auf seinen Schoß, schmiegte ihren ungebürsteten Zottelkörper an ihn, schnurrte voller Inbrunst. Er kraulte sie unter dem Kinn, wofür sie ein Faible hatte, und erzählte ihr mit dunkler Stimme, was er heute zu tun gedachte. Es hätte auch etwas anderes sein können, sie schien einfach die ruhigen, tiefen Laute, die Schwingungen zu mögen, die von ihm ausgingen.

Nebenan, am Johannisbollwerk, standen bereits einige wenige Schlepper unter Dampf. Wurde denn ein größeres Schiff erwartet? Nicht, dass er wüsste. Nur Binnenschiffe, und für die brauchte man keine Dampfschlepper. Wahrscheinlich wurden sie für Sonderfahrten vorbereitet, die in ländliche Gegenden führten, um dort Lebensmittel aufzunehmen, die man bei Kontrollen als Eigenbedarf für sich und die Familie geltend machen konnte. Es wurde hier nicht so streng geahndet.

Carl hielt seinen Kopf aus der Ladeluke, setzte Lene vorsichtig auf eine Abdeckplane. Ein Zug der Hamburger Hochbahn ratterte lautstark über den Viadukt über der Straße Richtung Barmbek. An sich ja eine U-Bahn, wobei der längste Teil der Ringlinie jedoch oberirdisch verlief. Carl mochte den zusätzlichen Betrieb, den sie hier seit der Einweihung 1912 hatten, ganz gern. An freien Tagen hatte er selbst einige Male eine Runde auf der Strecke gedreht und gestaunt, wie sie die dicht besiedelten Stadtteile miteinander verband. Viele Arbeiter und Tagelöhner wohnten inzwischen in Barmbek, nachdem sie aus dem Wandrahmviertel vertrieben worden waren. Dem Bau der Speicherstadt wurde von den Stadtoberen der Vorrang eingeräumt. Die meisten von ihnen legten den weiten Weg zum Hafen allerdings zu Fuß zurück, um das Fahrgeld zu sparen. Und am Abend retour.

Am Ufer trieb sich ein hochgewachsener Mann in der typischen Arbeitskleidung der Hafenarbeiter herum, den er in dieser Gegend nie gesehen hatte. Was fummelte er ständig an seiner Schiffermütze? Es sah aus, als hielte er sich im Schutze eines Transportkarrens verborgen, wobei er stets das Treiben am Johannisbollwerk im Blick behielt. Seltsamer Kerl. Etwas älter, vielleicht so alt wie er, graue Schläfen. Wenn es ein Hafenarbeiter war, hatte er sich gut gehalten. Die meisten Älteren liefen gebückter umher, man konnte ihnen ihr hartes Leben ansehen. Was war das für ein Kasten da neben ihm? Ein Koffer? Wozu ist der mit einem Koffer unterwegs? Vielleicht neu in der Stadt, eben erst angekommen. Oder wollte er sich mit einem der Schlepper absetzen? Na, was ging es ihn an, sollte er machen.

»Moin, Carl«, rief ihm einer der Kollegen zu, »na, wo geiht di dat? Allens kloor?«

Das war Rudi, einer der erfahrenen Ewerführer, er kannte ihn sein halbes Leben lang. Er musste bereits eine Weile auf seiner Schute gewesen sein, Carl hatte ihn nicht bemerkt und erschrak ein wenig. Wenn mehrere Schuten nebeneinanderlagen, bekam man nicht immer mit, was sich auf ihm oder im Bauch des Schiffes abspielte.

»Jo«, rief er zurück und winkelte den Arm an zum Gruß. Eine vollkommen erschöpfende Antwort, wie er fand. Die Antwort auch auf nahezu alle Fragen.

Der Graumelierte wurde aufmerksam, drehte sich zu ihnen, schien überrascht. Er sah Mortensen an, etwas länger, als es üblich war. Woher kannte Carl dieses Gesicht unter der Mütze? Vor allem dessen Mimik kam ihm bekannt vor, das Zusammenspiel von Mund und Augen. Die zusammen-gekniffenen Lippen wie ein Strich und zwischen den Augen eine senkrechte Falte, wenn er es aus der Entfernung richtig deutete. Falls der immer so guckte, hatte er nicht viel gelacht im Leben. Er hatte ihn schon gesehen, da war er sicher, nur nicht irgendwo im Zusammenhang mit dem Hafen. Sollte er ihn ansprechen und fragen? Nein, besser nicht. Das war nicht seine Art. Er ahnte, dass ihm die Frage nicht mehr aus dem Kopf gehen würde, bis er sie beantworten konnte. Er kannte das, es war immer so. Vorsichtshalber nickte er dem Kerl zu, man wusste ja nie. Dann kletterte er aus dem Laderaum, stieg auf das Deck. Er begann damit, eines der vorderen Lukenbretter aus der Führungsschiene zu heben. Lene putzte sich derweil und behielt ansonsten den Hafen unter Kontrolle. So hatte jeder seine Arbeit.

Das hatte Klages sich anders vorgestellt! Der Rummel da unten, die vielen Leute auf dem Ponton, was sollte das? Er konnte da nicht runter, nicht mit dem Koffer, da fiel er ja auf wie ein bunter Hund. Er zog seine Uhr an der Kette aus der Hosentasche, gleich sechs. Bestimmt wartete der Steuermann längst auf ihn, weil er loswollte, er musste eine Entscheidung treffen. Auf dem kurzen Weg hierher hatte er eine Polizeistreife gesehen, allerdings konnte er sich gerade rechtzeitig hinter einem Stützpfeiler des Hochbahnviadukts verstecken. Die beiden Uniformierten hatten es nicht eilig gehabt. Er schwitzte Blut und Wasser. Nicht, dass er es sich gern eingestand, doch sein Nervenkostüm hatte in letzter Zeit arg gelitten. Wenn er hier mit heiler Haut herauskam, hätte er das Glück wieder auf seiner Seite. Erneut schalt er sich dafür, dass er kein Notfallszenario entwickelt hatte. Von Anbeginn war er derart von seinem Organisationstalent überzeugt gewesen, dass er eigene Fehler und Missgeschicke nicht auf der Rechnung hatte. Dieser verfluchte Koffer! Am liebsten würde er ihn in der Elbe versenken. Er war es nicht gewohnt, auf frische Kleidung zu verzichten und auf die Dinge, die er für seine Körperpflege brauchte. Gut, mit einer kleineren Reisetasche oder einem handlichen Seesack wäre ihm besser gedient. Ja, ein Seesack. Schiffsausrüster gab es hier an jeder Ecke, da bekam er auch, was er suchte. Das musste er riskieren. Nein, das hätte er riskieren müssen. Gestern. Um diese frühe Zeit waren die Geschäfte nicht geöffnet, und eigentlich musste er gleich da runter zum Anleger. Was wussten die da unten? Nein, es ging nicht. Als Hafenarbeiter mit Koffer fiel er hier mehr auf als mit vornehmer Kleidung. Er musste zurück in seinen Unterschlupf, das Geld, das er dem Steuermann gegeben hatte, war damit futsch. Egal. Nun war alles neu zu überdenken.

Oh, hier waren ja schon einige Schutenschubser an Bord, wo kamen die denn plötzlich her! Er war zu sehr mit sich selbst beschäftigt, haderte er. Im Hafen gab es an jeder Ecke tausend Augen, gleich zu welcher Zeit. Im ersten Stock des Hauses nebenan klappte ein Fenster auf, ein Kleinkind schrie mit seiner Mutter um die Wette. War die mager. Keine Milch in den Brüsten, kein Wunder, dass das Gör schrie, ging es ihm durch den Kopf. Flüssigkeit wurde aus einem Fenster gekippt, wer weiß, was das war. So, wie es hier roch, konnte er es sich vorstellen. Schweine! Es lenkte ihn nur unnötig ab. Vielleicht bildete er sich die Gefahren nur ein, vielleicht sollte er gerade jetzt risikofreudiger sein, weniger nachdenken. Wenn sie ihn einkassierten, würde er sich Vorwürfe machen, dass er so zaghaft gewesen war. Warum konnte er keine Entscheidung treffen, es wurde höchste Zeit. Ein Köter guckte ihn an, wedelte mit dem Schwanz. Bitte nicht wieder so was! Der sollte ihm bloß vom Leib bleiben. Überhaupt. Scheiß Tiere!

Der mit dem Katzenvieh auf der Schute kam ihm irgendwie bekannt vor. Der andere hatte ihn Carl gerufen. Was guckte der so? Hatte er ihn erkannt? Wer war das? Carl, davon gab's viele. Alter Zausel mit weißem Stoppelbart, nein, er kam nicht drauf. Vielleicht ein früherer Kunde? Hatte er ihn mal hoppgenommen, ihm zu einem Knastaufenthalt verholfen? Wäre möglich. Nun nickte er ihm zu. Also gut, machte er auch.

Wie sehr hatte er früher, als Knirps, diese Ewerführer bestaunt, wie sie von einer Schute zur nächsten sprangen, bis sie an ihrer eigenen angelangt waren. Selbst bei unruhigem Wellengang auf der Elbe sah das richtig lässig aus, es imponierte ihm immer noch. Und den jungen Frauen, die vom Kai aus zusahen, natürlich ebenso. Nur ein Polizist mit Uniform zu sein, war ihm noch lässiger erschienen, weshalb er den Beruf ergriffen hatte. Ganz schön laut, wenn die Hochbahn hier drüber bretterte! Wenn gar nichts anderes ging, fuhr er zum Stadtrand und würde zu Fuß weitergehen, Hauptsache raus.

Da, wieder zwei Polizisten, andere als vorhin. Bloß weg!

Ein Säufer taumelte ihm vor den Füßen herum, Bierflasche in der Hand, machte einen Riesenlärm. Er blieb stehen, warf einen Blick ins Schaufenster. Taue, Seile, Schiffsbedarf. Es guckten alle, Mensch, hoffentlich quatschte der ihn nicht an. Was für ein Idiot, versoff den Tageslohn von gestern. Er ging besser in die andere Richtung. Wie schwer der Koffer war. Nachher musste ein Seesack her, mittlere Größe, da packte er das Wichtigste rein. Von dem übrigen Zeug würde er sich trennen.

Im Eingangsbereich eines Bekleidungsgeschäfts war ein Spiegel angebracht, alt, Teile davon bereits erblindet. Er kam nicht daran vorbei, sah sich in den Arbeiterklamotten, die flache Schiffermütze mit dem kurzen Schirm auf dem Kopf, die ergrauten Koteletten, die Zweitagestoppeln im Gesicht, die, je nach Kopfbewegung grau, silbern, schwarz changierten. Am liebsten hätte er sich auf der Stelle rasiert, er fühlte sich einfach nur schlecht in seiner alten Haut, wie verwahrlost. Nach so kurzer Zeit. Er war für diese Art Leben nicht gemacht. Da war es wieder, das Gefühl absoluter Verlorenheit. Der einsamste Mensch unter der Sonne. Er ahnte, dass es nicht gut gehen konnte, die bloße Existenz stand infrage. Ein Leben, das sich dem Ende zuneigte. Ins Gefängnis ging er nicht. Einen ehemaligen Polizisten, zumal einen Kriminaler, erwartete im Knast die Hölle auf Erden, er wäre Freiwild. Und sterben würde er nach dem Prozess, dem man ihm machte, sowieso. Durch den Strick. Was gab es Unwürdigeres? Gut, dass er die Pistole bei sich trug, die würde er nirgends ablegen. Zur Not nahm er die Abkürzung ins Grab.

Moment mal, dieser Carl von vorhin. Langsam dämmerte ihm, woher er das Gesicht kannte. Es musste jetzt einige Jahre her sein, als die Eltern von Mortensen ihn im Stadthaus besucht hatten. Er war gerade Kommissar geworden, und es fand eine kleine Feier statt, zu der auch seine Familie eingeladen war. Klages hatte den alten Mortensen nur dieses eine Mal gesehen, seine Frau hatte ihn Carl genannt.

Auf sein Polizistengedächtnis für Namen und Gesichter war immer Verlass gewesen.

Der Kalender an der Wand zeigte den sechsundzwanzigsten Juni 1919 an, ein Donnerstag.

Inspektor Harder hatte seine Stimme noch nicht wiedergefunden. Sein Gekrächze klang erbarmungswürdig, sodass sich alle Beteiligten an der Frühbesprechung in dessen Büro kurz und präzise hielten. Die Sitzung dauerte eine knappe halbe Stunde. Es war keine Zeit zu verlieren. Harder teilte mit, dass Aufständische gestern die Zellen des Untersuchungsgefängnisses geöffnet und bis auf zwei Mörder alle Gefangenen befreit hätten. Also nicht nur die Politischen, sondern auch die gefährlichen Jungs. Die mussten wieder eingesammelt werden. Jakob, Ove, Tiedemann und Elke machten einen solch entsetzten Eindruck, dass ihr Vorgesetzter ein kurzes Lachen nicht unterdrücken konnte. Es hörte sich unfreiwillig dreckig an, so, als hätte er eben zehn Zigarren inhaliert und sich einen Liter Rum in den Hals gekippt.

»Leute, ich weiß, was ihr sagen wollt«, wehrte er ab, unterstrich das mit einer begütigenden Geste.

»Es ist gerade eine schlechte Zeit zum Ermitteln. Wir können nicht alles machen, ich werde für die Einsammelaktion eigene Ermittlergruppen zusammenstellen, auch wenn ich keine Ahnung habe, wo ich die Leute hernehmen soll. Außerdem waren in den Villenvierteln, überwiegend in Rotherbaum und Harvestehude, Plünderer unterwegs, die an Wertgegenständen mitgenommen haben, was sie kriegen konnten. Und dann die ganzen ausgeraubten Geschäfte überall in der Stadt. Ich muss um jeden Mann kämpfen, die Volkswehr macht auch, was sie will. Ein Totalausfall, die sind völlig hilflos und haben keinen Plan. Und ich habe ständig irgendwelche Sitzungen und Treffen mit den anderen Dienststellen. Na egal, ich werde Sie da raushalten, Voraussetzung: Sie bringen mir Klages, hören Sie? Ich akzeptiere nicht, dass er uns entwischt. Sie müssen mit weniger Hilfspersonal auskommen. Und Stöhnen nützt nichts.«

»Gibt es denn erste Hinweise?«, fragte Jakob.

Harder schüttelte den Kopf. »Nichts, jedenfalls nichts, was uns direkt auf seine Spur bringt. Am Bahnhof ist er nicht gesehen worden, am Hafen ebenso wenig. Da werden alle Schiffe und Boote durchsucht, die auf dem Wasser sind. Na ja, sofern das möglich ist natürlich. Auch die liegenden Schiffe werden kontrolliert. Kapitäne, Steuermänner, Ewerführer sollen ihre Augen und Ohren offen halten. Wir verteilen Zettel.«

Jakob nickte, das war eine gute Idee. Vielleicht konnte er zwischendurch, wenn sie im Hafen waren, einen kurzen Abstecher zu Vaters Liegeplatz machen, das konnte nicht schaden. Der bekam so manches mit, was sich dort abspielte, das war die reinste Informationsbörse.

»Erste Polizisten, Zöllner und Wachleute haben sich gemeldet und sich selbst beschuldigt, bei den Schiebereien beteiligt gewesen zu sein. Viele kleine Rädchen im Getriebe, jedes für sich genommen nicht so dramatisch, würde ich sagen. Die kriegen ihre Disziplinarstrafen, ein paar von ihnen werden rausfliegen und der Rest schiebt weiter Dienst wie gehabt. So schätze ich das ein. Wie sollten wir sie so schnell ersetzen?«

Harder deutete auf zwei ausgebreitete Zeitungen auf seinem Schreibtisch. In der Morgenausgabe des Hamburger Echo und im Hamburger Fremdenblatt waren neben Fahndungsfotos längere Berichte über den Fall Bertold Klages zu lesen.

Tiedemann griff nach einem der Blätter.

»Darf ich?«

»Ja klar. Katastrophale Presse, kann man sich denken. Hamburgs Polizei, ein Sumpf aus Schiebern und Mördern. Der Druck ist gewaltig, wir müssen bald was vorweisen. Stellen Sie sich mal vor, der Kerl haut uns ab, dann heißt es womöglich, mit unserer Hilfe, um etwas zu vertuschen.«

»Hm, hoffentlich wird uns der Fahndungsaufruf nützlich sein mit dem Foto und dem Hinweis auf die zweitausend Mark Belohnung«, meinte Jakob.

»Wenn er jetzt in der Stadt ist, wird's eng für ihn«, vermutete Elke.

»Ja«, bekräftigte Ove, »seine bisherigen Helfer werden ihn fallen lassen wie eine heiße Kartoffel, er kann froh sein, wenn sie ihn uns nicht ans Messer liefern. Da wird er jedenfalls kaum einen Unterschlupf finden.«

»Stimmt«, nickte Harder, »einen gesuchten Mörder zu beherbergen, das wird richtig teuer.«

»Wir brauchen Handzettel mit allen Angaben, die wir verteilen können und die wir an jede Laterne kleben, am besten mit großem Foto«, wurde Jakob konkret.

»Das übernehme ich«, sagte Elke, »ich hab da einen kleinen Entwurf ...«

»Entwurf?«, unterbrach Harder sie. »Nichts wie in die Druckerei damit, Frau Mertens, ich verlasse mich da voll und ganz auf Sie.«

Das unausgesprochene Kompliment nach Art des Inspektors hatte sie natürlich wahrgenommen. Sie stand auf, um sich sofort an die Arbeit zu machen.

»So, meine Herren, Ihr weiteres Vorgehen?«, drängte Harder.

»Wir fahren sofort zur Hafenpolizei, Wache zwei, am Kehrwieder, fragen nach, ob die Kollegen etwas Verdächtiges bemerkt oder gehört haben. Die kriegen da mehr mit als wir«, wusste Jakob. »Die Bahnhöfe werden sowieso gründlich überwacht, der Hafen ist viel weitläufiger, da rechnet er sich vielleicht eher eine Fluchtmöglichkeit aus. Nachher möchte ich einen Abstecher zum Liegeplatz meines Vaters machen, wenn Sie erlauben, dienstlich. Ewerführer sind wahrscheinlich die am besten informierten Leute im Hafen. Sie sollen Augen und Ohren offen halten.«

»Gut, gut, Mortensen, tun Sie das. Ein aufmüpfiges Völkchen, aber die werden ja nicht gerade einem Mörder weiterhelfen wollen.«

»Eben.«

»Kollege Tiedemann, Sie können für die Verbreitung der Handzettel sorgen, wenn sie aus der Druckerei kommen«, sagte Jakob, »Elke, also Frau Mertens, wird Sie dabei unterstützen.«

Tiedemann nickte mechanisch, wirkte ungewohnt abwesend, war in das Hamburger Echo vertieft.

»Was lesen Sie denn da? Immer noch den Bericht über Klages?«, wollte Harder wissen.

»Nein, nein. Wieder ein Aufruf. SPD, USPD und KPD in seltener Eintracht. Eine Entwaffnungskommission soll zusammen mit der Kommandantur die wilde Bewaffnung beenden und dafür sorgen, dass die erbeuteten Gewehre und Pistolen zurückgegeben werden. Auch die Volkswehr und eine Sechser-Kommission der Betriebsräte hat das unterzeichnet. Ich kenne nur die Zwölferkommission der Betriebsräte. Jeden Tag was Neues. Ist ganz richtig so, das mit der Entwaffnung.«

»Im Grunde müssten wir uns jeden Tag eine Stunde lang mit dem politischen Kuddelmuddel beschäftigen, damit wir auf dem Laufenden sind. Es betrifft ja auch unsere Arbeit. Lesen Sie den Aufruf ruhig vor, Tiedemann«, forderte Harder ihn auf.

An die Bevölkerung Hamburgs!
Die bewaffnete Macht übt von heute an die Hamburger Volkswehr gemeinsam mit der organisierten Arbeiterschaft aus. Das erste Gebot der Stunde ist:

Ruhe zu bewahren. Unsaubere Elemente, die beim Plündern angetroffen werden, verfallen dem Standrecht und werden rücksichtslos erschossen.

Um eine gerechte Waffenverteilung vorzunehmen, ist es nötig, dass alle Personen, welche im Besitz von Waffen sind, diese an die Volkswehr, die gemeinsam mit den Vertrauensleuten der Betriebsräte die Waffen in Empfang nimmt, abliefern, um diese an die organisierte Arbeiterschaft zu verteilen.

Wir bitten die gesamte organisierte Arbeiterschaft und die gesamte Bevölkerung, dass diese Anordnung strikt durchgeführt wird.

Bürger, Arbeiter, Parteigenossen!

Zeigt, dass Ihr willens seid, Ruhe und Ordnung in Hamburg, wie am sechsten November, herzustellen. Dieses ist notwendig, um den Belagerungszustand in Kürze aufzuheben. Zum Waffentragen sind nur die Personen berechtigt, die einen Ausweis von der Sechser-Kommission der Betriebsräte und der Volkswehr bei sich tragen.

Es lebe der Sozialismus, es lebe das freie Menschenrecht!

Die Sechser-Kommission der Betriebsräte.
Die Hamburger Volkswehr.
Sozialdemokratische Partei.
Unabhängige Sozialdemokratische Partei.
Kommunistische Partei.

Jakob fiel auf, dass Tiedemann beim Lesen die Augen leicht zusammenkniff. Nach wie vor wusste er sein genaues Alter nicht, er schätzte ihn auf Anfang bis Mitte vierzig. Vom Verhalten her wirkte er etwas älter, dafür konnte er mitunter eine Naivität an den Tag legen, die ihn jünger erscheinen ließ.

»Und was heißt das für uns, Kollege Harms?«, fragte Harder unvermittelt.

Ove mochte es nicht, sich solche Fragen stellen zu lassen, auch nicht vom Inspektor, weil er sich dabei wie ein Prüfling in kurzen Hosen vorkam. »Na, dass wir unterwegs auf bewaffnete Zivilisten achten und sie der Entwaffnungskommission melden oder einer Volkswehrpatrouille, die zufällig gerade an uns vorbeischlendert«, antwortete Ove mürrisch.

»Genau, mein Lieber, so viel Zeit muss sein, die Leutchen werden schnell gefährlich. Ich hoffe Sie tragen alle Ihre Pistolen bei sich.«

Tiedemann schüttelte den Kopf: »Ich trage ja künftig zivile Kleidung und brauche ein Holster. Mit dem bisherigen Uniformholster falle ich zu leicht auf.«

»Dann gehen Sie jetzt gleich in die Kleiderkammer und holen sich eines. Keiner geht mir unbewaffnet aus dem Haus. Ich gebe Ihnen einen Zettel mit.«

Damit war die Dienstbesprechung beendet.

Ganz schön uneben, der Abgang zum Schutenanleger, da konnte man sich ja den Hals brechen.

»Moin, Vaddern«, rief Jakob dem Alten zu, der in seine Reparaturarbeit vertieft war.

»Ah, Jakob, du bist das, moin. Moin Ove, was treibt euch denn in den Hafen? Muss was Wichtiges sein, so selten, wie ihr euch blicken lasst.«

»Jo, Herr Mortensen, das kann man so sehen«, bestätigte Ove.

»Ich kann euch leider nix zu trinken anbieten, mein Tee ist längst alle, und der schmeckt ja auch nicht. Lene hat ihn schlankweg abgelehnt.«

»Lene?«, fragte Ove.

Jakob lachte. »Vadders Dauergast, die Katze. Wo ist sie eigentlich?«

»Die holt sich 'ne Maus, oder sie knackt eine Mülltonne. Da wird sie bestimmt nicht viel drin finden, wer wirft denn heutzutage noch was Essbares in die Tonne? So, was liegt an, Jungs?«

»Also, ehrlich gesagt, wir sind dienstlich hier, zumindest halbdienstlich.«

»Halbdienstlich, soso. Welcher Teil von dir ist denn die private Hälfte, hm?«

»Ach, Vaddern, ich komm dich demnächst auf deiner Schute besuchen, ganz privat, versprochen. Dann bring ich uns 'ne Buddel Bier mit. Heute geht's um die Morde, die wir in den letzten zwei Monaten bearbeiten, weißt ja, ich hab dir davon erzählt.«

»Ja, weiß ich. Habt ihr den Kerl endlich?«

»Nein, zumindest sind wir dicht dran, und wir kennen ihn. Du hast ihn auch mal kennengelernt.«

»Ich? Einen Mörder? Sach bloß.«

Carl ließ sich nicht weiter davon beeindrucken, ruckelte an einem morschen Lukenbrett.

»Als du mit Mutter und den Schwestern im Stadthaus warst, bei meiner Feier, da hab ich dir einen älteren Kollegen vorgestellt, Bertold Klages heißt der.«

»Jo, weiß ich. So ein Langer. Graue Haare. Leerer Schreibtisch«, erinnerte er sich, und plötzlich hielt er inne, fuhr sich mit der Hand um den Bart.

Jakob und Ove lachten laut auf. Eigentlich war dafür nicht der richtige Zeitpunkt und auch nicht der richtige Anlass. Dass Carl sich aber ausgerechnet an Klages' leeren Schreibtisch erinnerte, fanden sie dennoch komisch. Er hatte also einen bleibenden Eindruck hinterlassen.

»So ist das, Herr Mortensen. Das ist unser Mann, den suchen wir.«

Da hielt Carl es nun für angemessen, seine Arbeit zu unterbrechen, mit einem schmutzigen, ölverschmierten Lappen wischte er sich die Hände ab.

»Nicht euer Ernst, oder? Der Kollege? Den mochtet ihr nicht, stimmt's?«

»Genau. Keiner mochte den«, sagte Ove, »aber wer rechnet denn mit so was?«

Jakob zog eine Morgenzeitung aus der Jackentasche. »Guck mal, hier steht's in der Zeitung, mit Foto. Ihr kriegt hier Tausend Sachen mit und schnackt den halben Tag, wenn nichts los ist.«

»Wat?! Nu mach ma halblang, Jung. Schnacken! Also nee! Wer schnackt denn?«

»Na, weißt ja, wie ich's mein, Vaddern.«

»Hmm.«

»Die Zeitung lass ich mal hier. Sag das bitte deinen Kollegen weiter, damit alle Bescheid wissen. Und wenn ihr ihn seht, dann ist ja oben, in den Vorsetzen, Ecke Reimarusstraße, das Gasthaus von Jonni Dreckmann, der hat Telefon. Bitte ruf sofort bei uns im Büro an. Ich schreib dir die Nummer auf einen großen Zettel. Gut?«

Carl nickte, die Arme hielt er vor der Brust verschränkt.

»Ich hab ihn gesehen.«

Jakob, der die Telefonnummer aufschrieb, hielt inne,

kniff ein wenig die Augen zusammen, guckte seinem Vater in die Augen. War das wieder einer seiner seltsamen Scherze?

»Du hast ihn gesehen?«

»Ich hab ihn gesehen«, beharrte Carl mit leichtem Trotz in der Stimme.

»Vaddern!«

»Wenn ich es dir sage, dann stimmt es. Heut Morgen, so gegen sechs. Da oben stand er, hat die Schiffer am Johannisbollwerk beobachtet, dann hat er mich gesehen, hat sich erschreckt, glaub ich, keine Ahnung, ob er mich erkannt hat. Er kam mir bekannt vor, nur wusste ich nicht, wo ich ihn hinstecken soll, bis ihr vorhin mit eurer Geschichte ankamt. Er war es, ganz sicher.«

Die Polizisten wechselten einen kurzen Blick, der Fassungslosigkeit widerspiegelte.

»Und warum sagst du das nicht gleich?«, meckerte Jakob.

Ove fand den Freund einen Tick zu streng, dabei ging wahrscheinlich jeder Sohn mit seinem eigenen Vater derart zur Sache, wenn es etwas so Wichtiges war.

»Ich komme ja nicht zu Wort auf meinem eigenen Schiff«, setzte sich der Alte zur Wehr.

»Also. Wo genau hat er hingeschaut, als du ihn gesehen hast? Johannisbollwerk, gut, was hat er da beobachtet?«

»Den Anleger mit den Dampfschleppern. War schon viel Betrieb da unten.«

»Morgens um sechs«, hakte Ove ein, »da sucht er entweder spontan nach einem Boot, das ihm zur Flucht verhilft, oder er hat bereits einen Helfer und traut sich nicht runter, weil er sonst erkannt wird. Hatte er Gepäck dabei?«

»Jo, einen großen Lederkoffer«, sagte Carl, »der wiegt bestimmt einiges. Und er sah aus wie ein Arbeiter, die Jack und die Büx und die Mütze und so.«

»Dann gibt es keinen Zweifel mehr«, resümierte Jakob, »er war es. Wir gehen gleich zum Anleger. Was war dann, Vadder?«

»Er hat mich gesehen, und wir haben uns eine Zeit lang angeguckt, und dann hat er sich verdrückt mit dem Koffer. Mehr war nicht.«

Ove richtete seine Augen derweil auf den Kai, er sah nichts, was ihm verdächtig vorkam.

Erst da schien Carl bewusst zu werden, wen er da am frühen Morgen vor sich gehabt hatte. Er lehnte sich an die Bordwand.

»Wie viele hat der Kerl abgemurkst, zwei, drei?«

»Drei. Und der hat keine Skrupel weiterzumachen, wenn sich ihm einer in den Weg stellt«, urteilte Jakob. »Am liebsten wäre mir, du würdest für heute Feierabend machen. Gut möglich, dass du in Gefahr bist, weil du ihn gesehen hast und weil du ihn kennst.«

»Nix da«, sagte Carl und deutete auf das Zeitungsfoto, »ab sofort erkennen ihn alle. Wo soll so einer hin?«

Jakob überlegte. »Er hat sein Konto leer geräumt, Elke hat es überprüft. Er kann sich fremde Hilfe leisten, wenn er einen hohen Judaslohn zahlt. Allerdings sind zweitausend Mark auf ihn ausgesetzt, das muss er erst mal überbieten.«

»Zweitausend Mark! Dafür mach ich mich selbst auf die Socken und fang ihn dir, min Jung«, scherzte der Vater bereits wieder. Er lachte. Ove auch. Jakob nicht.

Sein Magen knurrte. Lange ließ sich der Hunger nicht mehr ignorieren. Er hatte so viel Brunnenwasser getrunken, das half nicht mehr, sein Körper brauchte dringend feste Nahrung. Nun hatte er Geld im Überfluss, aber nicht den Mut, ein Geschäft zu betreten. Bereits heute Morgen hatte dieser ihn verlassen, er hatte auf die geplante Passage nach Stade verzichtet. Vielleicht wäre es eine Passage in den Knast geworden.

In seinem Versteck hatte ihn der Schlaf übermannt, nicht weil er müde gewesen war, eher, um für ein paar Stunden seiner Situation zu entfliehen. Sie war aussichtslos, so sah er das inzwischen. Es war eine Überwindung gewesen, überhaupt ins Freie zu treten, der Vormittag war fast herum. Erst hatte er überlegt, bei einem seiner früheren Kollegen zu klingeln, der ihm bei den Raubzügen zugearbeitet hatte. Der hatte nicht schlecht verdient durch ihn, er könnte sich erkenntlich zeigen. Aber sicherlich war er zu Kreuze gekrochen und hatte sich der Polizei gestellt, um ein größeres Verfahren zu umgehen. Bestimmt würde der ihn ohne Zögern an die Behörde ausliefern, um sich einen schlanken Fuß zu machen. Ach, Undank, nichts als Undank! Ein Zeitungsjunge mit einem viel zu schweren Stapel Mittagszeitungen auf dem Arm rief: »Dreifacher Mörder in Hamburg unterwegs. Polizei setzt Belohnung aus.«

Vor einer Gaststätte warf Klages ein paar Münzen in einen Zeitungskasten, nahm irgendein Blatt heraus. Das eine war so schlecht wie das andere. Er setzte sich kurz auf eine hölzerne Transportkarre, um sich über die Suche nach ihm auf den aktuellen Stand zu bringen. Auf der Titelseite starrte ihm sein Abbild entgegen. Er errötete. Rasch war der Artikel gelesen. Das war er, der da beschrieben wurde, der eiskalte Mordbube, der völlig verroht durch Hamburgs Straßen schlich und eine ernsthafte Bedrohung darstellte. Man jagte ihn, zweitausend Mark gab es für den, der ihn ans Messer lieferte. Ans Messer! Er lachte bitter. Mit Messern kannte er sich zweifellos besser aus. Jäh wurde ihm klar, dass ihm alle Messer der Welt, seien sie auch richtig lang, spitz und scharf, nichts mehr nützten.

Er trottete unter dem Viadukt der Hochbahn entlang, weil er sich hier hinter den Stützen verstecken konnte. Wozu eigentlich? Kopfschuss und gut. Man musste wissen, wann das Spiel zu Ende war. Ein abschließendes Zeichen setzen, selbst bestimmen, auf welche Weise es endete, das Leben, das keines mehr war, das hätte etwas von Größe.

Größe! Ihm war schwindlig, der Magen meldete sich wieder. In der Haft würde man ihm vor der Exekution eine Henkersmahlzeit gewähren, hier, in der vielleicht letzten Stunde seiner Freiheit, ging er mit der Tasche voller Geld und einem leeren Bauch zugrunde. Er sprach einen Knirps an.

»Junge, hier hast du fünf Mark. Geh zu Jonni Dreckmann rüber und hol mir drei Frikadellen. Den Rest kannst du behalten. Na?«

Der Kleine überlegte nicht lange, nahm das Geld und lief damit zur Gaststätte hinüber. Kurz darauf stand er wieder vor ihm und überreichte das Essen auf einem Pappteller. Er sagte nichts. Klages nickte ihm freundlich zu, strich ihm mit der Hand über den blonden Schopf. Ein Glücksgefühl überkam ihn. Drei Frikadellen, und er spürte, dass er lebte. Es erstaunte ihn, wie schnell sich seine Befindlichkeit änderte.

Er wagte sich an die Wasserkante, und was er sah, riss ihn schlagartig in die Wirklichkeit zurück. Der alte und der junge Mortensen und dieser elende Harms zusammen auf der Schute des Vaters. Sie waren ihm ganz dicht auf den Fersen, da lagen keine hundert Meter mehr zwischen ihnen. Der Alte würde ihnen erzählt haben, dass er ihn gesehen hatte, was er für Sachen trug und dass er mit einem Koffer unterwegs war. In Kürze wimmelte es hier nur so von Uniformierten, dachte Klages, die pflügten das ganze Viertel durch. Er würde die U-Bahn ab Landungsbrücken nehmen und bis Barmbek fahren, und dann weitersehen. Er musste es wagen, trotz der vielen Zeitungsleser in der Bahn. Er tastete nach der Pistole, sie war in der rechten Jackentasche, alles gut. Nun verließen sie den Anleger. Was würden sie tun? Zum nächsten Telefon gehen, wahrscheinlich zu Dreckmann, dort gab es einen Apparat. Jonni wusste auch, was er an ihm hatte, diese Ratte.

Sie trennten sich, Harms ging rüber zu Jonni, Mortensen zum Ponton am Johannisbollwerk. Die »Lotte«, mit der er längst in Stade hätte sein können, lag unter Dampf, und der Steuermann stand achtern und guckte aufs Wasser. Ein trauriger Anblick. Und er verbarg sich hier hinter dem Stützträger wie ein Tier. Der Kerl hatte sein Geld bekommen, und er würde Mortensen alles erzählen. Auf seine Verschwiegenheit konnte er nicht zählen. Bloß schnell zur U-Bahn-Station. Der Koffer und die Sachen darin musste er zurücklassen.

Vor dem Eingang lungerten zwei Polizisten herum, vielleicht kam er über den Eingang Hafentor rein. Ach nein, da standen Angestellte der Hochbahn, ebenfalls mit Dienstuniform. Der eine guckte in seine Richtung, hatte er ihn erkannt? Da zog er die Pfeife aus der Jackentasche, gab Alarm. Sie setzten sich in Bewegung, das machte er nun auch. Nix wie weg, verdammt. Wie viele Leute hier unterwegs waren, dauernd musste er ausweichen. Dietmar-Koel-Straße, hier rein, nein, besser weiter, wohin denn nun, Scheiße, er war früher auch schneller. So würde er nicht abtreten, nicht so erbärmlich. Bevor sie ihn erwischten, nahm er ein, zwei Leutchen mit, egal. Runter zu den Schuten, zum ollen Mortensen, dem Bolschewisten, um den es nicht schade war. Wurden ihm diese Mortensens zum Verhängnis? Ganz schön rutschig, die moosigen Treppen. Der Alte sah ihn, rief seinen Sohn auf dem anderen Anleger. Warum reagierte der nicht, hatte er denn nichts gehört? Umso besser. Dafür hatten einige seiner Kollegen was mitgekriegt. Großes Gefuchtel, die zeigten auf ihn, riefen »Wahrschau«, den seemännischen Warnruf, den sie hier alle kannten. Er kannte ihn auch. Zu spät, Jungs.

Carl griff nach dem Peekhaken ...

Ein paar Schritte und Sprünge über die Schuten, dann ist er da.

»Jaaakob!« Hört der Kerl denn nicht! Wenn man ihn mal braucht!

Wart nur, hier ist der Haken, an dem muss er vorbei.

Klages bleibt abrupt stehen, holt die Pistole raus. »Runter damit«, brüllt er.

Carl lässt den Peekhaken sinken, gegen die Waffe kommt er nicht an. Plötzlich ist er da, springt für eine Landratte erstaunlich sicher auf das Deck.

Lene gibt sich gereizt, weiß nicht, was los ist. Sie liegt auf der Abdeckplane, genießt die Sonne, sie stellt ihr Fell auf, faucht den Fremden an. Der erschrickt, dann fasst er sie blitzartig und brutal im Nacken. Sie reagiert panisch, kratzt und beißt und faucht wie eine Verrückte, zieht ihm eine Kralle durchs Gesicht. Kurz schreit er auf, dann holt er aus und wirft sie im hohen Bogen in den Strom.

»Verfluchtes Schwein«, brüllt Carl. Klages rennt ein paar Meter auf ihn zu, stößt ihn mit einem Arm zu Boden. Schon kniet er auf ihm, richtet die Pistole gegen den Kopf des Widersachers, um ihn unter Kontrolle zu halten und einzuschüchtern. Er agiert brutal und rücksichtslos.

»Du hältst dein Maul, kapiert!«

Carls Arm schmerzt höllisch, und er spürt den Lauf der Waffe an seiner Schläfe. Fühlt sich kalt an. Lene hört er nicht mehr, sie ist entweder abgetrieben oder in einen Strudel geraten. In Carl steigt eine Mischung aus Hass, Trauer und Angst auf, nun kann er nur hoffen, dass Jakob die Szene drüben bemerkt hat.

Auf dem Schiffsboden liegend sieht er nicht, dass Jakob den Nachbaranleger hoch stürmt. Nicht die Pistole oder die Kugel darin geht ihm durch den Kopf, sondern dass sein Junior ihm auf ewig vorhalten wird, dass er seinen Rat ausgeschlagen hat, für heute Feierabend zu machen, falls die Sache hier gut ausgeht. Da, auf dem Turm des Kaiserspeichers. Der Zeitball fällt an seinem Gestell drei Meter in die Tiefe wie jeden Tag. Es ist Punkt zwölf Uhr mittags. Die Seeleute stellen ihre Uhren ein, sie brauchen auf den Meeren die exakte Zeit. Na ja, genau genommen ist es zwölf Uhr nach der Zeit in Greenwich, nicht nach der mitteleuropäischen Zeit, da gibt es also eine Abweichung. Trotz des Krieges mit den verfeindeten Engländern zeigt man in Hamburg deren Zeit an. Und wie, verdammt, kommt er heil von der Schute runter? Dieser Teufel hat Lene getötet, die struppige Freundin, allein dafür muss er büßen. Wie angstvoll sie die Augen aufgerissen hat, als er sie wie ein Stück Abfall in die Elbe geschleudert hat.

»Lass ihn los«, ruft Rudi herüber.

Carl macht eine abweisende Handbewegung. Sie soll bedeuten: »Lass gut sein, spring in die Großluke, spiel bloß nicht den Helden.«

Nun bringt auch Rudi sich in Gefahr! Wie unerschrocken er da steht, breitbeinig, mit dem Peekhaken in den Pranken. Acht Meter Entfernung, er kann nichts damit anfangen, es zeigt nur seine Entschlossenheit. Klages dreht sich und Carl ein wenig zur Seite, um Rudi besser im Blick zu haben.

»Keiner macht hier Quatsch, verstanden? Sonst ...« Er hält die Pistole unter Carls Kinn.

»Klaaages!«

Das ist Jakob. Erneut dreht sich Klages, diesmal Richtung Kaimauer, von dort geht sicher die größere Gefahr aus.

»Mortensen junior«, ruft ihm sein früherer Kollege zu, »so sieht man sich wieder. Na, hast du wieder deine Pistole vergessen? Ich nicht, sieh mal.« Er fuchtelt ein wenig mit der Waffe umher, dreht zugleich Carls Arm etwas fester herum, was ein qualvolles Aufstöhnen zur Folge hat.

Jakob beißt sich vor Zorn auf die Unterlippe. Er muss anwenden, was er gelernt hat, ruhiges Blut bewahren und einen kühlen Kopf. Leicht gesagt, in so einer Situation hat er sich noch nie befunden. Er hat keinen Plan, geht es ihm durch den Kopf, was kann er tun? Die Pistole hat er durchaus in der Tasche, sie nützt ihm bloß nichts. Wo bleibt denn Ove? Telefoniert er so lange mit Harder?

Klages bestimmt das Geschehen, was Jakob gar nicht so ungelegen kommt, es bringt ein wenig Zeit.

»Komm runter, auf den Anleger! Runter, hab ich gesagt, dass ich dich besser unter Kontrolle habe, und schön hoch die Pfoten!«

»Ach, Klages, Sie reden ja wie ein gewöhnlicher Kleinkrimineller. So schlicht kenne ich Sie gar nicht.«

»Du wirst mich kennenlernen, Bürschchen. Und für dich immer schön *Herr* Klages, kapiert! Was sollte mich davon abhalten, euch Bolschewisten über den Haufen zu knallen, he, sag mir das? Es wäre mir eine letzte Freude. Erst dich, dann den Alten hier, dann mich. Sag es mir. Was hab ich denn zu verlieren?«

»Wenn Sie einen letzten Funken Würde oder von mir aus Stolz in sich spüren, lassen Sie meinen Vater gehen. Nehmen Sie mich. Das wird sicher eine größere Genugtuung für Sie sein, oder?«

Carl schüttelt heftig den Kopf. »Vergiss das, Junge.«

»Siehst du, Klugscheißer? Dein alter Herr hat's kapiert. Weißt du was? Eigentlich gar kein so schlechter Tag zum Sterben. Mein Gott, wie ich dich hasse, Mortensen, dich und diese krumme Langnase von Harms, dieser kleine Kläffer und Gernegroß. Schade, dass er nicht da ist. Vielleicht heult er sich bei deiner Elke aus, hm, was meinst du?«, keckert Klages.

Was für ein nervöses, unnatürlich verkrampftes Lachen. Er bewegt sich auch nicht stabil auf dem schwankenden Boot, die Füße sind viel in Bewegung.

Rudi dagegen steht da wie angewachsen, mit grimmiger Miene, doch genauso hilflos wie alle hier.

»Rudi, lass gut sein«, ruft Jakob, der ihn kennt wie die meisten Ewerführer hier ringsum. Immer mehr stecken die

Köpfe aus den Luken, wollen wissen, was los ist. Schließlich geht es um einen von ihnen. Jakob gefällt das nicht. »Geh unter Deck! Bitte!«

»Hast du nicht gehört, was man dir sagt, Kerl«, schreit Klages zu Rudi hinüber, bekräftigt seine Wut, indem er einen Schuss in seine Richtung abgibt.

Der Schiffer lässt den Peekhaken fallen, tut endlich, was ihm gesagt wird.

Jakob gewahrt, wie wenig er ausrichten kann. Sein eigener Vater in arger Bedrängnis, hat Schmerzen, erwartet Hilfe, und er, der Sohn, der Polizist, steht machtlos daneben. Er hat sich auf dem Ponton aufgepflanzt, der sich leicht bewegt. Die beiden auf der Schute befinden sich in etwa sechs Metern Entfernung, sie ist den Kräften der Wasseroberfläche deutlich stärker ausgesetzt, rollt hin und her. Dazwischen liegen zwei weitere Schuten ohne die dazugehörigen Ewerführer.

Vielleicht ist es genau das, was Vaddern zugutekommen könnte, seine Geschicklichkeit, die Standfestigkeit auf den schaukelnden Planken.

Endlich. Da ist Ove. Drüben, beim Schlepperanleger, was will er da? Hat er mitbekommen, was gerade abläuft? Er winkt. Was, zum Teufel, hat er vor? Was immer es ist, es muss zügig vorangehen. Er darf nicht so direkt rübergucken. Die »Lotte« legt ab, gut, dass sie unter Dampf steht, Ove ist drauf.

Klages erzählt, wie toll er ist. Es hört sich keifig an. Wie er alle verarscht hat, monatelang hat er bei den Schiebern das Wort geführt, ihnen gesagt, wann und wo die Razzien stattfinden und mit wie viel Mann. Wertvolle Tipps, Gold wert. Er hat dafür gesorgt, dass Beamte und Hilfskräfte in und vor den Lagern die Augen zumachen. Ein paar Mal ist er selbst dabei gewesen, es hat ihm sogar Spaß gemacht. Was soll's, hat er sich gedacht, bevor die Kommunisten alles unter sich verteilen.

Die »Lotte«, die sich in der Mitte der Elbe heranpirscht, dreht bei, hält direkt auf den Schutenanleger zu. Was wird das? Wollen die etwa Vaters Kahn rammen? Klages redet und redet. Gerade berichtet er, wie er Grunwaldt das Küchenmesser reingesteckt hat, dass es durch ihn durchging wie durch Butter. Und Heller, der Narr, hat ihn erpressen wollen. Ihn! Da hat er die Rechnung ohne den Wirt gemacht!

»Lotte« ist etwa dreißig Meter entfernt, sie drosseln die Geschwindigkeit, sind trotzdem flott unterwegs. Die sind ja verrückt! Es geht ans Eingemachte, denkt Jakob, wenn Klages die Gefahr bemerkt und sich ihr zudreht, holt er blitzschnell die Pistole aus der Jackentasche. Der erste Schuss muss sitzen. Durchpusten. Ganz ruhig. Alles Gute, Vaddern.

Das Schiffshorn dröhnt aus nächster Nähe, Klages wirkt geschockt, fährt herum, schießt auf den Führerstand der »Lotte«, aber darauf sind sie vorbereitet, sie ducken sich, der Kurs stimmt ja. Carl rappelt sich auf, packt den Peekhaken, Jakob brüllt: »Waffe weg!«, gibt zugleich einen Schuss ab. Er erwischt nur Klages' Bein, der Kahn schaukelt einfach zu sehr. Der Getroffene drückt im Fallen ebenfalls ab, trifft Carl, der über Bord geht. »Lotte« rammt die Schute, es scheppert mächtig. Ove reagiert am schnellsten, sein Oberkörper reckt sich aus dem Führerstand, er richtet seine Pistole gezielt auf Klages und feuert ab. Ein Schuss genügt. Jakob jagt derweil längst über die Schuten, jetzt ist

er an Bord, sieht seinen Vater regungslos im Wasser treiben, springt, ohne nachzudenken, in die Elbe, weit kann er
nicht abtreiben. Als geübter Schwimmer ist er gleich zur
Stelle, der Steuermann der »Lotte« schleudert einen Ret-
tungsring hinterher. Jakob dreht den Vater auf den Rücken,
schiebt ihm den Ring unter die Schulter, erreicht mit kräftig
ausholenden Arm- und Beinbewegungen eine der moos-
glitschigen Steintreppen. Ein Schiffer hilft den beiden aus
dem Wasser, zieht zunächst Carl auf die Stufen.

Was ist mit ihm, lebt er?

Auf Jakobs Ansprache reagiert er nicht, ein weiterer Helfer trägt ihn hoch zum Kai. Jakob kniet auf dem Boden, es
schüttelt ihn, er schlägt die Hände vors Gesicht.

Es war dann alles ruckzuck gegangen, auch das Glück kam
zu Hilfe. Jemand hielt einen Krankentransportwagen an,
der gerade vorbeifuhr. Die Sanitäter wussten, was zu tun
war, sie waren gleich im Bilde.

Man brachte Carl ins nahe gelegene Hafenkrankenhaus.
Jakob fuhr mit, durchnässt, wie er war. Ihm konnte der
Transport nicht eilig genug gehen, sodass er einige Male
ermahnt werden musste. Er redete pausenlos auf den Verletzten ein; nicht, dass er etwas Bestimmtes mitzuteilen
gehabt hätte, ihm war nur danach, und vielleicht hörte sein
Vater ja alles. Lauter belangloses Zeugs, das ihm gerade in
den Sinn kam, redete er, und es war ihm dabei egal, was die
Sanitäter darüber dachten. Der Vater lag da ohne Bewusstsein, und Jakob konnte sich nicht entsinnen, ihn in einem
solch hilflosen Zustand gesehen zu haben. Was war mit
der Wunde, war sie lebensbedrohlich? Das Einschussloch
schien nicht im direkten Umfeld des Herzens zu liegen,

eher im Schultergürtel. Der Notverband zeigte eine Blutung in diesem Bereich, daran konnte er es sehen. Ob die Kugel noch in seinem Körper steckte, fragte sich Jakob, vielleicht war sie ja glatt durchgegangen.

Bei aller Sorge um den Vater: Diesmal hatte er sofort gehandelt, deshalb hatte Carl nur kurze Zeit mit dem Gesicht im Wasser gelegen. Der vorübergehende Sauerstoffmangel konnte nicht so gravierend gewesen sein, dass dauerhafte Schäden zurückblieben, versuchte Jakob, sich zu beruhigen.

In dieser Situation hatte er richtig gehandelt, anders als damals bei seinem Freund Martin. Er rief sich die vorherigen Umstände ins Gedächtnis: erst sein Schuss, dann der von Klages, dann ging sein Vater über Bord, dann rannte er, Jakob, über die Schuten, und dann erst hatte er Oves Schuss gehört. Er wusste nicht, ob dieser tödlich gewesen war, jedenfalls war der Kollege ein hervorragend ausgebildeter Schütze. Ohne sein Eingreifen wäre er Gefahr gelaufen, sich ebenfalls eine Kugel einzufangen. Zwar hatte er inzwischen auch seine Pistole in der Hand gehalten, nur, wie sicher konnte man einen Gegner treffen, wenn man in hoher Geschwindigkeit über schwankende Objekte lief? Gut, Klages war durch den Beinschuss angeschlagen. Dennoch. Er war ein Wagnis eingegangen, im Grunde ohne jede Vernunft. Für ihn war es bedeutsam gewesen, nur das war ausschlaggebend. Für ihn hatte es keine andere Vorgehensweise gegeben, nicht in dieser Situation, in der er keine Zeit gehabt hatte nachzudenken.

Einige Stunden später erhielt Jakob die Nachricht, dass Oves Schuss Bertold Klages' Leben ein Ende gesetzt hatte. Es war ein Kopfschuss.

Die Szene kam ihm bekannt vor, als er den Krankensaal betrat. Es war erst wenige Wochen her, seit Jakob selbst eines der Betten im Hafenkrankenhaus belegt hatte.

Gegen diesen Saal war sein Zimmer eine Oase der Ruhe gewesen. Die politischen Unruhen führten zu einem erhöhten Bedarf an Krankenhausbetten. Die Räume waren ausgelastet, auch in den Fluren und Gängen wurde es Tag für Tag enger. Jeder, der nicht unbedingt stationär behandelt werden musste, wurde ambulant versorgt und nach Hause geschickt. Ärzte und Schwestern wirkten erschöpft, blieben gegenüber ihren Patienten und deren Anhang gelassen. Jakob war beeindruckt. Diese Langmut würde er nicht aufbringen.

Sein Vater gehörte zu denen, die sie gestern dabehalten hatten. Die Operation war reibungslos verlaufen, nur in der Nacht hatte er hohes Fieber bekommen. Astrid, Jakobs Mutter, wich ihm nicht von der Seite, sie machte kalte Umschläge mit einem in Essigwasser getränkten Tuch. Alle übrigen Familienangehörigen erhielten die klare Ansage, den Saal zu verlassen, darauf hatte die resolute Nachtschwester bestanden. Astrids Pflege half, die Körpertemperatur zu senken, und natürlich verbreitete Carl wieder seine Sprüche – über die Menschenhorden im Krankensaal, es ginge hier zu wie auf dem Fischmarkt, über die vielen betrübten Schafsgesichter, über das sinnlose Gekreische der Möwen. Im Hafen störten sie ihn nicht, da gehörten sie hin, hier raubten ihm die frechen Dinger angeblich den letzten Nerv.

»Ach Carl, nu lass die armen Möwen in Ruh«, stöhnte Astrid, »von mir aus kannst du ruhig erst mal 'ne Weile hierbleiben mit deiner Laune.«

Mit ihrer Laune stand es seit dieser Nacht allerdings auch nicht zum Besten. Da hatte ihr Mann im Fieberwahn von einer Lene gefaselt. Lene! Wer, zum Teufel, war diese Weibsperson? Hatte er sich etwa eine Neue angelacht? Kerle! Alle gleich! Und sie dachte immer, ihr Carl sei anders. Na ja, warum sollte er, ein Mann blieb ein Mann. Und wie sanftmütig er von ihr geredet hatte in der verdammten Nacht. Na, der konnte sich was anhören, wenn er wieder auf dem Damm war! Clara wusste auch nichts von einer Lene. Wie geschickt er sie verborgen hielt.

Wo steckte die Lütte eigentlich? Ach ja, sie war mit Ove in den Garten rausgegangen.

Es war nun einiges auf ihn einprasselt, er hatte einen Menschen erschossen. Darüber, dass er vollkommen richtig gehandelt hatte, gab es keine zwei Meinungen, zum Glück sah er das auch selbst so. Trotzdem packte ein fühlendes Wesen das nicht einfach so weg, als wäre nichts geschehen. Nach außen hin wirkte er recht gelassen, aber bald würde er anfangen, über die genauen Abläufe nachzudenken. Immer wieder. Vielleicht träumte er davon.

Wie konnten sie ihm danken? Wahrscheinlich hatte er durch sein entschlossenes Handeln ihrem Mann und ihrem Sohn das Leben gerettet. Dadurch war er ein Teil der Familie geworden. Er sollte sich von nun an auf sie verlassen können. Jakob würde ihn im Auge behalten, damit Ove die Sache nicht mit sich allein ausmachen musste.

Ove. Guter Junge, nur in Liebesdingen ein bisschen langsam. Die Deern hatte sich für Berlin entschieden. Sie würden es überleben, es hatte ja noch gar nicht ernsthaft angefangen mit den beiden.

Dafür hatte es bei Jakob und Elke heftig gerappelt. Darüber konnte man sich nur freuen, Elke war genau die Richtige für ihn. Und gut auch, dass sie ihren eigenen Kopf mitbrachte, Jakob brauchte eine starke Frau.

Bei der Großen war alles stabil und ausgeglichen. Um Ellen musste man sich keine Sorgen machen, sie war der Fels in der Brandung, wie man so schön sagte. Seit Neuestem brachte sie Lina das Schneidern bei, und die lernte so fix, dass es die reine Freude war. Sie hatte sofort verstanden, was Ellen sich unter einem neuen Reformkleid vorstellte. Praktischerweise stand sie auch gern als Modell zur Verfügung, was einzelne Arbeitsschritte erleichterte. Ein festes, regelmäßiges Entgelt konnte Ellen ihr nicht bieten. Wovon? So üppig verdiente sie nicht. Wenn ihr Entwurf eines Kleides überzeugte und sich ein Auftraggeber fand, bekäme ihre Gehilfin das erste Exemplar, das hatte sie beschlossen. Ein besonderer Lohn. Für Lina gab es bisher nur einen geringen Nebenverdienst, mit dem sie nicht planen konnte, weshalb sie weiter als Prostituierte arbeitete. Es war ihr Haupterwerb. Im Hause Mortensen kam keiner auf die Idee, das zu verurteilen, auch nicht hinter vorgehaltener Hand. Die Not hatte viele Frauen in diese Lage gebracht, es war nicht so außergewöhnlich. Lina hatte ein Herz aus Gold, und das allein zählte. Und sie war jung genug, um etwas anderes machen zu können. Das Schneidern war ein Anfang, da gab es immer Bedarf.

Jedes Mal wenn sich die Tür zum Krankensaal öffnete – dies geschah oft –, wanderte Astrids Kopf wie von selbst dorthin. Sie sah zwei bekannte Gesichter, Arbeitskollegen von Carl.

»Rudi, Onno, schön, euch zu sehen. Kommt ran, da sind gerade Stühle frei geworden. Sieh nur, Carl, wer da ist.«

»Moin«, grüßten die beiden gleichzeitig.

»Mensch Astrid, das sehe ich ja selbst«, maulte ihr Mann, der am liebsten seine Ruhe gehabt hätte. Das konnte er vergessen. Wenigstens gehörten die Kollegen nicht zu den Kampfschnackern, die pausenlos auf einen einredeten.

»Was ist denn das da in dem Seesack? Da zappelt was. Onno, was ist da drin, das ist ja unheimlich«, beunruhigte sich Astrid.

»Reingeschmuggelt«, feixte er.

Nun setzte er den Leinenbüdel auf Carls Bett ab, blickte sich nach allen Seiten um, und als er keine Schwester sah, öffnete er die obere Verschlusskordel ein klein wenig. Unversehens schnellte ein gestreiftes Fellärmchen aus der Öffnung, dann ein zweites.

»Oh«, war alles, was Astrid hervorbrachte.

Rudi schob Carl ein Kopfkissen unter den Nacken, der gab einen gequälten Seufzer von sich.

»Mensch Rudi, erst schützt du mich vor dem Mörder, dann bringst du mich um.«

»Du weißt ja, Unkraut vergeht nicht. Und nu pass auf, wer da in dem Büdel steckt. Siehst du schon, oder?«

Ein Katzenkopf lugte aus der Öffnung, und Onno befreite das Tier endlich.

Carl blinzelte ungläubig. »Lene? Lene! Ja, sag mal … aaah, verdammt.« Er griff sich an den Schulterverband.

»Lene?«, wiederholte Astrid, während sie die Katze fixierte. »Das ist …?«

Und dann war es vorbei mit ihrer Selbstbeherrschung. Aus einem ersten Prusten schwallte eine Lachsalve nach der anderen hervor. Manche Probleme lösten sich gelegentlich von ganz allein. Und ja, das war viel eher der Carl, den sie kannte. Die drei Männer gaben ihr Zeichen, die Lautstärke zu dämpfen, doch daraus wurde nichts. Sie guckten peinlich berührt in alle Richtungen, als würden sie die Lachende nicht kennen. Die übrigen Patienten und ihre Besucher schauten etwas ärgerlich drein, was sich allerdings legte, als sie Lene sahen. Die stand auf Carls Bauch und maunzte ihn empört an. »Was machst du denn hier?«, sollte das heißen, und: »Warum liegst du hier sinnlos rum, statt mich zu kraulen?« Carl verdrückte eine Träne, seine Rührung ließ sich nicht verbergen.

»Onno hat gesehen, wie der Kerl sie über Bord geschmissen hat, und da hat er sie mit dem Peekhaken rausgefischt. Zum Dank hat ihm das Luder den Unterarm zerkratzt. Inzwischen sind sie richtig dicke Freunde.«

»Joah«, bemerkte Onno in einer extralangen Dehnung.

»Mensch, Jungs. Was soll ich sagen. Schön' Dank auch, ne. Für alles. Na, wisst schon.«

»Lass man gut sein«, winkte Rudi ab.

Astrid wischte sich die letzten Lachtränen aus dem Augenwinkel, dann bemerkte sie den roten, feuchten Fleck auf Carls Verband. Es war zu anstrengend für ihn gewesen. Sie musste die Schwester holen, um die Blutung zu stillen und um einen neuen Verband anzulegen. Na, das wird ein schönes Theater geben, orakelte sie. Hauptsache, sie legte sich nicht mit Lene an, die fühlte sich gerade richtig stark.

So wie sie. Trotz allem war Astrid guter Dinge, ein mächtiger Druck löste sich von ihrem Herzen. Dann sollte sich ihr Familienleben bald wieder zurechtruckeln.

Dr. Knoop hatte recht behalten. Mal wieder. Na ja, nicht ganz. Die Stirnnarbe juckte heftig, und das tat sie nicht nur bei einem Wetterumschwung, sondern täglich. Richtig hässlich war sie geworden, wulstig, waagerecht, wie ein dicker roter Strich, direkt unterhalb des Haaransatzes. Jakob kratzte sich. Er wusste, das sollte er besser nicht tun, doch er hielt es nicht anders aus.

Harder hatte ihn und Ove nach Hause geschickt. Ausschlafen und neue Kräfte sammeln, lautete der Befehl. Da hatten sie sich nicht lange bitten lassen. Erst war er zum Hafenkrankenhaus gegangen, wo er sich jedoch nur kurz aufgehalten hatte. Der Vater wurde von der Familie umlagert, da musste er jetzt nicht danebensitzen.

Elke hatte sich angesagt. In deren Mittagspause wollten sie sich nun endlich um Ellens verspätetes Geburtstagsgeschenk kümmern. Die beiden Frauen hatten in puncto Mode einen vergleichbaren Geschmack, fand er. Und Elke hatte auch klare Vorstellungen zum Stoff, den sie auf der Judenbörse kaufen wollten. Jakob sollte es nur recht sein. Mit modischen Stoffen und Qualitäten kannte er sich nicht aus.

Hauptsache, Elke war in seiner Nähe, er sehnte sich so nach ihr.

In der Wandsbeker Kaserne waren bereits Reichswehrsoldaten stationiert. Es hieß, sie seien auf dem Weg nach Hamburg und würden bald in der Innenstadt eintreffen.

Diesmal würde er die Polizeimarke nicht zu Hause liegen lassen, sondern einstecken. Er dachte an seine letzte Begegnung mit einem Soldaten auf dem Judenmarkt zurück, was die elende Narbe sofort zum Kribbeln brachte.

Harders Prognose war sicherlich richtig. Die Reichswehrtruppen waren ein anderes Kaliber als die Bahrenfelder. Die Soldaten sollten möglichst wenig Bezug zu Hamburg aufweisen. Bei jedem geringen Anlass würden sie ihre Waffen einsetzen, um Entschlossenheit zu demonstrieren. Da kam einiges auf die Bewohner dieser Stadt zu.

Noch war kein Frieden in Sicht.

NACHBEMERKUNG

Bei der Erschließung des Themenfeldes »Hungerunruhen in Hamburg« mangelt es nicht an Fachliteratur und an Quellen. Als Grundlagentexte möchte ich zwei Werke nennen: Sven Philipskis Arbeit »Ernährungsnot und sozialer Protest: Die Hamburger Sülzeunruhen 1919, Hamburg 2002« und Uwe Schulte-Varendorff: »Die Hungerunruhen in Hamburg im Juni 1919 – eine zweite Revolution?«, 2010 in Hamburg erschienen.

Einen gründlichen Detailüberblick über die Ereignisse bieten die Protokolle und Ausschussberichte der Bürgerschaft von 1919. Die leidenschaftlichen Redebeiträge vieler Abgeordneter geben überdies die jeweiligen politischen Sichtweisen der Parteien wieder.

Wichtige Einblicke in die Lebensmittel-Versorgungslage bietet Leo Lippmanns Autobiografie »Mein Leben und meine amtliche Tätigkeit. Erinnerungen und ein Beitrag zur Finanzgeschichte Hamburgs, Hamburg 1964.« Als Leiter des Kriegsversorgungsamtes war er unmittelbar an der Beschaffung und Verteilung von Lebensmitteln an die Bevölkerung beteiligt.

Last but not least sei Richard J. Evans' (Hg.) »Kneipengespräche im Kaiserreich, Stimmungsberichte der Hamburger Politischen Polizei 1892-1914, Reinbek 1989«, angeführt, in dem sogenannte »Wirtschaftsvigilanzberichte« – protokollierte Gespräche in Arbeiterkneipen durch Spitzel der Politischen Polizei – dokumentiert sind. Obwohl die Spitzeltätigkeiten bereits vor dem Ersten Weltkrieg eingestellt wurden, spielen sie im Buch eine Rolle.

DIE NEUEN Lieblingsplätze

ISBN 978-3-8392-0154-1

AM INN

ISBN 978-3-8392-2730-5

AUGSBURG
UND BAYERISCH-
SCHWABEN

ISBN 978-3-8392-0155-8

FÜNFSEENLAND

ISBN 978-3-8392-0158-9

HARZ

ISBN 978-3-8392-0160-2

mit Hund
NORDSEEKÜSTE
NIEDERSACHSEN

ISBN 978-3-8392-0159-6

LÜNEBURGER
HEIDE

ISBN 978-3-8392-0161-9

NIEDERRHEIN

ISBN 978-3-8392-0163-3

OSTSEE
MECKLENBURG-
VORPOMMERN

ISBN 978-3-8392-0164-0

OSTSEE
SCHLESWIG-HOLSTEIN

ISBN 978-3-8392-2626-1

SACHSEN

ISBN 978-3-8392-0156-5

für Senioren
BODENSEE

ISBN 978-3-8392-0157-2

für Senioren
NORDSEE
SCHLESWIG-HOLSTEIN

ISBN 978-3-8392-0166-4

SÜDLICHE WEINSTRASSE
UND PFÄLZERWALD

ISBN 978-3-8392-0166-4

SÜDTIROL

ISBN 978-3-8392-2838-8

USEDOM

ISBN 978-3-8392-0168-8

WIESBADEN
RHEIN-TAUNUS
RHEINGAU

GMEINER KULTUR

WWW.GMEINER-VERLAG.DE
Mensch, Kultur, Region